W0023205

John Irving
*Die vierte Hand*

*Roman
Aus dem Amerikanischen
von Nikolaus Stingl*

Diogenes

Titel der 2001 bei
Random House, Inc., New York,
erschienenen Originalausgabe:
›The Fourth Hand‹
Copyright © 2001 by Garp Enterprises, Ltd.
Abdruck der Auszüge aus Michael Ondaatje,
›Der englische Patient‹, in der Übersetzung
von Adelheid Dormagen,
Carl Hanser Verlag, München 1993,
mit freundlicher Genehmigung
Auszüge aus E.B. White, ›Klein Stuart‹,
in der Übersetzung von Ute Haffmans,
Diogenes Verlag, Zürich 1978
Umschlagzeichnung von
Edward Gorey

*Für Richard Gladstein und
Lasse Hallström*

Alle deutschen Rechte vorbehalten
Copyright © 2002
Diogenes Verlag AG Zürich
www.diogenes.ch
1500/02/8/1
ISBN 3 257 06303 2

*»Ein Reisender, der jemanden sucht,
kommt nicht sehr schnell vorwärts.«*

Der Arbeiter in E. B. White,
›Klein Stuart‹

## Inhalt

1 Der Löwenmann 9
2 Der frühere Mittelfeldspieler 42
3 Vor der Bekanntschaft mit Mrs. Clausen 76
4 Japanisches Zwischenspiel 87
5 Ein Unfall am Super-Bowl-Sonntag 130
6 Der Pferdefuß 153
7 Das Stechen 174
8 Abstoßung und Erfolg 195
9 Wallingford lernt eine Sympathisantin kennen 217
10 Wie man es darauf anlegt, gefeuert zu werden 270
11 Im Norden 321
12 Lambeau Field 383

Danksagung 437

I

*Der Löwenmann*

Stellen Sie sich einen Mann auf dem Weg zu einem knapp dreißigsekündigen Ereignis vor – dem Verlust seiner linken Hand, noch in jungen Jahren.

Als Schüler war er vielversprechend, ein liebenswerter Junge mit ausgeprägtem Gerechtigkeitssinn, ohne jedoch schrecklich originell zu sein. Soweit sich seine Klassenkameraden aus der Grundschule an den künftigen Handempfänger erinnern konnten, hätten sie ihn niemals als waghalsig bezeichnet. Auch später, in der High School, war er ungeachtet seines Erfolges bei Mädchen schwerlich kühn, geschweige denn ein Draufgänger. Er sah zwar unbestreitbar gut aus, doch in der Erinnerung seiner ehemaligen Freundinnen war das Attraktivste an ihm, daß er nicht nein sagen konnte.

Während seiner Collegezeit hätte kein Mensch vorausgesagt, daß es ihm bestimmt war, berühmt zu werden. »Er war so anspruchslos«, sagte eine seiner Exfreundinnen.

Eine andere junge Frau, die in der Graduate School kurz mit ihm ging, war der gleichen Meinung. »Er hatte nicht das Selbstbewußtsein eines Menschen, der irgendwann einmal etwas Besonderes leisten würde«, wie sie es formulierte.

Er trug ein dauerhaftes und gleichzeitig befremdliches Lächeln zur Schau – die Miene von jemandem, der weiß, daß er einem schon einmal begegnet ist, sich aber nicht an den genauen Anlaß erinnern kann und nun überlegt, ob die frühere Begegnung bei einer Beerdigung oder in einem Bordell stattgefunden hat. Das wiederum erklärt, warum sein Lächeln eine beunruhigende Mischung aus Kummer und Verlegenheit zeigte.

Er hatte eine Affäre mit seiner akademischen Betreuerin gehabt; sie war entweder Ausdruck oder Ursache seiner mangelnden Zielstrebigkeit als höheres Semester. Nachträglich – sie war geschieden und hatte eine fast erwachsene Tochter – stellte sie fest: »Auf jemanden, der so gut aussah, konnte man sich überhaupt nicht verlassen. Außerdem war er der klassische Fall eines Menschen, der hinter den Erwartungen zurückbleibt – er war nicht so hoffnungslos, wie man zunächst meinte. Man wollte ihm helfen. Man wollte ihn verändern. Und man wollte auf jeden Fall mit ihm schlafen.«

In ihre Augen trat plötzlich ein Leuchten, das vorher nicht dagewesen war; es kam und ging wie ein Farbwechsel bei Tagesende, als könne dieses Leuchten jede noch so große Entfernung zurücklegen. Sie verwies auf »seine Empfindlichkeit gegen Spott« und betonte, »wie rührend das war«.

Wie aber kam er zu seinem Entschluß, sich einer Handtransplantation zu unterziehen? Würde nicht nur ein Abenteurer oder Idealist das Risiko auf sich nehmen, das mit dem Erwerb einer neuen Hand verbunden ist?

Niemand, der ihn kannte, hätte ihn je als Abenteurer oder Idealisten bezeichnet, aber er war gewiß einmal idealistisch gewesen. Als Junge hatte er bestimmt Träume gehabt; selbst wenn er seine Ziele für sich behielt, sie unausgesprochen ließ, gehabt hatte er welche.

Seine akademische Betreuerin, die sich in der Rolle der Expertin sichtlich wohl fühlte, maß dem Verlust seiner Eltern noch während seiner Collegezeit einige Bedeutung bei. Aber seine Eltern hatten ihn üppig versorgt; trotz ihres Todes war er finanziell abgesichert. Er hätte auf dem College bleiben können, bis er dort eine Lebensstellung bekommen hätte – er hätte für den Rest seines Lebens die Graduate School besuchen können. Doch obwohl er stets ein erfolgreicher Student gewesen war, empfand ihn keiner seiner Lehrer je als sonderlich motiviert. Er war kein Initiator – er nahm einfach wahr, was angeboten wurde.

Er besaß sämtliche Merkmale eines Menschen, der sich mit dem Verlust einer Hand abfinden würde, indem er aus seinen Beschränkungen das Beste machte. Jeder, der ihn kannte, ging davon aus, daß er irgendwann mit einer Hand zufrieden sein würde.

Außerdem war er Fernsehjournalist. Reichte eine Hand dafür nicht aus?

Aber er glaubte nun einmal, daß er eine neue Hand brauchte, und er hatte vollkommen begriffen, was bei der Transplantation in medizinischer Hinsicht alles schiefgehen konnte. Was er sich allerdings nicht klarmachte, erklärt, warum er noch nie sehr experimentierfreudig gewesen war; ihm fehlte die Vorstellungskraft, den beunruhigenden Gedanken zu fassen, daß die neue Hand nicht ausschließlich ihm gehören würde. Schließlich hatte sie zunächst einmal jemand anderem gehört.

Wie passend, daß er Fernsehjournalist war. Die meisten

Fernsehjournalisten sind ziemlich gewieft – in dem Sinne, daß sie schnell von Begriff sind und instinktiv zum Kern der Sache kommen. Beim Fernsehen gibt es kein Zaudern. Jemand, der sich für eine Handtransplantation entscheidet, fackelt nicht lange, oder?

Wie auch immer, er hieß Patrick Wallingford, und er hätte seine Berühmtheit, ohne zu zögern, gegen eine neue linke Hand eingetauscht. Zur Zeit des Unfalls war Patrick in der Welt des Fernsehjournalismus auf dem Weg nach oben. Er hatte für zwei der drei großen Sender gearbeitet und sich dort wiederholt darüber beklagt, welch üblen Einfluß die Einschaltquoten auf die Nachrichtensendungen hatten. Wie oft war es vorgekommen, daß irgendein Programmdirektor, der sich in der Männertoilette besser auskannte als im Regieraum, eine »Marketingentscheidung« traf, die eine Meldung verwässerte? (In Wallingfords Augen hatten die Programmdirektoren vor den Marketingexperten kapituliert.)

Patrick glaubte, schlicht gesagt, daß die finanziellen Erwartungen der Sender an ihre Nachrichtenredaktionen der Tod der Nachrichten waren. Warum wurde eigentlich erwartet, daß Nachrichtensendungen ebensoviel Geld einbrachten wie das, was bei den Sendern Unterhaltung hieß? Warum stand eine Nachrichtenredaktion überhaupt unter dem Druck, Gewinn machen zu müssen? Nachrichten waren nicht das, was in Hollywood passierte; Nachrichten waren auch nicht die Baseballmeisterschaften oder der Super Bowl. Nachrichten (und damit meinte Wallingford *echte* Nachrichten – das heißt fundierte Berichterstattung) sollten mit irgendwelchen Serien nicht um Einschaltquoten konkurrieren müssen.

Patrick Wallingford arbeitete noch für einen der großen Sender, als im November 1989 die Berliner Mauer fiel. Er war begeistert, daß er in einem solchen historischen Moment in Deutschland war, aber die Berichte, die er von Berlin aus lieferte, wurden ständig gekürzt – manchmal auf die Hälfte der Länge, die sie nach seinem Empfinden verdienten. Ein Programmdirektor im Nachrichtenstudio in New York sagte zu Wallingford: »Nachrichten in der Kategorie Außenpolitik sind einen Scheißdreck wert.«

Als ebendieser Sender seine Büros in Übersee zu schließen begann, tat Patrick den Schritt, den auch schon andere Fernsehjournalisten getan haben. Er wechselte zu einem reinen Nachrichtensender; es war kein besonders guter Sender, aber es war immerhin ein rund um die Uhr sendender internationaler Nachrichtenkanal.

War Wallingford so naiv zu glauben, ein reiner Nachrichtensender würde nicht auf die Einschaltquoten achten? Tatsächlich schwärmte man bei dem internationalen Sender für minutengenaue Einschaltquoten, mit deren Hilfe sich präzise bestimmen ließ, wann die Aufmerksamkeit der Zuschauer zunahm oder nachließ.

Dennoch war man sich unter Wallingfords Kollegen in den Medien im wesentlichen einig, daß er offensichtlich das Zeug zum Moderator hatte. Er sah unbestreitbar gut aus – sein scharfgeschnittenes Gesicht war fürs Fernsehen perfekt geeignet –, und er hatte seine Erfahrungen als Sonderkorrespondent gemacht. Mit zu den bittersten zählte eigenartigerweise die Feindschaft seiner Frau.

Mittlerweile war sie seine Exfrau. Er schob das auf die vielen Reisen, aber seine damalige Frau versicherte, das

Problem seien andere Frauen. Einmalige sexuelle Begegnungen hatten es Patrick tatsächlich angetan, und das blieb auch weiterhin so, ob er nun reiste oder nicht.

Kurz vor Patricks Unfall hatte jemand eine Vaterschaftsklage gegen ihn angestrengt. Obwohl die Klage abgewiesen wurde – der DNS-Test war negativ –, erboste schon die bloße Unterstellung seiner Vaterschaft Wallingfords Frau. Neben der offenkundigen Untreue ihres damaligen Ehemannes hatte sie einen weiteren Grund, aufgebracht zu sein. Obwohl sie schon so lange Kinder wollte, hatte Patrick sich standhaft geweigert. (Auch das schob er auf die vielen Reisen.)

Mittlerweile pflegte Wallingfords Exfrau – sie hieß Marilyn – zu sagen, sie wünschte, ihr Exmann hätte mehr als nur seine linke Hand verloren. Sie hatte rasch wieder geheiratet, war schwanger geworden, hatte ein Kind bekommen; dann hatte sie sich wieder scheiden lassen. Außerdem sagte Marilyn gern, die Wehenschmerzen bei der Geburt des Kindes – sosehr sie es sich gewünscht hätte – seien größer gewesen als Patricks Schmerzen beim Verlust seiner linken Hand.

Patrick Wallingford war kein aufbrausender Mensch; eine normalerweise ausgeglichene Gemütsverfassung gehörte ebensosehr zu seinem Markenzeichen wie sein unverschämt gutes Aussehen. Doch die Schmerzen beim Verlust seiner linken Hand waren Wallingfords am leidenschaftlichsten gehüteter Besitz. Es machte ihn wütend, daß seine Exfrau seine Schmerzen bagatellisierte, indem sie sie für geringer erklärte als ihre »ganz normalen« Wehenschmerzen, wie er gern sagte.

Auch auf die Behauptung seiner Exfrau, er sei zwanghaft

hinter den Frauen her, reagierte Wallingford nicht immer ausgeglichen. Seiner Meinung nach war er nie hinter den Frauen her gewesen. Das hieß, Wallingford verführte keine Frauen; er ließ sich einfach von ihnen verführen. Er rief sie nie an – sie riefen ihn an. Er glich einem Mädchen, das nicht nein sagen konnte – nur war er eben ein *Junge,* wie seine Exfrau zu sagen pflegte. (Patrick war Ende Zwanzig, Anfang Dreißig gewesen, als seine damalige Frau sich von ihm scheiden ließ, aber Marilyn zufolge war er immer ein kleiner Junge geblieben.)

Den Posten eines Moderators, der ihm bestimmt zu sein schien, hatte er noch immer nicht ergattert. Und nach dem Unfall trübten sich Wallingfords Aussichten. Irgendein Programmdirektor führte den »Zimperlichkeitsfaktor« an. Wer will die Morgen- oder Abendnachrichten schon von einem armen Schwein präsentiert bekommen, das sich von einem hungrigen Löwen die Hand hat abbeißen lassen? Das Ereignis mochte weniger als dreißig Sekunden gedauert haben – der gesamte Bericht war nur drei Minuten lang –, aber niemand, der einen Fernseher besaß, hatte es verpaßt. Ein paar Wochen lang lief es wiederholt in der Glotze, weltweit.

Wallingford war in Indien. Sein Nachrichtensender, den die Snobs in der Medienelite wegen seiner Vorliebe für Desaströses häufig als ›Apokalypse International‹ oder ›Katastrophenkanal‹ bezeichneten, hatte ihn zu einem indischen Zirkus in Gujarat geschickt. (Kein vernünftiger Nachrichtensender hätte einen Sonderkorrespondenten von New York zu einem Zirkus in Indien geschickt.)

Der Great Ganesh Circus trat gerade in Junagadh auf, und eine seiner Trapezkünstlerinnen, eine junge Frau, war abgestürzt. Sie war berühmt für das »Fliegen« – wie die Arbeit solcher Künstler genannt wird – ohne Sicherheitsnetz, und bei dem Sturz aus einer Höhe von fünfundzwanzig Metern kam zwar nicht sie selbst, wohl aber ihr Ehemann und Trainer, der versuchte, sie aufzufangen, ums Leben. Obwohl ihr herabfallender Körper ihn erschlug, schaffte er es, ihren Sturz zu dämpfen.

Der indische Staat untersagte umgehend das Fliegen ohne Netz, und der Great Ganesh, wie auch andere kleine Zirkusse in Indien, protestierte ebenso umgehend gegen diese Regelung. Seit Jahren schon versuchte ein bestimmter Minister und übereifriger Tierschützer die Verwendung von Tieren in indischen Zirkussen verbieten zu lassen, und daher reagierten die Zirkusse empfindlich auf staatliche Eingriffe jeder Art. Außerdem drängten sich – wie der leicht erregbare Direktor des Great Ganesh Circus Patrick Wallingford vor laufender Kamera erklärte – die Zuschauer jeden Nachmittag und Abend im Zelt, *eben weil* die Trapezkünstler ohne Netz arbeiteten.

Daß die Netze ihrerseits in furchtbar schlechtem Zustand waren, hatte Wallingford bereits festgestellt. Von seinem Standort auf der trockenen, festgestampften Erde – dem »Boden« des Zeltes – aus sah Patrick im Aufblicken, daß das Maschenmuster zerfetzt und zerrissen war. Das Ganze ähnelte einem riesigen Spinnennetz, das ein in Panik geratener Vogel zerstört hat. Es war zweifelhaft, ob das Netz das Gewicht eines herabstürzenden Kindes, geschweige denn das eines Erwachsenen, halten konnte.

Viele der Künstler waren tatsächlich Kinder, und diese hauptsächlich Mädchen. Ihre Eltern hatten sie an den Zirkus verkauft, damit sie ein besseres (sprich sichereres) Leben hatten. Dabei bestand beim Great Ganesh ein enormes Risiko. Der leicht erregbare Zirkusdirektor hatte die Wahrheit gesagt: Die Zuschauer drängten sich jeden Nachmittag und Abend im Zelt, um Unfälle zu sehen. Und oft waren die Opfer dieser Unfälle Kinder. Als Künstler waren sie begabte Amateure, gute kleine Sportler, aber sie waren unzureichend ausgebildet.

*Warum* die meisten Kinder Mädchen waren, dieses Thema hätte jeden guten Journalisten interessiert, und Wallingford war – ob man das Persönlichkeitsbild, das seine Exfrau von ihm zeichnete, glaubte oder nicht – ein guter Journalist. Seine Intelligenz lag hauptsächlich in seiner Beobachtungsgabe, und das Fernsehen hatte ihn gelehrt, wie wichtig es ist, einen Riecher für das zu entwickeln, was schiefgehen könnte.

Ebendieser Riecher war zugleich die große Stärke und die große Schwäche des Fernsehens. Das Fernsehen wurde von Krisen, nicht von hehren Anliegen umgetrieben. An seinen Aufträgen als Sonderkorrespondent des Nachrichtensenders enttäuschte Patrick vor allem, wie häufig es vorkam, daß man eine wichtigere Story verpaßte oder ignorieren mußte. So waren die Kinderkünstler in einem indischen Zirkus mehrheitlich Mädchen, weil ihre Eltern nicht gewollt hatten, daß sie Prostituierte wurden; die nicht an einen Zirkus verkauften Jungen wurden schlimmstenfalls Bettler. (Oder sie verhungerten.)

Aber das war nicht die Geschichte, derentwegen man Patrick Wallingford nach Indien geschickt hatte. Eine Trapezkünstlerin, eine erwachsene Frau, war aus fünfundzwanzig

Meter Höhe abgestürzt und in den Armen ihres Mannes gelandet, der dabei ums Leben gekommen war. Der indische Staat hatte eingegriffen – mit dem Ergebnis, daß jeder Zirkus in Indien gegen die Vorschrift protestierte, daß die Akrobaten ab sofort mit Netz arbeiten mußten. Selbst die frisch verwitwete Trapezkünstlerin, die Frau, die abgestürzt war, schloß sich dem Protest an.

Wallingford hatte sie im Krankenhaus interviewt, wo sie wegen einer gebrochenen Hüfte und eines unklaren Schadens an der Milz behandelt wurde; sie sagte ihm, das Fliegen werde erst ohne Netz zu etwas Besonderem. Gewiß trauere sie um ihren verstorbenen Ehemann, aber er sei ebenfalls Trapezkünstler gewesen – auch er sei schon abgestürzt und habe seinen Sturz überlebt. Möglicherweise aber, deutete seine Witwe an, sei er bei jenem ersten Patzer in Wirklichkeit gar nicht davongekommen; durchaus denkbar, daß ihr Sturz auf ihn den eigentlichen Abschluß des früheren Vorfalls bilde.

Das war nun wirklich ein interessanter Gesichtspunkt, fand Wallingford, doch sein Nachrichtenredakteur, den jedermann von Herzen verabscheute, war von dem Interview enttäuscht. Und sämtliche Leute im Nachrichtenstudio in New York fanden, daß die verwitwete Trapezkünstlerin »zu ruhig« gewirkt habe; sie hatten ihre Katastrophenopfer lieber hysterisch.

Außerdem hatte die genesende Akrobatin gesagt, ihr verstorbener Mann befinde sich nun »in den Armen der Göttin, an die er glaubte« – ein verführerischer Satz. Sie meinte damit, daß ihr Mann an Durga, die Göttin der Zerstörung, geglaubt hatte. Die meisten Trapezkünstler glaubten an

Durga – die Göttin wird gemeinhin mit zehn Armen dargestellt. Die Witwe erklärte: »Durgas Arme sollen einen auffangen und festhalten, falls man je abstürzt.«

Auch das war ein interessanter Gesichtspunkt für Wallingford, nicht aber für die Leute im Nachrichtenstudio in New York; sie sagten, sie hätten »von Religion die Schnauze voll«. Patricks Nachrichtenredakteur teilte ihm mit, sie hätten in letzter Zeit zu viele Stories mit religiösem Hintergrund gesendet. Dicktuer, dachte Wallingford. Es half nicht, daß der Nachrichtenredakteur Dick hieß.

Er hatte Patrick zum Great Ganesh Circus zurückgeschickt, um noch »zusätzliches Lokalkolorit« einzufangen. Ferner hatte Dick behauptet, der Zirkusdirektor äußere sich offener als die Trapezkünstlerin.

Patrick hatte protestiert. »Irgendwas über die Kinderartisten ergäbe eine bessere Geschichte«, hatte er gesagt. Aber offenbar hatte man in New York auch »von Kindern die Schnauze voll«.

»Bring einfach mehr von dem Zirkusdirektor«, so Dicks Rat an Wallingford.

Parallel zur Aufgeregtheit des Zirkusdirektors wurden auch die Löwen in ihrem Käfig – die Löwen gaben den Hintergrund für das letzte Interview ab – unruhig und laut. In der Terminologie des Fernsehens war das Stück, das Wallingford aus Indien schickte, der »Knaller«, der die Sendung beenden sollte. Die Geschichte wäre ein noch besserer Knaller, wenn die Löwen laut genug brüllten.

Es war Fleischtag, und die Moslems, die das Fleisch brachten, waren aufgehalten worden. Der Übertragungswagen und die Film- und Tonapparatur – wie auch der Kameramann und die Tontechnikerin – hatten sie eingeschüchtert. Die moslemischen Fleischwallahs waren angesichts der vielen ungewohnten Technologie wie angewurzelt stehengeblieben. Hauptsächlich aber war es der Anblick der Tontechnikerin, der sie hatte erstarren lassen.

Eine hochgewachsene Blondine in engen Bluejeans, trug sie Kopfhörer und einen Werkzeuggürtel mit einem Sortiment von Accessoires, das den Fleischwallahs als ausgesprochen maskulin erscheinen mußte: eine Kombizange oder Drahtschere, ein Haufen Klemmen und Kabel und ein Gerät, bei dem es sich um einen Batterieprüfer hätte handeln können. Außerdem trug sie ein T-Shirt ohne BH.

Daß sie Deutsche war, wußte Wallingford, weil er in der Nacht zuvor mit ihr geschlafen hatte. Sie hatte ihm von ihrer ersten Reise nach Goa erzählt – sie hatte Urlaub gehabt und war mit einer anderen Deutschen unterwegs gewesen, und sie waren beide zu der Ansicht gekommen, daß sie nie mehr irgendwo anders als in Indien leben wollten.

Die andere war krank geworden und nach Hause gefahren, aber Monika hatte eine Möglichkeit gefunden, in Indien zu bleiben. So hieß sie – »Monika mit *k*«, hatte sie ihm gesagt. »Tontechniker können überall leben«, hatte sie erklärt. »Überall, wo es Töne gibt.«

»Versuch es doch mal mit New York«, hatte Patrick vorgeschlagen. »Töne gibt's dort jede Menge, und das Wasser ist trinkbar.« Gedankenlos hatte er hinzugefügt: »Im Augenblick sind deutsche Frauen in New York sehr beliebt.«

»Wieso ›im Augenblick‹?« hatte sie gefragt.

Das war symptomatisch für die Schwierigkeiten, in die Patrick Wallingford bei Frauen ständig geriet; daß er grundlos irgend etwas sagte, war der Art und Weise, wie er den Annäherungsversuchen von Frauen nachgab, nicht unähnlich. Es hatte keinen Grund gegeben, »im Augenblick sind deutsche Frauen in New York sehr beliebt« zu sagen, außer um weiterzureden. Es war seine Schwäche und Nachgiebigkeit gegenüber Frauen, sein stillschweigendes Einverständnis mit ihren Annäherungsversuchen, die Wallingfords Frau erbost hatten; sie hatte ihn zufällig gerade in seinem Hotelzimmer angerufen, als er Monika mit *k* vögelte.

Zwischen Junagadh und New York bestand ein Zeitunterschied von zehneinhalb Stunden, aber Patrick tat so, als wisse er nicht, ob Indien zehneinhalb Stunden voraus oder hinterher war. Als seine Frau anrief, sagte er immer nur: »Wie spät ist es bei dir, Schatz?«

»Du vögelst gerade jemanden, stimmt's?« fragte seine Frau.

»Nein, Marilyn, das stimmt nicht«, log er. Die Deutsche unter ihm hielt still. Wallingford versuchte ebenfalls, stillzuhalten, aber beim Liebesakt stillzuhalten dürfte für einen Mann schwieriger sein.

»Ich dachte nur, du wüßtest gerne die Ergebnisse deines Vaterschaftstests«, sagte Marilyn. Das half Patrick stillzuhalten. »Also, er ist negativ – du bist nicht der Vater. Da bist du ja gerade noch mal davongekommen, was?«

Wallingford fiel dazu nur ein: »Das war nicht statthaft – daß sie dir die Ergebnisse meiner Blutuntersuchung mitgeteilt haben. Das war *meine* Blutuntersuchung.«

Unter ihm erstarrte Monika mit *k;* wo sie warm gewesen war, fühlte sie sich nun kühl an. »Was für eine Blutuntersuchung?« flüsterte sie Patrick ins Ohr.

Doch Wallingford trug ein Kondom – die deutsche Tontechnikerin war vor vielem, wenn auch nicht vor allem geschützt. (Patrick trug immer ein Kondom, auch bei seiner Frau.)

»Wer ist es denn diesmal?« brüllte Marilyn ins Telefon. »Wen vögelst du denn da gerade?«

Zweierlei wurde Wallingford in diesem Augenblick klar: daß seine Ehe nicht zu retten war und daß er sie auch nicht retten wollte. Wie immer bei Frauen fügte sich Patrick.

»Wer ist sie?« schrie seine Frau, aber Wallingford gab ihr keine Antwort. Statt dessen hielt er der Deutschen die Sprechmuschel an die Lippen.

Er mußte ihr eine Strähne ihres blonden Haars vom Ohr streichen, ehe er hineinflüstern konnte. »Sag ihr einfach deinen Namen.«

»Monika... mit *k*«, sagte die Deutsche in den Hörer.

Wallingford legte auf, wobei er bezweifelte, daß Marilyn zurückrufen würde – sie tat es auch nicht. Aber danach hatte er Monika mit *k* eine Menge zu erklären; sie schliefen in dieser Nacht nicht allzu gut.

So wie alles sich zunächst angelassen hatte, wirkte es am anderen Morgen, im Great Ganesh, ein wenig enttäuschend. Die wiederholten Klagen des Zirkusdirektors über den indischen Staat waren nicht annähernd so sympathisch wie die Schilderungen der abgestürzten Trapezkünstlerin von der zehnarmigen Göttin, an die sämtliche Akrobaten glaubten.

War man im Nachrichtenstudio in New York taub und blind? Die Witwe im Krankenhausbett war prima Material gewesen! Und Wallingford wollte immer noch darüber berichten, in welchem *Kontext* es stand, daß die Trapezkünstlerin ohne Sicherheitsnetz abgestürzt war. Der Kontext waren die Kinderakrobaten, jene Kinder, die an den Zirkus verkauft worden waren.

Wenn nun die Trapezkünstlerin als Kind selbst an den Zirkus verkauft worden war? Wenn ihr verstorbener Mann vor einer Kindheit ohne Zukunft bewahrt worden war, nur um unter der großen Kuppel vom Schicksal – seiner aus fünfundzwanzig Meter Höhe in seine Arme fallenden Frau – ereilt zu werden? Das wäre doch interessant gewesen.

Statt dessen interviewte Patrick den sich ständig wiederholenden Zirkusdirektor vor dem Löwenkäfig – dieses banale Zirkusbild war es, was man in New York unter »zusätzlichem Lokalkolorit« verstand.

Kein Wunder, daß das Interview im Vergleich zu Wallingfords Nacht mit der deutschen Tontechnikerin enttäuschend wirkte. Monika mit *k* machte in ihrem T-Shirt ohne BH sichtlich Eindruck auf die Fleischwallahs, die an der Kleidung der Deutschen – oder deren Spärlichkeit – Anstoß nahmen. In ihrer Angst, ihrer Neugier, ihrer moralischen Empörung hätten sie ein besseres und authentischeres Moment von zusätzlichem Lokalkolorit abgegeben als der langweilige Zirkusdirektor.

In der Nähe des Löwenkäfigs, doch allem Anschein nach zu ängstlich, zu verblüfft oder zu empört, um näher zu kommen, verhielten die Moslems wie unter Schock. Ihre Holzkarren waren hoch mit dem süßlich riechenden Fleisch beladen, das bei den weitgehend vegetarisch lebenden (hinduistischen) Zirkusleuten unendlichen Ekel hervorrief. Natürlich rochen auch die Löwen das Fleisch und ärgerten sich über die Verzögerung.

Als die Löwen zu brüllen anfingen, zoomte der Kameramann auf sie, und Patrick Wallingford – der einen Moment echter Spontaneität erkannte – hielt sein Mikrofon ganz nahe an ihren Käfig. Er bekam einen besseren Knaller, als er erwartet hatte.

Eine Pranke schoß hervor; eine Klaue erwischte Wallingfords linkes Handgelenk. In weniger als zwei Sekunden wurde sein linker Arm bis zum Ellbogen in den Käfig gerissen. Seine linke Schulter knallte gegen die Gitterstäbe; seine linke Hand steckte samt mehreren Zentimetern Unterarm im Maul eines Löwen.

In dem nun folgenden Tohuwabohu stritten sich zwei andere Löwen mit dem ersten um Patricks Hand und Handgelenk. Der Löwendompteur, der sich nie weit von seinen Tieren entfernte, griff ein; er schlug die Tiere mit einer Schaufel ins Gesicht. Wallingford blieb lange genug bei Bewußtsein, um die Schaufel zu erkennen – sie wurde hauptsächlich als Schippe für das große Geschäft der Löwen verwendet. (Er hatte sie erst kurz zuvor in Aktion gesehen.)

Patrick kippte irgendwo in der Nähe der Fleischkarren um, nicht weit von der Stelle, wo Monika mit *k* aus innerer Verbundenheit ebenfalls das Bewußtsein verloren hatte. Die Deutsche allerdings war, zur nicht geringen Bestürzung der Fleischwallahs, in einen der Fleischkarren gefallen; und als sie wieder zu sich kam, mußte sie feststellen, daß man ihr, während sie bewußtlos in dem feuchten Fleisch lag, den Werkzeuggürtel gestohlen hatte.

Die deutsche Tontechnikerin behauptete außerdem, jemand habe während ihrer Ohnmacht ihre Brüste begrapscht – zum Beweis dafür hatte sie fingerabdruckgroße Quetschungen an beiden Brüsten. Unter den Blutflecken auf ihrem T-Shirt waren allerdings keine Handabdrücke. (Die Blutflecken stammten von dem Fleisch.) Wahrscheinlich rührten die Quetschungen an ihren Brüsten eher von ihrer Liebesnacht mit Patrick Wallingford her. Wer immer so dreist gewesen war, ihren Werkzeuggürtel zu klauen, hatte wahrscheinlich nicht den Mut gehabt, ihre Brüste anzufassen. Ihre Kopfhörer hatte niemand angerührt.

Wallingford seinerseits war von dem Löwenkäfig fortgezerrt worden, ohne zunächst wahrzunehmen, daß seine linke Hand samt Handgelenk weg war; er bemerkte jedoch, daß die Löwen noch immer um irgend etwas rauften. Im selben Moment, in dem ihm der süßliche Geruch des Hammelfleisches in die Nase stieg, wurde er gewahr, daß die Moslems von seinem herabbaumelnden linken Arm wie gebannt waren. (Die Kraft, mit der der Löwe gezogen hatte, hatte Patrick die Schulter ausgerenkt.) Und als er hinschaute, sah er, daß seine Uhr fehlte. Um die tat es ihm nicht leid – er hatte sie von seiner Frau geschenkt bekommen. Natürlich hinderte nichts mehr die Uhr daran, abzurutschen; seine linke Hand samt Handgelenk fehlte ebenfalls.

Wallingford hatte, da er unter den moslemischen Fleischwallahs kein vertrautes Gesicht sah, zweifellos gehofft, Monika mit *k* auszumachen, voller Entsetzen, aber gleichwohl bewundernd. Leider lag die Deutsche in einem der Hammelfleischkarren mit abgewandtem Gesicht platt auf dem Rücken.

Einen gewissen bitteren Trost fand Patrick darin, daß er, wenn nicht das Gesicht, so doch immerhin das Profil seines ungerührten Kameramannes sah, der in der Wahrnehmung seiner Hauptaufgabe keinen Augenblick wankend wurde. Der unbeirrbare Profi ging näher an den Löwenkäfig heran, wo er einfing, wie sich die Löwen auf nicht sehr manierliche Weise die wenigen Überreste von Patricks Hand samt Handgelenk teilten. Wenn das kein echter Knaller war!

In den nächsten ein, zwei Wochen sah sich Wallingford immer wieder den Filmstreifen an, der zeigte, wie ihm seine Hand geraubt und wie sie verzehrt wurde. Ihn verwirrte, daß der Angriff ihn an etwas Rätselhaftes erinnerte, das seine akademische Betreuerin zu ihm gesagt hatte, als sie die Affäre beendete: »Eine Zeitlang ist es schmeichelhaft, mit einem Mann zusammenzusein, der sich so ganz und gar in einer Frau verlieren kann. Andererseits ist so wenig Eigenes in dir, daß ich den Verdacht habe, du könntest dich in jeder Frau verlieren.« Was in aller Welt sie damit gemeint haben mochte und wieso ausgerechnet das Gefressenwerden seiner Hand ihn veranlaßt hatte, sich an die kritischen Bemerkungen der Frau zu erinnern, wußte er nicht.

Hauptsächlich aber bekümmerte Wallingford an den weniger als dreißig Sekunden, die ein Löwe gebraucht hatte, um seine Hand samt Handgelenk zu verputzen, daß die atemberaubenden Bilder von ihm selbst einen Patrick Wallingford zeigten, wie man ihn noch nie gesehen hatte. Tiefstes Grauen hatte er nie zuvor erlebt. Die schlimmsten Schmerzen kamen später.

In Indien nutzte der Minister, der Tierschützer war, aus nie ganz einsichtigen Gründen die Handfreßepisode, um den Kreuzzug gegen den Mißbrauch von Zirkustieren voranzubringen. Inwiefern es einen Mißbrauch darstellte, daß die Löwen seine Hand gefressen hatten, blieb Patrick verborgen. Ihn beunruhigte vielmehr, daß alle Welt gesehen hatte, wie er sich vor Schmerzen und Angst krümmte und schrie; er hatte sich vor laufender Kamera in die Hose gemacht – nicht daß auch nur ein einziger Fernsehzuschauer das wirklich mitbekommen hätte. (Er hatte eine dunkle Hose angehabt.) Trotzdem wurde er von Millionen bemitleidet, vor deren Augen er entstellt worden war.

Noch fünf Jahre später, wann immer Wallingford sich an den Vorfall erinnerte oder davon träumte, beschäftigte ihn vorwiegend die Wirkung des Schmerzmittels. In den Vereinigten Staaten war das Medikament nicht erhältlich, jedenfalls hatte der indische Arzt ihm das gesagt. Seither hatte er versucht herauszufinden, worum es sich handelte.

Wie immer das Mittel auch hieß, es hatte Patricks Bewußtsein von seinen Schmerzen gehoben und ihn zugleich völlig von den Schmerzen selbst distanziert; er war sich vorgekommen wie der gleichgültige Beobachter eines anderen. Und indem das Mittel sein Bewußtsein hob, bewirkte es viel mehr, als nur seine Schmerzen zu lindern.

Der Arzt, der ihm das in Form einer kobaltblauen Kapsel dargereichte Medikament verschrieben hatte – »Nehmen Sie nur eine, Mr. Wallingford, und zwar alle zwölf Stunden« –, war ein Parsi, der ihn nach dem Löwenangriff in Junagadh behandelte. »Es verhilft Ihnen zu dem schönsten Traum, den Sie je haben werden, aber es hilft auch gegen Schmerzen«, fügte Dr. Chothia hinzu. »Nehmen Sie auf keinen Fall zwei. Amerikaner nehmen immer zwei Tabletten auf einmal. Diesmal nicht.«

»Wie heißt es denn? Es hat ja wohl einen Namen.« Wallingford betrachtete das Mittel mit Argwohn.

»Wenn Sie eine genommen haben, wissen Sie sowieso nicht mehr, wie es heißt«, sagte ihm Dr. Chothia fröhlich. »Und in Amerika werden Sie den Namen nicht hören – Ihre Verbraucherschutzbehörde wird es niemals zulassen!«

»Wieso?« fragte Wallingford. Er hatte die erste Kapsel noch immer nicht genommen.

»Nur zu – nehmen Sie sie! Sie werden schon sehen«, sagte der Parsi. »Es gibt nichts Besseres.«

Trotz seiner Schmerzen hatte Patrick keine Lust, auf irgendeinen Drogentrip zu gehen.

»Bevor ich sie nehme, will ich wissen, warum die Verbraucherschutzbehörde sie niemals zulassen wird«, sagte er.

»Weil sie soviel Spaß macht!« rief Dr. Chothia. »Und dagegen hat Ihre Verbraucherschutzbehörde etwas. Nun nehmen Sie sie schon, ehe ich Ihnen den Spaß verderbe und Ihnen ein anderes Mittel verschreibe!«

Die Tablette hatte Patrick eingeschläfert – oder war es gar kein Schlaf? Für Schlaf jedenfalls war seine Wahrnehmung viel zu geschärft. Aber woher hätte er wissen sollen, daß er sich in einem Zustand des Vorherwissens befand? Woran erkennt man, daß man von seiner eigenen Zukunft träumt?

Wallingford schwebte über einem kleinen, dunklen See. Es mußte irgendeine Art von Flugzeug geben, sonst hätte Wallingford nicht dort sein können, doch in dem Traum sah er das Flugzeug weder, noch hörte er es. Er ging einfach nieder, näherte sich dem kleinen See, der von dunkelgrünen Bäumen, Tannen und Kiefern, umgeben war. Unmengen von Mastbaumkiefern.

Felsnasen waren kaum zu sehen. Es sah nicht nach Maine aus, wo Wallingford als Kind im Sommerlager gewesen war. Nach Ontario sah es auch nicht aus; Patricks Eltern hatten einmal in der Georgian Bay, am Lake Huron, ein Cottage gemietet. Doch der See in dem Traum war kein Ort, an dem er je gewesen war.

Hier und da ragte ein Anlegesteg ins Wasser, und manchmal war daran ein Boot festgemacht. Wallingford sah auch ein Bootshaus, doch seine erste körperliche Empfindung in dem Traum war das Gefühl des Stegs an seinem nackten Rücken, die durch ein Handtuch hindurch verspürte Rauheit der Planken. Wie im Falle des Flugzeugs konnte er auch das Handtuch nicht sehen; er spürte nur etwas zwischen seiner Haut und dem Steg.

Die Sonne war gerade untergegangen. Er hatte keinen Sonnenuntergang gesehen, aber er merkte, daß die Sonnenhitze noch immer den Steg wärmte. Von Patricks fast vollkommenem Blick auf den dunklen See und die dunkleren Bäume abgesehen, bestand der Traum nur aus Empfindung.

Er spürte auch das Wasser, aber nicht, daß er darin war. Statt dessen hatte er das Gefühl, er wäre gerade aus dem Wasser gekommen. Sein Körper trocknete auf dem Landesteg, trotzdem war ihm noch immer kühl.

Dann sagte eine Frauenstimme – sie glich keiner anderen Frauenstimme, die Wallingford je gehört hatte, und war die erotischste Stimme der Welt –: »Mein Badeanzug fühlt sich so kalt an. Ich ziehe ihn aus. Willst du deine Badehose nicht auch ausziehen?«

Von diesem Punkt in dem Traum an war sich Patrick seiner Erektion bewußt, und er hörte eine Stimme, die sehr nach seiner klang, »ja« sagen – auch er wollte seine nasse Badehose ausziehen.

Zusätzlich hörte man, wie das Wasser leise gegen den Steg plätscherte und von den feuchten Badeanzügen zwischen den Planken hindurch in den See zurücktropfte.

Er und die Frau waren jetzt nackt. Die Haut der Frau war zuerst naß und kalt und erwärmte sich dann an seiner Haut; ihr Atem strich heiß über seinen Hals, und er konnte ihr nasses Haar riechen. Außerdem hatten ihre straffen Schultern den Geruch des Sonnenlichts aufgenommen, und auf Patricks Zunge, die den Umriß ihres Ohrs nachzeichnete, lag etwas, das nach dem See schmeckte.

Natürlich war Wallingford auch in ihr – auf dem Steg an dem wunderschönen dunklen See schliefen sie unendlich lange miteinander. Und als er acht Stunden später erwachte, stellte er fest, daß er einen feuchten Traum gehabt hatte; trotzdem hatte er immer noch den riesigsten Steifen seines Lebens.

Die Schmerzen von der fehlenden Hand waren verschwunden. Sie würden, ungefähr zehn Stunden nachdem er die erste der kobaltblauen Kapseln eingenommen hatte, wiederkommen. Die zwei Stunden, die Patrick warten mußte, ehe er eine zweite Kapsel nehmen durfte, kamen ihm wie eine Ewigkeit vor; in jener trostlosen Zwischenphase konnte er mit Dr. Chothia über nichts anderes als die Tablette reden.

»Was ist da drin?« fragte Wallingford den fröhlichen Parsi.

»Entwickelt worden ist sie als Mittel gegen Impotenz«, sagte ihm Dr. Chothia. »Aber sie hat nicht gewirkt.«

»Und wie sie wirkt«, meinte Wallingford.

»Tja... offensichtlich nicht gegen Impotenz«, antwortete der Parsi. »Gegen Schmerzen, ja – aber das hat man zufällig festgestellt. Bitte denken Sie daran, was ich gesagt habe, Mr. Wallingford. Nehmen Sie auf keinen Fall zwei.«

»Am liebsten würde ich drei oder vier nehmen«, erwiderte Patrick, doch an diesem Punkt legte der Parsi seine gewohnte Fröhlichkeit ab.

»Nein, das würden Sie nicht – glauben Sie mir«, warnte ihn Dr. Chothia.

Solange er noch in Indien war, hatte Wallingford – einzeln und im vorgeschriebenen Abstand von zwölf Stunden – zwei weitere von den kobaltblauen Kapseln eingenommen, und Dr. Chothia hatte ihm noch eine für den Flug mitgegeben. Patrick hatte den Parsi darauf hingewiesen, daß der Rückflug nach New York mehr als zwölf Stunden dauerte, doch der Arzt gab ihm für den Zeitpunkt, zu dem die Wirkung der letzten Feuchter-Traum-Pille nachlassen würde, nichts Stärkeres als Tylenol mit Kodein.

Wallingford hatte viermal nacheinander denselben Traum – das letzte Mal auf dem Flug von Frankfurt nach New York. Das Tylenol mit Kodein hatte er auf der ersten Etappe der langen Reise, von Bombay nach Frankfurt, genommen, weil er sich (trotz der Schmerzen) das Beste bis zum Schluß aufheben wollte.

Die Stewardess zwinkerte ihm zu, als sie ihn kurz vor der

Landung in New York aus seinem Blaue-Kapsel-Traum weckte. »Wenn das Schmerzen waren, die Sie da gehabt haben, dann hätte ich die gern mit Ihnen zusammen«, flüsterte sie. »Zu mir hat noch keiner so oft ›ja‹ gesagt!«

Obwohl sie Patrick ihre Telefonnummer gab, rief er sie nicht an. Fünf Jahre lang hatte Wallingford keinen so guten Sex mehr wie in dem Blaue-Kapsel-Traum. Und er brauchte noch länger, um zu begreifen, daß die kobaltblaue Kapsel, die Dr. Chothia ihm gegeben hatte, mehr war als ein schmerzstillendes Mittel und eine Sexpille – noch wichtiger, sie verhalf einem zu einem Blick in die Zukunft.

Doch ihr Hauptnutzen bestand darin, daß er dank ihr nicht mehr als einmal im Monat von dem Ausdruck träumte, der in den Augen des Löwen gelegen hatte, als das Tier seine Hand gepackt hielt. Die riesige, gerunzelte Stirn des Löwen; seine lohfarbenen, gewölbten Augenbrauen; die in seiner Mähne summenden Fliegen; die rechteckige, blutbespritzte und von Krallenspuren zernarbte Schnauze der Großkatze – diese Einzelheiten waren nicht so tief in Wallingfords Gedächtnis, dem Stoff seiner Träume, verankert wie die gelbbraunen Augen des Löwen, in denen Patrick so etwas wie eine leere Traurigkeit erkannt hatte. Nie würde er jene Augen vergessen – ihren leidenschaftslos musternden Blick in sein Gesicht, ihre gleichsam wissenschaftliche Distanziertheit.

Ungeachtet dessen, woran sich Wallingford erinnerte oder wovon er träumte, die Zuschauer des Senders mit dem passenden Spitznamen Apokalypse International jedenfalls erinnerten sich an jede einzelne, atemberaubende Sekunde der Handfreßepisode selbst – *und* träumten davon.

Der Katastrophenkanal, der regelmäßig wegen seiner Vorliebe für bizarre Todes- und dumme Unfälle verspottet wurde, hatte im Zuge der Berichterstattung über genau so einen Todesfall genau so einen Unfall produziert und seinen Ruf dadurch auf beispiellose Weise gesteigert. Und diesmal war die Katastrophe einem Journalisten passiert! (Man glaube ja nicht, das hätte nicht zur Popularität der weniger als dreißigsekündigen Amputation beigetragen.)

Erwachsene identifizierten sich im allgemeinen mit der Hand, wenn auch nicht mit dem unglücklichen Reporter. Kinder neigten dazu, mit dem Löwen zu sympathisieren. Natürlich gab es hinsichtlich der Kinder Warnungen. Immerhin waren ganze Kindergartengruppen auseinandergefallen. Und Zweitkläßler – die endlich soweit waren, daß sie flüssig lesen und das Gelesene auch verstehen konnten – fielen auf eine analphabetische, rein visuelle Entwicklungsstufe zurück.

Eltern, die damals Kinder in der Grundschule hatten, werden stets an die Lehrerbriefe denken, die sie nach Hause geschickt bekamen, Briefe des Inhalts: »Wir empfehlen dringend, daß Sie Ihre Kinder nicht fernsehen lassen, bis die Geschichte mit dem Löwen nicht mehr gezeigt wird.«

Patricks ehemalige akademische Betreuerin war gerade mit ihrer einzigen Tochter auf Reisen, als der Unfall, der ihren Exliebhaber die Hand kostete, zum ersten Mal im Fernsehen gezeigt wurde.

Die Tochter hatte es geschafft, in ihrem letzten Jahr im Internat schwanger zu werden; das war zwar keine sonderlich originelle Leistung, kam in einer reinen Mädchenschule aber dennoch unerwartet. Die nachfolgende Abtreibung hatte die Tochter traumatisiert und zu einer Beurlaubung vom Unterricht geführt. Das verzweifelte Mädchen, das von seinem unsympathischen Freund sitzengelassen worden war, noch ehe es wußte, daß es ein Kind von ihm erwartete, würde das letzte Schuljahr wiederholen müssen.

Auch die Mutter hatte es schwer. Sie war noch in den Dreißigern gewesen, als sie Wallingford verführt hatte, der über zehn Jahre jünger, aber der bestaussehende Junge unter ihren höheren Semestern gewesen war. Mittlerweile Anfang Vierzig, machte sie gerade ihre zweite Scheidung durch, deren gütliche Abwicklung durch die unerfreuliche Enthüllung erschwert worden war, daß sie erst vor kurzem erneut mit einem ihrer Studenten – ihrem allerersten unteren Semester – geschlafen hatte.

Er war ein schöner Junge – leider der einzige Junge in ihrem unbedachten Kurs über die metaphysischen Dichter: unbedacht deshalb, weil sie hätte wissen müssen, daß eine solche »Kaste von Autoren«, wie Samuel Johnson sie genannt hatte, als er ihnen den Spitznamen »metaphysische Dichter« verlieh, hauptsächlich junge Frauen ansprechen würde.

Unbedacht war auch, daß sie den Jungen in ihren reinen Mädchenkurs aufnahm; darauf war er unzureichend vorbereitet. Aber er war in ihr Büro gekommen und hatte Andrew Marvells ›An die keusche Geliebte‹ rezitiert und dabei nur das Reimpaar »Und meiner Liebe Frucht sie sprieße / Empor zum precht'gen Baum sie schieße« vermasselt.

Er sagte »Furcht« statt »Frucht«, und sie konnte seine Furcht fast mit Händen greifen, während er die nächsten Zeilen deklamierte.

*Einhundert Jahre will ich preisen*
*Deine Augen, deiner Stirne Ehr erweisen;*
*Zweihundert Jahre deine Brüste rühmen;*
*Doch allem anderen dreißigtausend ziemen.*

Mannomann, hatte sie gedacht, denn sie hatte gewußt, daß es ihre Brüste und alles andere waren, woran er dachte. Und so hatte sie ihn aufgenommen.

Als die Mädchen in dem Kurs mit ihm flirteten, hatte sie das Bedürfnis verspürt, ihn zu beschützen. Zunächst redete sie sich ein, sie wolle ihn lediglich bemuttern. Als sie ihn abschob – ebenso umstandslos, wie ihre schwangere Tochter von ihrem ungenannten Freund abgeschoben worden war –, hatte der Junge ihren Kurs abgebrochen und seine Mutter angerufen.

Die Mutter des Jungen, die dem Kuratorium einer anderen Universität angehörte, schrieb dem Dekan der Fakultät: »Fällt das Schlafen mit einem Studenten nicht unter die Kategorie ›moralische Verderbtheit‹?« Ihre Frage hatte zur Folge gehabt, daß Patricks einstige akademische Betreuerin und Liebhaberin ihrerseits ein Semester Urlaub nahm.

Das ungeplante Freisemester, ihre zweite Scheidung, die ganz ähnlich gelagerte Schande ihrer Tochter... was sollte sie denn bloß tun?

Ihr künftiger zweiter Exehemann hatte sich widerstrebend bereit erklärt, ihre Kreditkarten noch einen Monat lang nicht sperren zu lassen. Das sollte er schwer bereuen. Spontan fuhr sie mit ihrer vom Unterricht beurlaubten Tochter nach Paris, wo die beiden eine Suite im ›Bristol‹ bezogen; das Hotel war viel zu teuer für sie, aber sie hatte einmal eine Ansichtskarte davon erhalten und schon immer hinfahren wollen. Die Postkarte war von ihrem ersten Exmann gekommen – er war mit seiner zweiten Frau dort abgestiegen und hatte die Karte nur geschickt, um es ihr unter die Nase zu reiben.

Das ›Bristol‹ lag in der Rue du Faubourg Saint-Honoré, umgeben von eleganten Geschäften, wie sie sich nicht einmal eine Abenteurerin leisten konnte. Im Hotel angekommen, trauten sie und ihre Tochter sich nicht, irgendwohin zu gehen oder irgend etwas zu unternehmen. Sie kamen nicht mit der Extravaganz des Hotels zurecht. Im Foyer und in der Bar kamen sie sich zu einfach gekleidet vor und waren wie gebannt von den Menschen, die sich im ›Bristol‹ eindeutig sehr viel wohler fühlten. Dennoch gestanden sie sich nicht ein, daß es eine schlechte Idee gewesen war, hierherzukommen – jedenfalls nicht an ihrem ersten Abend.

Ganz in der Nähe, in einer der kleineren Straßen, gab es ein recht nettes, preisgünstiges Bistro, aber es war ein regnerischer, dunkler Abend, und sie wollten früh zu Bett – sie litten unter Jetlag. Sie hatten vor, zeitig zu essen, und wollten Paris erst am nächsten Tag richtig in Angriff nehmen, aber das Hotelrestaurant war sehr beliebt. Sie würden erst nach neun Uhr einen Tisch bekommen können, eine Zeit, zu der sie schon fest zu schlafen hofften.

Sie waren hierhergekommen, um sich für das Unrecht zu entschädigen, das man ihnen beiden, jedenfalls in ihren Augen, angetan hatte; in Wirklichkeit waren sie Opfer der Unerfülltheit des Fleisches, wobei ihre eigenen zahllosen Unzufriedenheiten eine maßgebliche Rolle gespielt hatten. Ob verdienter- oder unverdientermaßen, das ›Bristol‹ sollte ihre Belohnung sein. Nun waren sie gezwungen, sich in ihre Suite zurückzuziehen und mit dem Zimmerservice vorliebzunehmen.

Der Zimmerservice im ›Bristol‹ hatte nichts Unelegantes – nur war das Ganze eben kein Abend in Paris, wie sie ihn sich vorgestellt hatten. Untypischerweise bemühten sich Mutter wie Tochter, das Beste daraus zu machen.

»Ich hätte mir nie träumen lassen, daß ich meine erste Nacht in Paris in einem Hotelzimmer mit meiner *Mutter* verbringe!« rief die Tochter aus; sie versuchte, darüber zu lachen.

»Von mir wirst du wenigstens nicht geschwängert«, bemerkte ihre Mutter. Auch darüber versuchten die beiden zu lachen.

Wallingfords ehemalige akademische Betreuerin begann die Litanei der enttäuschenden Männer in ihrem Leben herunterzubeten. Einen Teil dieser Liste kannte ihre Tochter bereits, aber sie bekam ihrerseits schon eine Liste zusammen, wenn diese bis jetzt auch erheblich kürzer war als die ihrer Mutter. Sie tranken zwei halbe Flaschen Wein aus der Minibar, ehe der rote Bordeaux kam, den sie zum Essen bestellt hatten, und sie tranken auch diesen. Dann riefen sie den Zimmerservice an und bestellten eine zweite Flasche.

Der Wein löste ihnen die Zunge – und das vielleicht in stärkerem Maße, als es in einem Gespräch zwischen Mutter und Tochter angebracht oder schicklich war. Daß ihre ungeratene Tochter von einer Vielzahl leichtsinniger Jungen hätte schwanger werden können, ehe sie den Rüpel kennenlernte, der es dann tatsächlich geschafft hatte, wäre für jede Mutter eine bittere Pille gewesen – auch in Paris. Daß Patrick Wallingfords ehemalige akademische Betreuerin eine unverbesserliche Aufreißerin war, wurde selbst ihrer Tochter deutlich; daß ihre Mutter dank ihrer sexuellen Vorlieben mit immer jüngeren Männern, darunter schließlich auch einem Teenager, angebändelt hatte, war möglicherweise eine Erkenntnis, auf die keine Tochter gesteigerten Wert legte.

Während einer willkommenen Unterbrechung der endlosen Bekenntnisse ihrer Mutter – die nicht mehr ganz taufrische Bewunderin der metaphysischen Dichter unterschrieb gerade für die zweite Flasche Bordeaux und flirtete dabei schamlos mit dem Zimmerkellner – schaltete die Tochter auf der Suche nach Ablenkung von dieser ungewollten Vertraulichkeit den Fernseher ein. Wie es sich für ein erst kürzlich schick renoviertes Hotel gehörte, bot das ›Bristol‹ eine Vielzahl von Satellitensendern, und wie es der Zufall wollte, hatte die Mutter kaum die Tür hinter dem Zimmerkellner geschlossen und sich zu ihrer Tochter und dem Fernseher umgedreht, als sie sah, wie ihr Exliebhaber seine linke Hand an einen Löwen verlor. Einfach so!

Natürlich schrie sie, weshalb auch ihre Tochter schrie. Die zweite Flasche Bordeaux wäre dem Griff der Mutter entglitten, hätte sie den Flaschenhals nicht fest umklammert. (Möglicherweise stellte sie sich vor, die Flasche sei eine ihrer Hände, die gerade im Rachen eines Löwen verschwand.)

Die Handfreßepisode war vorüber, ehe die Mutter die verdrehte Geschichte ihrer Beziehung zu dem nun verstümmelten Fernsehjournalisten noch einmal erzählen konnte. Es sollte eine Stunde vergehen, bis der internationale Nachrichtensender die Szene erneut brachte, obwohl alle fünfzehn Minuten ein beim Sender sogenannter »Anheizer« kam, der den bevorstehenden Bericht ankündigte – jedes Promo ein Teilstück von zehn bis fünfzehn Sekunden: Die Löwen, wie sie sich in ihrem Käfig um einen übriggebliebenen und nicht genau erkennbaren Bissen rauften; der an Patricks ausgerenkter Schulter baumelnde, handlose Arm; der verblüffte Ausdruck auf Wallingfords Gesicht, kurz bevor er in Ohnmacht fiel; die flüchtige Ansicht einer BH-losen Blondine mit Kopfhörern, die in einer wie Fleisch aussehenden Masse zu schlafen schien.

Mutter und Tochter blieben eine weitere Stunde auf, um sich die ganze Episode noch einmal anzusehen. Diesmal bemerkte die Mutter über die BH-lose Blondine: »Ich wette, er hat mit ihr gevögelt.«

In diesem Stil machten sie die zweite Flasche Bordeaux hindurch weiter. Die dritte Betrachtung des kompletten Ereignisses rief lasziv-hämisches Geschrei hervor – als bekäme Wallingford die Strafe, als die sie das Ganze sahen, stellvertretend für alle Männer, die sie je gekannt hatten.

»Nur daß es nicht seine Hand hätte sein müssen«, sagte die Mutter.

»Ja, genau«, bestätigte die Tochter.

Doch nach der dritten Betrachtung des grausigen Vorfalls nahm man das endgültige Verschlingen der Körperteile mit mißmutigem Schweigen auf, und die Mutter ertappte sich dabei, daß sie den Blick von Patricks Gesicht abwandte, kurz bevor er in Ohnmacht fiel.

»Armes Schwein«, sagte die Tochter leise. »Ich gehe schlafen.«

»Ich glaube, einmal seh ich's mir noch an«, antwortete ihre Mutter.

Die Tochter lag schlaflos im Bett; das flackernde Licht drang unter der Tür zum Wohnzimmer der Suite hindurch. Sie hörte ihre Mutter, die den Ton abgedreht hatte, vor sich hin schluchzen.

Pflichtschuldig setzte sich die Tochter zur Mutter auf die Wohnzimmercouch. Sie ließen den Ton des Fernsehers abgedreht; sie hielten sich an den Händen und sahen sich erneut den schrecklichen, aber animierenden Filmbericht an. Die hungrigen Löwen waren nebensächlich – Gegenstand der Verstümmelung waren *die Männer*.

»Warum brauchen wir sie, wo wir sie doch hassen?« fragte die Tochter müde.

»Wir hassen sie, *weil* wir sie brauchen«, antwortete die Mutter, leicht lallend.

Da war Wallingfords schmerzerfülltes Gesicht. Er fiel auf die Knie, aus seinem Unterarm spritzte Blut. Sein gutes Aussehen wurde von seinen Schmerzen überdeckt, aber er hatte eine derartige Wirkung auf Frauen, daß eine betrunkene, unter Jetlag leidende Mutter und ihre kaum weniger mitgenommene Tochter spürten, wie ihnen die Arme weh taten. Sie streckten sie sogar nach ihm aus, als er hinfiel.

Patrick Wallingford wurde nie von sich aus aktiv, doch er rief sexuelle Spannung und übersteigerte Sehnsucht hervor. Er zog Frauen jeden Alters und Typs wie magnetisch an; noch wenn er bewußtlos dalag, stellte er eine Gefahr für das weibliche Geschlecht dar.

Wie in Familien häufig der Fall, sprach die Tochter laut

aus, was die Mutter ebenfalls beobachtet, aber für sich behalten hatte. »Guck mal, die Löwinnen«, sagte die Tochter. Nicht eine Löwin hatte die Hand angerührt. In ihren traurigen Augen lag ein gewisses Maß an Sehnsucht; und noch nachdem Wallingford in Ohnmacht gefallen war, wandten die Löwinnen nicht den Blick von ihm. Es schien beinahe so, als wären auch sie ganz hingerissen.

2

## *Der frühere Mittelfeldspieler*

Das Team in Boston wurde geleitet von Dr. Nicholas M. Zajac, einem Handchirurgen bei Schatzman, Gingeleskie, Mengerink & Partner – dem führenden handmedizinischen Zentrum in Massachusetts. Zudem war Dr. Zajac außerordentlicher Professor für Chirurgie in Harvard. Es war seine Idee, über das Internet nach potentiellen Handspendern und -empfängern zu suchen (www.needahand.com).

Dr. Zajac war eine halbe Generation älter als Patrick Wallingford. Daß sowohl Deerfield als auch Amherst zu seiner Zeit reine Jungenschulen gewesen waren, reicht kaum aus, die von Geschlechtertrennung geprägte Haltung zu erklären, die sich in seinem Auftreten ebenso stark bemerkbar machte wie sein schlechter Geschmack in puncto Aftershave.

Aus seiner Zeit in Deerfield oder seinen vier Jahren in Amherst erinnerte sich kein Mensch an ihn. Er hatte sowohl in der Prep School als auch am College Lacrosse gespielt – er war sogar Anspieler –, aber nicht einmal seine Trainer erinnerten sich an ihn. Daß man in Sportmannschaften derart anonym bleibt, kommt außerordentlich selten vor; doch Nick Zajac hatte seine Jugend und sein frühes Mannesalter in einem auf geradezu unheimliche Weise undenkwürdigen, wenn auch erfolgreichen Streben nach Spitzenleistungen verbracht, ohne Freunde und ohne eine einzige sexuelle Erfahrung.

Einem Kommilitonen, mit dem er sich eine weibliche Leiche teilte, blieb der künftige Dr. Zajac wegen der Bestürzung und Empörung bei deren Anblick für immer im Gedächtnis. »Daß sie schon lange tot war, machte ihm nichts aus«, entsann er sich. »Nick machte zu schaffen, daß die Leiche eine Frau war, und zwar eindeutig seine erste.«

Ebenfalls seine erste war Zajacs Ehefrau. Er gehörte zu den übertrieben dankbaren Männern, die die erste Frau heiraten, die mit ihnen schläft. Sowohl er als auch seine Frau sollten das bereuen.

Die weibliche Leiche hatte etwas mit Zajacs Entscheidung zu tun, sich auf Hände zu spezialisieren. Seinem früheren Laborpartner zufolge waren die Hände die einzigen Körperteile der Leiche, die zu untersuchen Zajac ertragen konnte.

Über Dr. Zajac müssen wir eindeutig noch mehr erfahren. Seine Magerkeit war zwanghaft; er konnte gar nicht dünn genug sein. Als Marathonläufer, Vogelbeobachter und Körneresser – eine Gewohnheit, die sich der Beobachtung von Finken verdankte – fühlte sich der Doktor auf außergewöhnliche Weise zu Vögeln und zu berühmten Menschen hingezogen. Er wurde Handchirurg für Stars.

Meistens handelte es sich um Sportstars, verletzte Sportler, wie etwa den Werfer der Boston Red Sox mit dem gerissenen vorderen radio-ulnaren Band an der Wurfhand. Der Werfer wurde später im Tausch für zwei Infielder, die sich nicht durchsetzten, und für einen als Schlagmann vorgesehenen Spieler, dessen Haupttalent darin bestand, seine

Frau zu schlagen, an die Toronto Blue Jays abgegeben. Zajac operierte auch den vorgesehenen Schlagmann. Bei dem Versuch, sich im Auto einzuschließen, hatte dessen Frau ihm mit der Wagentür die Hand eingeklemmt – wobei die zweite Grundphalange und der dritte Mittelhandknochen am stärksten in Mitleidenschaft gezogen wurden.

Erstaunlich viele Verletzungen von Sportstars ergaben sich außerhalb des Spielfeldes, des Platzes oder der Eisfläche – wie zum Beispiel bei dem inzwischen nicht mehr aktiven Torwart der Boston Bruins, der sich das Querband der linken Hand einriß, indem er ein Weinglas zu kräftig gegen seinen Ehering drückte. Und da war der häufig mit Strafen belegte Linebacker der New England Patriots, der sich bei dem Versuch, mit einem Schweizer Armeemesser eine Auster zu öffnen, eine Fingerarterie und mehrere Fingernerven durchtrennte. Sie waren risikobereit – sie neigten stark zu Unfällen –, aber sie waren berühmt. Eine Zeitlang bewunderte Dr. Zajac sie; ihre signierten Fotos, die körperliche Überlegenheit ausstrahlten, schauten von den Wänden seines Behandlungsraums herab.

Doch selbst die *Sport*unfälle der Sportstars waren häufig unnötig, wie etwa bei dem Center der Boston Celtics, der einen Rückwärts-Slam-Dunk versuchte, nachdem die Uhr schon abgelaufen war. Er verlor einfach die Kontrolle über den Ball und machte sich am Korbrand die palmare Faszie kaputt.

Egal – Dr. Zajac liebte sie alle. Und nicht nur die Sportler.

Rocksänger neigten offenbar zu zweierlei Arten von Hotelzimmerverletzungen. An vorderster Stelle stand dabei das, was Zajac als »Zimmerservice-Koller« kategorisierte; er führte zu Stichwunden, Verbrühungen durch Tee und Kaffee und einer Unmenge ungeplanter Konfrontationen mit toten Gegenständen. Diesen dichtauf folgten die unzähligen Mißgeschicke auf feuchten Badezimmerböden, zu denen nicht nur Rock-, sondern auch Filmstars tendierten.

Filmstars hatten außerdem Unfälle in Restaurants und zwar hauptsächlich beim Verlassen derselben. Vom Standpunkt eines Handchirurgen aus war es besser, einen Fotografen als dessen Kamera zu schlagen. Im Interesse der Hand war jeder Ausdruck von Feindseligkeit gegenüber einem Metall-, Glas-, Holz-, Stein- oder Plastikgegenstand ein Fehler. Doch bei Prominenten war Gewalttätigkeit gegen *Dinge* die Hauptursache der Verletzungen, die der Doktor zu Gesicht bekam.

Wenn Dr. Zajac die sanftmütigen Gesichter seiner renommierten Patienten Revue passieren ließ, dann in der Erkenntnis, daß ihr Erfolg und ihre zur Schau gestellte Zufriedenheit nur Masken waren.

All dies mag Zajac beschäftigt haben, doch seine Kollegen bei Schatzman, Gingeleskie, Mengerink & Partner beschäftigen sich mit *ihm*. Zwar nannten sie Dr. Zajac nie ins Gesicht hinein prominentengeil, doch sie wußten um seine Schwäche und fühlten sich ihm überlegen – allerdings nur in dieser Hinsicht. Als Chirurg stach er sie alle aus, und auch das wußten sie und ärgerten sich darüber.

Wenn man sich bei Schatzman, Gingeleskie, Mengerink & Partner jeden Kommentars zu Zajacs Prominentengeilheit enthielt, so erlaubte man sich immerhin, den Superstar-Kollegen wegen seiner Magerkeit zu ermahnen. Man glaubte allgemein, Zajacs Ehe sei gescheitert, weil er dünner als seine Frau geworden war, doch bei Schatzman, Gingeleskie, Mengerink & Partner hatte niemand Dr. Zajac zu einer vernünftigen Ernährungsweise bewegen und so seine Ehe retten können; um so unwahrscheinlicher, daß sie ihn nun, nach seiner Scheidung, zu einer Mastkur würden überreden können.

Es war hauptsächlich seine Liebe zu Vögeln, die Zajacs Nachbarn wahnsinnig machte. Aus Gründen, die auch den Ornithologen der Gegend verborgen blieben, war Dr. Zajac der Überzeugung, daß die Fülle von Hundekot in Greater Boston sich schädlich auf die Vogelwelt der Stadt auswirkte.

Es gab ein Bild von Zajac, an dem sich alle seine Kollegen weideten, obwohl nur einer von ihnen es tatsächlich gesehen hatte. An einem Sonntagmorgen suchte der berühmte Handchirurg – in kniehohen Stiefeln, seinem roten Flanellbademantel und einer grotesken New-England-Patriots-Skimütze, in der einen Hand eine braune Papiertüte, in der anderen einen Lacrosseschläger in Kindergröße – seinen verschneiten Garten in der Brattle Street nach Hundehaufen ab. Dr. Zajac hatte selbst zwar keinen Hund, aber er hatte mehrere rücksichtslose Nachbarn, und die Brattle Street war eine der beliebtesten Gassiführrouten von Cambridge.

Der Lacrosseschläger war für Zajacs einziges Kind bestimmt gewesen, einen unsportlichen Sohn, der ihn jedes drittes Wochenende besuchte. Der von der Scheidung seiner Eltern verstörte, problembeladene Junge war ein untergewichtiger Sechsjähriger, ein hartnäckiger Nichtesser – durchaus möglich, daß dies auf den Einfluß seiner Mutter zurückging, die ihre Lebensaufgabe schlicht und einfach darin sah, Zajac verrückt zu machen.

Die Exfrau, die Hildred hieß, äußerte sich in wegwerfendem Ton zu dem Thema. »Wieso soll der Junge essen? Sein Vater tut es doch auch nicht. Er sieht, wie sein Vater hungert, also hungert er selbst auch!« Deshalb durfte Zajac seinen Sohn laut Scheidungsregelung nur alle drei Wochen, und nie länger als ein Wochenende, sehen. Dabei hat Massachusetts die sogenannte Scheidung ohne Verschulden! (Ein Begriff, den Wallingford als sein Lieblingsoxymoron bezeichnete.)

In Wirklichkeit zermarterte sich Dr. Zajac den Kopf über die Eßstörung seines geliebten Kindes und suchte sowohl medizinische als auch praktische Lösungen für das Leiden seines Sohnes. (Hildred nahm kaum zur Kenntnis, daß ihr verhungert aussehender Sohn überhaupt ein Problem hatte.) Der Junge hieß Rudy; und an den Wochenenden, an denen er seinen Vater besuchte, bekam er häufig das Schauspiel vorgeführt, wie Dr. Zajac sich mit üppigen Portionen zwangsernährte, die er später, in zurückgezogener, disziplinierter Stille, wieder erbrach. Doch ob mit oder ohne das Beispiel seines Vaters, Rudy aß kaum etwas.

Ein Kindergastroenterologe riet zu einem diagnostischen Eingriff, um eine mögliche Erkrankung des Colons auszuschließen. Ein anderer verschrieb einen Saft, einen unverdaulichen Zucker, der diuretisch wirkte. Ein dritter meinte, das Problem werde sich von selbst geben; das war der einzige gastroenterologische Rat, den sowohl Dr. Zajac als auch seine Exfrau akzeptieren konnten.

Unterdessen hatte Zajacs ehemalige im Haus wohnende

Haushälterin gekündigt – sie konnte nicht mit ansehen, welche Unmengen von Lebensmitteln jeden dritten Montag weggeworfen wurden. Weil Irma, die neue, ebenfalls im Haus wohnende Haushälterin, an dem Wort »Haushälterin« Anstoß nahm, achtete Zajac von Anfang an darauf, sie als seine »Assistentin« zu bezeichnen, obwohl die Hauptaufgaben der jungen Frau darin bestanden, das Haus sauber zu halten und die Wäsche zu besorgen. Vielleicht war es das obligatorische tägliche Entfernen der Hundehaufen aus dem Garten, das ihr jeden Schwung nahm – die Schande der braunen Papiertüte, ihre Ungeschicklichkeit mit dem Kinder-Lacrosseschläger, das Niedere der Arbeit.

Irma war eine unscheinbare, stämmig gebaute junge Frau Ende Zwanzig, und sie hatte nicht damit gerechnet, daß zur Arbeit für einen »Mediziner«, wie sie ihn nannte, auch etwas so Erniedrigendes wie der Kampf gegen die Scheißgewohnheiten der Brattle-Street-Hunde gehörte.

Außerdem kränkte sie, daß Dr. Zajac sie für eine Neueinwanderin hielt, für die Englisch eine Zweitsprache war. Englisch war Irmas erste und einzige Sprache, und das Mißverständnis rührte daher, daß Zajac nur sehr wenig verstand, wenn er zufällig ihre unglückliche Stimme am Telefon hörte.

Irma hatte ihren eigenen Apparat in ihrem an die Küche angrenzenden Zimmer und redete spät in der Nacht, wenn Zajac den Kühlschrank plünderte, oft ausführlich mit ihrer Mutter oder einer ihrer Schwestern. (Der skalpelldünne Chirurg beschränkte seine Imbisse auf rohe Möhren, die er in einer Schüssel mit schmelzendem Eis im Kühlschrank aufbewahrte.)

Zajac kam es so vor, als spräche Irma eine Fremdsprache. Teilweise wurde sein Hörvermögen sicher auch durch sein unablässiges Kauen auf rohen Möhren und das unerträgliche Gezwitscher der über das ganze Haus verteilten Singvögel in Käfigen beeinträchtigt, aber der Hauptgrund für Zajacs falsche Annahme war, daß Irma jedesmal hysterisch weinte, wenn sie mit ihrer Mutter oder ihren Schwestern sprach. Sie berichtete ihnen, wie demütigend es war, von Dr. Zajac ständig unterbewertet zu werden.

Irma konnte kochen, aber der Doktor nahm kaum je regelmäßige Mahlzeiten zu sich. Sie konnte nähen, aber Zajac betraute seine Reinigung mit der Reparatur seiner Praxis- und Klinikkleidung; was ansonsten an Wäsche blieb, waren im wesentlichen die verschwitzten Kleider, in denen er joggte. Zajac joggte morgens (manchmal im Dunkeln) vor dem Frühstück, und er joggte erneut (oft im Dunkeln) am Ende des Tages.

Er war einer jener dünnen Männer Mitte Vierzig, die an den Ufern des Charles River entlangjoggen, als stünden sie in einem immerwährenden Fitneßwettbewerb mit sämtlichen Studenten, die ebenfalls in der Nähe des Memorial Drive joggen und gehen. Bei Schnee, bei Schneematsch, bei Schneeregen, bei Sommerhitze – selbst bei Gewittern – joggte und joggte der dürre Chirurg. Bei einer Größe von einsachtzig wog Dr. Zajac knapp über sechzig Kilo.

Irma, die eins siebenundsechzig groß war und achtundsechzig Kilo wog, war davon überzeugt, daß sie ihn haßte. Nachts schluchzte sie die Litanei der Kränkungen, die Zajac ihr zugefügt hatte, ins Telefon, doch wenn der Handchirurg sie hörte, dachte er nur: Tschechich? Polnisch? Litauisch?

Als Dr. Zajac sie fragte, woher sie kam, antwortete Irma indigniert: »Boston!« Schön für sie!, folgerte Zajac. Keiner ist so patriotisch wie der dankbare europäische Einwanderer. So beglückwünschte Dr. Zajac sie zu ihrem guten Englisch, »wenn man bedenkt«, und Irma weinte sich nachts am Telefon die Seele aus dem Leib.

Sie enthielt sich jeden Kommentars über die Lebensmittel, die der Doktor jeden dritten Freitag kaufte, und Dr. Zajac gab keine Erklärung für die jeden dritten Montag erteilte Anweisung, alles wegzuwerfen. Die Lebensmittel – ein ganzes Huhn, ein ganzer Schinken, Obst und Gemüse – waren dann jeweils auf dem Küchentisch zusammengetragen, und dabei lag ein getippter Zettel mit dem einzigen Wort BESEITIGEN.

Es mußte mit seinem Abscheu vor Hundekot zu tun haben, stellte sich Irma vor. Mit mythischer Schlichtheit ging sie davon aus, daß der Doktor unter einer Beseitigungsmanie litt. Sie hatte keine Ahnung. Selbst beim morgendlichen und abendlichen Joggen hatte Dr. Zajac einen Lacrosseschläger, einen für Erwachsene, bei sich, den er hielt, als führe er einen imaginären Ball.

Im Hause Zajac gab es viele Lacrosseschläger. Zusätzlich zu Rudys, der eher nach Spielzeug aussah, gab es zahlreiche Schläger in Erwachsenengröße und unterschiedlichen Graden von Abnutzung und Kaputtheit. Es gab sogar einen ramponierten Holzschläger, der aus der Zeit des Doktors in Deerfield stammte. Wegen seiner gerissenen und neu geknüpften Rohlederschnüre wie eine Waffe anmutend, war er mit schmutzigem Klebeband umwickelt und dreckverkrustet. Doch in Dr. Zajacs geschickten Händen durchbebte den Schläger die nervöse Energie seiner bewegten Jugend, in der der neurasthenische Handchirurg ein untergewichtiger, aber überaus fähiger Mittelfeldspieler gewesen war.

Wenn der Doktor an den Ufern des Charles River entlangjoggte, vermittelte der altmodische Lacrosseschläger aus Holz die gleiche Wirkung wie das im Anschlag gehaltene Gewehr eines Soldaten. Mehr als ein Ruderer in Cambridge hatte es schon erlebt, wie ein, zwei Hundehaufen über sein Bootsheck sausten, und einer von Zajacs Medizinstudenten – ehedem Steuermann eines Harvard-Achters – behauptete, er hätte gerade noch einem auf seinen Kopf gezielten Hundehaufen ausweichen können.

Dr. Zajac bestritt, daß er den Steuermann habe treffen wollen. Er verfolgte lediglich das Ziel, den Memorial Drive von einem deutlichen Übermaß an Hundekot zu befreien, den er mit seinem Lacrosseschläger lüpfte und in den Charles River schleuderte. Doch der ehemalige Steuermann und Medizinstudent hatte nach ihrer ersten denkwürdigen Begegnung nach dem verrückten Mittelfeldspieler Ausschau gehalten, und es gab andere Ruderer und Steuerleute, die schworen, sie hätten gesehen, wie Zajac mit seinem alten Lacrosseschläger gekonnt einen Hundehaufen aufnahm und ihn auf sie schoß.

Belegt ist, daß der frühere Mittelfeldspieler von Deerfield zwei Tore gegen ein zuvor ungeschlagenes Team aus Andover und *zweimal* je drei Tore gegen Exeter erzielte. (Zwar erinnerte sich von Zajacs Mannschaftskameraden keiner an ihn, wohl aber so mancher seiner Gegner. Der Torwart von Exeter sagte es am treffendsten: »Nick Zajac hatte einen richtig fiesen Schuß.«)

Dr. Zajacs Kollegen bei Schatzman, Gingeleskie, Mengerink & Partner hatten ihn außerdem darüber lästern hören, »wie absolut lächerlich es ist, einen Sport zu betreiben, bei dem man nach hinten schaut«, womit er seine Verachtung für Ruderer dokumentiert hatte. Na und? Ist exzentrisches Verhalten bei Erfolgsmenschen nicht ziemlich verbreitet?

Das Haus in der Brattle Street tönte von Singvögeln wider wie ein bewaldetes Tal. Die Erkerfenster des Speisezimmers waren mit großen schwarzen X besprayt, um zu verhindern, daß Vögel dagegen prallten. Dadurch sah Dr. Zajacs Heim ständig so aus, als wäre es von Vandalen heimgesucht worden. Ein Zaunkönig mit einem gebrochenen Flügel erholte sich in seinem eigenen Käfig in der Küche, wo erst vor kurzem – zu Irmas wachsendem Kummer – ein Seidenschwanz mit gebrochenem Hals gestorben war.

Das Vogelfutter zusammenzufegen, das unter den Käfigen der Singvögel verstreut lag, gehörte zu Irmas niemals endenden Arbeiten; trotz ihrer Bemühungen wäre das Haus wegen des ständigen Knirschens von Vogelfutter unter den Füßen für Einbrecher eine schlechte Wahl gewesen. Rudy allerdings mochte die Vögel – die Mutter des unterernährten Jungen hatte sich bislang geweigert, ihm irgendein Haustier zu besorgen –, und Zajac hätte auch in einer Voliere gewohnt, wenn er der Meinung gewesen wäre, daß es Rudy glücklich machen oder ihn zum Essen bewegen könnte.

Aber Hildred war, was das Quälen ihres Exmannes anging, von einer derart beharrlichen Niedertracht, daß es ihr noch nicht genügte, seine Zeit mit dem Sohn auf bloße zwei Tage und drei Nächte pro Monat reduziert zu haben. Schließlich meinte sie, auf eine Methode gekommen zu sein, wie sie ihnen das Zusammensein noch mehr vermiesen könnte, und schenkte Rudy einen Hund.

»Halten mußt du ihn aber bei deinem Vater«, sagte sie dem Sechsjährigen. »Hier kann er nicht bleiben.«

Der Köter, der aus irgendeinem Tierheim kam, wurde beschönigend als »Labradormischling« bezeichnet. Ob das Schwarze vom Labrador kam, fragte sich Zajac. Bei dem Tier handelte es sich um eine etwa zwei Jahre alte, sterilisierte Hündin mit ängstlichem Memmengesicht und einem Körper, der gedrungener und massiger war als der eines Labradors. Die Art und Weise, wie ihre schlaffen oberen Lefzen ihr über den Unterkiefer hingen, hatte etwas Jagdhundhaftes; ihre Stirn war eher braun als schwarz und von einem ständigen Runzeln gefurcht. Der Hund ging, während sein kräftiger Schwanz wie der eines Vorstehhundes zuckte, mit der Schnauze am Boden und trat sich dabei häufig selbst auf die Ohren. (Hildred hatte ihn in der Hoffnung gekauft, daß es sich bei dem ausgesetzten Tier um einen Hühnerhund handelte.)

»Medea wird eingeschläfert, wenn wir sie nicht behalten, Dad«, sagte Rudy ernst zu seinem Vater.

»Medea«, wiederholte Zajac.

Veterinärmedizinisch gesehen, litt Medea unter »Pantophagie«; sie fraß Stöcke, Schuhe, Steine, Papier, Metall, Plastik, Tennisbälle, Kinderspielzeug und ihren eigenen Kot. (Ihre sogenannte Pantophagie war eindeutig ein Mischlingsverhalten.) Der Eifer, mit dem sie Hundescheiße, und zwar nicht nur ihre eigene, fraß, war der Grund dafür, daß ihre frühere Familie sie verstoßen hatte.

Indem Hildred einen todgeweihten Hund mit Gewohnheiten auftrieb, von denen anzunehmen war, daß sie ihren Exmann wahnsinnig oder wahnsinniger machten, hatte sie sich selbst übertroffen. Daß Medea nach einer Zauberin der griechischen Mythologie benannt war, die ihre eigenen Kinder umgebracht hatte, paßte fast zu gut. Hätte die gefräßige Mischlingshündin Junge gehabt, hätte sie sie gefressen.

Welch ein Horror für Hildred, feststellen zu müssen, daß Dr. Zajac den Hund *liebte*! Medea suchte ebenso eifrig nach Hundescheiße wie er – sie waren verwandte Seelen –, und nun hatte Rudy einen Hund, mit dem er spielen konnte, weshalb er seinen Vater um so lieber besuchte.

Dr. Nicholas M. Zajac mochte Handchirurg für Stars sein, aber er war in erster Linie ein geschiedener Vater. Daß Dr. Zajacs Liebe zu seinem Sohn Irma tief bewegte, war zunächst ihre Tragödie, dann ihr Triumph. Ihr eigener Vater hatte ihre Mutter schon vor Irmas Geburt verlassen und sich nicht die Mühe gemacht, eine Beziehung zu ihr oder zu ihren Schwestern anzuknüpfen.

Eines Montagmorgens, nachdem Rudy zu seiner Mutter zurückgekehrt war, begann Irma ihren Arbeitstag in der Absicht, das Zimmer des Jungen sauberzumachen. In den drei Wochen seiner Abwesenheit wurde das Zimmer des Sechsjährigen in Ordnung gehalten wie ein Schrein; es war praktisch auch ein Schrein, und man sah Zajac häufig voller Andacht darin sitzen. Auch den morosen Hund zog es in Rudys Zimmer. Medea schien Rudy ebenso sehr zu vermissen wie Zajac.

An diesem Vormittag allerdings fand Irma zu ihrer Überraschung Dr. Zajac dabei vor, wie er nackt im Bett seines abgereisten Sohnes schlief. Die Beine des Doktors hingen über das Fußende, und er hatte die Bettdecke weggeschleudert; die Hitze des knapp dreißig Kilo schweren Hundes reichte zweifellos aus. Medea lag Brust an Brust mit dem Handchirurgen, ihre Schnauze an seinem Hals, und liebkoste mit der Pfote die nackte Schulter des schlafenden Arztes.

Irma machte große Augen. Noch nie hatte sie einen so ungestörten Blick auf einen nackten Mann werfen können. Daß Frauen sich nicht zu seiner überragenden Fitneß hingezogen fühlten, verwirrte den ehemaligen Mittelfeldspieler eher, als daß es ihn kränkte, aber obwohl er keineswegs ein unattraktiver Mann war, stach seine totale Verrücktheit ebenso deutlich ins Auge wie sein Skelett. (Jene war weniger offenkundig, wenn er schlief.)

Der Chirurg mit dem Transplantationsfimmel wurde von seinen Kollegen sowohl verspottet als auch beneidet. Er joggte zwanghaft, er aß fast nichts, er war ein Vogelnarr, dem es seit neuestem die Pantophagie eines überaus neurotischen Hundes angetan hatte. Außerdem bedrückte ihn die grenzenlose Seelenangst um seinen Sohn, den er kaum je zu Gesicht bekam. Doch was Irma nun in Dr. Zajac wahrnahm, setzte das alles außer Kraft. Plötzlich erkannte sie die heroische Liebe, die er dem Kind entgegenbrachte, eine von Mann und Hund gleichermaßen empfundene Liebe. (In ihrer neuentdeckten Schwäche war Irma auch von Medea tief bewegt.)

Irma hatte Rudy nie kennengelernt. Sie hatte am Wochenende frei. Was sie wußte, konnte sie lediglich Fotos entnehmen, deren Zahl nach jedem Besuch des geliebten Sohns zunahm. Zwar hatte Irma gespürt, daß Rudys Zimmer ein Schrein war, doch Zajac und Medea in inniger Umarmung auf dem Bett des kleinen Jungen vorzufinden, darauf war sie nicht gefaßt gewesen. Ach, dachte sie, so geliebt zu werden!

In diesem Augenblick, in ebendieser Sekunde, verliebte sich Irma in Dr. Zajacs offenkundige Liebesfähigkeit – ungeachtet dessen, daß der gute Doktor keinerlei erkennbare Fähigkeit, *sie* zu lieben, an den Tag gelegt hatte. Auf der Stelle wurde Irma Zajacs Sklavin – nicht, daß er es so bald bemerkte.

In diesem lebensverändernden Moment schlug Medea ihre in Selbstmitleid schwimmenden Augen auf und hob den schweren Kopf, an dessen überhängender Lefze ein Sabberfaden hing. Für Irma, die sich hemmungslos dafür begeistern konnte, noch in den alltäglichsten Ereignissen Vorzeichen zu erkennen, hatte der Geifer des Hundes die betörende Farbe einer Perle.

Irma erkannte, daß auch Dr. Zajac gleich aufwachen würde. Der Doktor hatte einen Ständer, so dick wie sein Handgelenk und so lang wie... nun ja, sagen wir einfach, daß Zajac für einen so dürren Burschen ein ziemliches Gemächt hatte. Irma kam daraufhin zu der Erkenntnis, daß sie schlank sein wollte.

Diese Reaktion erfolgte nicht weniger plötzlich als die Entdeckung ihrer Liebe zu Dr. Zajac. Die linkische junge Frau, die fast zwanzig Jahre jünger war als der geschiedene Arzt, sah sich kaum imstande, auf den Flur hinauszuwanken, ehe Zajac aufwachte. Um den Arzt darauf aufmerksam zu machen, daß sie in der Nähe war, rief sie den Hund. Medea trollte sich halbherzig aus Rudys Zimmer. Zur rasch in Schwanzwedeln übergehenden Verblüffung des depressiven Hundes begann Irma ihn mit Zuneigung zu überschütten.

Alles hat einen Zweck, dachte die einfache junge Frau. Sie erinnerte sich an ihr früheres Unglück und wußte, daß der Weg zum Herzen von Dr. Zajac über den Hund führte.

»Komm her, meine Süße, komm mit mir«, hörte Zajac seine Haushälterin/Assistentin sagen. »Heute essen wir mal nur, was gesund für uns ist!«

Wie bereits angemerkt, kamen Dr. Zajacs Kollegen nicht entfernt an seine Fähigkeiten als Chirurg heran; hätten sie nicht das Gefühl haben können, ihm auf bestimmten anderen Gebieten einiges vorauszuhaben, hätten sie ihn noch mehr beneidet und gehaßt. Es freute und ermutigte sie, daß ihr unerschrockener Vorgesetzter von Liebe für seinen unglücklichen, immer weniger werdenden Sohn so gebeutelt wurde. Und war es nicht herrlich, daß Bostons bester Handchirurg aus Liebe zu Rudy Tag und Nacht mit einem Scheiße fressenden Hund zusammenlebte?

Es war grausam und herzlos von Dr. Zajacs Untergebenen, sich am Unglück von Zajacs Sechsjährigem zu delektieren, und die Kollegen des guten Handchirurgen hatten unrecht mit ihrem Urteil, der Junge »werde immer weniger«. Rudy war gestopft voll mit Vitaminen und Orangensaft; er trank püriertes Obst (zumeist tiefgefrorene Erdbeeren und zerdrückte Bananen) und schaffte es, jeden Tag einen Apfel oder eine Birne zu essen. Er aß Rührei und Toast; er aß auch Gurken, allerdings nur mit Ketchup. Er trank keine Milch, er aß weder Fleisch noch Fisch noch Käse, bekundete mitunter aber vorsichtiges Interesse an Joghurt, sofern keine Klumpen darin waren.

Rudy war zwar untergewichtig, hätte aber bei nur wenig regelmäßigem Training oder einer gesunden Korrektur seines Speiseplans ebenso normal ausgesehen wie jeder beliebige kleine Junge. Er war ein außerordentlich liebes Kind – nicht nur der sprichwörtliche »brave Junge«, sondern ein Vorbild an Fairneß und Wohlwollen. Rudy war schlicht und einfach von seiner Mutter verkorkst worden, der es beinahe gelungen wäre, ihn seinem Vater zu entfremden. Schließlich hatte Hildred drei Wochen, in denen sie den verletzlichen Sechsjährigen bearbeiten konnte; Zajac dagegen blieben an jedem dritten Wochenende kaum mehr als achtundvierzig Stunden, um Hildreds üblem Einfluß entgegenzuwirken. Und weil sich Hildred durchaus bewußt war, welchen Kult Zajac aus anstrengendem Training machte, verbot sie Rudy, nach der Schule Fußball zu spielen oder Schlittschuh laufen zu gehen – der Junge wurde statt dessen mit Videos gefüttert.

Hildred, die sich während ihrer Jahre mit Zajac fast umgebracht hatte, um schlank zu bleiben, fand mittlerweile an Fülligkeit Gefallen. »Fraulicher sein« nannte sie das, und beim bloßen Gedanken daran mußte ihr Exmann würgen.

Am grausamsten aber war, daß Rudys Mutter den Jungen fast überzeugt hätte, daß sein Vater ihn nicht liebte. Hildred wies Zajac mit Vergnügen darauf hin, daß der Junge jedesmal deprimiert war, wenn er von den Wochenenden bei seinem Vater zurückkehrte; daß das daran lag, daß Hildred ihn bei seiner Rückkehr *ausquetschte,* wäre ihr nie in den Sinn gekommen.

»War da eine Frau? Bist du dort einer Frau begegnet?« begann sie etwa. (Da waren nur Medea und all die Vögel.)

Wenn man sein Kind wochenlang nicht sieht, ist der Wunsch, es zu verwöhnen, übermächtig; doch wenn Zajac Rudy Geschenke kaufte, sagte Hildred dem Jungen, daß sein Vater ihn besteche. Oder aber ihr Gespräch mit dem Jungen entwickelte sich nach folgendem Muster: »Was hat er dir gekauft? *Rollschuhe?* Na, viel Vergnügen – anscheinend will er, daß du dir den Kopf aufschlägst! Und ich nehme an, er hat dich keinen einzigen Film gucken lassen. Also ehrlich, er hat dich nur für zwei Tage und drei Nächte – da kann man doch erwarten, daß er sich von seiner besten Seite zeigt. Da würde man doch meinen, daß er sich ein bißchen mehr Mühe gibt!«

Aber das Problem war natürlich, daß sich Zajac zu viel Mühe gab. In den ersten vierundzwanzig Stunden, die sie zusammen waren, erschlug seine frenetische Energie den Jungen förmlich.

Medea geriet über den Besuch des Jungen ebensosehr aus dem Häuschen wie Zajac, aber das Kind blieb teilnahmslos – jedenfalls verglichen mit dem wie rasenden Hund –, und trotz der überall vorhandenen Anzeichen dafür, welche liebevollen Vorbereitungen der Handchirurg getroffen hatte, um seinem Sohn etwas zu bieten, wirkte Rudy gegenüber seinem Vater geradezu feindselig. Man hatte ihn darauf getrimmt, auf Beispiele dafür zu achten, daß sein Vater ihn nicht liebte; da er keine fand, war er zu Beginn ihrer gemeinsamen Wochenenden jedesmal völlig verwirrt.

Es gab ein Spiel, das Rudy selbst an jenen trostlosen Freitagabenden mochte, an denen Dr. Zajac das Gefühl hatte, ihm bleibe nur noch das quälende Bemühen, mit seinem einzigen Kind Small talk zu machen. Zajac klammerte sich mit väterlichem Stolz an die Tatsache, daß er das Spiel selbst erfunden hatte.

Sechsjährige lieben die Wiederholung, und das Spiel, das Dr. Zajac erfunden hatte, hätte ohne weiteres »Wiederholung Plus« heißen können, obwohl weder Vater noch Sohn sich die Mühe machten, ihm einen Namen zu geben. Zu Beginn ihrer gemeinsamen Wochenenden war es das einzige Spiel, das sie spielten.

Sie versteckten abwechselnd eine Küchenuhr, die jedesmal auf eine Minute eingestellt war, und sie versteckten sie stets im Wohnzimmer. Das Wort »verstecken« trifft es allerdings nicht ganz, denn die einzige Regel des Spiels besagte, daß die Küchenuhr sichtbar bleiben mußte. Sie durfte weder unter ein Kissen gesteckt noch in einer Schublade verstaut (und auch nicht unter einem Haufen Vogelfutter im Käfig der Purpurfinken vergraben) werden. Sie mußte deutlich zu sehen sein; aber die Küchenuhr war klein und beigefarben und von daher schwer zu sehen, zumal in Dr. Zajacs Wohnzimmer, das wie der Rest des alten Hauses in der Brattle Street hastig – Hildred würde sagen »geschmacklos« – neu möbliert worden war. (Hildred hatte alle guten Möbel mitgenommen.) Das Wohnzimmer mit seinen nicht zueinander passenden Vorhängen und Polstermöbeln war völlig überladen; es wirkte so, als hätten drei oder vier Generationen von Zajacs darin gelebt und wären darin gestorben, ohne daß man je etwas weggeworfen hatte.

Angesichts der Beschaffenheit des Zimmers ließ sich eine unauffällige Küchenuhr ziemlich einfach in voller Sicht verstecken. Rudy fand sie nur manchmal binnen einer Minute, ehe der Signalton ertönte, und Zajac machte das Ding, selbst wenn er es binnen zehn Sekunden erspähte, *niemals* vor Ablauf der Minute ausfindig – zum großen Vergnügen seines Sohnes. Also heuchelte er Enttäuschung, während Rudy lachte.

Dann kam es zu einem Durchbruch, der über das schlichte Vergnügen des Küchenuhrspiels hinausging und Vater wie Sohn überraschte. Dieser Durchbruch kam mit dem Lesen – dem wahrhaft unerschöpflichen Vergnügen des Vorlesens –, und Dr. Zajac beschloß, Rudy die beiden Bücher vorzulesen, die er selbst als Kind am meisten geliebt hatte. Es handelte sich um *Klein Stuart* und *Wilbur und Charlotte*, beide von E. B. White.

Rudy war so beeindruckt von Wilbur, dem Schwein in *Wilbur und Charlotte*, daß er Medea umtaufen und sie statt dessen Wilbur nennen wollte.

»Das ist ein Jungenname«, erklärte Zajac, »und Medea ist ein Mädchen. Aber es ginge wohl schon. Du könntest sie allerdings auch in Charlotte umtaufen, wenn du magst – Charlotte ist nämlich ein Mädchenname.«

»Aber Charlotte stirbt«, wandte Rudy ein. (Die titelgebende Charlotte ist eine Spinne.) »Ich habe doch schon Angst, daß Medea sterben wird.«

»Medea wird noch eine ganze Weile nicht sterben, Rudy«, versicherte Zajac seinem Sohn.

»Mommy sagt, du machst sie vielleicht tot, weil du immer so die Beherrschung verlierst.«

»Ich verspreche dir, daß ich Medea nicht totmache, Rudy«, sagte Zajac. »Bei ihr verliere ich die Beherrschung nicht.« (Das war typisch dafür, wie wenig ihn Hildred je verstanden hatte; daß er angesichts von Hundescheiße die Beherrschung verlor, hieß nicht, daß er auf Hunde wütend war!)

»Erzähl mir noch mal, warum man sie Medea getauft hat«, sagte der Junge.

Es war schwer, einem Sechsjährigen die griechische Sage zu vermitteln – man versuche nur einmal, zu beschreiben, was eine Zauberin ist. Allerdings war die Episode, wie Medea ihrem Mann Jason zum Goldenen Vlies verhilft, leichter zu erklären als das, was Medea ihren eigenen Kindern antut. Wie konnte man einen Hund nur Medea nennen? fragte sich Dr. Zajac.

In den sechs Monaten seit seiner Scheidung hatte Zajac mehr als ein Dutzend Bücher von Kinderpsychiatern über Scheidungsfolgen bei Kindern gelesen. Darin wurde großer Wert darauf gelegt, daß die Eltern Sinn für Humor haben, was nicht gerade die Stärke des Handchirurgen war.

Übermut packte ihn nur in den Momenten, in denen er einen Hundehaufen in einem Lacrosseschläger liegen hatte. Allerdings war Dr. Zajac in Deerfield nicht nur Mittelfeldspieler gewesen, sondern er hatte dort auch in einer Art Chor gesungen. Zwar sang er mittlerweile nur noch unter der Dusche, aber er verspürte jedesmal eine spontane Anwandlung von Humor, wenn er mit Rudy duschte. Mit seinem Vater zu duschen war ein weiterer Punkt auf der kleinen, aber wachsenden Liste von Dingen, die Rudy gern mit seinem Dad machte.

Plötzlich gab Dr. Nicholas M. Zajac zur Melodie von »I Am the River«, das Rudy im Kindergarten gelernt hatte – wie viele Einzelkinder sang er sehr gern –, ein Lied zum besten.

> *Ich bin Medea*
> *Und fresse meinen Kack.*
> *In der An-ti-hi-ke*
> *Murks ich meine Kinder ab!*

»Was?« sagte Rudy. »Sing das noch mal!« (Über die Antike hatten sie schon geredet.)

Als sein Vater das Lied noch einmal sang, schüttete sich Rudy aus vor Lachen. Skatologischer Humor ist für Kinder das Schönste.

»Sing das ja nicht in Gegenwart deiner Mutter«, ermahnte ihn sein Vater. So hatten sie ein Geheimnis, ein weiterer Schritt bei der Schaffung eines Bandes zwischen ihnen.

Im Laufe der Zeit gelangten zwei Exemplare von *Klein Stuart* zu Rudy nach Hause, aber Hildred las dem Jungen nicht daraus vor; schlimmer noch, sie warf beide Exemplare weg. Erst als Rudy sie dabei ertappte, wie sie *Wilbur und Charlotte* wegwarf, erzählte er seinem Vater davon, was ein weiteres Band zwischen ihnen schuf.

Jedes Wochenende, an dem sie zusammen waren, las Zajac seinem Sohn entweder *Klein Stuart* oder *Wilbur und Charlotte* komplett vor. Der Kleine bekam das nie satt. Er weinte jedesmal, wenn Charlotte starb; er lachte jedesmal, wenn Stuart das unsichtbare Auto des Zahnarztes kaputtmachte. Und wie Stuart sagte Rudy, wenn er durstig war, zu seinem Vater, er habe »einen fürchterlichen Durst«. (Beim ersten Mal mußte Rudy seinen Vater natürlich fragen, was »fürchterlich« bedeutete.)

Obwohl es Dr. Zajac also recht gut gelungen war, Hildreds Botschaft an Rudy einiges entgegenzusetzen – der Junge war in zunehmendem Maße davon überzeugt, daß sein Vater ihn sehr wohl liebte –, redeten sich die kleingeistigen Kollegen des Handchirurgen gleichwohl ein, sie seien Zajac eben wegen der angeblichen Traurigkeit und Unterernährung seines sechsjährigen Sohnes überlegen.

Zunächst fühlten sie sich ihm auch wegen Irma überlegen. Als Haushälterin war sie in ihren Augen eindeutig dritte Wahl, doch als Irma sich zu verwandeln begann, nahmen sie sie bald anders wahr, lange bevor Zajac erkennen ließ, daß es ihm ebenso erging.

Daß er Irmas Verwandlung nicht bemerkte, bewies nur ein weiteres Mal, daß Dr. Zajac ein Verrückter von der blinden Sorte war. Die junge Frau hatte fast zehn Kilo abgenommen; sie war Mitglied in einem Fitneßclub geworden. Sie lief jeden Tag drei Meilen – und sie war keine bloße Joggerin. Wenn es ihrer neuen Garderobe auch an Geschmack fehlte, so stellte sie sehr bewußt ihren Körper zur Schau. Irma würde nie schön sein, aber sie war toll gebaut. Hildred setzte das Gerücht in die Welt, ihr Exmann sei mit einer Stripperin befreundet. (Geschiedene Frauen in den Vierzigern sind nicht für ihre Freundlichkeit gegenüber gutgebauten Frauen in den Zwanzigern bekannt.)

Irma war, nicht zu vergessen, verliebt. Ihr war das alles egal. Eines Nachts ging sie auf Zehenspitzen nackt durch den oberen Flur. Sie hatte sich überlegt, daß sie Zajac, falls er noch nicht schlafen gegangen war und sie zufällig unbekleidet sah, sagen würde, sie sei Schlafwandlerin und irgendeine Kraft habe sie in sein Zimmer gezogen. Irma sehnte sich danach, daß Dr. Zajac sie – natürlich rein zufällig – nackt zu Gesicht bekam, weil sie mehr als nur einen tollen Körper entwickelt hatte; sie hatte außerdem ein unerschütterliches Zutrauen zu ihm entwickelt.

Doch als sie auf Zehenspitzen an der geschlossenen Schlafzimmertür des Doktors vorbeikam, wurde sie von der verblüffenden Überzeugung zum Stehen gebracht, sie habe Dr. Zajac beten hören. Beten empfand Irma, die nicht religiös war, als eine verdächtig unwissenschaftliche Betätigung für einen Handchirurgen. Sie lauschte noch ein wenig länger an der Tür des Arztes und stellte zu ihrer Erleichterung fest, daß Dr. Zajac nicht betete – er las sich lediglich mit andächtiger Stimme laut *Klein Stuart* vor.

»›Als es Zeit zum Essen war, nahm er seine Axt und fällte einen Löwenzahn, öffnete eine Dose mit gepfeffertem Schinken und nahm ein leichtes Abendessen aus Schinken und Löwenzahnmilch zu sich‹«, las Dr. Zajac aus *Klein Stuart*.

Ihre Liebe zu ihm bewegte Irma tief, doch schon die Erwähnung von gepfeffertem Schinken bereitete ihr Übelkeit. Auf dem Rückweg in ihr von der Küche abgehendes Zimmer machte sie kurz am Kühlschrank halt, um ein paar rohe Möhren aus der Schüssel mit schmelzendem Eis zu mampfen.

Wann würde der einsame Mann sie je wahrnehmen?

Irma aß viel Nüsse und Trockenfrüchte; sie aß auch frisches Obst und bergeweise rohes Gemüse. Sie konnte einen hervorragenden gedünsteten Fisch mit Ingwer und schwarzen Bohnen zubereiten, der einen solchen Eindruck auf Dr. Zajac machte, daß er zur Verblüffung Irmas (und aller, die ihn kannten) spontan ein Essen für seine Studenten gab.

Zajac stellte sich vor, daß vielleicht einer seiner Harvard-Jungs Irma fragen würde, ob sie mit ihm ausgehen wolle; sie kam ihm einsam vor, wie die meisten der Jungs. Der Doktor hatte keine Ahnung, daß Irma nur Augen für ihn hatte. Sobald er Irma seinen jungen männlichen Studenten als seine »Assistentin« vorgestellt hatte – und weil sie ganz offensichtlich was fürs Bett war –, nahmen sie an, daß er sie bereits bumste, und ließen alle Hoffnung fahren. (Zajacs Studentinnen fanden wahrscheinlich, daß Irma genauso verzweifelt aussah wie Zajac.)

Egal. Der gedünstete Fisch mit Ingwer und schwarzen Bohnen war ein voller Erfolg, und Irma kannte noch andere Rezepte. Sie behandelte Medeas Hundefutter mit Fleischzartmacher, weil sie in einer Zeitschrift bei ihrem Zahnarzt gelesen hatte, daß Hundekacke von Fleischzartmacher unappetitlich wurde, und das sogar für einen Hund. Aber Medea schien den Zartmacher als Verbesserung zu empfinden.

Dr. Zajac bestreute das Vogelfutter in dem Vogelhäuschen vor dem Haus mit roten Paprikaflöckchen; er hatte Irma gesagt, das Vogelfutter werde dadurch für Eichhörnchen ungenießbar. Danach versuchte es Irma damit, daß sie Medeas Hundehaufen ebenfalls mit roten Paprikaflöckchen bestreute. Das war zwar visuell interessant, besonders vor dem Hintergrund frisch gefallenen Schnees, doch der Hund fand die Paprikaflöckchen nur anfangs abstoßend.

Und noch mehr Aufmerksamkeit auf die Hundescheiße

in seinem Garten zu lenken paßte Zajac überhaupt nicht. Er hatte eine viel einfachere, wenn auch sportlichere Methode, Medea daran zu hindern, ihren eigenen Kot zu fressen. Er kam ihr mit seinem Lacrosseschläger zuvor. Normalerweise deponierte er die Hundehaufen in der allgegenwärtigen braunen Papiertüte, doch gelegentlich hatte Irma auch schon beobachtet, wie er auf ein Eichhörnchen auf einem Baum auf der anderen Seite der Brattle Street zielte. Dr. Zajac verfehlte das Eichhörnchen jedesmal, doch die Geste ging Irma unmittelbar zu Herzen.

Während sich also noch nicht mit Bestimmtheit sagen ließ, ob die junge Frau, die Hildred »Nicks Stripperin« getauft hatte, jemals den Weg zu Dr. Zajacs Herz finden würde, gab es bei Schatzman, Gingeleskie, Mengerink & Partner einen anderen Anlaß zur Sorge: Es war nur noch eine Frage der Zeit, bis man Dr. Zajac, obwohl er noch keine fünfzig war, in den *Namen* von Bostons führender Praxis für Handchirurgie würde aufnehmen müssen. Bald würde es Schatzman, Gingeleskie, Mengerink, *Zajac* & Partner heißen.

Man glaube ja nicht, das hätte den eponymen Schatzman nicht in Galle gebracht, obwohl er schon im Ruhestand war. Man glaube ja nicht, es hätte nicht auch den noch lebenden Gingeleskie-Bruder maßlos geärgert. Früher, als der andere Gingeleskie noch lebte, hieß es Schatzman, Gingeleskie & Gingeleskie – das war vor Mengerinks Zeit. (Im persönlichen Gespräch sagte Dr. Zajac, er bezweifle, daß Dr. Mengerink einen Niednagel kurieren könne.) Was Mengerink anging, so hatte er eine Affäre mit Hildred gehabt, als sie noch mit Zajac verheiratet gewesen war; trotzdem verachtete er Zajac, weil der sich hatte scheiden lassen, dabei war die Scheidung Hildreds Idee gewesen.

Ohne daß Dr. Zajac davon wußte, sah es seine Exfrau auch als ihre Lebensaufgabe an, Dr. Mengerink in den Wahnsinn zu treiben. Mengerink empfand es als überaus grausames Schicksal, daß Zajacs Name im Briefkopf und auf dem Türschild der ehrwürdigen chirurgischen Praxis bald dem seinen folgen würde. Und falls Zajac die erste Handtransplantation des Landes zuwege brachte, würden sie alle von Glück reden können, wenn sie nicht in *Zajac*, Schatzman, Gingeleskie, Mengerink & Partner umbenannt wurden. (Noch Schlimmeres konnte passieren. Zweifellos würde Harvard Zajac bald zum ordentlichen Professor berufen.)

Und nun hatte sich Dr. Zajacs Haushälterin/Assistentin auch noch in einen hoch leistungsfähigen Erektionsauslöser verwandelt, obwohl Dr. Zajac viel zu verkorkst war, um es zu bemerken. Selbst dem alten, bereits im Ruhestand lebenden Schatzman waren die Veränderungen bei Irma aufgefallen. Und Mengerink, der seine private Telefonnummer zweimal hatte ändern lassen müssen, um Zajacs Exfrau davon abzuhalten, ihn anzurufen – Mengerink hatte Irma ebenfalls bemerkt. Was Gingeleskie anging, so sagte er: »Sogar der *andere* Gingeleskie könnte Irma jederzeit aus einer größeren Menschenmenge herauspicken«, wobei er natürlich von seinem toten Bruder sprach.

Nicht einmal einer Leiche im Grab hätte entgehen können, was mit der zur Sexbombe mutierten Haushälterin/Assistentin geschehen war. Sie sah aus wie eine Stripperin mit einem Tagesjob als persönliche Trainerin. Wie konnte

Zajac die Verwandlung übersehen? Kein Wunder, daß ein solcher Mann es geschafft hatte, Prep School und College zu absolvieren, ohne daß sich irgendwer an ihn erinnerte.

Doch als Zajac sich via Internet auf die Suche nach potentiellen Handspendern und -empfängern machte, nannte niemand von Schatzman, Gingeleskie, Mengerink & Partner ihn vulgär oder sagte, www.needahand.com sei vielleicht ein bißchen heftig. Trotz seines Scheiße fressenden Hundes, seiner Ruhmsucht, seiner an Schwindsucht grenzenden Magerkeit und seines problembeladenen Sohns – und vor allem trotz seiner unvorstellbaren Blindheit gegenüber seiner knackärschigen »Assistentin« – war Dr. Nicholas M. Zajac auf dem noch jungen Gebiet der Handtransplantation nach wie vor der führende Mann.

Daß Bostons hervorragendster Handchirurg in dem Ruf stand, ein asexueller Spinner zu sein, war für seinen einzigen Sohn nicht von Belang. Was kümmert einen Sechsjährigen die berufliche oder sexuelle Tüchtigkeit seines Vaters, zumal wenn er selbst zu erkennen beginnt, daß sein Vater ihn liebt?

Was die Frage nach dem Auslöser für die neuentdeckte Zuneigung zwischen Rudy und seinem komplizierten Vater angeht, so waren dafür mehrere Faktoren ausschlaggebend. Ein gewisses Verdienst gebührt einem dummen Hund, der seine eigene Scheiße fraß, wie auch jenem vor langer Zeit bestehenden, reinen Männerchor, der Zajac auf den irrigen Gedanken brachte, er könne singen. (Nach dem spontan entstandenen ersten Vers von »Ich bin Medea« verfaßten Vater wie Sohn noch viele weitere Verse, die allesamt zu infantil skatologisch waren, um hier wiedergegeben zu werden.) Außerdem gab es da natürlich noch das Küchenuhrspiel und E. B. White.

Ferner muß hier die Bedeutung des Unfugtreibens in Vater-Sohn-Beziehungen gewürdigt werden. Einen Sinn für Unfug hatte der frühere Mittelfeldspieler zunächst dadurch entwickelt, daß er mit einem Lacrosseschläger Hundehaufen aufnahm und sie in den Charles River pfefferte. Wenn es Zajac anfangs auch nicht gelungen war, Rudy für Lacrosse zu interessieren, so lenkte er die Aufmerksamkeit seines Sohnes schließlich doch auf die Feinheiten dieser Sportart, während sie mit Medea an den Ufern des historischen Charles River spazierengingen.

Man stelle sich folgendes vor: Da ist der Hundehaufen jagende Hund, der Dr. Zajac an straff gespannter Leine hinter sich herzerrt. (In Cambridge herrscht natürlich Leinenzwang; sämtliche Hunde müssen angeleint sein.) Und dort, vor dem eifrigen Labradormischling herrennend – jawohl, tatsächlich *rennend,* tatsächlich *sich bewegend!* – der sechsjährige Rudy Zajac, in den Händen einen Lacrosseschläger in Kindergröße, den er dicht am Boden vor sich hält.

Einen Hundehaufen mit einem Lacrosseschläger aufzunehmen ist, besonders im Laufen, sehr viel schwieriger, als einen Lacrosseball aufzunehmen. (Hundehaufen treten in unterschiedlichen Größen auf und sind zuweilen mit Gras verklebt oder breit getreten.) Allerdings war Rudy gut trainiert worden. Und Medeas Entschlossenheit, ihr kräftiges An-der-Leine-Zerren, gaben dem Jungen genau das, was man braucht, um eine Sportart zu meistern – besonders »Hundehaufenlacrosse«, wie Vater und Sohn das nannten. Medea sorgte für Wettbewerb.

Jeder Amateur kann mit einem Lacrosseschläger einen Hundehaufen aufnehmen, aber man versuche es einmal unter dem Druck eines Scheiße fressenden Hundes; Druck ist bei jeder Sportart ein ebenso wichtiger Lehrmeister wie ein guter Trainer. Außerdem war Medea gut fünf Kilo schwerer als Rudy und konnte den Jungen mühelos umwerfen.

»Immer mit dem Rücken zu ihr – so ist's recht!« schrie Zajac. »Halten, halten – weiter halten! Achte drauf, wo der Fluß ist!«

Der Fluß war ihr Ziel – der historische Charles River. Rudy beherrschte zwei Schläge, die sein Vater ihm beigebracht hatte. Einmal den üblichen Schlag über die Schulter (entweder als langen Lob oder in ziemlich flacher Flugbahn), zum anderen den seitlichen Schlag, der flach aufs Wasser zielte und sich am besten dafür eignete, die Hundehaufen *hüpfen zu lassen*, was Rudy bevorzugte. Das Risiko bei dem seitlichen Schlag bestand darin, daß der Schläger dicht über dem Boden hinstrich; Medea konnte einen seitlichen Schlag abblocken und rasch den Haufen fressen.

»Flußmitte, Flußmitte!« wies der frühere Mittelfeldspieler ihn etwa an. Oder aber er brüllte: »Ziel unter die Brücke!«

»Aber da ist ein Boot, Dad.«

»Dann ziel auf das Boot«, sagte Zajac, etwas leiser, in dem Bewußtsein, daß seine Beziehungen zu den Ruderern bereits angespannt waren.

Das sich daraus ergebende Geschrei und Gebrüll der empörten Ruderer verlieh den Härten des Wettkampfes eine gewisse Würze. Besonders fesselte Dr. Zajac das schrille Gekläff der Steuerleute in ihre Megaphone, obwohl man heutzutage vorsichtig sein mußte – einige von ihnen waren Frauen.

Zajac hielt nichts von Frauen in Skullbooten oder den größeren Rennbooten, ganz gleich ob sie Ruderer oder Steuerleute waren. (Dies gehörte sicherlich zu den prägnantesten Vorurteilen seiner auf Geschlechtertrennung basierenden Erziehung.)

Was Dr. Zajacs bescheidenen Beitrag zur fortschreitenden Verschmutzung des Charles River anging ... nun ja, wir wollen nicht ungerecht sein. Zajac war nie ein Verfechter ökologischer Korrektheit gewesen. Seiner hoffnungslos überholten Meinung nach wurde Tag für Tag sehr viel Schlimmeres als Hundescheiße in den Charles gekippt. Außerdem diente die Hundescheiße, die der kleine Rudy und sein Vater in den Charles River schleuderten, einem guten Zweck, nämlich dem, das Band der Liebe zwischen einem geschiedenen Vater und seinem Sohn zu festigen.

Irma gebührt ebenfalls ein gewisses Verdienst, obwohl sie ein prosaischer Mensch war, der sich eines Tages mit Dr. Zajac die Handfreßepisode auf Video ansehen und sagen würde: »Ich hatte keine Ahnung, daß Löwen dermaßen *schnell* etwas auffressen können.«

Dr. Nicholas M. Zajac, der so gut wie alles wußte, was es über Hände zu wissen gab, konnte sich den Film nicht ansehen, ohne auszurufen: »O Gott, mein Gott – gleich ist sie weg! Herr des Himmels, sie ist *weg*! Ratzeputz weg!«

Natürlich schmälerte es die Chancen von Patrick Wallingford, Dr. Zajacs erster Wahl unter den möglichen Handempfängern, keineswegs, daß er *berühmt* war; ein auf Millionen geschätztes Fernsehpublikum hatte den schrecklichen Unfall miterlebt. Tausende von Kindern und unzähligen Erwachsene litten noch immer unter Alpträumen, obwohl Wallingford seine Hand vor über fünf Jahren verloren hatte und der im Fernsehen gesendete Film von dem Unfall selbst keine dreißig Sekunden lang war.

»Dreißig Sekunden können sich ganz schön ziehen, wenn man dabei ist, eine Hand zu verlieren, besonders die eigene«, hatte Patrick gesagt.

Menschen, die Wallingford begegneten, besonders zum ersten Mal, machten unweigerlich eine Bemerkung über seinen jungenhaften Charme. Frauen äußerten sich über seine Augen. Früher war Wallingford von Männern beneidet worden, doch die Art und Weise, wie er verstümmelt wurde, machte dem ein Ende; nicht einmal Männer, das eher zu Neid neigende Geschlecht, konnten jetzt noch neidisch auf ihn sein. Mittlerweile fanden ihn Frauen *und* Männer unwiderstehlich.

Um Patrick Wallingford, von Anfang an die erste Wahl des Bostoner Chirurgenteams, zu finden, hatte Dr. Zajac kein Internet gebraucht. Interessanter war, daß www.needahand.com auf dem Gebiet potentieller Spender einen überraschenden Kandidaten zutage gefördert hatte. (Eigentlich verstand Zajac unter einem Spender eine frische Leiche.) Dieser Spender hingegen war nicht nur am Leben – er erfreute sich auch bester Gesundheit!

Seine Frau schrieb Schatzman, Gingeleskie, Mengerink & Partner aus Wisconsin. »Meinem Mann ist der Gedanke gekommen, daß er seine linke Hand Patrick Wallingford hinterlassen möchte – Sie wissen schon, dem Löwenmann«, schrieb Mrs. Otto Clausen.

Ihr Brief erreichte Dr. Zajac mitten an einem schlimmen Tag mit dem Hund. Medea hatte ein ziemlich großes Stück Gartenschlauch gefressen, so daß eine Magenoperation erforderlich wurde. Eigentlich hätte der schwer mitgenommene Hund übers Wochenende beim Tierarzt bleiben und sich erholen müssen, aber es war eines der Wochenenden, an denen der kleine Rudy seinen Vater besuchte; ohne Medeas Gesellschaft wäre das sechsjährige Scheidungsopfer womöglich wieder in seine frühere Untröstlichkeit verfallen. Ein unter Medikamenten stehender Hund war immer noch besser als gar kein Hund. Hundehaufenlacrosse würde an diesem Wochenende ausfallen, aber es würde eine Herausforderung sein, Medea daran zu hindern, ihre Fäden zu fressen, und außerdem gab es immer noch das verläßliche Küchenuhrspiel und das noch verläßlichere Genie von E. B. White. Es wäre sicherlich ein guter Zeitpunkt, Rudys stets experimenteller Ernährung eine gewisse konstruktive Konsolidierung angedeihen zu lassen.

Kurzum, der Handchirurg war nicht ganz bei der Sache. Wenn der Charme von Mrs. Otto Clausens Brief etwas Unaufrichtiges hatte, so entging es Zajac. Seine Versessenheit auf die Publicitymöglichkeiten überlagerte alles andere, und daß das Paar aus Wisconsin sich unerschrocken für Patrick Wallingford als würdigen Empfänger von Otto Clausens Hand entschieden hatte, würde eine gute Story abgeben.

Zajac fand es keineswegs merkwürdig, daß Mrs. Clausen anstelle von Otto selbst die Hand ihres Mannes offeriert hatte. Otto hatte lediglich eine kurze Erklärung unterschrieben; den Begleitbrief hatte seine Frau verfaßt.

Mrs. Clausen stammte aus Appleton und erwähnte voller

Stolz, daß Otto bereits beim Zentrum für Organspende von Wisconsin registriert sei. »Aber die Sache mit der Hand verhält sich ein bißchen anders – anders als bei Organen, meine ich«, bemerkte sie.

Mit Händen verhielt es sich in der Tat anders als mit Organen, wie Dr. Zajac wußte. Doch Otto Clausen war erst neununddreißig und, wie es aussah, der Schwelle des Todes alles andere als nahe. Dr. Zajac glaubte, daß lange vor Ottos Tod eine frische Leiche mit passender Spenderhand auftauchen würde.

Was Patrick Wallingford anging, so hätte sein Verlangen und sein Bedürfnis nach einer neuen linken Hand ihn womöglich auch dann an die Spitze von Dr. Zajacs Liste potentieller Empfänger befördert, wenn er nicht berühmt gewesen wäre. Zajac fehlte es nicht völlig an Mitgefühl. Aber er gehörte auch zu den Millionen Menschen, die die Löwengeschichte auf Video aufgenommen hatten. Für Dr. Zajac war der Bericht eine Kombination aus Lieblingshorrorfilm eines Handchirurgen und Vorbote seines künftigen Ruhms.

Es genügt, wenn man sagt, daß Patrick Wallingford und Dr. Nicholas M. Zajac sich auf Kollisionskurs befanden, was von vornherein nichts Gutes ahnen ließ.

3

## Vor der Bekanntschaft mit Mrs. Clausen

Versuchen Sie mal, als Moderator Ihren Armstumpf unterm Tisch zu verbergen – Sie werden schon sehen, was Sie davon haben. Die ersten Protestbriefe kamen von Amputierten. Wessen schämte sich Patrick Wallingford?

Selbst Leute mit zwei Händen beschwerten sich. »Seien Sie ein Mann, Patrick«, schrieb eine Frau. »Zeigen Sie's uns.«

Als er Probleme mit seiner ersten Prothese hatte, kritisierten ihn Träger künstlicher Gliedmaßen, weil er sie falsch benutze. Mit einer Reihe anderer prothetischer Hilfen stellte er sich ebenso ungeschickt an, aber seine Frau ließ sich gerade von ihm scheiden – er hatte keine Zeit zum Üben.

Marilyn kam einfach nicht darüber hinweg, wie er sich »verhalten« habe. In diesem Falle meinte sie nicht die andere Frau – sie sprach davon, wie Patrick sich bei dem Löwen verhalten hatte. »Du hast so... unmännlich gewirkt«, sagte Marilyn zu ihm und fügte hinzu, die körperliche Attraktivität ihres Mannes sei stets »von unaufdringlicher, fast auf Farblosigkeit hinauslaufender Art« gewesen. In Wirklichkeit meinte sie damit, daß nichts an seinem Körper sie abgestoßen hatte – bis jetzt. (In guten wie in schlechten Zeiten, aber nicht mit fehlenden Teilen, folgerte Wallingford.)

Patrick und Marilyn hatten in Manhattan gewohnt, in einer Wohnung in der East Sixty-second Street, zwischen der Park und der Lexington Avenue; mittlerweile war das natürlich Marilyns Wohnung. Nur der Doorman des Gebäudes, der die Nachtschicht versah, hatte Patrick Wallingford nicht abgeschrieben, und dieser Doorman war so wirr im Kopf, daß ihm sein eigener Name unklar war. Manchmal hieß er Vlad oder Vlade; dann wieder Lewis. Auch wenn er Lewis hieß, blieb sein Akzent ein nicht zu entschlüsselndes Gemisch aus Long Island und irgend etwas Slawischem.

»Wo kommen Sie her, Vlade?« hatte Wallingford ihn gefragt.

»Ich heiße Lewis. Nassau County«, hatte Vlad geantwortet.

Ein andermal sagte Wallingford: »Na, Lewis... wo kommen Sie eigentlich ursprünglich her?«

»Nassau County. Ich heiße Vlad, Mr. O'Neill.«

Nur der Doorman verwechselte Patrick Wallingford mit Paul O'Neill, der 1993 Rightfielder bei den New York Yankees wurde. (Sie waren beide hochgewachsen, dunkelhaarig, der gutaussehende Typ mit markantem Kinn, aber damit endete die Ähnlichkeit auch schon.)

Der verwirrte Doorman hatte ungewöhnlich unerschütterliche Überzeugungen; er verwechselte Patrick schon mit Paul O'Neill, als O'Neill noch ein relativ unbekannter, wenig gewürdigter Spieler bei den Cincinnati Reds war.

»Ein bißchen sehe ich Paul O'Neill wohl schon ähnlich«, gab Wallingford gegenüber Vlad oder Vlade oder Lewis zu, »aber ich bin Patrick Wallingford. Ich bin Fernsehjournalist.«

Da Vlad oder Vlade oder Lewis der Doorman war, begegnete er Patrick immer nur im Dunkeln und häufig zu später Stunde. »Keine Bange, Mr. O'Neill«, flüsterte der Doorman verschwörerisch. »Von mir erfährt's keiner.«

Somit ging der Doorman davon aus, daß Paul O'Neill, der in Ohio Profibaseball spielte, eine Affäre mit Patrick Wallingfords Frau in New York hatte – jedenfalls soweit Patrick die Gedankengänge des armen Menschen nachvollziehen konnte.

Eines Nachts, als Patrick nach Hause kam – es war lange vor seiner Scheidung, als er noch beide Hände hatte –, sah sich Vlad oder Vlade oder Lewis gerade ein aus Cincinnati übertragenes Spiel mit Extra-Inning an, in dem die Mets gegen die Reds antraten.

»Schauen Sie mal her«, sagte Wallingford zu dem verblüfften Doorman, der sich in der Garderobe neben der Eingangshalle einen kleinen Schwarzweißfernseher aufgestellt hatte. »Da sind die Reds – sie spielen in *Cincinnati*! Trotzdem stehe ich hier direkt neben Ihnen. Ich spiele heute abend nicht, oder?«

»Keine Bange, Mr. O'Neill«, sagte der Doorman mitfühlend. »Von mir erfährt's keiner.«

Doch nach dem Verlust seiner Hand war Patrick Wallingford berühmter als Paul O'Neill. Außerdem hatte Patrick seine linke Hand verloren, und Paul O'Neill schlägt und wirft links. Wie Vlad oder Vlade oder Lewis bestimmt wußte, wurde O'Neill 1994 bester Schlagmann der American League; es war erst seine zweite Saison bei den Yanks, in der er einen Schnitt von .359 erzielte, und er war ein großartiger Rightfielder.

»Die werden die Nummer 21 eines Tages aus dem Verkehr ziehen, Mr. O'Neill«, versicherte ihm der Doorman stur. »Verlassen Sie sich darauf.«

Nachdem Patrick seine linke Hand verloren hatte, machte er nur noch einen einzigen Besuch in der Wohnung an der East Sixty-second Street, und zwar zu dem Zweck, seine Kleider, Bücher und die von Scheidungsanwälten sogenannten persönlichen Gebrauchsgegenstände zu holen. Natürlich war jedermann im Gebäude, auch dem Doorman, klar, daß Wallingford auszog.

»Keine Bange, Mr. O'Neill«, sagte der Doorman zu Patrick. »Was die heutzutage in der Rehabilitation alles fertigkriegen ... also, das würden Sie nicht für möglich halten. Zu blöd, daß es nicht Ihre rechte Hand war – als Linkshänder wird das ganz schön hart für Sie –, aber die werden sich schon was einfallen lassen, ganz bestimmt.«

»Danke, Vlade«, sagte Patrick.

Der einhändige Journalist fühlte sich in seiner alten Wohnung schwach und desorientiert. An dem Tag, an dem er auszog, hatte Marilyn bereits begonnen, die Möbel umzustellen. Wallingford blickte immerzu über die Schulter, um zu sehen, was hinter ihm war; es war bloß eine Couch, die früher woanders gestanden hatte, aber für Patrick nahm die an ungewohnter Stelle plazierte Form alle Wesensmerkmale eines heranschleichenden Löwen an.

»Ich denke, das Schlagen wird weniger ein Problem als der Wurf zur Platte vom Right Field aus«, sagte der Doorman mit den drei Namen. »Sie werden sich beim Schlag zurücknehmen müssen, die Ausholbewegung verkürzen, die langen Bälle seinlassen – nicht für immer, meine ich, bloß bis Sie sich an die neue Hand gewöhnt haben.«

Aber es gab keine neue Hand, an die sich Wallingford gewöhnen konnte; er kam mit den Prothesen nicht zurecht. Er kam auch mit den fortgesetzten Verbalinjurien seiner Frau nicht zurecht.

»Du warst nie sexy, jedenfalls nicht für mich«, log Marilyn. (Na und? Wunschdenken ist schließlich nicht strafbar.) »Und jetzt... na ja, mit der fehlenden Hand... bist du nichts als ein hilfloser *Krüppel*!«

Der 24-Stunden-Nachrichtensender gab Wallingford nicht viel Zeit, sich als Moderator zu bewähren. Nicht einmal auf dem berühmten Katastrophenkanal schaffte er es, ein bedeutender Moderator zu werden. Er wechselte rasch von frühmorgens auf vormittags auf spätnachts und schließlich auf einen Sendeplatz kurz vor Morgengrauen, wo ihn, wie er vermutete, nur Nachtarbeiter und Schlaflose jemals zu sehen bekamen.

Für einen Mann, der seine linke Hand an den König der Tiere verloren hat, wirkte er auf dem Bildschirm zu verhemmt. Man wollte mehr Trotz in seinem Gesicht sehen, das statt dessen eine schwächliche Demut, eine Aura von matter Hinnahme ausstrahlte. Er war zwar nie ein schlechter Mensch, nur ein schlechter Ehemann, gewesen, doch man empfand ihn in seiner Einhändigkeit als jemanden, der sich selbst bemitleidete, und das kennzeichnete ihn als den Typus des stillen Märtyrers.

Zwar schadete ihm der weidwunde Gesichtsausdruck bei Frauen kaum, aber es gab mittlerweile *nur* noch andere Frauen in seinem Leben. Und als seine Scheidung geregelt war, fanden seine Produzenten, daß sie ihm genügend Möglichkeiten als Moderator eingeräumt hatten, um sich gegen spätere Vorwürfe, sie diskriminierten Behinderte, zu schützen; sie stuften ihn auf die weniger im Rampenlicht stehende Position eines Sonderkorrespondenten zurück. Schlimmer noch, der einhändige Journalist wurde zum Interviewer der Wahl für diverse Freaks und Spinner; daß der Internationale 24-Stunden-Kanal bereits wegen der Ausstrahlung von Versehrungen und Verstümmelungen verrufen war, unterstrich nur Patricks Image als eines unwiderruflich geschädigten Mannes.

Natürlich waren die Nachrichten im Fernsehen katastrophenbestimmt. Warum sollte der Sender Wallingford *nicht* auf Reißerisches, auf die Geschichten *hinter* den Nachrichten ansetzen? Man gab ihm grundsätzlich die anzüglichen, schlüpfrigen Leckerbissen – die Ehe, die weniger als einen Tag Bestand hatte, oder eine, die es nicht über die Flitterwochen schaffte; den Ehemann, der nach acht Jahren Ehe dahinterkam, daß seine Frau ein Mann war.

Patrick Wallingford war der Katastrophenmann des Nachrichtensenders, der Sonderkorrespondent am Schauplatz der schlimmsten (sprich bizarrsten) Unfälle. Er berichtete über einen Zusammenstoß zwischen einem Touristenbus und einer Fahrrad-Rikscha – die beiden Todesopfer waren thailändische Prostituierte, die in der Rikscha zur Arbeit fuhren. Wallingford interviewte ihre Angehörigen und ihre ehemaligen Kunden; die beiden Kategorien waren verteufelt schwer auseinanderzuhalten, aber jeder Interviewte fühlte sich gezwungen, auf den Stumpf oder die Prothese am Ende von Patricks linkem Arm zu starren.

Immer beäugten sie den Stumpf oder die Prothese. Er haßte sie beide – und auch das Internet. Für ihn diente das

Internet hauptsächlich dazu, die seinem Berufsstand eigene Faulheit – ein übermäßiges Vertrauen auf sekundäre Quellen und andere Schnellverfahren – noch zu unterstützen. Journalisten hatten sich schon immer bei anderen Journalisten bedient, aber mittlerweile war es allzu einfach.

Seine zornige Exfrau, ebenfalls Journalistin, war ein einschlägiges Beispiel. Marilyn rühmte sich, »Porträts« ausschließlich hochliterarischer Autoren und ernsthaftester Schauspieler und Schauspielerinnen zu schreiben. (Es verstand sich von selbst, daß der Journalismus in den Printmedien dem Fernsehen überlegen war.) In Wirklichkeit aber las Patricks Exfrau zur Vorbereitung auf ihre Interviews mit Autoren *nicht* deren Bücher – von denen einige zugegebenermaßen auch zu lang waren –, sondern deren frühere Interviews. Ebensowenig machte sich Marilyn die Mühe, sich jeden Film anzusehen, in dem die Schauspieler und Schauspielerinnen, die sie interviewte, mitwirkten; unverschämterweise las sie statt dessen die *Kritiken* dieser Filme.

Angesichts seiner Vorbehalte gegenüber dem Internet bekam Wallingford von der Publicitykampagne auf www. needahand.com nichts mit; er hatte noch nie von Schatzman, Gingeleskie, Mengerink & Partner gehört, bis Dr. Zajac ihn anrief. Zajac wußte bereits von Patricks Mißgeschicken mit diversen prothetischen Hilfen, nicht bloß von dem im SoHo, das recht viel Beachtung fand: Er klemmte sich seine künstliche Hand in der hinteren Tür eines Taxis ein; der Fahrer fuhr unbekümmert noch ungefähr einen Häuserblock weiter. Der Doktor wußte auch von der peinlichen Verwickelung mit dem Sicherheitsgurt auf dem Flug nach Berlin, wo Wallingford einen Verrückten interviewen wollte, der verhaftet worden war, weil er in der Nähe des Potsdamer Platzes einen Hund in die Luft gesprengt hatte. (Der Spinner hatte, angeblich aus Protest gegen die neue Kuppel auf dem Reichstag, eine Sprengladung am Halsband des Hundes angebracht.)

Patrick war *der* Fernsehjournalist für ziellose Akte höherer Gewalt und willkürlichen Unsinns geworden. Wildfremde Menschen riefen ihn aus vorbeifahrenden Taxis an – »He, Löwenmann!« Fahrradboten spuckten zuerst ihre Pfeifen aus, um dann »Yo, Katastrophenmann!« zu posaunen.

Schlimmer noch, Patrick konnte seinen Job so wenig leiden, daß er jegliches Mitgefühl für die Opfer und ihre Angehörigen verloren hatte; wenn er sie interviewte, merkte man ihm diesen Mangel an Mitgefühl an.

Deshalb wurde Wallingford, statt daß man ihn feuerte – da es ein Arbeitsunfall war, hätte er womöglich geklagt –, weiter derart ins Abseits gedrängt, daß es seinem nächsten Auftrag sogar an Katastrophenpotential fehlte. Man schickte ihn nach Japan, um über eine Tagung zu berichten, die von einem Konsortium japanischer Zeitungen gesponsert wurde. Auch das Thema der Tagung überraschte ihn – es lautete ›Die Zukunft der Frau‹, was ganz gewiß nicht nach Katastrophe klang.

Doch die Vorstellung, daß Patrick Wallingford zu dieser Tagung fuhr... darüber konnten sich die Frauen im Nachrichtenstudio in New York gar nicht beruhigen.

»Bestimmt kriegst du's dort oft besorgt, Pat«, zog ihn eine auf. »Öfter als sonst, meine ich.«

»Wie kann es Patrick eigentlich noch öfter besorgt kriegen?« fragte eine andere, worauf wieder alles losprustete.

»Ich habe gehört, die Frauen in Japan werden beschissen behandelt«, bemerkte eine. »Und die Männer fliegen nach Bangkok und führen sich dort auf wie die gesengten Säue.«

»In Bangkok führen sich alle Männer wie die gesengten Säue auf«, sagte eine, die schon dort gewesen war.

»Warst du schon mal in Bangkok, Pat?« fragte die erste. Sie wußte sehr wohl, daß er schon dort gewesen war – er war mit ihr dort gewesen. Sie erinnerte ihn lediglich an etwas, was jedermann im Nachrichtenstudio wußte.

»Warst du eigentlich schon mal in Japan, Patrick?« fragte eine der anderen Frauen, als das Gekicher verstummte.

»Nein«, antwortete Wallingford. »Und ich habe auch noch nie mit einer Japanerin geschlafen.«

Für diese Bemerkung nannten sie ihn Schwein, obwohl die meisten das eher liebevoll meinten. Dann zerstreuten sie sich, so daß er mit Mary zurückblieb, einer der jüngsten Frauen im New Yorker Nachrichtenstudio. (Und einer der wenigen, mit denen Patrick noch nicht geschlafen hatte.)

Als Mary sah, daß sie miteinander allein waren, berührte sie ganz leicht seinen linken Arm, knapp über der fehlenden Hand. Nur Frauen berührten ihn jemals dort.

»Sie machen nur Spaß, weißt du«, sagte sie zu ihm. »Die meisten würden morgen mit dir nach Tokio fliegen, wenn du sie fragst.«

Patrick hatte schon daran gedacht, mit Mary zu schlafen, aber immer war irgend etwas dazwischengekommen. »Würdest du denn morgen mit mir nach Tokio fliegen, wenn ich dich fragen würde?«

»Ich bin verheiratet«, sagte Mary.

»Ich weiß«, antwortete Patrick.

»Ich bekomme ein Kind«, sagte Mary zu ihm; dann brach sie in Tränen aus. Sie rannte hinter den anderen Frauen her und ließ Patrick mit seinen Gedanken allein, die darauf hinausliefen, daß es besser war, der Frau den ersten Annäherungsversuch zu überlassen. In diesem Moment kam der Anruf von Dr. Zajac.

Sein Benehmen, als er sich vorstellte, war (kurz gesagt) von chirurgischer Präzision. »Sie können die erste Hand haben, die ich in die Finger kriege«, verkündete Dr. Zajac. »Wenn Sie sie wirklich wollen.«

»Warum sollte ich sie nicht wollen? Ich meine, wenn sie gesund ist...«

»Natürlich wird sie gesund sein!« erwiderte Dr. Zajac. »Würde ich Ihnen eine ungesunde Hand geben?«

»Wann?« fragte Patrick.

»Die Suche nach der perfekten Hand kann man nicht überstürzen«, teilte Dr. Zajac ihm mit.

»Ich glaube nicht, daß ich mit einer Frauenhand zufrieden wäre oder mit der eines alten Mannes.«

»Was Rechtes zu finden ist meine Aufgabe«, sagte Dr. Zajac.

»Es geht um eine *linke* Hand«, erinnerte ihn Wallingford.

»Aber ja! Ich meine den richtigen *Spender*.«

»Okay, aber nur, wenn es keinen Pferdefuß gibt«, sagte Patrick.

»Pferdefuß?« fragte Zajac perplex. Was konnte der Reporter nur gemeint haben? Was für einen Pferdefuß konnte denn eine Spenderhand haben?

Aber Wallingford stand im Begriff, nach Japan zu reisen,

und hatte soeben erfahren, daß er am Eröffnungstag der Tagung eine Rede halten sollte; er hatte die Rede noch nicht geschrieben, gedachte dies aber erst zu tun, wenn er im Flugzeug saß.

Patrick verschwendete keinen weiteren Gedanken an die Merkwürdigkeit seiner Bemerkung – »wenn es keinen Pferdefuß gibt«. Es war die typische Bemerkung eines Katastrophenmanns, der Reflex eines Löwenmanns – einfach nur ein dummer Spruch, bloß damit etwas gesagt war. (Ganz ähnlich wie »Im Augenblick sind deutsche Frauen in New York sehr beliebt«.)

Und Zajac war zufrieden – die Sache lag nun sozusagen in seinen Händen.

4

## *Japanisches Zwischenspiel*

Liegt etwa ein Fluch über meiner Beziehung zu Asien? fragte sich Wallingford später. Zuerst hatte er in Indien seine Hand verloren; und was war nun mit Japan?

Die Reise nach Tokio war schon vor ihrem eigentlichen Beginn schiefgelaufen, wenn man Patricks unsensiblen Vorschlag gegenüber Mary mitzählt. Wallingford selbst wertete diesen als den Beginn. Er hatte sich an eine frisch verheiratete, schwangere junge Frau herangemacht, eine Frau, deren Nachnamen er sich partout nicht merken konnte. Schlimmer noch, sie hatte etwas an sich, was ihn nicht losließ; es war mehr als ein unverkennbar hübsches Aussehen, obwohl Mary das auch besaß. Ihr Aussehen deutete vielmehr auf eine über bloßen Klatsch hinausgehende Fähigkeit, Schaden zu stiften, eine nicht ohne weiteres zu beherrschende Wildheit, ein Potential für ein noch zu definierendes Chaos hin.

Dann schlug sich Patrick im Flugzeug mit seiner Rede herum. Hier saß er, ein aus gutem Grund geschiedener Mann – kam sich, der schwangeren Mary wegen, wie ein gescheiterter Aufreißer vor –, und sollte im notorisch frauenfeindlichen Japan zum Thema ›Die Zukunft der Frau‹ sprechen.

Nicht nur war es Wallingford nicht gewohnt, Reden zu

schreiben; sondern er war es auch nicht gewohnt, zu sprechen, ohne den Text vom Teleprompter abzulesen. (Normalerweise hatte jemand anders den Text geschrieben.) Doch wenn er sich die Liste der Tagungsteilnehmer – es waren allesamt Frauen – ansähe, fiele ihm vielleicht einiges Schmeichelhafte ein, was er über sie sagen könnte, und vielleicht würde diese Schmeichelei als Eröffnungsrede genügen.

Es war ein Schlag für ihn, feststellen zu müssen, daß er aus erster Hand nichts über die Leistungen irgendeiner Tagungsteilnehmerin wußte; leider wußte er überhaupt nur bei einer, um wen es sich handelte, und das Schmeichelhafteste, was ihm zu ihr einfiel, war, daß er meinte, er würde gern mit ihr schlafen, obwohl er sie bislang nur vom Fernsehen kannte.

Patrick mochte deutsche Frauen – man denke nur an die BH-lose Tontechnikerin des Kamerateams in Gujarat, die Blondine, die ohnmächtig in den Fleischkarren gefallen war, die unternehmungslustige Monika mit *k*. Doch die Deutsche, die an der Tagung in Tokio teilnahm, war eine Barbara in üblicher Schreibweise, und sie war, wie Wallingford, Fernsehjournalistin. Anders als er war sie eher erfolgreich als berühmt.

Barbara Frei war Moderatorin der Morgennachrichten des ZDF. Sie hatte eine volltönende, professionell klingende Stimme, ein wachsames Lächeln und einen dünnlippigen Mund. Ihr schulterlanges Haar war schmutzigblond und stilvoll hinter die Ohren gekämmt. Sie hatte ein wunderschönes, feingeschnittenes Gesicht mit hohen Wangenknochen; in Wallingfords Welt war ein solches Gesicht wie fürs Fernsehen geschaffen.

Im Fernsehen trug Barbara Frei nichts als ziemlich maskuline Kostüme, entweder in Schwarz oder in Marineblau, und unter dem weit offenen Kragen des Jacketts niemals eine Bluse oder ein Hemd. Sie hatte wunderbare Schlüsselbeine, die sie zu Recht gern vorzeigte. Sie bevorzugte kleine Ohrstecker – oft Smaragde oder Rubine, wie Patrick feststellte; mit Schmuck für Frauen kannte er sich aus.

Doch während ihm die Aussicht, in Tokio Barbara Frei kennenzulernen, für seinen Aufenthalt in Japan zu einer unrealistischen sexuellen Ambition verhalf, konnte weder sie noch irgendeine andere Tagungsteilnehmerin ihm beim Verfassen seiner Rede von Nutzen sein.

Da gab es eine russische Regisseurin, eine Frau namens Ludmilla Slovaboda. (Die Schreibweise gibt nur annähernd Patricks Vermutung darüber wieder, wie man ihren Nachnamen *möglicherweise* aussprach. Nennen wir sie einfach Ludmilla.) Wallingford kannte keinen ihrer Filme.

Dann gab es eine dänische Romanautorin, eine Frau namens Bodille oder Bodile oder Bodil Jensen; in den Tagungsunterlagen, die Patricks japanische Gastgeber geschickt hatten, war ihr Name auf drei unterschiedliche Weisen geschrieben. Wie immer er sich schrieb, Wallingford nahm an, daß er sich Bo-*diel* – Betonung auf der zweiten Silbe – sprach, aber er war sich nicht sicher.

Dann gab es eine englische Volkswirtschaftlerin mit dem langweiligen Namen Jane Brown. Ferner gab es eine chinesische Genetikerin, eine koreanische Fachärztin für Infektionskrankheiten, eine holländische Bakteriologin und eine Frau aus Ghana, deren Fachgebiet abwechselnd als »Nahrungsmangel-Management« und »Welthungerhilfe« bezeichnet wurde. Wallingford brauchte sich gar keine Hoffnungen zu machen, daß er auch nur einen Namen korrekt aussprach; er würde es gar nicht erst versuchen.

Die Teilnehmerliste war endlos und bestand durchweg aus hochqualifizierten Frauen – ausgenommen vielleicht eine amerikanische Autorin und selbsternannte radikale Feministin, von der Wallingford noch nie gehört hatte, und eine übergroße Anzahl japanischer Teilnehmerinnen, die die schönen Künste zu repräsentieren schienen.

In Gegenwart weiblicher Dichter und Bildhauer fühlte Patrick sich unwohl. Wahrscheinlich war es nicht korrekt, sie als Poetinnen und Skulpteurinnen zu bezeichnen, doch so nannte sie Wallingford bei sich. (Seiner Vorstellung nach waren die meisten Künstler Hochstapler; sie verkauften etwas Unwirkliches, etwas Erfundenes.)

Was also würde er in seiner Eröffnungsrede sagen? Er war nicht völlig aufgeschmissen – schließlich hatte er nicht umsonst in New York gelebt. Er hatte sein Quantum an Anlässen mit Smokingzwang durchlitten; er wußte, was für Quatschköpfe die meisten Conférenciers waren – Quatsch reden konnte er auch. Deshalb beschloß Patrick, in seiner Eröffnungsrede nicht mehr und nicht weniger als das modische, nachrichtenkluge Geschwätz eines Conférenciers von sich zu geben – den unehrlichen, sich selbst herabsetzenden Humor eines Menschen, der sich wohl zu fühlen scheint, während er sich über sich selbst lustig macht. Mit diesem Vorhaben lag er gründlich daneben.

Wie wäre es zum Beispiel mit folgendem Anfang? »Angesichts dessen, daß meine bedeutendste und vergleichsweise bescheidene Leistung darin besteht, daß ich vor fünf

Jahren in Indien illegalerweise meine Hand an einen Löwen verfüttert habe, macht es mich befangen, vor einem so illustren Publikum zu sprechen.«

Das würde bestimmt das Eis brechen. Bei Wallingfords letzter Rede hatte es ihm einen Lacher eingebracht, einer Rede, die gar keine richtige Rede gewesen war, sondern ein Toast bei einem Essen zu Ehren der Olympiateilnehmer im New York Athletic Club. Die Frauen in Tokio würden sich als schwierigeres Publikum erweisen.

Daß die Fluggesellschaft Wallingfords eingechecktes Gepäck, eine prall gefüllte Reisetasche, verschlampte, schien für den weiteren Verlauf des Unternehmens kennzeichnend. Der zuständige Vertreter der Fluglinie sagte zu ihm: »Ihr Gepäck ist unterwegs auf die Philippinen – morgen ist es wieder da!«

»Sie wissen schon, daß mein Gepäck auf dem Weg auf die Philippinen ist?«

»Gebiß, Sir«, antwortete der Mann, jedenfalls verstand ihn Patrick so; in Wirklichkeit hatte er gesagt: »Gewiß, Sir«, aber Wallingford hatte sich verhört. (Patricks kindische, unschöne Angewohnheit, fremdländische Akzente nachzuäffen, war fast ebenso unsympathisch wie sein zwanghaftes Lachen, wenn jemand stolperte oder hinfiel.) Zwecks näherer Erläuterung fügte der Mann von der Fluglinie hinzu: »Das verlorene Gepäck dieses Fluges aus New York geht immer auf die Philippinen.«

»›*Immer*‹?« fragte Wallingford.

»Und ist auch immer morgen wieder da«, erwiderte der Mann.

Es folgte der Hubschrauberflug vom Flughafen zum

Dach seines Hotels in Tokio. Für den Hubschrauber hatten Wallingfords japanische Gastgeber gesorgt.

»Ah, Tokio in der Dämmerung – was kann sich damit messen?« sagte eine streng wirkende Frau, die im Hubschrauber neben Patrick saß. Er hatte nicht bemerkt, daß sie auch im Flugzeug von New York gewesen war – wahrscheinlich, weil sie eine wenig schmeichelhafte Schildpattbrille trug und Patrick ihr allenfalls einen flüchtigen Blick geschenkt hatte. (Bei ihr handelte es sich natürlich um die amerikanische Autorin und selbsternannte radikale Feministin.)

»Sie machen Witze, will ich hoffen«, sagte Patrick zu ihr.

»Ich mache immer Witze, Mr. Wallingford«, antwortete die Frau. Mit einem kurzen, festen Händedruck stellte sie sich vor. »Ich bin Evelyn Arbuthnot. Ich habe Sie an Ihrer Hand erkannt – der anderen.«

»Hat man Ihr Gepäck auch auf die Philippinen geschickt?« erkundigte sich Patrick.

»Sehen Sie mich an, Mr. Wallingford«, forderte Ms. Arbuthnot ihn auf. »Ich beschränke mich grundsätzlich auf Bordgepäck. Meine Sachen gehen nicht verloren.«

Vielleicht hatte er Evelyn Arbuthnots Fähigkeiten unterschätzt; vielleicht sollte er versuchen, eines ihrer Bücher aufzutreiben und sogar zu lesen.

Doch unter ihnen lag Tokio. Er konnte erkennen, daß die Dächer vieler Hotels und Bürogebäude Hubschrauberlandeplätze hatten, über denen andere Hubschrauber einschwebten. Es war, als wäre eine militärische Invasion der riesigen, dunstverhangenen Stadt im Gange, die in der Dämmerung, im verblassenden Sonnenuntergang, eine Skala unwahrscheinlicher Farben, von Pink bis Blutrot, zeigte. Für Wallingford sahen die Hubschrauberlandeplätze wie das Schwarze von Zielscheiben aus; er versuchte zu erraten, auf welches Schwarze ihr Hubschrauber zielte.

»Japan«, sagte Evelyn Arbuthnot entnervt.

»Sie mögen Japan nicht?« fragte Patrick sie.

»Mögen tue ich überhaupt kein Land«, verriet sie, »aber die Mann-Frau-Problematik ist hier besonders ausgeprägt.«

»Aha.«

»Sie waren noch nie hier, oder?« fragte sie ihn. Während er noch immer den Kopf schüttelte, sagte sie: »Sie hätten nicht herkommen sollen, Katastrophenmann.«

»Warum sind Sie denn hergekommen?« fragte er.

Irgendwie fand er mit jedem negativen Wort, das sie äußerte, mehr Gefallen an ihr. Er begann, ihr Gesicht, ein Viereck mit hoher Stirn und breiter Kinnpartie, sympathisch zu finden – ihr kurzes graues Haar saß auf ihrem Kopf wie ein praktischer Helm. Ihr gedrungener Körper sah robust aus und wurde keineswegs zur Schau gestellt; sie trug schwarze Jeans und ein darüberhängendes Männerjeanshemd, das vom vielen Waschen ganz weich aussah. Nach dem zu urteilen, was Wallingford sehen konnte, und das war nicht viel, schien sie kleine Brüste zu haben – sie machte sich nicht die Mühe, einen BH zu tragen. Sie hatte vernünftige, wenn auch schmutzige Laufschuhe an den Füßen, die sie auf eine große Sporttasche gestellt hatte; die Tasche paßte nur zum Teil unter ihren Sitz, hatte einen Schulterriemen und sah schwer aus.

Ms. Arbuthnot war offenbar eine Frau Ende Vierzig, Anfang Fünfzig, die mit mehr Büchern als Kleidern reiste. Sie trug kein Make-up, keinen Nagellack und weder Ringe noch anderen Schmuck. Sie hatte kleine Finger und sehr saubere, kleine Hände, und ihre Nägel waren bis zum Fleisch abgekaut.

»Warum ich hergekommen bin?« wiederholte sie Patricks Frage. »Ich gehe überallhin, wohin ich eingeladen werde, weil ich nicht oft eingeladen werde und weil ich eine Botschaft habe. Aber Sie haben keine Botschaft, oder, Mr. Wallingford? Ich kann mir einfach nicht vorstellen, weshalb Sie nach Tokio gekommen sind, noch dazu zu einer Tagung über ›Die Zukunft der Frau‹. Seit wann ist ›Die Zukunft der Frau‹ eine Nachricht wert? Noch dazu für den Löwenmann«, fügte sie hinzu.

Der Hubschrauber setzte zur Landung an. Wallingford, der das sich vergrößernde Schwarze im Auge behielt, war sprachlos.

»Warum ich hergekommen bin?« wiederholte er schließlich Ms. Arbuthnots Frage. Er wollte damit lediglich Zeit gewinnen, während er sich eine Antwort überlegte.

»Ich werde Ihnen sagen, warum, Mr. Wallingford.« Evelyn legte ihm die kleinen, aber überraschend starken Hände auf die Knie und drückte ihn kräftig. »Sie sind hergekommen, weil Sie wußten, daß Sie hier viele Frauen kennenlernen würden – stimmt's?«

Sie gehörte also zu den Leuten, die Journalisten im allgemeinen und Patrick Wallingford im besonderen nicht leiden konnten. Wallingford reagierte empfindlich auf beide Aversionen, die weit verbreitet waren. Er wollte sagen, daß er nach Tokio gekommen sei, weil er verdammt noch mal Sonderkorrespondent war und einen Auftrag bekommen hatte, aber er hielt den Mund. Er litt an der häufig anzutreffenden Schwäche, Menschen, die ihn nicht mochten, für sich gewinnen zu wollen; infolgedessen hatte er zahlreiche Freunde, allerdings keine engen und nur sehr wenige männliche. (Er hatte mit zu vielen Frauen geschlafen, um enge Freundschaften mit Männern zu schließen.)

Der Hubschrauber setzte auf; eine Tür öffnete sich. Ein flinker Page, der auf dem Dach gewartet hatte, kam mit einem Gepäckkarren herangeeilt. Bis auf Evelyn Arbuthnots Sporttasche, die sie lieber selbst trug, gab es kein Gepäck zu befördern.

»Keine Tasche? Kein Gepäck?« fragte der eifrige Page Wallingford, der immer noch darüber nachdachte, was er Ms. Arbuthnot antworten sollte.

»Meine Tasche ist versehentlich auf die Philippinen geschickt worden«, teilte Patrick dem Pagen mit. Er sprach unnötig laut.

»Ach, kein Problem. Morgen wieder da!« sagte der Page.

»Ms. Arbuthnot«, brachte Wallingford schließlich ein wenig steif heraus, »ich versichere Ihnen, daß ich nicht nach Tokio oder zu dieser Tagung gekommen bin, um Frauen kennenzulernen. Frauen kann ich überall auf der Welt kennenlernen.«

»Das glaube ich Ihnen aufs Wort.« Evelyn Arbuthnot schien von der Vorstellung wenig angetan. »Und bestimmt tun Sie das auch – überall, ständig. Eine nach der anderen.«

*Miststück!* entschied Patrick, dabei war sie ihm gerade sympathisch geworden. Er war sich in letzter Zeit oft dämlich vorgekommen, und Ms. Arbuthnot war ihm eindeutig über gewesen; dennoch hielt sich Patrick Wallingford im allgemeinen für einen netten Kerl.

Weil er befürchtete, daß seine verlorene Reisetasche nicht rechtzeitig zu seiner Eröffnungsrede auf der Tagung über ›Die Zukunft der Frau‹ zurück sein würde, schickte Wallingford die Kleider, die er auf dem Flug getragen hatte, in die Hotelwäscherei, wo man versprach, sie bis zum anderen Morgen zurückzugeben. Patrick hoffte es. Damit stellte sich das Problem, daß er nichts anzuziehen hatte. Er hatte nicht damit gerechnet, daß seine japanischen Gastgeber (allesamt Kollegen) ihn unentwegt in seinem Hotelzimmer anrufen würden, um ihn zu Drinks und zum Essen einzuladen.

Er sagte ihnen, er sei müde; er habe keinen Hunger. Sie blieben höflich, aber er merkte, daß er sie enttäuscht hatte. Bestimmt konnten sie es gar nicht abwarten, die Nichthand zu sehen – die andere, wie Evelyn Arbuthnot es formuliert hatte.

Wallingford studierte gerade mißtrauisch die Speisekarte des Zimmerservice, als Ms. Arbuthnot anrief. »Wie halten Sie's mit dem Essen?« fragte sie. »Oder bestellen Sie einfach was beim Zimmerservice?«

»Hat Sie denn niemand eingeladen?« wollte Patrick wissen. »Ich werde ständig eingeladen, aber ich kann nicht, weil ich die Kleider, die ich anhatte, in die Wäscherei gegeben habe – für den Fall, daß meine Tasche morgen noch nicht von den Philippinen zurück ist.«

»Mich hat niemand eingeladen«, sagte Ms. Arbuthnot zu ihm. »Aber ich bin auch nicht berühmt – ich bin nicht mal Journalistin. Mich lädt nie jemand ein.«

Das glaubte Wallingford ohne weiteres, doch er sagte

nur: »Ich würde Sie auf mein Zimmer einladen, aber ich habe nichts zum Anziehen, bis auf ein Handtuch.«

»Rufen Sie Housekeeping an«, riet ihm Evelyn Arbuthnot. »Sagen Sie denen, Sie wollen einen Bademantel. Männer können in einem Handtuch nicht sitzen.« Sie nannte ihm ihre Zimmernummer und sagte, er solle sie zurückrufen, wenn er den Bademantel habe. Sie werde sich inzwischen die Speisekarte des Zimmerservice ansehen.

Doch als Wallingford Housekeeping anrief, sagte eine Frauenstimme: »Tut mil leid, keine Bademäntel.« So jedenfalls verstand Wallingford sie. Und als er Ms. Arbuthnot zurückrief und berichtete, was er von Housekeeping erfahren hatte, überraschte sie ihn erneut.

»Kein Bademantel, kein Zimmelselvice.«

Patrick dachte, sie mache Witze. »Keine Bange – ich werde die Knie hübsch geschlossen halten. Oder ich versuche, *zwei* Handtücher zu tragen.«

»Es geht nicht um Sie, es geht um mich – es liegt an mir«, sagte Evelyn. »Ich bin einfach von mir selbst enttäuscht, weil ich mich zu Ihnen hingezogen fühle.« Dann sagte sie: »Tut mil leid« und legte auf. Immerhin schickte Housekeeping ihm statt des Bademantels kostenlos eine Zahnbürste und eine kleine Tube Zahnpasta.

Es gibt nicht viele Schwierigkeiten, in die man in Tokio geraten kann, wenn man nur ein Handtuch trägt, doch Wallingford fand eine Möglichkeit. Da er nicht viel Appetit hatte, rief er anstelle des Zimmerservice eine Nummer an, die im Telefonverzeichnis des Hotels unter MASSAGETHERAPIE aufgeführt war. Ein großer Fehler.

»Zwei Frauen«, sagte die Telefonstimme der Massagetherapie. Es war eine Männerstimme, und für Patrick klang es, als hätte der Mann »Zwei Pflaumen« gesagt; dennoch meinte er, ihn richtig verstanden zu haben.

»Nein, nein – nicht ›zwei Frauen‹, nur einen Mann. Ich bin ein Mann und allein«, erklärte Wallingford.

»Zwei Pflaumen«, antwortete der Mann am Telefon selbstbewußt.

»Also gut«, meinte Wallingford. »Ist das Shiatsu?«

»Zwei Pflaumen oder gar nichts«, sagte der Mann etwas aggressiver.

»Okay, okay«, lenkte Patrick ein. Er machte ein Bier aus der Minibar auf, während er, in sein Handtuch gewickelt, wartete. Bald darauf standen zwei Frauen vor seiner Tür.

Eine von ihnen trug den Tisch mit dem an einem Ende eingeschnittenen Loch für Wallingfords Gesicht; er glich einem Hinrichtungsgerät, und die Frau, die ihn trug, hatte Hände, von denen Dr. Zajac gesagt hätte, sie seien so kräftig wie die eines erstklassigen Tight End. Die andere Frau trug ein paar Kissen und Handtücher – sie hatte Unterarme wie Popeye.

»Tag«, sagte Wallingford.

Sie beäugten ihn wachsam, den Blick auf seinem Handtuch.

»Shiatsu?« fragte Patrick.

»Wir sind zu zweit«, sagte die eine zu ihm.

»Ja, das ist nicht zu übersehen«, sagte Wallingford, aber er wußte nicht, warum. Damit die Massage schneller ging? Vielleicht auch, um den doppelten Preis berechnen zu können.

Als sein Gesicht in dem Loch lag, starrte er auf die nackten Füße der Frau, die ihm den Ellbogen in den Nacken bohrte; die andere bohrte ihm den Ellbogen (oder war es ihr Knie?) in der Kreuzgegend in die Wirbelsäule. Patrick nahm seinen Mut zusammen und fragte die Frauen ganz direkt: »Warum sind Sie zu zweit?«

Zu seiner Überraschung kicherten die muskulösen Massagetherapeutinnen wie kleine Mädchen.

»Damit wil nicht velgewaltigt welden«, sagte die eine.

»Zwei Pflaumen, keine Velgewaltigung«, hörte er die andere sagen.

Ihre Daumen und ihre Ellbogen oder Knie wurden ihm nun langsam unangenehm – die Frauen packten ziemlich fest zu –, doch wirklich anstößig fand er die Vorstellung, daß jemand moralisch so verkommen sein konnte, eine Massagetherapeutin zu *vergewaltigen*. (Patricks Erfahrungen mit Frauen waren allesamt von ziemlich begrenzter Natur gewesen: die Frauen hatten ihn begehrt.)

Als die Massagetherapeutinnen gingen, war Wallingford völlig schlapp. Er schaffte es gerade noch, zum Pinkeln und Zähneputzen ins Bad zu gehen, ehe er ins Bett fiel. Er sah, daß er sein nicht ausgetrunkenes Bier auf dem Nachttischchen hatte stehenlassen, wo es am anderen Morgen stinken würde, aber er war zu müde, um aufzustehen. Er fühlte sich wie aus Gummi. Am Morgen erwachte er in genau der gleichen Haltung, in der er eingeschlafen war – auf dem Bauch, beide Arme seitlich angelegt wie ein Soldat und die rechte Gesichtshälfte ins Kissen gedrückt, so daß er auf seine linke Schulter blickte.

Erst als er aufstand, um die Tür zu öffnen – es war bloß sein Frühstück –, bemerkte er, daß er den Kopf nicht bewegen konnte. Sein Hals fühlte sich blockiert an; er blickte unverwandt nach links. Das würde am Rednerpult problematisch werden, wo er bald seine Eröffnungsrede vor den Tagungsteilnehmerinnen halten mußte. Und davor mußte er, den Blick auf seine linke Schulter gerichtet, frühstücken. Das ohnehin schon schwierige Zähneputzen mit seiner rechten (und einzigen) Hand wurde noch dadurch erschwert, daß die vom Hotel zur Verfügung gestellte Zahnbürste – angesichts des Grades seiner Linksgewandtheit – eine Idee zu kurz war.

Immerhin war sein Gepäck von der Reise auf die Philippinen zurück, was nur gut war, weil die Hotelwäscherei anrief, um sich dafür zu entschuldigen, daß man seine einzigen anderen Kleider »verlegt« habe.

»Nicht vellielen, bloß vellegen!« brüllte ein Mann am Rande der Hysterie. »Tut mil leid!«

Als Wallingford seine Reisetasche öffnete, was ihm nur unter Verrenkungen gelang, stellte er fest, daß die Tasche und seine sämtlichen Kleider stark nach Urin rochen. Er rief bei der Fluggesellschaft an, um sich zu beschweren.

»Kommen Sie gerade von den Philippinen?« fragte der Vertreter der Fluggesellschaft.

»Nein, aber meine Reisetasche«, erwiderte Wallingford.

»Ah, das erklärt die Sache!« rief der andere fröhlich. »Die Rauschgifthunde, die sie dort haben – manchmal pissen sie auf das Reisegepäck!« Für Patrick klang das natürlich wie »piffen sie auf das Reisgebäck«, aber er kapierte es auch so. Philippinische Hunde hatten auf seine Kleider uriniert!

»*Wieso?*«

»Das wissen wir nicht«, sagte der Mann zu ihm. »Es passiert einfach. Die Hunde müssen wohl.«

Benommen suchte Wallingford in seinen Kleidern nach einem Hemd und einer Hose, die von Hundepisse nicht völlig durchweicht waren. Den Rest seiner Kleider gab er widerstrebend in die Hotelwäscherei, wobei er den Mann am Telefon ermahnte, sie nicht zu verlieren – es seien seine letzten.

»Andele nicht vellielen!« tönte der Mann. »Bloß vellegen!« (Diesmal sagte er nicht einmal »Tut mil leid!«)

Angesichts seines ihm durchaus bewußten Geruchs war es Patrick nicht angenehm, sich mit Evelyn Arbuthnot ein Taxi zum Tagungsort zu teilen – zumal sein steifer Nacken ihn zwang, die Fahrt mit unhöflich von ihr abgewandtem Gesicht hinter sich zu bringen.

»Ich mache Ihnen ja keinen Vorwurf, daß Sie wütend auf mich sind, aber ist es nicht ziemlich kindisch, mich nicht anzusehen?« fragte sie. Sie schnupperte in einem fort, als hätte sie den Verdacht, im Taxi befände sich ein Hund.

Wallingford erzählte ihr alles: die Zwei-Pflaumen-Massage (»Die Zwei-Frauen-Abreibung«, nannte er es), seinen nach einer Seite verdrehten Hals; den Vorfall mit der Hundepisse.

»Ich könnte mir stundenlang Ihre Geschichten anhören«, sagte Ms. Arbuthnot zu ihm. Er brauchte sie gar nicht zu sehen, um zu wissen, daß sie Witze machte.

Es folgte seine Rede, die er seitlich am Rednerpult stehend hielt, wobei er an seinem linken Arm hinab auf seinen Stumpf blickte, der für ihn besser zu sehen war als das schwer zu lesende Manuskript. Weil er den Zuhörern die linke Seite zuwandte, fiel sein unvollständiger Arm stärker auf, was einen Witzbold in der japanischen Presse veranlaßte, Patrick vorzuwerfen, er »reite seine fehlende Hand zu Tode«. In den westlichen Medien wurde seine fehlende Hand häufig als »Nichthand« oder »Non-Hand« bezeichnet.) Großzügiger denkende japanische Journalisten, die Patricks Eröffnungsrede beiwohnten – größtenteils seine männlichen Gastgeber –, nannten seine rhetorische Methode im linken Halbprofil »provokativ« und »unglaublich cool«.

Die Rede selbst war ein Reinfall bei den hochqualifizierten Frauen, die an der Tagung teilnahmen. Sie waren nicht nach Tokio gekommen, um über ›Die Zukunft der Frau‹ zu reden und sich dann abgeschmackte Conférencierscherze von einem Mann anzuhören.

»War es das, woran Sie gestern im Flugzeug geschrieben haben? Oder besser gesagt, zu schreiben *versucht* haben«, meinte Evelyn Arbuthnot. »Mein Gott, wir hätten doch zusammen auf Ihrem Zimmer essen sollen. Wenn das Gespräch auf Ihre Rede gekommen wäre, hätte ich Ihnen diese Peinlichkeit ersparen können.«

Wie schon einmal verschlug es Wallingford in ihrer Gesellschaft die Sprache.

Der Saal, in dem er gesprochen hatte, bestand aus Stahl in ultramodernen Grautönen. So ungefähr kam ihm auch Evelyn Arbuthnot vor – »aus Stahl in ultramodernen Grautönen«.

Die anderen Frauen gingen ihm hinterher aus dem Weg; Wallingford wußte, daß es nicht nur an der Hundepisse lag.

Selbst seine Kollegin in der Welt des Fernsehjournalismus, die schöne Barbara Frei, wechselte kein Wort mit ihm. Die meisten Journalisten, die Wallingford zum ersten Mal begegneten, äußerten zumindest eine gewisse Anteilnahme wegen der Geschichte mit dem Löwen, doch die unnahbare Barbara Frei machte deutlich, daß sie auf seine Bekanntschaft keinen Wert legte.

Nur die dänische Romanautorin, Bodille oder Bodile oder Bodil Jensen, schien Patrick mit einem Schimmer von Mitleid in ihren unruhig umherhuschenden grünen Augen zu betrachten. Sie war auf eine irgendwie leidende oder bekümmerte Weise hübsch, so als hätte erst kürzlich jemand ihr Nahestehender – möglicherweise ihr Liebhaber oder ihr Mann – durch Selbstmord oder Mord geendet.

Wallingford versuchte sich an sie heranzumachen, doch Ms. Arbuthnot schnitt ihm den Weg ab. »Ich habe sie zuerst gesehen«, sagte sie zu Patrick und steuerte schnurstracks auf Bodille oder Bodile oder Bodil Jensen zu.

Dies beschädigte Wallingfords ohnehin angeknackstes Selbstbewußtsein noch weiter. War es das, was Ms. Arbuthnot gemeint hatte, als sie sagte, sie sei von sich selbst enttäuscht, weil sie sich zu ihm hingezogen fühle? War Evelyn Arbuthnot eine Lesbe?

Nicht unbedingt darauf erpicht, jemanden kennenzulernen, während er so erbärmlich nach Hundepisse roch, kehrte Wallingford ins Hotel zurück, um auf seine sauberen Kleider zu warten. Er überließ es seinem Zweimann-Kamerateam, zu filmen, was immer neben den anderen Reden an diesem ersten Tag noch an Interessantem geboten wurde, darunter auch eine Podiumsdiskussion zum Thema Vergewaltigung.

Als Patrick in sein Hotelzimmer zurückkam, hatte ihm die Direktion – als zusätzliche Entschuldigung für das »Verlegen« seiner Kleider – Blumen geschickt, und es warteten zwei Massagetherapeutinnen, zwei *andere* Frauen, auf ihn. Das Hotel spendierte ihm außerdem noch eine Massage. »Tut mil leid wegen Ihl steife Nacken«, sagte eine der neuen Frauen zu ihm.

Es hörte sich ungefähr wie »Ihre Seife nackend« an, aber Wallingford verstand, was sie meinte. Er war dazu verurteilt, eine weitere Zwei-Frauen-Abreibung über sich ergehen zu lassen.

Allerdings schafften es diese beiden, seinen steifen Nakken zu kurieren, und während sie noch damit beschäftigt waren, ihn in Gelee zu verwandeln, kamen seine Kleider vollzählig und sauber aus der Hotelwäscherei zurück. Vielleicht, dachte sich Patrick, markierte dies in seiner Japanerfahrung eine Wende zum Besseren.

Angesichts des Verlustes seiner linken Hand in Indien, obgleich dieses Ereignis schon fünf Jahre zurücklag – angesichts dessen, daß philippinische Hunde auf seine Kleider gepißt hatten und er eine zweite Massage gebraucht hatte, um den von der ersten angerichteten Schaden zu beheben; angesichts dessen, daß er nicht gewußt hatte, daß Evelyn Arbuthnot lesbisch war, und angesichts seiner schrecklich unsensiblen Rede; angesichts dessen, daß er nichts über Japan und vermutlich noch weniger über die Zukunft der Frau wußte, über die er niemals, nicht einmal jetzt, nachdachte –, hätte Wallingford so schlau sein müssen, sich nicht vorzustellen, seine Japanerfahrung nähme eine Wende zum Besseren.

Wer Patrick Wallingford in Japan kennengelernt hätte, hätte sofort gewußt, daß er genau die Sorte von penisgesteuertem Typ war, dem es ähnlich sah, daß er mit der Hand einem Löwenkäfig zu nahe kam. (Und wenn der Löwe einen Akzent gehabt hätte, hätte Wallingford sich darüber lustig gemacht.) Rückblickend war Patricks Zeit in Japan nach seiner eigenen Einschätzung ein noch deprimierenderer Tiefpunkt in seinem Leben als die Handfreßepisode in Indien.

Fairerweise muß man sagen, daß Wallingford nicht der einzige Mann war, der die Podiumsdiskussion über Vergewaltigung versäumte. Die englische Volkswirtschaftlerin, deren Namen (Jane Brown) Patrick langweilig gefunden hatte, erwies sich selbst als alles andere. Sie bekam auf dem Podium einen Anfall, bestand darauf, daß während der Diskussion kein Mann anwesend sei, und erklärte, wenn Frauen ehrlich miteinander über Vergewaltigung diskutierten, dann sei dies genauso, als wären sie nackt.

Soviel bannten der Kameramann und der Tontechniker des Internationalen 24-Stunden-Kanals noch auf Film, ehe sich die englische Volkswirtschaftlerin, um ihr Argument zu unterstreichen, auszuziehen begann. Daraufhin hörte der Kameramann, ein Japaner, taktvollerweise zu filmen auf.

Ob es für die meisten Fernsehzuschauer unbedingt sehenswert gewesen wäre, Jane Brown beim Ausziehen zuzusehen, ist fraglich. Ms. Brown als matronenhaft zu bezeichnen, wäre eine Schmeichelei – sie brauchte nur *anzufangen,* sich auszuziehen, und schon verließen die wenigen anwesenden Männer den Saal. Es nahmen ohnehin fast keine

Männer an der Tagung über ›Die Zukunft der Frau‹ teil, nur die zwei von Patrick Wallingfords Kamerateam, die zunehmend unglücklicher dreinschauenden japanischen Journalisten, die Gastgeber der Tagung waren, und natürlich Patrick selbst.

Die Gastgeber wären gekränkt gewesen, wenn sie von dem per Ferngespräch geäußerten Ansinnen des New Yorker Nachrichtenredakteurs erfahren hätten, der kein weiteres Material von der Tagung selbst wollte. Statt noch mehr von der Frauentagung wollte Dick nun, wie er sagte, »etwas, was in Kontrast dazu steht« – mit anderen Worten, etwas, was sie in Mißkredit brachte.

Das war Dick, wie er leibte und lebte, dachte Wallingford. Als der Nachrichtenredakteur nach »damit zusammenhängendem Material« fragte, meinte er in Wirklichkeit etwas, das so wenig mit der Frauentagung zusammenhing, daß es schon die Vorstellung einer Zukunft der Frau lächerlich machte.

»Wie ich höre, gibt es in Tokio eine Kinderpornoindustrie«, sagte Dick zu Patrick. »Außerdem Kinderprostituierte. Das Ganze ist relativ neu, hat man mir gesagt. Gerade erst am Entstehen – sozusagen noch ein zartes Pflänzchen.«

»Und weiter?« fragte Wallingford. Er wußte, auch das war Dick, wie er leibte und lebte. ›Die Zukunft der Frau‹ hatte den Nachrichtenredakteur nie interessiert. Die Japaner hatten Wallingford gewollt – das Löwenvideo erzielte in Japan Rekordumsätze –, und Dick hatte sich die Einladung zunutze gemacht, um den Katastrophenmann in Tokio nach Dreck buddeln zu lassen.

»Du wirst natürlich sehr achtgeben müssen, wie du die

Sache anpackst«, fuhr Dick fort und wies Patrick darauf hin, daß »Rassismusanwürfe« gegen den Sender laut würden, falls sich die Japaner »auf den Schlitz getreten fühlten.«

»Hast du's mitgekriegt?« hatte Dick am Telefon gefragt. »Auf den *Schlitz* getreten...«

Wallingford seufzte. Dann gab er wie stets zu bedenken, daß es noch eine tiefer gehende, kompliziertere Geschichte gebe. Die Tagung über die ›Zukunft der Frau‹ war auf vier Tage terminiert, allerdings nur zu den Tagesstunden. Für abends war nichts geplant, nicht einmal Abendgesellschaften. Patrick fragte sich, warum.

Ein junge Japanerin, die sich von Wallingford ein Autogramm auf ihr Mickymaus-T-Shirt erbat, schien darüber verwundert, daß er den Grund nicht erraten hatte. Abends fanden keine Tagungsveranstaltungen statt, weil Frauen abends nach Hause zu ihren Familien »gehörten«. Wenn man versucht hätte, in Japan abends eine Frauentagung zu veranstalten, hätten nicht viele Frauen teilnehmen können.

Ob das nicht interessant sei? fragte Wallingford Dick, aber der Nachrichtenredakteur sagte ihm, das könne er vergessen. Zwar sah die junge Japanerin vor der Kamera phantastisch aus, doch weil der Nachrichtensender einmal einen Rechtsstreit mit der Walt Disney Company geführt hatte, waren Mickymaus-T-Shirts dort verpönt.

Am Ende wurde Wallingford angewiesen, sich auf Einzelinterviews mit den Tagungsteilnehmerinnen zu beschränken. Patrick merkte, daß sich Dick von dem Projekt abseilte.

»Sieh einfach zu, daß du ein, zwei von den Weibern zum Reden kriegst«, lautete die Formulierung, bei der es Dick beließ.

Natürlich versuchte Wallingford zunächst, ein Einzelinterview mit Barbara Frei, der deutschen Fernsehjournalistin, zu vereinbaren. Er sprach sie in der Hotelbar an. Sie schien allein zu sein; der Gedanke, daß sie womöglich auf jemanden wartete, kam Patrick gar nicht. Die ZDF-Moderatorin war genauso schön, wie sie auf der Mattscheibe wirkte, aber sie lehnte es höflich ab, sich interviewen zu lassen.

»Ich kenne natürlich Ihren Sender«, begann sie taktvoll. »Ich halte es für unwahrscheinlich, daß man dort seriös über diese Tagung berichten wird. Oder?« Fall erledigt. »Das mit Ihrer Hand tut mir leid, Mr. Wallingford«, sagte Barbara Frei. »Das war wirklich schrecklich – es tut mir sehr leid.«

»Danke«, antwortete Patrick. Sie war nicht nur aufrichtig, sondern auch eine Klassefrau. Wallingfords internationaler 24-Stunden-Sender entsprach weder ihrer noch sonst jemandes Vorstellung von seriösem Fernsehjournalismus; verglichen mit Barbara Frei war auch Patrick Wallingford nicht seriös, und das wußten sowohl sie als auch er.

Die Hotelbar war, wie bei Hotelbars häufig der Fall, voller Geschäftsleute. »Guck mal – der Löwenmann!« hörte Wallingford einen sagen.

»Katastrophenmann!« rief ein anderer aus.

»Möchten Sie nicht etwas trinken?« fragte Barbara Frei voller Mitgefühl.

»Ach so ... also gut.« Eine ungeheure und ungewohnte Niedergeschlagenheit lastete auf ihm, und sobald sein Bier kam, kam auch der Mann in die Bar, auf den Barbara Frei gewartet hatte – ihr Ehemann.

Wallingford kannte ihn. Es war Peter Frei, ein angesehener Journalist beim ZDF, allerdings im Kulturbereich, während seine Frau sogenannte harte Nachrichten machte.

»Peter ist ein bißchen müde«, sagte seine Frau und strich ihm zärtlich über Schultern und Nacken. »Er trainiert für den Mount Everest.«

»Für einen Bericht, den Sie drehen, nehme ich an«, sagte Patrick neidvoll.

»Ja, aber um das richtig hinzukriegen, muß ich ein bißchen daran herumklettern.«

»Sie wollen den Mount Everest besteigen?« fragte Wallingford. Peter Frei wirkte extrem fit – die beiden waren ein ausgesprochen attraktives Paar.

»Ach, mittlerweile klettert jeder am Everest herum«, antwortete Peter Frei bescheiden. »Genau das ist das Problem – der Berg ist von Amateuren wie mir überlaufen!« Seine schöne Frau lachte liebevoll und strich ihrem Mann weiter über Schultern und Nacken. Wallingford, der kaum imstande war, sein Bier zu trinken, fand die beiden als Paar ungemein sympathisch.

Als sie sich verabschiedeten, berührte Barbara Frei Patricks linken Unterarm an der üblichen Stelle. »Sie könnten vielleicht versuchen, die Frau aus Ghana zu interviewen«, schlug sie hilfsbereit vor. »Sie ist furchtbar nett und klug, und sie hat mehr zu sagen als ich. Ich meine, sie ist eher ein Mensch mit einem Anliegen als ich.« (Das hieß, wie Wallingford wußte, daß die Frau aus Ghana mit jedem reden würde.)

»Das ist eine gute Idee – danke.«

»Tut mir leid wegen der Hand«, sagte Peter Frei zu Patrick. »Schreckliche Geschichte. Ich glaube, so gut wie alle wissen noch, wo sie gewesen sind und was sie gerade gemacht haben, als es im Fernsehen kam.«

»Ja«, antwortete Wallingford. Er hatte nur ein Bier getrunken, konnte sich später aber kaum noch daran erinnern, wie er die Hotelbar verlassen hatte; er war voller Selbstekel, als er ging, und suchte nach der Afrikanerin, als wäre sie ein Rettungsboot und er ein Ertrinkender. Das war er auch.

Daß die Hungerexpertin aus Ghana extrem dick war, durfte als unschöne Ironie gelten. Wallingford machte sich Sorgen, daß Dick ihre Fettleibigkeit auf unvorhersehbare Weise ausschlachten würde. Sie mußte an die hundertfünfzig Kilo wiegen, und das Kleidungsstück, das sie trug, ähnelte einem aus Patchworkmustern angefertigten Zelt. Aber die Frau hatte einen akademischen Grad von Oxford und einen weiteren von Yale, und sie war Nobelpreisträgerin auf irgendeinem Gebiet, das mit Welternährung zu tun hatte; diese war nach ihren Worten »lediglich eine Frage intelligenter Krisenantizipation in der Dritten Welt ... was ich mache, kann jeder Doofe mit einem intakten Gewissen.«

Doch sosehr Wallingford die üppige Frau aus Ghana auch bewunderte, in New York mochte man sie nicht. »Zu dick«, sagte Dick zu Patrick. »Die Schwarzen werden denken, wir machen uns über sie lustig.«

»Aber *wir* haben sie doch nicht dick gemacht!« protestierte Patrick. »Das Entscheidende ist, sie ist *klug* – sie hat wirklich etwas zu sagen!«

»Du wirst doch wohl noch jemand anders auftreiben können, der etwas zu sagen hat, oder? Herr des Himmels, finde jemand Klugen, der *normal* aussieht!« Doch das war, wie Wallingford auf der Tagung über die ›Zukunft der Frau‹ in Tokio feststellen mußte, äußerst schwierig – wenn man berücksichtige, daß Dick mit »*normal*« zweifellos nicht dick, nicht schwarz und keine Japanerin meinte.

Patrick warf einen Blick auf die chinesische Genetikerin, die einen stark hervortretenden, haarigen Leberfleck mitten auf der Stirn hatte; er machte erst gar nicht den Versuch, sie zu interviewen. Er konnte förmlich hören, was Dick in New York über sie sagen würde. »Von wegen sich über Leute lustig machen – Herr des Himmels! Da könnten wir ja gleich die chinesische Botschaft in irgendeinem Scheißland bombardieren und versuchen, das als Unfall hinzustellen, oder so was!«

Also sprach Patrick mit der koreanischen Fachärztin für Infektionskrankheiten. Er fand die Frau irgendwie niedlich, aber sie erwies sich als kamerascheu, was sich dergestalt äußerte, daß sie zwanghaft auf seinen Stumpf starrte. Außerdem konnte sie keine einzige Infektionskrankheit nennen, ohne zu stottern; bei der bloßen Erwähnung einer Krankheit schien sie das Grauen zu packen.

Was die russische Regisseurin angeht – »*Kein Aas* kennt ihre Filme«, sagte der Nachrichtenredakteur in New York zu Wallingford –, so war Ludmilla (belassen wir es dabei) potthäßlich. Außerdem wollte sie sich, wie Patrick eines Morgens um zwei Uhr feststellte, als sie in sein Hotelzimmer kam, absetzen. Aber nicht nach Japan. Sie wollte, daß Wallingford sie nach New York schmuggelte. *Worin?* fragte sich Wallingford. Etwa in seiner Reisetasche, die mittlerweile dauerhaft nach philippinischer Hundepisse stank?

Ein russischer Flüchtling war jedenfalls eine Nachricht, sogar in New York. Was machte es schon, daß kein Mensch ihre Filme kannte? »Sie will nach Sundance«, sagte Patrick zu Dick. »Herrgott noch mal, Dick, sie will sich *absetzen*! Das ist eine Geschichte!« (Kein vernünftiger Nachrichtensender würde eine Geschichte über einen russischen Flüchtling ablehnen.)

Aber Dick war unbeeindruckt. »Wir haben gerade fünf Minuten über einen kubanischen Flüchtling gebracht, Pat.«

»Meinst du etwa diesen unfähigen Baseballspieler?« fragte Wallingford.

»Er ist ein halbwegs brauchbarer Shortstop, und schlagen kann er auch«, sagte Dick, und damit hatte es sich.

Als nächstes holte er sich einen Korb von der grünäugigen dänischen Romanautorin; sie erwies sich als zickige Schriftstellerin, die sich von niemandem interviewen ließ, der nicht ihre Bücher gelesen hatte. Wofür hielt sie sich eigentlich? Wallingford fehlte die Zeit, ihre Bücher zu lesen! Immerhin hatte er, was die Aussprache ihres Namens anging, richtig gelegen – sie lautete »Bo-*diehl*«, mit Betonung auf der zweiten Silbe.

Die allzu zahlreichen japanischen Vertreterinnen der schönen Künste waren ganz wild darauf, mit ihm zu reden, und wenn sie mit ihm redeten, berührten sie gern mitfühlend seinen linken Unterarm knapp über der Stelle, wo er seine Hand verloren hatte. Aber der Nachrichtenredakteur in New York hatte »von den Künsten die Schnauze voll«. Außerdem behauptete Dick, die Japanerinnen würden den Zuschauern den falschen Eindruck vermitteln, an der Tagung hätten nur Japanerinnen teilgenommen.

»Seit wann machen wir uns Sorgen darum, daß wir unseren Zuschauern einen falschen Eindruck vermitteln?« brachte Patrick den Mut auf zu fragen.

»Hör zu, Pat«, sagte Dick, »diese Dichterin da, die Böse mit der Tätowierung im Gesicht, würde sogar anderen Dichtern die Stimmung vermiesen.«

Wallingford war schon zu lange in Japan. Weil er so daran gewöhnt war, daß die Leute seine Muttersprache falsch aussprachen, verstand er nun auch seinen Nachrichtenredakteur falsch. Er hörte nicht »die Böse«, sondern »die Möse«.

»Nein, jetzt hörst du zu, Dick«, erwiderte Wallingford in einem Ton, der so gar nicht seiner gewohnt liebenswürdigen Art entsprach. »Ich bin keine Frau, aber sogar ich störe mich an diesem Wort.«

»An welchem Wort?« fragte Dick. »Tätowierung?«

»Du weißt ganz genau, an welchem Wort!« blaffte Patrick. »Möse!«

»Ich habe ›Böse‹ gesagt, nicht ›Möse‹, Pat«, teilte der Nachrichtenredakteur ihm mit. »Wahrscheinlich hörst du einfach, woran du die ganze Zeit denkst.«

Patrick blieb keine andere Wahl. Er mußte Jane Brown interviewen, die englische Volkswirtschaftlerin, die gedroht hatte, sich auszuziehen, oder er mußte mit Evelyn Arbuthnot reden, der vermeintlichen Lesbe, die ihn nicht ausstehen konnte und sich dafür schämte, daß sie sich – wenn auch nur für einen Moment – zu ihm hingezogen gefühlt hatte.

Die englische Volkswirtschaftlerin war eine Spinnerin von ausgeprägt englischem Typus. Das spielte keine Rolle – Amerikaner haben eine Schwäche für englischen Akzent. Jane Brown kreischte wie ein unbeaufsichtigter Wasserkessel, aber nicht über die Weltwirtschaft, sondern über ihre Drohung, sich vor Männern auszuziehen. »Ich weiß aus Erfahrung, daß die Männer es niemals zulassen werden, daß ich mich ganz ausziehe«, sagte sie vor laufender Kamera zu Patrick Wallingford, in jener übertrieben artikulierenden Sprechweise, wie sie englische Charakterdarstellerinnen eines bestimmten Alters und einer bestimmten Herkunft auf der Bühne an den Tag legen. »Ich komme nicht einmal bis zur Unterwäsche, da sind die Männer schon aus dem Saal geflüchtet – das passiert jedesmal! Männer sind ausgesprochen verläßlich. Damit meine ich lediglich, daß man sich darauf verlassen kann, daß sie vor mir flüchten!«

Dick in New York war begeistert. Er sagte, das Interview mit Jane Brown »kontrastiere sehr hübsch« mit dem anderen Material vom ersten Tagungstag, an dem sie beim Thema Vergewaltigung einen Anfall gekriegt hatte. Der internationale 24-Stunden-Kanal hatte seine Geschichte. Man berichtete über die Tagung zur ›Zukunft der Frau‹ in Tokio – besser gesagt, man berichtete nach Art des Nachrichtensenders darüber, das heißt, man drängte nicht nur Patrick Wallingford, sondern auch die Nachricht selbst völlig in den Hintergrund. Eine Frauentagung in Japan wurde auf eine Meldung darüber reduziert, wie eine theatralische englische Matrone während einer Podiumsdiskussion über Vergewaltigung damit gedroht hatte, sich auszuziehen – und das ausgerechnet in Tokio.

»Na, war das nicht entzückend?« fragte Evelyn Arbuthnot, nachdem sie den anderthalb Minuten langen Bericht in ihrem Hotelzimmer im Fernsehen gesehen hatte. Sie war noch in Tokio – es war der letzte Tagungstag. Wallingfords

Schmuddelsender hatte nicht einmal abgewartet, bis die Tagung vorbei war.

Patrick lag noch im Bett, als Ms. Arbuthnot ihn anrief. »Tut mil leid«, war alles, was Wallingford herausbrachte. »Ich bin nicht der Nachrichtenredakteur, ich bin bloß Sonderkorrespondent.«

»Sie haben nur Befehle befolgt – wollen Sie das damit sagen?« fragte Ms. Arbuthnot.

Gegen Evelyn Arbuthnot kam Patrick nicht an, zumal er sich noch nicht von einer Sause mit seinen japanischen Gastgebern erholt hatte. Er hatte den Eindruck, daß sogar seine Seele nach Sake roch. Außerdem konnte er sich nicht erinnern, wer von seinen japanischen Lieblingsjournalisten ihm zwei Rückfahrkarten für den Hochgeschwindigkeitszug nach Kioto geschenkt hatte – den »Superexpreß«, wie entweder Yoshi oder Fumi ihn genannt hatten. Ein Besuch in einem traditionellen Gasthaus könne sehr erholsam sein, hatten sie ihm gesagt; daran erinnerte er sich noch. »Aber fahren Sie lieber nicht am Wochenende.« Diesen Rat vergaß Wallingford leider.

Ah, Kioto – Stadt der Tempel, Stadt des Gebets. Ein etwas meditativerer Ort als Tokio würde Wallingford in der Tat ungemein guttun. Höchste Zeit, daß er mal ein bißchen meditierte, erklärte er Evelyn Arbuthnot, die nicht aufhörte, ihm wegen der peinlichen Berichterstattung seines »miesen Nicht-Nachrichtensenders« über die Frauentagung den Kopf zu waschen.

»Ich weiß, ich weiß ...«, wiederholte Patrick immerzu. (Was hätte er sonst sagen sollen?)

»Und jetzt fahren Sie nach Kioto? Wozu? Zum Beten?

Wofür wollen Sie eigentlich beten?« fragte sie ihn. »Daß Ihr Katastrophen- und Quatschnachrichtensender auf möglichst demütigende Art und Weise eingeht – dafür würde ich beten!«

»Ich hoffe immer noch, daß ich in diesem Land vielleicht doch etwas Schönes erlebe«, erwiderte Wallingford mit soviel Würde, wie er aufbringen konnte, was nicht sehr viel war.

An Evelyn Arbuthnots Ende der Leitung trat gedankenvolles Schweigen ein. Patrick vermutete, daß sie dabei war, eine alte Idee neu zu überdenken.

»Sie wollen in Japan etwas Schönes erleben?« fragte Ms. Arbuthnot. »Tja ... Sie können mich nach Kioto mitnehmen. Dann zeige ich Ihnen was Schönes.«

Er war immerhin Patrick Wallingford. Er sagte nicht nein. Er tat, was Frauen wollten; er tat überhaupt meistens, was man ihm sagte. Dabei hatte er gedacht, Evelyn Arbuthnot wäre eine Lesbe! Er war verwirrt.

»Äh ... ich dachte ... ich meine, aus Ihrer Bemerkung über diese dänische Autorin habe ich geschlossen ... daß Sie, na ja, schwul sind, Ms. Arbuthnot.«

»Das ist eine Masche, die ich ständig abziehe«, sagte sie. »Ich hätte nicht gedacht, daß Sie darauf hereinfallen.«

»Aha«, meinte Wallingford.

»Ich bin nicht schwul, aber ich bin so alt, daß ich Ihre Mutter sein könnte. Wenn Sie es sich also überlegen und mich später zurückrufen wollen, bin ich Ihnen nicht böse.«

»Also, daß Sie meine Mutter sein könnten, glaube ich nicht –«

»Biologisch gesehen, könnte ich das sehr wohl sein«, sagte

Ms. Arbuthnot. »Ich hätte Sie mit sechzehn bekommen können – ich habe damals übrigens wie achtzehn ausgesehen. Wie gut sind Sie im Rechnen?«

»Sie sind in den Fünfzigern?« fragte er sie.

»So ungefähr«, sagte sie. »Und heute kann ich noch nicht nach Kioto fahren. Ich werde den letzten Tag dieser jämmerlichen, aber gutgemeinten Tagung nicht schwänzen. Wenn Sie bis morgen warten können, fahre ich übers Wochenende mit Ihnen nach Kioto.«

»Okay«, stimmte Wallingford zu. Er sagte ihr nicht, daß er bereits zwei Karten für den »Superexpreß« hatte. Er konnte den Hotelportier bitten, seine Reservierungen für den Zug und das Gasthaus zu ändern.

»Sind Sie auch sicher, daß Sie das wollen?« fragte Evelyn Arbuthnot. Sie selbst hörte sich nicht allzu sicher an.

»Ja. Ich bin sicher. Ich mag Sie«, sagte Wallingford. »Auch wenn ich selber ein Arschloch bin.«

»Seien Sie deswegen nicht allzu streng mit sich«, antwortete sie. Nie war ihre Stimme einem erotischen Schnurren näher gekommen. Was Geschwindigkeit anging – und vor allem im Hinblick darauf, wie rasch sie ihre Meinung ändern konnte –, war Evelyn selbst so etwas wie ein Superexpreß. Patrick kamen allmählich Zweifel, ob er mit ihr überhaupt irgendwohin fahren sollte.

Es war, als hätte sie seine Gedanken gelesen. »Ich bin nicht allzu anspruchsvoll«, sagte sie unvermittelt. »Außerdem brauchen Sie auch Erfahrungen mit einer Frau meines Alters. Eines Tages, wenn Sie in den Siebzigern sind, werden Frauen meines Alters das Jüngste sein, was Sie kriegen können.«

Während Wallingford für den Rest dieses Tages und der Nacht darauf wartete, mit Evelyn Arbuthnot den Superexpreß nach Kioto besteigen zu können, ließ sein Kater allmählich nach. Als er zu Bett ging, schmeckte er den Sake nur noch beim Gähnen.

Schön und klar dämmerte der nächste Tag im Land der aufgehenden Sonne – eine falsche Verheißung, wie sich zeigen sollte. Wallingford teilte sich den über dreihundert Stundenkilometer schnellen Zug mit einer Frau, die so alt war, daß sie seine Mutter hätte sein können, und ungefähr fünfhundert kreischenden Schulkindern, allesamt Mädchen, weil man – soweit Patrick und Evelyn das gewundene Englisch des Schaffners verstanden – etwas beging, was Nationales Gebetswochenende für Mädchen hieß, und weil, so schien es jedenfalls, sämtliche Schülerinnen Japans nach Kioto unterwegs waren.

Es regnete das ganze Wochenende über. Kioto war von betenden japanischen Schülerinnen überlaufen. Bestimmt beteten sie wenigstens zeitweise, während die Stadt von ihnen überlaufen war, obwohl Patrick und Evelyn sie nie dabei sahen. Wenn sie nicht beteten, taten sie, was Schülerinnen überall tun. Sie lachten, sie kreischten, sie brachen in hysterisches Schluchzen aus – alles ohne ersichtlichen Grund.

»Die verflixten Hormone«, sagte Evelyn, als wüßte sie Bescheid.

Außerdem spielten die Schülerinnen die denkbar schlimmste westliche Musik und nahmen unentwegt Bäder – so viele Bäder, daß dem traditionellen Gasthaus, in dem Wallingford und Evelyn Arbuthnot wohnten, wiederholt das heiße Wasser ausging.

»Zu viele Mädchen nicht beten!« entschuldigte sich der Gastwirt bei Patrick und Evelyn – nicht, daß ihnen der Mangel an heißem Wasser etwas ausgemacht hätte; ein, zwei lauwarme Bäder taten es auch. Sie vögelten nonstop das ganze Wochenende lang und besuchten nur gelegentlich die Tempel, für die Kioto (anders als Patrick Wallingford) zu Recht berühmt war.

Wie sich herausstellte, hatte Evelyn Arbuthnot gern viel Sex. In achtundvierzig Stunden... Nein, egal. Es wäre ordinär, zu zählen, wie oft sie es machten. Nur soviel sei gesagt, daß Patrick Wallingford am Ende des Wochenendes völlig fertig war, und als er und Evelyn mit dem über dreihundert Stundenkilometer schnellen Zug nach Tokio zurückfuhren, tat ihm so der Schwanz weh, daß er sich vorkam wie ein Teenager, der sich wund masturbiert hat.

Was er von den Tempeln im Regen gesehen hatte, hatte ihm gefallen. Wenn man, von dem schrillen Gequäke ausgelassener japanischer Schülerinnen umgeben, bei prasselndem Regen in den riesigen Holzschreinen stand, kam man sich wie ein Gefangener in einem primitiven, trommelartigen Holzinstrument vor.

Viele von den Mädchen trugen ihre Schuluniformen, was ihnen insgesamt die Monotonie einer Militärkapelle verlieh. Einige waren hübsch, aber die meisten nicht; außerdem hatte Wallingford speziell an diesem Nationalen Gebetswochenende für Mädchen (wahrscheinlich war das nicht die offizielle Bezeichnung) nur Augen für Evelyn Arbuthnot.

Mit ihr zu schlafen gefiel ihm nicht zuletzt deshalb, weil es ihr so eindeutig Spaß mit ihm machte. Er fand ihren Körper, der keineswegs schön war, gleichwohl auf raffinierte

Weise zweckmäßig. Evelyn benutzte ihren Körper wie ein gut durchkonstruiertes Werkzeug. Doch auf einer ihrer kleinen Brüste befand sich eine ziemlich große Narbe – die eindeutig nicht von einem Unfall stammte. (Sie war zu gerade und zu dünn; es mußte eine Operationsnarbe sein.)

»Mir ist ein Knoten entfernt worden«, sagte sie, als er danach fragte.

»Muß ein ziemlich großer Knoten gewesen sein«, sagte er.

»War aber harmlos, wie sich herausstellte. Mir fehlt nichts«, erwiderte sie.

Erst auf der Rückfahrt nach Tokio hatte sie begonnen, ihn ein wenig zu bemuttern. »Was willst du denn nun mit dir anfangen, Patrick?« hatte sie gefragt und ihn dabei an seiner einzigen Hand gehalten.

»Mit mir anfangen?«

»Du bist völlig verkorkst«, sagte sie zu ihm. Ihrem Gesicht sah er an, daß sie aufrichtig besorgt um ihn war.

»Ich bin völlig verkorkst«, wiederholte er.

»Jawohl, das bist du, und das weißt du auch ganz genau«, sagte sie. »Dein Beruf befriedigt dich nicht, aber was noch wichtiger ist, du *lebst* gar nicht richtig. Du treibst nur wie ein Schiffbrüchiger dahin, Lieber.« (Das »Lieber« war neu und behagte ihm nicht.)

Patrick begann über Dr. Zajac und die Aussicht auf eine Handtransplantation zu schwafeln – die Aussicht darauf, nach fünf langen Jahren tatsächlich eine linke Hand zurückzubekommen.

»Das meine ich nicht«, unterbrach ihn Evelyn. »Wen interessiert schon deine linke Hand? Das ist fünf Jahre her!

Du kommst ohne sie aus. Du findest immer jemanden, der dir hilft, eine Tomate zu schneiden, oder du verzichtest eben auf die Tomate. Du bist ein schlechter Witz, aber nicht wegen deiner fehlenden Hand. Zum Teil liegt es an deinem Job, hauptsächlich aber daran, wie du dein Leben lebst!«

»Ach so«, sagte Wallingford. Er versuchte, seine Hand ihrem mütterlichen Griff zu entziehen, aber Ms. Arbuthnot ließ ihn nicht los; schließlich hatte sie zwei Hände, mit denen sie seine einzige Hand fest gepackt hielt.

»Hör mir zu, Patrick«, sagte Evelyn. »Es ist großartig, daß Dr. Sayzac dir eine neue linke Hand geben will –«

»Dr. *Zajac*«, verbesserte Wallingford sie gereizt.

»Dr. Zajac, meinetwegen«, fuhr Ms. Arbuthnot fort. »Ich will dir gar nicht absprechen, daß Mut dazu gehört, sich einem so riskanten Experiment zu unterziehen –«

»Es wäre erst die zweite derartige Operation überhaupt«, teilte Patrick ihr, abermals gereizt, mit. »Die erste hat nicht geklappt.«

»Ja, ja – das hast du mir schon gesagt«, erinnerte ihn Ms. Arbuthnot. »Aber hast du auch den Mut, dein Leben zu ändern?« Dann schlief sie ein, wobei sich ihr Griff um seine Hand lockerte. Wahrscheinlich hätte Wallingford seine Hand wegziehen können, ohne sie zu wecken, aber er wollte es nicht riskieren.

Evelyn würde nach San Francisco fliegen, Wallingford nach New York zurückkehren. In San Francisco fand eine andere Tagung zu frauenspezifischen Themen statt, hatte sie ihm gesagt.

Er hatte sie weder gefragt, worin ihre »Botschaft« bestand, noch las er je eines ihrer Bücher zu Ende. Das einzige, das er zu lesen versuchte, enttäuschte ihn. Als Mensch war Evelyn Arbuthnot interessanter denn als Autorin. Wie viele kluge, motivierte Menschen, die ein bewegtes, geistig anspruchsvolles Leben führen, konnte sie nicht besonders gut schreiben.

Im Bett, wo Persönliches am unbefangensten herauskommt, hatte sie Patrick erzählt, sie sei zweimal verheiratet gewesen – das erste Mal in sehr jungen Jahren. Von ihrem ersten Mann hatte sie sich scheiden lassen; der zweite, der, den sie wirklich geliebt hatte, war gestorben. Sie war eine Witwe mit erwachsenen Kindern und mehreren kleinen Enkelkindern. Ihre Kinder und Enkelkinder, hatte sie Patrick erzählt, machten ihr Leben aus, mit ihren Büchern und Reisen vermittelte sie lediglich ihre Botschaft. Die allerdings konnte Wallingford in dem wenigen, was er von ihren Schriften zu lesen vermochte, nicht finden. Doch jedesmal, wenn er an sie dachte, mußte er zugeben, daß sie ihn eine ganze Menge über ihn selbst gelehrt hatte.

Im Superexpreß wurde er kurz vor der Ankunft in Tokio von einigen japanischen Schülerinnen und der Lehrerin, die sie begleitete, erkannt. Offenbar versuchten sie sich ein Herz zu fassen und eine von ihnen den Waggon entlang zu schicken, damit sie den Löwenmann um ein Autogramm bat. Patrick hoffte, es würde nicht dazu kommen – um den Mädchen eine Unterschrift zu geben, müßte er seine rechte Hand Evelyns Fingern entwinden.

Letztlich brachte keine von den Schülerinnen den Mut auf, ihn anzusprechen; statt dessen kam ihre Lehrerin den Mittelgang des Superexpreß entlang. Die Uniform, die sie trug, ähnelte stark der ihrer jungen Schützlinge, und obwohl sie selbst noch jung war, vermittelte sie, als sie mit ihm sprach, sowohl die Strenge als auch die Förmlichkeit einer viel älteren Frau. Sie war außerdem ungemein höflich; sie bemühte sich so sehr, leise und sanft zu sprechen, um Evelyn nicht aufzuwecken, daß sich Wallingford ein Stück weit in den Mittelgang hinauslehnen mußte, um sie bei dem Geratter des fahrenden Zuges verstehen zu können.

»Die Mädchen haben mich gebeten, Ihnen zu sagen, daß sie finden, Sie sehen sehr gut aus und sind bestimmt sehr tapfer«, sagte sie zu Patrick. »Ich möchte Ihnen auch etwas sagen«, flüsterte sie. »Als ich Sie zum ersten Mal gesehen habe, mit dem Löwen, habe ich bedauerlicherweise nicht gedacht, daß Sie ein so netter Mann sind. Aber wenn ich Sie jetzt so sehe – wie Sie sich hier im Zug mit Ihrer Mutter unterhalten –, wird mir klar, daß Sie doch ein sehr netter Mann sind.«

»Danke«, antwortete Wallingford flüsternd, obwohl das Mißverständnis ihn schmerzte, und als die junge Lehrerin an ihren Platz zurückgekehrt war, drückte Evelyn seine Hand – nur damit er wußte, daß sie schon eine Weile wach war. Als Wallingford sie ansah, waren ihre Augen weit offen, und sie lächelte ihn an.

Knapp ein Jahr später, als er von ihrem Tod erfuhr, erinnerte er sich an ihr Lächeln im Superexpreß. »Der Brustkrebs ist zurückgekommen«, sagte ihm eine ihrer Töchter, als er anrief, um Evelyns Kindern und Enkelkindern sein Beileid auszusprechen. Der laut Evelyn harmlose Knoten war eben doch nicht harmlos gewesen. Wenn man bedachte, wie lang die Narbe gewesen war, hatte sie das vielleicht sogar schon gewußt.

Patrick Wallingford hatte etwas ganz und gar Fragiles an sich. Mit Ausnahme seiner Exfrau Marilyn versuchten Frauen ständig, ihm alles mögliche zu ersparen, obwohl das eigentlich gar nicht Evelyn Arbuthnots Stil gewesen war.

Außerdem fiel Wallingford ein, daß er die japanische Lehrerin hätte fragen können, wie der offizielle Name des Nationalen Gebetswochenendes für Mädchen lautete. Er hatte, so unglaublich das zumal für einen Journalisten war, sechs Tage in Japan verbracht und absolut nichts über das Land erfahren.

Wie die junge Lehrerin, so waren alle Japaner, die er kennengelernt hatte, überaus höflich und zuvorkommend, auch die Zeitungsleute, die ihn eingeladen hatten – sie waren sehr viel respektvoller und wohlerzogener gewesen als die meisten Journalisten, mit denen Patrick in New York zusammenarbeitete. Aber er hatte sie nichts gefragt; er war zu sehr damit beschäftigt gewesen, sich selbst zu studieren. Gelernt hatte er allenfalls, sich über ihren Akzent zu mokieren, den er falsch nachahmte.

Man konnte Marilyn, Wallingfords Exfrau, vorwerfen, was man wollte, aber in einem Punkt hatte sie recht – Patrick war immer ein Junge geblieben. Aber vielleicht konnte er ja erwachsen werden, jedenfalls hoffte er das.

Bedeutende Veränderungen im Leben eines Menschen sind häufig von einem prägenden Erlebnis gekennzeichnet. Patrick Wallingfords prägendes Erlebnis war weder der Verlust seiner linken Hand noch die Gewöhnung an ein Leben ohne diese Hand. Das Erlebnis, das ihn nachhaltig veränderte, war eine weitgehend verplemperte Japanreise.

»Erzähl uns von Japan, Pat. Wie war's?« fragten ihn die

schlagfertigen Frauen im New Yorker Nachrichtenstudio in ihrem ewig koketten, ewig lockenden Ton. (Von Dick hatten sie bereits erfahren, daß Wallingford »Möse« gehört, als Dick »Böse« gesagt hatte.)

Doch wenn man Wallingford nach Japan fragte, wich er aus. »Japan ist ein Roman«, sagte er dann und beließ es dabei.

Er war bereits überzeugt, daß die Japanreise den aufrichtigen Wunsch in ihm geweckt hatte, sein Leben zu ändern. Er würde alles dafür riskieren. Es würde bestimmt nicht leicht sein, aber er glaubte, daß er den nötigen Willen besaß, es zu versuchen. Es ehrte ihn, daß er, sobald er das erste Mal mit Mary Soundso im Nachrichtenstudio allein war, sagte: »Es tut mir sehr leid, Mary. Es tut mir ehrlich und aufrichtig leid, daß ich das gesagt und dich so aufgeregt habe –«

Sie unterbrach ihn. »Aufgeregt hat mich nicht, was du gesagt hast, sondern meine Ehe. Sie funktioniert nicht so besonders, und ich bin schwanger.«

»Das tut mir leid«, sagte Patrick erneut.

Dr. Zajac anzurufen und zu bekräftigen, daß er sich der Transplantation unterziehen wolle, war relativ leicht gewesen.

Als Patrick das nächste Mal kurz mit Mary allein war, beging er ohne böse Absicht einen Fauxpas. »Wann ist es denn soweit, Mary?« (Man sah ihr noch nichts an.)

»Ich habe das Kind verloren!« stieß Mary hervor; sie brach in Tränen aus.

»Das tut mir leid«, wiederholte Patrick.

»Das war schon meine zweite Fehlgeburt«, vertraute die unglückliche junge Frau ihm an. Sie schluchzte an seiner

Brust und machte ihm das Hemd naß. Als einige der fixen Frauen des New Yorker Nachrichtenstudios die beiden sahen, warfen sie einander ihre angelegentlichsten Blicke zu. Aber sie hatten unrecht – diesmal jedenfalls. Wallingford versuchte wirklich, sich zu ändern.

»Ich hätte mit dir nach Japan fahren sollen«, flüsterte Mary Soundso ihm ins Ohr.

»Nein, Mary, nein, nein«, sagte Wallingford. »Du hättest nicht mit mir nach Japan fahren sollen, und es war falsch von mir, das vorzuschlagen.« Aber die junge Frau weinte nur um so heftiger.

In Gesellschaft weinender Frauen tat Patrick Wallingford das, was viele Männer tun – er dachte an etwas anderes. Zum Beispiel, wie man eigentlich auf eine Hand *wartet*, wenn man fünf Jahre lang keine gehabt hat.

Ungeachtet seiner kürzlich geschlossenen Bekanntschaft mit Sake konnte man ihn nicht als Trinker bezeichnen; aber er fand merkwürdigerweise Gefallen daran, sich spätnachmittags in eine ihm unbekannte Bar – jedesmal eine andere – zu setzen. Eine Art Überdruß zwang ihn dazu, dieses Spiel zu spielen. Wenn die Cocktailstunde kam und das Lokal sich mit Leuten füllte, die auf Geselligkeit aus waren, saß Patrick Wallingford einfach nur da und trank sein Bier; sein Ziel war es, eine Aura von so unnahbarer Traurigkeit zu verbreiten, daß keiner seine Einsamkeit stören würde.

Sie erkannten ihn natürlich alle; wohl hörte er dann und wann ein geflüstertes »Löwenmann« oder »Katastrophenmann«, aber niemand sprach ihn an. Darin bestand das Spiel – es war eine schauspielerische Übung im Finden des richtigen Ausdrucks. *(Bemitleidet mich, besagte dieser Ausdruck. Bemitleidet mich, aber laßt mich zufrieden.)* Es war ein Spiel, das er bald ziemlich gut beherrschte.

Dann ging Wallingford eines Spätnachmittags – kurz vor der Cocktailstunde – in eine Bar in seinem früheren New Yorker Viertel. Für den Doorman des Hauses, in dem Patrick ehedem gewohnt hatte, war es zwar noch zu früh, seine Nachtschicht anzutreten, aber Wallingford war dennoch überrascht, ihn in der Bar anzutreffen – und das um so mehr, als er seine Uniform nicht anhatte.

»Tag, Mr. O'Neill«, begrüßte ihn Vlad oder Vlade oder Lewis. »Ich hab gesehen, daß Sie in Japan waren. Die spielen dort doch ziemlich gut Baseball, oder? Ist wahrscheinlich eine Alternative für Sie, falls es hier nicht so klappt.«

»Wie geht's Ihnen, Lewis?« fragte Wallingford.

»Ich heiße Vlade«, sagte Vlad düster. »Das da ist mein Bruder. Wir schlagen bloß ein bißchen Zeit tot, bevor ich zur Arbeit gehe. Die Nachtschicht macht mir keinen Spaß mehr.«

Patrick nickte dem nett wirkenden jungen Mann zu, der neben dem deprimiert wirkenden Doorman am Tresen stand. Er hieß Loren oder Goran, möglicherweise auch Zorbid; er war schüchtern und nuschelte seinen Namen.

Doch als Vlad oder Vlade oder Lewis auf die Toilette ging – er hatte einen Preiselbeersaft mit Soda nach dem anderen getrunken –, vertraute der schüchterne Bruder Patrick an: »Er meint es nicht böse, Mr. Wallingford. Er ist bloß ein bißchen verwirrt. Er weiß nicht, daß Sie nicht Paul O'Neill sind, obwohl er es eigentlich doch weiß. Ich habe ehrlich geglaubt, nach der Geschichte mit dem Löwen würde er es endlich kapieren. Aber Pustekuchen. Die meiste Zeit sind Sie für ihn eben Paul O'Neill. Tut mir leid. Muß ziemlich lästig sein.«

»Sie brauchen sich nicht zu entschuldigen«, sagte Patrick. »Ich mag Ihren Bruder. Wenn ich für ihn Paul O'Neill bin, ist das schon in Ordnung. Wenigstens bin ich aus Cincinnati weg.«

Als Vlad oder Vlade oder Lewis von der Toilette kam, sahen sie beide ein bißchen schuldbewußt aus, wie sie da am Tresen saßen. Patrick bedauerte, daß er den normalen Bruder nicht gefragt hatte, wie der verwirrte Doorman richtig hieß, aber die Gelegenheit war vorüber. Der Doorman mit den drei Namen war zurück; er war nun eher wieder der alte, weil er sich auf der Toilette seine Uniform angezogen hatte.

Er gab seine Alltagskleidung seinem Bruder, der sie dann in einem an der Fußstange lehnenden Rucksack verstaute. Patrick hatte den Rucksack bis jetzt nicht gesehen, machte sich nun aber klar, daß dies für die Brüder Teil einer Routineprozedur war. Wahrscheinlich kam der normale Bruder morgens wieder, um Vlad oder Vlade oder Lewis nach Hause zu bringen; er machte ganz den Eindruck eines gutherzigen Menschen.

Plötzlich legte der Doorman den Kopf auf den Tresen, als wollte er auf der Stelle einschlafen. »He, nun hör aber auf – was soll denn das«, sagte sein Bruder liebevoll zu ihm. »Das muß nicht sein, schon gar nicht vor Mr. O'Neill.«

Der Doorman hob den Kopf. »Manchmal hab ich es einfach satt, so spät zu arbeiten«, sagte er. »Bitte keine Nachtschichten mehr. Keine Nachtschichten mehr.«

»Immerhin hast du Arbeit, oder?« sagte der Bruder in dem Versuch, ihn aufzuheitern.

Wie durch ein Wunder – ganz plötzlich! – fing Vlad oder Vlade oder Lewis zu strahlen an. »Nicht zu fassen, Mann«, sagte er. »Ich tue mir leid, dabei sitze ich neben dem besten Rightfielder, den ich mir vorstellen kann, und er hat keine linke Hand! Und dabei schlägt er links und wirft links. Tut mir sehr leid, Mr. O'Neill. Vor Ihnen brauche ich mir nun wirklich nicht leid zu tun.«

Natürlich tat sich Wallingford auch selbst leid, aber er wollte noch ein Weilchen Paul O'Neill sein. Es war der Beginn seiner Loslösung von dem *alten* Patrick Wallingford.

Hier stand er, der Katastrophenmann, und kultivierte eine bestimmte Aura für die Cocktailstunde. Diese Aura war, wie der Löwenmann wußte, nur Theater, aber das *Bitte-bemitleidet-mich* war durchaus echt.

5

## *Ein Unfall am Super-Bowl-Sonntag*

Zwar hatte Mrs. Clausen Schatzman, Gingeleskie, Mengerink & Partner geschrieben, sie sei aus Appleton, Wisconsin, aber sie meinte damit nur, daß sie dort geboren war. Zur Zeit ihrer Ehe mit Otto Clausen wohnte sie in Green Bay, der Heimat des berühmten Profi-Footballteams. Otto Clausen war Packer-Fan; von Beruf war er Bierwagenfahrer, und der einzige Aufkleber, den er an seinem Laster duldete, war in Green-Bay-Grün auf goldenem Feld.

PROUD TO BE A CHEESEHEAD!

Otto und seine Frau hatten vorgehabt, am Samstag abend, dem 25. Januar 1998, in ihre Lieblingssportkneipe in Green Bay zu gehen. Es war der Abend der 32. Super Bowl, und die Packers spielten in San Diego gegen die Denver Broncos. Aber Mrs. Clausen hatte sich schon den ganzen Tag schlecht gefühlt; wie so häufig sagte sie zu ihrem Mann, sie hoffe, sie sei schwanger. Sie war es nicht – sie hatte Grippe. Sie bekam rasch Fieber und erbrach sich schon vor dem Kickoff zweimal. Beide Clausens waren enttäuscht, daß es keine Morgenübelkeit war. (Da sie erst zwei Wochen zuvor ihre Periode gehabt hatte, hätte sie, selbst wenn sie schwanger gewesen wäre, noch gar nicht unter Morgenübelkeit leiden können.)

Mrs. Clausens Stimmungen waren leicht zu deuten – jedenfalls meinte Otto normalerweise zu wissen, was seine Frau dachte. Mehr als alles andere auf der Welt wünschte sie sich ein Kind. Auch ihr Mann wollte, daß sie eines bekam – in diesem Punkt konnte sie ihm nichts vorwerfen. Daß sie keine Kinder hatte, belastete sie schrecklich, und sie wußte, daß es Otto ebenso erging.

Was diesen speziellen Fall von Grippe anging, hatte Otto seine Frau noch nie so krank erlebt; er erbot sich, zu Hause zu bleiben und sich um sie zu kümmern. Sie konnten sich das Spiel am Apparat im Schlafzimmer anschauen. Aber Mrs. Clausen war so krank, daß sie sich überhaupt nicht vorstellen konnte, sich das Spiel anzuschauen, dabei war auch sie ein echter Cheesehead; daß sie ihr Leben lang Packer-Fan gewesen war, bildete ein starkes Band zwischen den beiden. Sie hatte sogar einmal für die Green Bay Packers gearbeitet. Sie und Otto hätten Karten für das Spiel in San Diego bekommen können, aber Otto flog nicht gern.

Nun war sie tief gerührt: Otto liebte sie so sehr, daß er sogar darauf verzichten würde, sich in der Sportkneipe das Spiel anzusehen. Mrs. Clausen wollte nichts davon wissen, daß er zu Hause blieb. Obwohl ihr zum Sprechen eigentlich zu übel war, nahm sie alle Kraft zusammen und verkündete in einem vollständigen Satz eine jener oft wiederholten Wahrheiten der Sportwelt, die Footballfans zustimmend verstummen lassen (und die zugleich jeder, der sich nichts aus Football macht, als kolossale Dummheit empfindet). »Es gibt keine Garantie dafür, daß man die Super Bowl noch mal erreicht«, stellte Mrs. Clausen fest.

Otto war auf geradezu kindliche Weise bewegt. Selbst auf

dem Krankenbett lag seiner Frau daran, daß er seinen Spaß hatte. Doch eines ihrer beiden Autos war wegen eines kleineren Unfalls mit Blechschaden auf einem Supermarkt-Parkplatz in der Werkstatt. Otto wollte seine Frau nicht ohne Wagen krank zu Hause lassen.

»Ich nehme den Bierlaster«, sagte er zu ihr. Der Bierlaster war leer, und Otto war mit allen in der Sportkneipe befreundet; sie würden ihm erlauben, den Wagen vor der Lieferanteneinfahrt zu parken. Am Super-Bowl-Sonntag wurde ohnehin nichts geliefert.

»Auf geht's, Packers!« sagte seine Frau schwächlich – sie war bereits am Einschlafen. In einer Geste stummer Zärtlichkeit, an die sie noch lange zurückdenken würde, legte Otto die Fernbedienung neben sie aufs Bett und vergewisserte sich, daß der richtige Sender eingestellt war.

Dann fuhr er zum Spiel. Der Bierlaster war leichter, als Otto es gewohnt war; immer wieder überpüfte er seine Geschwindigkeit, während er das große Fahrzeug durch die sonntäglich leeren Straßen steuerte. Seit seinem sechsten oder siebten Lebensjahr hatte Otto Clausen keinen Kickoff eines Packer-Spiels verpaßt, und diesen würde er auch nicht verpassen. Er war zwar erst neununddreißig, aber er hatte alle einunddreißig vorangegangenen Super Bowls gesehen. Er würde auch die zweiunddreißigste Super Bowl sehen, und zwar vom ersten Kickoff bis zum bitteren Ende.

Die meisten Sportjournalisten räumten später ein, daß die zweiunddreißigste Super Bowl mit zu den besten gehörte, die je gespielt worden waren – ein knappes, spannendes Spiel, das der Underdog gewann. Es ist allgemein bekannt, daß die meisten Amerikaner Underdogs lieben, nicht aber in Green Bay, Wisconsin, im Falle der zweiunddreißigsten Super Bowl, in der die Denver Broncos, der Außenseiter, die Packers schlugen und damit alle Cheeseheads in tiefe Niedergeschlagenheit stürzten.

Am Ende des vierten Viertels standen die Green-Bay-Fans am Rande des Selbstmordes – nicht unbedingt jedoch Otto, der zwar auch niedergeschlagen, aber außerdem noch sturzbetrunken war. Er war während eines Bierwerbespots in den letzten zwei Spielminuten am Tresen fest eingeschlafen; zwar wachte er im Moment der Spielfortsetzung wieder auf, hatte sich zuvor jedoch ein weiteres Mal einer ungekürzten Fassung seines schlimmsten wiederkehrenden Traums ausgesetzt gesehen, der ihm Stunden länger vorkam als der Bierwerbespot.

Er befand sich in einem Kreißsaal, und in einer Ecke stand ein Mann, von dem er nichts als ein Augenpaar über einer Chirurgenmaske sah. Eine Geburtshelferin entband seine Frau, assistiert von einer Schwester, von der er sicher war, daß er sie noch nie gesehen hatte. Die Geburtshelferin war Mrs. Clausens Frauenärztin; die Clausens waren oft gemeinsam bei ihr gewesen.

Zwar hatte Otto, als er den Traum zum ersten Mal träumte, den Mann in der Ecke nicht erkannt, doch mittlerweile wußte er im voraus, wer der Mann war, so daß ihn eine dunkle Vorahnung beschlich.

Als das Baby auf der Welt war, zeigte das Gesicht seiner Frau eine so überwältigende Freude, daß Otto jedesmal im Schlaf weinte. In diesem Augenblick nahm der andere Mann die Maske ab. Es war dieser playboyhafte Fernsehreporter – der Löwenmann, der Katastrophenmann. Scheiße, wie hieß er doch gleich? Jedenfalls galt die Freude in Mrs. Clausens Gesicht ihm, nicht Otto; es war, als wäre Otto gar nicht im Kreißsaal oder als wüßte nur Otto, daß er da war.

Außerdem stimmte an dem Traum nicht, daß der Löwenmann zwei Hände hatte, in denen er das Neugeborene hielt. Plötzlich griff Ottos Frau nach oben und streichelte ihm den linken Handrücken.

Da sah es Otto selbst. Er starrte an seinem Körper hinunter, suchte nach seinen Händen. Die linke war weg – seine linke Hand war weg!

Das war der Moment, in dem Otto schluchzend aufwachte. Diesmal, in der Sportkneipe in Green Bay, bei einer Restspielzeit von knapp zwei Minuten in der Super Bowl, mißverstand ein anderer Packer-Fan seinen Schmerz und klopfte Otto auf die Schulter. »Scheißspiel«, sagte er mit bärbeißigem Mitgefühl.

Betrunken wie er war, mußte sich Otto heftig zusammenreißen, um nicht wieder einzudösen. Es ging nicht darum, daß er das Ende des Spiels nicht verpassen wollte; er wollte nicht noch einmal diesen Traum träumen, jedenfalls nicht, wenn es nach ihm ging.

Natürlich war ihm klar, woher der Traum kam, und er schämte sich deswegen so sehr, daß er seiner Frau nie von dem Traum erzählte.

Als Bierfahrer glaubte Otto, der Jugend von Green Bay ein Vorbild geben zu müssen – noch nie war er betrunken gefahren. Überhaupt trank Otto kaum, und wenn, dann nichts Stärkeres als Bier. Sofort schämte er sich ebensosehr für seine Betrunkenheit wie für seinen Traum und den Ausgang des Spiels.

»Ich bin zu betrunken zum Fahren«, gestand Otto dem Barkeeper, einem anständigen Mann und getreuen Freund. Der Barkeeper wünschte, es gäbe mehr Betrunkene wie Otto Clausen, das heißt verantwortungsbewußte.

Sie einigten sich rasch darauf, wie Otto am besten nach Hause käme, nämlich nicht, indem er sich von einem seiner betrunkenen und niedergeschlagenen Freunde mitnehmen ließ. Er konnte den Bierlaster ohne weiteres die knapp fünfzig Meter von der Lieferanteneinfahrt zum Parkplatz der Kneipe fahren, so daß er etwaige Lieferungen am Montag morgen nicht behinderte. Da der Parkplatz und die Lieferanteneinfahrt nebeneinanderlagen, mußte er nicht einmal einen öffentlichen Bürgersteig oder eine öffentliche Straße überqueren. Dann würde der Barkeeper ihm ein Taxi rufen, das ihn nach Hause brachte.

Nein, nein, nein – ein Anruf sei nicht nötig, hatte Otto gemurmelt. Er habe ein Handy in seinem Wagen. Er werde zuerst den Wagen wegfahren, dann selbst ein Taxi rufen und in seinem Wagen darauf warten. Außerdem wollte er seine Frau anrufen – um festzustellen, wie es ihr ging, und um mit ihr über die tragische Niederlage von Green Bay zu trauern. Im übrigen würde die kalte Luft ihm guttun.

Was die Wirkung der kalten Luft anging, mag er sich weniger sicher gewesen sein als im Hinblick auf den Rest seines Plans, aber er wollte sich auch die Nachberichterstattung im Fernsehen ersparen. Der Anblick der durchgedrehten Denver-Fans im Massentaumel ihrer Feiern wäre wirklich widerlich, genau wie die Wiederholung der Szenen, in denen Terrell Davis durch das Backfield der Packers spaziert war. Der Runningback der Broncos hatte die Defense von Green Bay so weich aussehen lassen wie... nun ja, *Käse*.

Bei dem Gedanken an die Angriffszüge von Denver fühlte sich Otto kotzelend, oder aber seine Frau hatte ihn angesteckt. So mies hatte er sich nicht mehr gefühlt, seit er gesehen hatte, wie ein Löwe diesem Schönling von einem Journalisten die Hand weggefressen hatte. Wie hieß das Arschgesicht bloß?

*Mrs.* Clausen wußte den Namen des unglücklichen Reporters. »Wie es wohl dem armen Patrick Wallingford so geht?« sagte sie zuweilen aus heiterem Himmel, worauf Otto den Kopf schüttelte und sich kotzelend fühlte.

Nach kurzem, andächtigem Schweigen fügte seine Frau dann hinzu: »Ich würde dem armen Mann meine eigene Hand geben, wenn ich wüßte, daß ich bald sterbe. Du nicht auch, Otto?«

»Ich weiß nicht – ich kenne ihn ja nicht mal«, hatte Otto erwidert. »Es ist nicht so, als gäbe man einem Fremden eines seiner Organe. Das sind bloß Organe. Wer kriegt die je zu Gesicht? Aber die *Hand*... das ist nun mal ein erkennbarer Teil von einem selber, wenn du verstehst, was ich meine.«

»Wenn du tot bist, bist du tot«, hatte Mrs. Clausen gesagt.

Otto erinnerte sich an die Vaterschaftsklage gegen Patrick Wallingford – im Fernsehen und in sämtlichen Zeitungen und Zeitschriften war darüber berichtet worden. Der Fall hatte Mrs. Clausen gefesselt; sie war sichtlich enttäuscht gewesen, als die DNS-Analyse ergab, daß Wallingford nicht der Vater war.

»Was kümmert's dich, wer der Vater ist?« hatte Otto gefragt.

»Er hat einfach so ausgesehen, als wäre er der Vater«, hatte Mrs. Clausen geantwortet. »Er sieht so aus, als müßte er es sein, meine ich.«

»Er sieht ziemlich gut aus – willst du das damit sagen?« hatte Otto gefragt.

»Er sieht aus wie der ideale Kandidat für eine Vaterschaftsklage.«

»Ist das der Grund, warum ich ihm meine Hand geben soll?«

»Das habe ich nicht gesagt, Otto. Ich habe bloß gesagt: ›Wenn du tot bist, bist du tot.‹«

»Soviel habe ich mitgekriegt«, hatte Otto gemeint. »Aber wieso meine Hand? Wieso er?«

Nun müssen Sie etwas über Mrs. Clausen erfahren, noch ehe Sie wissen, wie sie aussah: Wenn sie wollte, konnte sie etwas in ihren Tonfall legen, wovon ihr Mann einen Ständer bekam. Das ging ruck, zuck.

»Wieso deine Hand?« hatte sie ihn in ebendiesem Ton gefragt. »Na, weil ich dich liebe und nie jemand anders lieben werde. Jedenfalls nicht so.« Das hatte Otto dermaßen zugesetzt, daß er sich dem Tod zu nahe fühlte, um etwas zu sagen; sämtliches Blut aus seinem Gehirn, seinem Herzen und seinen Lungen floß in seine Erektion. So war das jedesmal.

»Und wieso er?« hatte Mrs. Clausen in der Gewißheit weitergefragt, daß Otto von diesem Zeitpunkt an vollkommen in ihrer Hand war. »Na, weil er eindeutig eine Hand braucht. Das ist ja wohl offensichtlich.«

Es hatte Ottos ganzer Kraft bedurft, eine schwache Antwort zustande zu bringen. »Es gibt ja wohl noch andere, die ihre Hand verloren haben.«

»Aber die kennen wir nicht.«

»Ihn kennen wir auch nicht.«

»Er ist im Fernsehen, Otto. Jeder kennt ihn. Außerdem macht er einen netten Eindruck.«

»Du hast gesagt, er sieht aus wie der ideale Kandidat für eine Vaterschaftsklage!«

»Das heißt nicht, daß er nicht nett ist«, hatte Mrs. Clausen erwidert.

»Ach so.«

Dieses »Ach so« erschöpfte den letzten Rest seiner schwindenden Kräfte. Otto wußte, was als nächstes kam. Wieder einmal war es ihr Ton, der ihn umhaute.

»Was machst du gerade?« hatte sie ihn gefragt. »Lust, ein Baby zu machen?«

Otto hatte kaum nicken können.

Aber ein Baby war immer noch nicht da. Mrs. Clausen fügte ihrem Brief an Schatzman, Gingeleskie, Mengerink & Partner eine getippte Erklärung bei, die sie Otto hatte unterschreiben lassen. Er hatte nicht protestiert. Er hatte das Gefühl, die Blutzirkulation in seinen Fingern sei vollständig zum Erliegen gekommen und er sehe der Hand eines anderen beim Unterschreiben zu. »Was machst du gerade?« hatte sie ihn auch damals gefragt.

Dann hatten die Träume begonnen. Jetzt, an diesem trostlosen Super-Bowl-Sonntag, war Otto nicht nur sternhagelvoll, sondern trug auch an der Last einer schwer nachvollziehbaren Eifersucht. Und den Bierlaster knappe fünfzig Meter weiterzufahren war gar nicht so einfach, wie es ihm vorgekommen war. Ottos ungeschickte Bemühungen, mit dem Schlüssel die Zündung zu betätigen, überzeugten ihn; er war nicht nur zu betrunken zum Fahren – womöglich war er sogar zu betrunken, um den Wagen anzulassen. Er brauchte dazu eine Weile, genau wie der Entfroster, um das Eis unter dem Schnee auf der Windschutzscheibe zu schmelzen. Seit dem Kickoff hatte es nur noch weitere fünf Zentimeter geschneit.

Vielleicht schürfte sich Otto die Knöchel seiner linken Hand auf, als er den Schnee von den Seitenfenstern wischte. (Das ist nur eine Vermutung. Wir werden nie erfahren, *wie* er sich die Knöchel aufschürfte, nur *daß* sie aufgeschürft waren.) Und bis er langsam gedreht und rückwärts die kurze Entfernung zwischen der Lieferanteneinfahrt und dem Parkplatz zurückgelegt hatte, waren die meisten Super-Bowl-Zuschauer aus der Kneipe gegangen. Es war noch nicht einmal halb zehn, doch auf dem Parkplatz standen außer seinem nicht mehr als vier, fünf Autos. Er hatte das Gefühl, ihre Besitzer hatten das gleiche getan wie er – ein Taxi gerufen, das sie nach Hause brachte. Alle anderen Betrunkenen waren bedauerlicherweise selbst gefahren.

Dann fiel Otto ein, daß er noch gar kein Taxi gerufen hatte. Zuerst war die Nummer, die der Barkeeper ihm aufgeschrieben hatte, besetzt. (Wie viele Leute müssen an jenem Super-Bowl-Sonntagabend in Green Bay Taxis gerufen haben, um sich nach Hause fahren zu lassen?) Als Otto schließlich durchkam, machte ihn der Mann in der Zentrale darauf aufmerksam, daß er mindestens eine halbe Stunde würde warten müssen. »Vielleicht sogar eine Dreiviertelstunde.« Der Mann in der Zentrale war ehrlich.

Otto war das egal. Draußen herrschten für die Jahreszeit milde minus vier Grad, und der Betrieb des Defrosters hatte die Fahrerkabine des Wagens etwas geheizt. Zwar würde es da drin bald kalt werden, aber was waren schon minus vier Grad bei leichtem Schneefall für jemanden, der in weniger als vier Stunden acht, neun Bier gekippt hatte?

Otto rief seine Frau an. Er merkte, daß er sie aufgeweckt hatte. Sie hatte das vierte Viertel gesehen; dann war sie, weil sie sich sowohl schlecht als auch deprimiert fühlte, wieder eingeschlafen.

»Ich habe mir die Nachberichterstattung auch nicht ansehen können«, gab er zu.

»Armes Baby«, sagte seine Frau. Diese Worte benutzten sie, um einander zu trösten, doch seit kurzem erwogen sie – angesichts von Mrs. Clausens bislang erfolglos gebliebenem Bemühen, schwanger zu werden – einen neuen Kosenamen. Der Ausdruck bohrte sich wie ein Dolch in Ottos Herz.

»Das wird schon noch, Schatz«, versprach Otto ihr plötzlich, denn der herzensgute Mann war auch in seinem Rausch und seiner Niedergeschlagenheit so sensibel anzunehmen, daß seine Frau hauptsächlich darunter litt, daß sie statt Morgenübelkeit Grippe hatte. Was ihr wirklich zu schaffen machte, war nicht die belanglose Nachberichterstattung, nicht einmal die herzzerreißende Niederlage der Packers.

Daß Mrs. Clausens Gynäkologin in Ottos Traum geraten war, leuchtete vollkommen ein; sie war nicht nur die Ärztin, die Mrs. Clausen regelmäßig wegen ihrer ungewollten Unfruchtbarkeit konsultierte, sondern sie hatte Otto und seiner Frau auch gesagt, er solle sich »checken« lassen. (Damit meinte sie diese Spermienzählerei, wie Otto das bei sich nannte.) Sowohl die Ärztin als auch Mrs. Clausen vermuteten, daß Otto das Problem war, aber seine Frau liebte ihn dermaßen, daß sie sich davor fürchtete, es herauszufinden. Otto fürchtete sich ebenfalls – er hatte sich nicht »checken« lassen.

Ihre Komplizenschaft hatte die Clausens noch enger aneinandergebunden, als sie es ohnehin schon waren, doch mittlerweile hatte auch das zuweilen zwischen ihnen herrschende Schweigen etwas Komplizenhaftes. Otto mußte immer wieder daran denken, wie sie das erste Mal miteinander geschlafen hatten. Das war nicht bloß romantisch von ihm, obwohl er ein zutiefst romantischer Mann war. Im Falle der Clausens war der erste Liebesakt selbst der Heiratsantrag gewesen.

Ottos Familie besaß ein Sommercottage an einem See. In Nordwisconsin gibt es viele kleine Seen, und an einem davon besaßen die Clausens ein Viertel der Uferlinie. Als Mrs. Clausen das erste Mal hinkam, erwies sich das fälschlich so genannte »Cottage« als Ansammlung von Hütten mit einem nahe gelegenen Bootshaus, das größer war als jede einzelne von ihnen. In dem noch nicht ausgebauten Raum über den Booten war Platz für eine kleine Wohnung, und es gab zwar keinen Strom auf dem Grundstück, in der Haupthütte aber immerhin einen Kühlschrank (eigentlich sogar zwei), einen Herd und einen Heißwasserboiler (alles mit Propangas betrieben).

Das Wasser für die sanitären Einrichtungen kam aus dem See; die Clausens tranken es nicht, aber sie konnten immerhin ein heißes Bad nehmen, und es gab zwei Toiletten mit

Wasserspülung. Sie pumpten das Wasser mit Hilfe eines Benzinmotors von Rasenmähergröße aus dem See, und sie hatten ihren eigenen Klärbehälter – einen ziemlich großen. (Die Clausens achteten gewissenhaft darauf, ihren kleinen See nicht zu verschmutzen.)

An einem Wochenende, als seine Eltern nicht hinfahren konnten, nahm Otto seine zukünftige Frau mit an den See. Sie schwammen kurz vor Sonnenuntergang vom Bootssteg aus, und von ihren nassen Badesachen tropfte das Wasser zwischen den Brettern hindurch. Abgesehen von den Seetauchern war es so ruhig, und sie saßen so still, daß das von ihren Badeanzügen tropfende Wasser sich anhörte, als hätte jemand einen Hahn nicht ganz zugedreht. Die Sonne war erst vor wenigen Minuten untergegangen; sie hatte die Holzbretter den ganzen Tag gewärmt, und Otto und seine Zukünftige spürten ihre Wärme, als sie ihre feuchten Badesachen auszogen. Sie legten sich zusammen auf ein trockenes Handtuch. Das Handtuch roch nach Sonne, und auch das auf ihren Körpern trocknende Wasser roch nach See und Sonne.

Es gab kein »Ich liebe dich« oder »Willst du mich heiraten?« Als sie einander auf dem Handtuch auf dem warmen Steg in den Armen lagen, die Haut noch feucht und kühl, war das ein Moment, der nach einer stärkeren Verpflichtung verlangte. Es war das erste Mal, daß die spätere Mrs. Clausen Otto jenen besonderen Ton und ihre erregende Frage hören ließ: »Was machst du gerade?« Es war auch das erste Mal, daß Otto feststellte, daß er zu schwach zum Reden war. »Lust, ein Baby zu machen?« hatte sie gefragt. Es war das erste Mal, daß sie es versuchten.

Das war der Heiratsantrag gewesen. Er hatte mit seinem Ständer, einer Erektion mit dem Blut von tausend Worten, »ja« gesagt.

Nach der Hochzeit hatte Otto über den Booten im Bootshaus zwei separate Zimmer gebaut, die von einem gemeinsamen Flur abgingen. Es waren zwei ungewöhnlich lange, schmale Räume – »wie Kegelbahnen« hatte Mrs. Clausen ihn geneckt –, aber er hatte es so gemacht, damit die Bewohner beider Räume das Seeufer sehen konnten. Eines war ihr Zimmer – das Bett nahm fast die gesamte Breite ein und war auf Fensterhöhe hochgesetzt, um ihnen die optimale Aussicht zu gewähren. Im anderen Zimmer standen zwei Einzelbetten; dieses Zimmer war für das Baby.

Bei dem Gedanken an das unbewohnte Zimmer über den sanft schaukelnden Booten kamen Otto die Tränen. Das nächtliche Geräusch, das er am meisten liebte, nämlich das kaum hörbare Plätschern des Wassers gegen die Boote im Bootshaus und gegen den Steg, auf dem sie zum ersten Mal miteinander geschlafen hatten, erinnerte ihn mittlerweile nur noch an die Leere jenes unbenutzten Zimmers.

Das Gefühl am Ende des Tages – das Gefühl einer nassen Badehose und wie es war, sie auszuziehen; der Geruch von Sonne und See auf der nassen Haut seiner Frau – schien mittlerweile von unerfüllten Erwartungen vergällt zu sein. Die Clausens waren seit über zehn Jahren verheiratet, gingen aber seit zwei, drei Sommern praktisch nicht mehr zu dem Cottage am See. Ihr Leben in Green Bay nahm sie zu sehr in Anspruch; irgendwie wurde es immer schwieriger, wegzukommen – so ihre Begründung. In Wirklichkeit aber war es für sie beide noch schwieriger, sich damit abzufinden, daß der Duft der Kiefernbäume der Vergangenheit angehörte.

Und jetzt mußten die Packers auch noch gegen die Scheiß-Broncos verlieren!, grämte sich Otto. Der unglückliche, betrunkene Mann konnte sich kaum noch erinnern, weshalb er in dem kalten, geparkten Bierlaster plötzlich zu weinen angefangen hatte. Ja, richtig, weil seine Frau »armes Baby« gesagt hatte. In letzter Zeit hatten diese Worte eine verheerende Wirkung auf ihn. Und wenn sie sie dann auch noch in diesem speziellen Ton sagte... wie grausam die Welt doch war! Was war nur in seine Frau gefahren, daß sie das getan hatte, obwohl sie beide nicht zusammen waren, sondern nur miteinander telefonierten? Jetzt heulte Otto, *und* er hatte einen Ständer. Außerdem frustrierte ihn, daß er nicht mehr wußte, wie und wann das Telefongespräch mit seiner Frau geendet hatte.

Es war schon eine halbe Stunde her, daß er dem Mann in der Taxizentrale gesagt hatte, der Fahrer solle auf den Parkplatz hinter der Bar kommen. (»Ich bin in dem Bierlaster – ist gar nicht zu übersehen.«) Otto langte nach dem Handschuhfach, in das er sein Handy gelegt hatte – sorgsam, um die Bierdeckel und Aufkleber, die er dort ebenfalls aufbewahrte, nicht durcheinanderzubringen. Er verteilte sie immer an die Kids, die ihn umringten, wenn er seine Ware auslieferte. In Ottos Viertel nannten die Kids ihn »Bierdeckel-Mann« oder »Aufkleber-Mann«, aber eigentlich waren sie hinter den Bierpostern her.

Er konnte nichts Falsches daran finden, daß diese Jungs, Jahre bevor sie alt genug zum Trinken waren, Bierposter in ihren Zimmern aufhängten. Otto wäre zutiefst gekränkt gewesen, wenn jemand ihm vorgeworfen hätte, er verleite junge Männer zum Alkoholismus; er machte den Kids einfach gern eine Freude, und wenn er die Bierdeckel, Aufkleber und Poster verteilte, so sprach daraus die gleiche liebevolle Sorge um ihr Wohlergehen, wie sie darin zum Ausdruck kam, daß er nicht betrunken Auto fuhr.

Aber wie hatte er es geschafft, einzuschlafen, während er nach dem Handschuhfach langte? Daß er zu betrunken war, um zu träumen, war ein Segen, jedenfalls fand er das. Otto hatte durchaus geträumt – er war nur zu betrunken, um es zu merken, zumal es sich um einen ganz neuen Traum handelte.

Er spürte den warmen, schweißschlüpfrigen Nacken seiner Frau in seiner rechten Armbeuge; er war dabei, sie zu küssen, seine Zunge war tief in ihrem Mund, während er sie mit seiner linken Hand – Otto war Linkshänder – immer wieder berührte. Sie war sehr feucht, ihr Unterleib preßte sich nach oben gegen seinen Handballen. Seine Finger berührten sie so leicht wie möglich; er gab sich alle Mühe, sie so gut wie gar nicht zu berühren. (Sie hatte ihm beibringen müssen, wie das ging.)

Plötzlich griff Mrs. Clausen in dem Traum, von dem Otto nicht wußte, daß es ein Traum war, nach Ottos linker Hand und führte sie an ihre Lippen; sie nahm seine Finger in den Mund, während er sie küßte, und sie schmeckten beide ihr Geschlecht, während er sich auf sie legte und in sie eindrang. Weil er ihren Kopf leicht an seinen Hals drückte, waren ihm die Finger seiner linken Hand, in ihrem Haar, so nahe, daß er sie riechen konnte. Seine rechte Hand lag auf dem Bett, neben ihrer linken Schulter; sie hielt das Laken gepackt. Nur erkannte Otto sie nicht – es war nicht seine Hand! Sie war zu klein, zu feinknochig; sie war beinahe zart. Doch die linke Hand war seine gewesen – er würde sie überall erkennen.

Dann sah er seine Frau unter sich, aber aus einigem Abstand. Es war nicht Otto, unter dem sie lag; die Beine des Mannes waren zu lang, seine Schultern zu schmal. Otto erkannte das Gesicht des Löwenmanns im Profil – Patrick Wallingford vögelte seine Frau!

Nur Sekunden später, und in Wirklichkeit nicht mehr als ein paar Minuten nachdem er in seinem Laster eingeschlafen war, wachte Otto auf. Er lag auf der rechten Seite, sein Körper war über die Gangschaltung gekrümmt, der Schalthebel stupste ihn zwischen die Rippen, sein Kopf lag auf seinem rechten Arm, seine Nase berührte den kalten Beifahrersitz. Was seine Erektion anging – denn natürlich hatte er von seinem Traum einen Ständer bekommen –, so hielt er sie mit seiner Linken fest gepackt. Auf einem Parkplatz!, dachte er voller Scham. Er stopfte sich rasch das Hemd in die Hose und zog sich den Gürtel fester.

Otto starrte in das offene Handschuhfach. Da lag sein Handy – außerdem lag da, in der äußersten rechten Ecke, sein 38er Revolver, ein voll geladener Smith & Wesson, dessen kurzer Lauf in die ungefähre Richtung des rechten Vorderrades zeigte.

Otto muß sich auf den rechten Ellbogen aufgestützt oder aber fast in sitzende Position aufgerichtet haben, ehe er die Geräusche der Teenager hörte, die dabei waren, seinen Bierlaster aufzubrechen. Es waren bloß Kids, aber sie waren ein bißchen älter als die Jungs aus seinem Viertel, an die Otto die Bierdeckel, Aufkleber und Poster verteilte – und sie führten nichts Gutes im Schilde. Einer stand in der Nähe der Kneipentür Schmiere; wenn ein Gast herausgekommen und zum Parkplatz gegangen wäre, hätte der Wachtposten die beiden, die den Bierlaster aufbrachen, warnen können.

Otto Clausen hatte nicht etwa deshalb einen geladenen 38er in seinem Handschuhfach, weil er Bierwagenfahrer war und Bierlaster häufig aufgebrochen wurden. Er hätte nicht im Traum daran gedacht, auf jemanden zu schießen, nicht einmal zur Verteidigung von Bier. Aber Otto war, wie so viele wackere Bewohner von Wisconsin, ein Waffennarr. Er mochte alle Arten von Schußwaffen. Er war außerdem Rotwild- und Entenjäger. Er jagte in der entsprechenden Saison sogar mit Pfeil und Bogen und hatte damit zwar noch nie ein Stück Rotwild geschossen, wohl aber viele mit dem Gewehr – die meisten in der Umgebung des Cottage der Clausens.

Otto war auch Angler – er war ein Allroundfreiluftmensch. Und obwohl er sich damit, daß er einen geladenen 38er im Handschuhfach hatte, strafbar machte, hätte kein einziger Bierwagenfahrer ihm deswegen Vorwürfe gemacht; aller Wahrscheinlichkeit nach hätte die Brauerei, für die er arbeitete, seine Haltung sogar insgeheim gutgeheißen.

Otto muß den Revolver wohl mit der rechten Hand aus dem Handschuhfach genommen haben – hinterm Steuerrad sitzend, konnte er schlecht mit der Linken ins Handschuhfach greifen –, und weil er Linkshänder war, hätte er die Waffe wohl mit ziemlicher Sicherheit in die Linke genommen, ehe er sich um den Einbruchsversuch gekümmert hätte, der hinten an seinem Laster im Gange war.

Otto war noch immer schwer betrunken, und vielleicht fühlte sich die Smith & Wesson wegen der Eiseskälte des Metalls für ihn nicht ganz so vertraut an wie sonst. (Außerdem war er aus einem Traum hochgeschreckt, der so verstörend war wie der Tod selbst – seine Frau hatte mit dem Katastrophenmann geschlafen, der sie mit Ottos linker Hand berührt hatte!) Ob er den Revolver mit der rechten Hand spannte, ehe er versuchte, ihn in die Linke zu nehmen, oder ob er die Waffe unabsichtlich spannte, als er sie aus dem Handschuhfach nahm, werden wir nie erfahren.

Der Revolver ging los – soviel wissen wir –, und die Kugel drang vom Unterkiefer her in Ottos Schädel ein. Sie folgte einer geraden Bahn und trat auf der Schädelkrone des guten Mannes wieder aus, wobei sie Blut- und Knochenpartikel und ein Stück Gehirnmasse mit sich riß, wovon sich Spuren an der gepolsterten Decke der Fahrerkabine wiederfanden. Die Kugel selbst durchschlug auch das Dach. Otto war sofort tot.

Der Schuß erschreckte die jungen Diebe am hinteren Ende des Lasters zu Tode. Ein Gast, der gerade die Sportkneipe verließ, hörte den Schuß, das Wimmern, mit dem die verschreckten Teenager um Gnade flehten, und sogar das Klirren des Stemmeisens, das sie auf dem Parkplatz fallen ließen, als sie in die Nacht hinausrannten. Die Polizei faßte sie bald, und sie gestanden alles – ihre gesamte Lebensgeschichte bis zu dem Augenblick dieses ohrenbetäubenden Schusses. Bei ihrer Festnahme wußten sie nicht, woher der Schuß gekommen und daß tatsächlich jemand getroffen worden war.

Während der erschrockene Gast in die Sportkneipe zurückkehrte und der Barkeeper die Polizei rief – er berichtete lediglich, es sei ein Schuß gefallen und jemand habe Teenager weglaufen sehen –, traf der Taxifahrer auf dem Parkplatz ein. Es fiel ihm nicht schwer, den Bierlaster auszumachen, doch als er sich der Fahrerkabine näherte, an der Fahrerseite ans Fenster klopfte und die Tür öffnete, fand er Otto zusammengesackt über dem Lenkrad, auf dem Schoß die 38er.

Noch ehe die Polizei Mrs. Clausen verständigte, die bei dem Anruf tief und fest schlief, war man sich dort bereits sicher, daß Ottos Tod kein Selbstmord war – jedenfalls nicht das, was die Cops als »geplanten Selbstmord« bezeichneten. Für die Polizei hatte der Bierwagenfahrer eindeutig nicht vorgehabt, sich umzubringen.

»So einer war er nicht«, sagte der Barkeeper.

Zugegeben, der Barkeeper hatte keine Ahnung, daß Otto Clausen über ein Jahrzehnt lang versucht hatte, seine Frau zu schwängern; der Barkeeper hatte auch keinen Schimmer davon, daß Ottos Frau wollte, daß Otto seine Hand Patrick Wallingford, dem Löwenmann, vermachte. Der Barkeeper wußte nur, daß Otto Clausen sich niemals umgebracht hätte, weil die Packers die Super Bowl verloren hatten.

Wie Mrs. Clausen die Gefaßtheit aufbrachte, noch in jener Sonntagnacht bei Schatzman, Gingeleskie, Mengerink & Partner anzurufen, wissen die Götter. Der Fernsprechauftragsdienst meldete ihren Anruf Dr. Zajac, der zufällig zu Hause war.

Zajac war ein Broncos-Fan. Nur um das zu verdeutlichen: Eigentlich war Dr. Zajac, Gott sei ihm gnädig, ein New-England-Patriots-Fan, aber in der Super Bowl hatte er den Broncos die Daumen gedrückt, weil Denver in derselben Liga spielte wie New England. Als der Anruf seines Auftragsdienstes kam, war er gerade dabei, seinem sechsjährigen Sohn zu erklären, aufgrund welcher verqueren Logik er gewollt hatte, daß die Broncos gewannen. Wenn, so Rudys Meinung, die Patriots nicht in der Super Bowl waren, und das waren sie nicht, was spielte es dann für eine Rolle, wer gewann?

Während des Spiels hatten sie einen ziemlich gesunden Snack zu sich genommen – gekühlte Selleriestengel und Möhrenstücke mit Erdnußbutter als Dip. Irma hatte Dr. Zajac vorgeschlagen, er solle es mit dem »Erdnußbuttertrick«, wie sie das nannte, probieren, um Rudy dazu zu bringen, daß er mehr rohes Gemüse aß. Zajac nahm sich gerade vor, Irma für ihren Vorschlag zu danken, als das Telefon klingelte.

Das Klingeln schreckte den Hund auf, der in der Küche war. Medea hatte gerade eine Rolle Klebeband gefressen. Noch war ihr nicht schlecht, aber sie hatte ein schlechtes Gewissen, und der Telefonanruf überzeugte sie wohl, daß sie auf frischer Tat ertappt worden war, obwohl Rudy und sein Vater nicht wußten, daß sie es gefressen hatte, bis sie es auf Rudys Bett erbrach, nachdem alle schlafen gegangen waren.

Das Klebeband hatte der Mann liegenlassen, der das neue DogWatch-System installiert hatte, eine im Boden verlegte elektrische Barriere, die Medea am Verlassen des Gartens hindern sollte. Der unsichtbare elektrische Zaun bedeutete, daß Zajac (oder Rudy oder Irma) nicht bei dem Hund draußen sein mußten. Aber eben weil niemand bei ihr draußen gewesen war, hatte Medea das Klebeband gefunden und gefressen.

Medea trug mittlerweile ein neues Halsband mit zwei nach innen, zum Hals hin, zeigenden Stiften. (Im Halsband befand sich eine Batterie.) Wenn sie die unsichtbare elektrische Barriere im Garten überschritt, bekam sie von diesen Stiften einen gewischt. Doch ehe sie einen elektrischen Schlag bekam, wurde sie gewarnt; wenn sie dem unsichtbaren Zaun zu nahe kam, gab das Halsband einen Ton von sich.

»Wie hört sich der an?« hatte Rudy gefragt.

»Wir können ihn nicht hören«, erklärte Dr. Zajac. »Das können nur Hunde.«

»Und wie fühlt sich der Schlag an?«

»Och, nicht schlimm – eigentlich tut er Medea gar nicht weh«, log der Handchirurg.

»Würde es mir weh tun, wenn ich mir das Halsband anlegen und zum Garten rausgehen würde?«

»Mach das ja nicht, Rudy! Hast du verstanden?« befahl Zajac ein wenig zu aggressiv, wie es seine Art war.

»Es tut also doch weh«, sagte der Junge.

»Medea tut es nicht weh«, beharrte der Arzt.

»Hast du es denn mal an deinem Hals ausprobiert?«

»Rudy, das Halsband ist nicht für Menschen – es ist für Hunde!«

Dann hatte sich das Gespräch der Super Bowl zugewandt und warum Zajac gewollt hatte, daß Denver gewann.

Als das Telefon klingelte, verkroch sich Medea unter dem Küchentisch, doch angesichts der Nachricht von Dr. Zajacs Auftragsdienst – »Mrs. Clausen hat aus Wisconsin angerufen« – vergaß dieser den dummen Hund völlig. Der erwartungsvolle Chirurg rief die frischgebackene Witwe sofort zurück. Mrs. Clausen wußte noch nicht genau, in welchem Zustand sich die Spenderhand befand, doch Dr. Zajac war gleichwohl beeindruckt von ihrer Gefaßtheit.

Im Umgang mit der Polizei von Green Bay und dem zuständigen Arzt war Mrs. Clausen nicht ganz so gefaßt gewesen. Während sie die näheren Umstände des »vermutlichen Unfalltodes durch Schußwaffengebrauch« zu begreifen schien, zeigte ihr tränenüberströmtes Gesicht beinahe sofort den Ausdruck eines neuen Zweifels.

»Ist er wirklich tot?« fragte sie. Nie hatten die Polizei und der zuständige Arzt so etwas wie ihren seltsam in die Zukunft gerichteten Blick gesehen. Nachdem sie sich vergewissert hatte, daß ihr Mann »wirklich tot« war, hielt Mrs. Clausen nur kurz inne, ehe sie sich erkundigte: »Und wie geht es Ottos Hand? Der linken.«

6

*Der Pferdefuß*

Sowohl in der *Green Bay Press-Gazette* als auch im *Green Bay News-Chronicle* wurde Otto Clausens Selbsterschießung in der Berichterstattung über die Super Bowl unter Trivialitäten abgehandelt. Ein Sportreporter aus Wisconsin ließ sich zu der deplazierten Bemerkung hinreißen: »He, wahrscheinlich haben nach der Super Bowl am Sonntag eine ganze Menge Packer-Fans mit dem Gedanken gespielt, sich zu erschießen, aber Otto Clausen aus Green Bay hat tatsächlich den Abzug gedrückt.« Doch selbst in den takt- und gefühllosesten Berichten über Ottos Tod wurde dieser nicht ernsthaft als Selbstmord bezeichnet.

Als Patrick Wallingford zum erstenmal von Otto Clausen hörte – er sah den anderthalb Minuten langen Bericht auf seinem eigenen internationalen Kanal in seinem Hotelzimmer in Mexiko –, fragte er sich flüchtig, warum Dick, dieser Dicktuer, ihn nicht losgeschickt hatte, um die Witwe zu interviewen. Es war genau die Art von Geschichte, auf die er normalerweise angesetzt wurde.

Aber der Nachrichtensender hatte Stubby Farrell, seinen alten Sportreporter, der bei der Super Bowl in San Diego gewesen war, hingeschickt. Stubby war schon oft in San Diego gewesen, und Patrick Wallingford hatte noch nicht einmal eine Super Bowl im Fernsehen gesehen.

Als Wallingford an jenem Montagmorgen die Nachrichten sah, beeilte er sich bereits, sein Hotel zu verlassen, um seinen Flug nach New York noch zu erwischen. Er bekam kaum mit, daß der Bierwagenfahrer eine Witwe hatte. »Mrs. Clausen stand für einen Kommentar nicht zur Verfügung«, berichtete der alte Sportreporter.

Mir hätte sie zur Verfügung gestanden, dafür hätte Dick schon gesorgt, dachte Wallingford, während er seinen Kaffee hinunterstürzte; doch sein Verstand registrierte das Zehnsekundenbild des Bierlasters auf dem fast leeren Parkplatz und den dünnen Schnee, der wie ein Gazeschleier über dem verlassenen Fahrzeug lag.

»Hier war die Party für diesen Packer-Fan zu Ende«, intonierte Stubby. Was für ein Käse! dachte Patrick Wallingford. (Das sollte keine Anspielung sein – bislang hatte er noch keine Ahnung, was ein Cheesehead war.)

Patrick war schon fast zur Tür hinaus, als das Telefon in seinem Hotelzimmer klingelte; vor lauter Sorge, sein Flugzeug zu verpassen, hätte er beinahe nicht abgenommen. Es war Dr. Zajac, der von Massachusetts aus anrief. »Mr. Wallingford, heute ist Ihr Glückstag«, begann der Handchirurg.

Während er auf seinen Anschlußflug nach Boston wartete, sah Wallingford sich selbst in den 24-Stunden-Nachrichten; er sah, was von der Story übriggeblieben war, derentwegen man ihn nach Mexico City geschickt hatte. Nicht jeder in Mexiko hatte sich am Super-Bowl-Sonntag die Super Bowl angesehen.

Angehörige und Freunde des berühmten Schwertschlukkers José Guerrero hatten sich im Maria-Magdalena-Krankenhaus eingefunden, um für seine Genesung zu beten;

während eines Auftritts in einem Touristenhotel in Acapulco war Guerrero auf der Bühne gestolpert und gestürzt und hatte sich dabei die Leber durchstochen. Man hatte es riskiert, ihn von Acapulco nach Mexico City zu fliegen, wo er sich nun in den Händen eines Spezialisten befand – Stichwunden in der Leber bluten sehr langsam. Über hundert Freunde und Angehörige hatten sich in der kleinen Privatklinik versammelt, die von Hunderten weiterer Anteilnehmender belagert wurde.

Wallingford kam sich vor, als hätte er sie alle interviewt. Mittlerweile aber, während er im Begriff stand, nach Boston zu fliegen, um seine neue Hand kennenzulernen, war er froh, daß man seinen Dreiminutenbericht auf anderthalb Minuten gekürzt hatte. Er brannte darauf, die Wiederholung von Stubby Farrells Geschichte zu sehen; diesmal würde er besser aufpassen.

Dr. Zajac hatte ihm gesagt, Otto Clausen sei Linkshänder gewesen, aber was genau hieß das? Wallingford war Rechtshänder. Bis zu der Geschichte mit dem Löwen hatte er das Mikrofon immer in der Linken gehalten, um die Rechte zum Händeschütteln frei zu haben. Nun, da er nur noch eine Hand hatte, in der er das Mikrofon halten konnte, verzichtete er weitgehend auf das Händeschütteln.

Wie würde es sein, wenn man als Rechtshänder die linke Hand eines Linkshänders bekam? War die Linkshändigkeit nicht eine Funktion von Clausens Gehirn gewesen? Die Festlegung auf Linkshändigkeit erfolgte doch sicherlich nicht in der Hand. Patrick dachte sich unentwegt Hunderte solcher Fragen aus, die er Dr. Zajac stellen wollte.

Am Telefon hatte der Arzt lediglich gesagt, die zuständigen medizinischen Stellen hätten dank »Mrs. Clausens Geistesgegenwart« so rasch gehandelt, daß die Hand erhalten geblieben war. Dr. Zajac hatte genuschelt. Normalerweise nuschelte er nicht, aber er war fast die ganze Nacht aufgewesen und hatte den sich erbrechenden Hund versorgt, und dann hatte er – unter Rudys übereifriger Mithilfe – versucht, die seltsam aussehende Substanz (im Erbrochenen) zu analysieren, von der Medea schlecht geworden war. Rudy war der Meinung, das teils verdaute Klebeband sehe nach den Überresten einer Seemöwe aus. Wenn das stimmte, dachte Zajac bei sich, dann war der Vogel, als der Hund ihn gefressen hatte, schon lange tot und außerdem klebrig gewesen. Doch bei aller analytischen Veranlagung kamen Vater und Sohn erst dann dahinter, was Medea gefressen hatte, als am Montag morgen der DogWatch-Mann anrief, um sich zu erkundigen, wie die unsichtbare Schranke funktionierte, und um sich dafür zu entschuldigen, daß er seine Klebebandrolle hatte liegenlassen.

»Sie waren am Freitag mein letzter Termin«, sagte der DogWatch-Mann, als wäre er ein Detektiv. »Ich muß mein Klebeband bei Ihnen liegengelassen haben. Sie haben es wohl nicht irgendwo gesehen?«

»Doch – in gewisser Weise schon«, war alles, was Dr. Zajac herausbrachte.

Der Doktor hatte sich noch immer nicht vom Anblick der frisch geduschten Irma erholt. Die junge Frau hatte nackt in der Küche gestanden und sich das Haar trockenfrottiert. Sie war früh am Montag morgen aus dem Wochenende zurückgekommen, war laufen gegangen und hatte dann geduscht. Sie stand nackt in der Küche, weil sie angenommen hatte, daß sie allein im Haus war – wobei man nicht vergessen darf, daß sie ja ohnehin wollte, daß Zajac sie nackt sah.

Montagmorgens um diese Zeit hatte Dr. Zajac seinen Sohn normalerweise schon zu seiner Mutter zurückgebracht – damit Hildred ihn rechtzeitig zur Schule bringen konnte. Doch weil Zajac und Rudy fast die ganze Nacht mit Medea aufgewesen waren, hatten sie beide verschlafen. Erst als Dr. Zajacs Exfrau anrief und ihn beschuldigte, er habe Rudy entführt, wankte Zajac in die Küche, um Kaffee zu machen. Hildred keifte weiter, nachdem er Rudy an den Apparat geholt hatte.

Irma sah Dr. Zajac nicht, wohl aber er sie – alles bis auf ihren Kopf, der seinen Blicken weitgehend entzogen war, weil sie sich die Haare trockenrubbelte. Tolle Bauchmuskeln! dachte der Doktor, während er sich zurückzog.

Später mußte er feststellen, daß er nur in ungewohnt stammelndem Ton mit Irma reden konnte. Er versuchte stockend, ihr für die Idee mit der Erdnußbutter zu danken, aber sie verstand ihn nicht. (Sowenig, wie sie Rudy begegnete.) Und während Dr. Zajac seinen Sohn zu dessen wütender Mutter fuhr, bemerkte er, daß zwischen ihm und dem Kleinen ein besonderer Kameradschaftsgeist herrschte – sie waren beide von Rudys Mutter angeschrien worden.

Zajac war euphorisch, als er Wallingford in Mexiko anrief, doch ihn begeisterte sehr viel mehr als Otto Clausens plötzlich verfügbare linke Hand: Er hatte ein phantastisches Wochenende mit seinem Sohn verbracht.

Auch der Anblick der nackten Irma war nicht gerade langweilig gewesen, obwohl es typisch für Zajac war, daß ihm ihre Bauchmuskeln auffielen. Hatten ihn tatsächlich nur ihre Bauchmuskeln ins Stammeln gebracht? So waren »Mrs. Clausens Geistesgegenwart« und ähnliche nüchterne Formulierungen alles, was der schon bald gefeierte Handchirurg gegenüber Patrick Wallingford am Telefon zustande brachte.

Er erzählte ihm allerdings nicht, daß Otto Clausens Witwe im Interesse der Spenderhand einen noch nicht dagewesenen Eifer an den Tag gelegt hatte. Mrs. Clausen hatte nicht nur den Leichnam ihres Gatten von Green Bay nach Milwaukee begleitet, wo man ihm (zusätzlich zu den meisten Organen) die linke Hand abnahm; sie hatte auch darauf bestanden, die in Eis gepackte Hand auf dem Flug von Milwaukee nach Boston zu begleiten.

Wallingford hatte natürlich keine Ahnung, daß er in Boston nicht nur seine neue Hand, sondern auch deren frischgebackene Witwe kennenlernen würde.

Diese Entwicklung war für Dr. Zajac und die anderen Angehörigen des Bostoner Teams nicht ganz so unangenehm wie eine etwas ungewöhnlichere, aber nicht weniger spontane Forderung Mrs. Clausens. Jawohl, die Spenderhand hatte einen Pferdefuß, und Dr. Zajac erfuhr erst jetzt davon. Wahrscheinlich hatte er gut daran getan, Patrick nichts von den neuen Forderungen zu erzählen.

Mit der Zeit, so hoffte jeder bei Schatzman, Gingeleskie, Mengerink & Partner, würde sich Wallingford vielleicht mit den offenbar impulsiven Einfällen der Witwe anfreunden. Anscheinend ein Mensch, der nicht gerne um den heißen Brei herumredete, hatte sie sich für die Zeit nach der Transplantation ein Besuchsrecht bei der Hand ausbedungen.

Wie konnte sich der einhändige Reporter weigern?

»Sie will die Hand wohl einfach nur sehen«, meinte Dr. Zajac in seinem Sprechzimmer in Boston zu Wallingford.

»Einfach nur sehen?« fragte Patrick. Es trat ein irritierendes Schweigen ein. »Nicht anfassen, hoffe ich – nicht Händchen halten oder irgend so was.«

»Niemand darf sie anfassen! Und das noch eine ganze Zeit nach der Operation«, antwortete Dr. Zajac in beruhigendem Ton.

»Aber was genau meint sie? Einen Besuch? Zwei? Ein Jahr lang?«

Zajac zuckte die Achseln. »Auf unbestimmte Zeit – das sind ihre Bedingungen.«

»Spinnt sie?« fragte Patrick. »Ist sie morbide, verstört, gramgebeugt?«

»Sie werden schon sehen«, sagte Dr. Zajac. »Sie möchte Sie kennenlernen.«

»Vor der Operation?«

»Ja, jetzt gleich. Das gehört zu ihren Forderungen. Sie muß sich sicher sein, daß sie auch will, daß Sie sie bekommen.«

»Aber ich dachte, ihr Mann hat gewollt, daß ich sie bekomme!« rief Wallingford. »Es war doch seine Hand!«

»Hören Sie – ich kann Ihnen nur sagen, daß die Witwe das Heft in der Hand hat«, sagte Dr. Zajac. »Haben Sie sich je mit einem Medizinethiker auseinandersetzen müssen?« (Mrs. Clausen hatte umgehend einen Medizinethiker zu Rate gezogen.)

»Aber warum möchte sie mich kennenlernen?« wollte Patrick wissen. »Bevor ich die Hand bekomme, meine ich.«

Diesen Teil der Forderung und das Besuchsrecht konnte sich in Dr. Zajacs Augen nur ein Medizinethiker ausgedacht haben. Zajac traute Medizinethikern nicht über den Weg; nach seiner Überzeugung sollten sie sich aus dem Gebiet der experimentellen Chirurgie heraushalten. Ständig mischten sie sich ein – gaben sich alle Mühe, die Chirurgie »menschlicher« zu gestalten.

Die Medizinethiker beschwerten sich, Hände seien nicht lebensnotwendig, die Medikamente gegen die Abstoßung bärgen viele Risiken und müßten lebenslang eingenommen werden. Die ersten Empfänger, argumentierten sie, sollten Menschen sein, die beide Hände verloren hatten; doppelt Handamputierte hätten schließlich mehr zu gewinnen als Empfänger, die nur eine Hand verloren hatten.

Aus unerfindlichen Gründen waren die Medizinethiker hellauf begeistert von Mrs. Clausens Forderung – nicht nur von dem makabren Besuchsrecht, sondern auch davon, daß sie darauf bestand, Patrick Wallingford kennenzulernen und zu entscheiden, ob er ihr sympathisch war, ehe sie der Operation zustimmte. (»Menschlicher« geht es nicht.)

»Sie will einfach sehen, ob Sie ... nett sind«, versuchte Dr. Zajac zu erklären.

Diesen neuerlichen Affront empfand Wallingford nicht nur als Beleidigung, sondern auch als Provokation; er fühlte sich zugleich gekränkt und herausgefordert. War er nett? Er wußte es nicht. Er hoffte es, aber wie viele von uns wissen es wirklich?

Was Dr. Zajac anging, so wußte der Arzt, daß er selbst nicht sonderlich nett war. Er war vorsichtig optimistisch, daß Rudy ihn liebte, und er wußte natürlich, daß er seinen kleinen Jungen liebte. Doch was ihn selbst in puncto Nettigkeit anging, machte sich der Handspezialist keine Illusionen; außer für seinen Sohn war Dr. Zajac noch nie sonderlich liebenswert gewesen.

Mit einem leisen Stich entsann sich Zajac seines kurzen Blicks auf Irmas Bauchmuskeln. Sie machte wohl den ganzen Tag Sit-ups und Crunches!

»Ich lasse Sie jetzt mit Mrs. Clausen allein«, sagte Dr. Zajac und legte Patrick untypischerweise die Hand auf die Schulter.

»Ich werde mit ihr allein sein?« fragte Wallingford. Er wollte mehr Zeit, um sich vorzubereiten, um Nettigkeiten auszuprobieren. Aber er brauchte nur eine Sekunde, um sich Ottos Hand vorzustellen; vielleicht war das Eis schon am Schmelzen.

»Okay, okay, okay«, sagte er.

Als folgten sie einer Choreographie, tauschten Dr. Zajac und Mrs. Clausen im Sprechzimmer des Arztes die Plätze. Beim dritten »okay« merkte Wallingford, daß er mit der frischgebackenen Witwe allein war. Als er sie sah, überlief ihn ein plötzliches Frösteln – eine Empfindung, die er sich später als ein Gefühl wie von einem kalten See dachte.

Man darf nicht vergessen, daß sie die Grippe hatte. Als sie sich in der Nacht der Super Bowl aus dem Bett aufrappelte, hatte sie immer noch Fieber. Sie zog saubere Unterwäsche und die Jeans an, die auf dem Stuhl neben dem Bett lagen, dazu das verblichene grüne Sweatshirt – Green-Bay-grün, mit der Aufschrift in Gold. Jeans und Sweatshirt hatte sie schon angehabt, als sie sich krank zu fühlen begann. Außerdem schlüpfte sie in ihren alten Parka.

Mrs. Clausen hatte das verblichene grüne Sweatshirt schon, seit sie ihrer Erinnerung nach mit Otto zu dem Cottage gefahren war. Das alte Sweatshirt hatte die Farbe der Tannen und Mastbaumkiefern am anderen Seeufer bei Sonnenuntergang. Es hatte Nächte im Bootshaus gegeben, da hatte sie das Sweatshirt als Kissenbezug benutzt, weil man Wäsche dort nur im See waschen konnte.

Selbst jetzt, als sie mit verschränkten Armen – als wäre ihr kalt oder als wollte sie vermeiden, daß Patrick Wallingford auch nur einen flüchtigen Eindruck von ihren Brüsten bekam – in Dr. Zajacs Sprechzimmer stand, konnte Mrs. Clausen beinahe die Kiefernnadeln riechen, und sie spürte Ottos Anwesenheit so stark, als befände er sich hier im Raum.

Angesichts von Dr. Zajacs Fotogalerie berühmter Patienten ist es ein Wunder, daß weder Patrick Wallingford noch Mrs. Clausen die sie umgebenden Wände sonderlich beachteten. Die beiden waren zu sehr damit beschäftigt, einander wahrzunehmen, obwohl anfangs kein Blickkontakt zwischen ihnen bestand.

Mrs. Clausens Laufschuhe waren in dem Schnee in Wisconsin feucht geworden und kamen Wallingford, der sich dabei ertappte, daß er auf ihre Füße starrte, noch immer feucht vor.

Mrs. Clausen zog ihren Parka aus und setzte sich auf den Stuhl neben Patrick. Er hatte den Eindruck, daß sie sich, wenn sie etwas sagte, an seine verbliebene Hand wandte.

»Otto fand das mit Ihrer Hand schrecklich – mit der anderen, meine ich«, begann sie, ohne den Blick von der übriggebliebenen Hand zu nehmen. Patrick hörte ihr mit der geschickt verhehlten Ungläubigkeit eines altgedienten Journalisten zu, der es normalerweise merkt, wenn ein Interviewter lügt, was Mrs. Clausen tat.

»Aber ich«, fuhr die Witwe fort, »habe ehrlich gesagt versucht, nicht daran zu denken. Und als gezeigt wurde, wie die Löwen die Hand fressen, konnte ich kaum hinsehen. Mir wird immer noch schlecht, wenn ich bloß daran denke.«

»Mir auch«, sagte Wallingford; jetzt glaubte er nicht mehr, daß sie log.

Über eine Frau im Sweatshirt läßt sich schwer etwas sagen, aber sie wirkte ziemlich kompakt. Ihr dunkelbraunes Haar mußte gewaschen werden, aber Patrick spürte, daß sie im allgemeinen ein reinlicher Mensch war, der auf sein Äußeres achtete.

Das Neonlicht an der Decke ließ ihr Gesicht nicht eben vorteilhaft erscheinen. Sie trug kein Make-up, nicht einmal Lippenstift, und ihre Unterlippe war trocken und rissig – wahrscheinlich vom Draufbeißen. Die Ringe unter ihren braunen Augen unterstrichen noch deren Dunkelheit, und die Krähenfüße in den Winkeln deuteten darauf hin, daß sie ungefähr Patricks Alter hatte. (Wallingford war nur ein paar Jahre jünger als Otto Clausen, der wiederum nur wenig älter als seine Frau gewesen war.)

»Wahrscheinlich halten Sie mich für verrückt«, sagte Mrs. Clausen.

»Nein! Keineswegs! Ich kann mir nicht vorstellen, wie es Ihnen geht – außer daß Sie bestimmt unendlich traurig sind, meine ich.« In Wirklichkeit sah sie wie so viele emotional mitgenommene Menschen aus, die er interviewt hatte – zuletzt die Frau des Schwertschluckers in Mexico City –, so daß er das Gefühl hatte, er wäre ihr schon einmal begegnet.

Mrs. Clausen überraschte ihn dadurch, daß sie nickte und dann in die ungefähre Richtung seines Schoßes deutete. »Darf ich sie sehen?« fragte sie. In dem darauf folgenden, verlegenen Schweigen hielt Wallingford den Atem an. »Ihre *Hand*... bitte. Die, die Sie noch haben.«

Er hielt ihr die rechte Hand hin, als wäre sie frisch transplantiert. Sie griff danach, hielt dann aber inne, ohne die wie leblos ausgestreckte Hand anzufassen.

»Sie ist ein bißchen klein«, sagte sie. »Die von Otto ist größer.«

Er zog seine Hand zurück und kam sich unwürdig vor.

»Otto hat geweint, als er gesehen hat, wie Sie Ihre andere Hand verloren haben. Er hat tatsächlich geweint!« Wir wissen natürlich, daß Otto eher nach Kotzen zumute gewesen war; geweint hatte Mrs. Clausen, die es aber dennoch schaffte, Wallingford glauben zu machen, die Mitleidstränen ihres Mannes erfüllten sie noch immer mit Erstaunen. (Soviel zur Menschenkenntnis eines altgedienten Journalisten, der es angeblich merkte, wenn jemand log. Wallingford fiel komplett auf Mrs. Clausens Schilderung von Ottos Tränen herein.)

»Sie haben ihn sehr geliebt. Das sehe ich«, sagte Patrick.

Die Witwe biß sich auf die Unterlippe und nickte heftig, während ihr Tränen in die Augen stiegen. »Wir haben uns so sehr ein Kind gewünscht. Wir haben es immer wieder versucht. Ich weiß nicht, warum es nicht geklappt hat.« Sie ließ das Kinn auf die Brust sinken, hielt sich den Parka vors Gesicht und schluchzte still hinein. Der Parka war, obwohl nicht ganz so verblichen wie das Sweatshirt, von dem gleichen Green-Bay-Grün, und auf dem Rücken prangte das Logo der Packers (der goldene Helm mit dem weißen G).

»Für mich wird es immer Ottos Hand sein«, sagte Mrs. Clausen mit unerwarteter Lautstärke und ließ den Parka sinken. Zum ersten Mal richtete sie den Blick auf Patricks Gesicht; sie machte den Eindruck, als hätte sie sich irgend etwas anders überlegt. »Wie alt sind Sie eigentlich?« fragte sie. Vielleicht hatte sie, weil sie Patrick Wallingford nur vom Fernsehen kannte, jemand Älteren oder Jüngeren erwartet.

»Ich bin vierunddreißig«, antwortete Wallingford abwehrend.

»Genauso alt wie ich«, sagte sie. Er nahm den winzigen Anflug eines Lächelns wahr, als wäre sie – trotz oder gerade wegen ihres Kummers – wirklich wahnsinnig.

»Ich werde Ihnen nicht lästig fallen – nach der Operation, meine ich«, fuhr sie fort. »Aber seine Hand zu sehen... später, sie zu fühlen... das dürfte eigentlich keine große Zumutung für Sie sein, oder? Wenn Sie Verständnis für mich haben, habe ich auch Verständnis für Sie.«

»Aber sicher!« sagte Patrick, ohne freilich zu erkennen, was auf ihn zukam.

»Ich will noch immer ein Kind von Otto.«

Wallingford kapierte es immer noch nicht. »Heißt das, Sie sind vielleicht schwanger?« rief er aufgeregt. »Warum haben Sie das nicht gleich gesagt? Das ist ja wunderbar! Wann wissen Sie es genau?«

Wieder huschte der Anflug eines irren Lächelns über ihr Gesicht. Patrick hatte gar nicht mitbekommen, daß sie ihre Laufschuhe abgestreift hatte. Jetzt öffnete sie den Reißverschluß ihrer Jeans und zog sie samt Slip herunter, zögerte jedoch, ehe sie ihr Sweatshirt ablegte.

Für Patrick war außerdem entwaffnend, daß er noch nie erlebt hatte, daß eine Frau sich auf diese Weise auszog – das heißt zuerst untenherum und dann obenherum. Auf Wallingford wirkte Mrs. Clausen in geradezu peinlichem Maße sexuell unerfahren. Dann hörte er ihre Stimme; irgend etwas hatte sich daran verändert, und zwar nicht nur die Lautstärke. Zu seinem Erstaunen hatte er eine Erektion, nicht weil Mrs. Clausen halb nackt war, sondern wegen ihres neuen Tonfalls.

»Es geht nur jetzt«, sagte sie zu ihm. »Wenn ich ein Kind von Otto bekomme, müßte ich schon schwanger sein. Nach der Operation werden Sie dazu nicht in der Verfassung sein. Sie werden im Krankenhaus liegen, Sie werden zig Medikamente nehmen, Sie werden Schmerzen haben –«

»Mrs. Clausen!« sagte Patrick Wallingford. Er stand rasch auf – und setzte sich ebenso rasch wieder hin. Erst beim Aufstehen hatte er bemerkt, was für einen Ständer er hatte; dieser war so offensichtlich wie das, was Wallingford als nächstes sagte.

»Aber das Kind wäre von mir, nicht von Ihrem Mann, oder?«

Doch sie hatte schon das Sweatshirt ausgezogen. Obwohl sie ihren BH anbehalten hatte, konnte er sehen, daß ihre Brüste hübscher waren, als er gedacht hatte. Irgend etwas glitzerte in ihrem Nabel; das Piercing war ebenfalls überraschend. Patrick sah sich das Schmuckstück nicht genauer an – er befürchtete, es könnte etwas mit den Green Bay Packers zu tun haben.

»Aber an mehr als seine Hand komme ich nun mal nicht mehr ran«, sagte Mrs. Clausen unvermindert energisch. Ihre grimmige Entschlossenheit war leicht mit Verlangen zu verwechseln. Ausschlaggebend, das heißt unwiderstehlich, aber war ihre Stimme.

Mrs. Clausen hielt Wallingford auf dem Stuhl fest. Sie kniete sich hin, um seine Gürtelschnalle zu lösen, dann zerrte sie ihm die Hose herunter. Als Patrick sich vorbeugte, um sie daran zu hindern, ihm die Unterhose auszuziehen, hatte sie sie ihm schon ausgezogen. Ehe er wieder aufstehen oder sich auch nur gerade hinsetzen konnte, hatte sie sich rittlings auf seinen Schoß gesetzt; ihre Brüste strichen ihm übers Gesicht. So fix, wie sie war, hatte er irgendwie den Moment verpaßt, in dem sie ihren BH ausgezogen hatte.

»Ich habe seine Hand doch noch gar nicht!« protestierte Wallingford, aber wann hatte er eigentlich nein gesagt?

»Bitte haben Sie Verständnis für mich«, bat sie ihn flüsternd. Was für ein Flüstern war das!

Ihr kleiner, fester Hintern rieb sich warm und glatt an seinen Oberschenkeln, und sein flüchtiger Blick auf das Ding in ihrem Nabel hatte Wallingford – mehr noch als der Reiz ihrer Brüste – etwas verschafft, was sich wie eine noch nie dagewesene Erektion anfühlte. Er spürte ihre Tränen an seinem Hals, als ihre Hand ihn in sie einführte.

Es war nicht seine rechte Hand, die sie gepackt hielt und an ihre Brust zog – es war sein Stumpf. Sie murmelte etwas, das sich anhörte wie: »Was hatten Sie eigentlich gerade vor – doch nichts Wichtiges, oder?« Dann fragte sie ihn: »Lust, ein Baby zu machen?«

»Ich habe Verständnis für Sie, Mrs. Clausen«, stammelte er, ließ jedoch alle Hoffnung fahren, ihr widerstehen zu können. Für beide war klar, daß er bereits nachgegeben hatte.

»Bitte sagen Sie Doris zu mir«, sagte Mrs. Clausen unter Tränen.

»Doris?«

»Haben Sie doch Verständnis, haben Sie Verständnis für mich. Mehr verlange ich gar nicht.« Sie schluchzte.

»Aber das tue ich ja, ich habe Verständnis für Sie... Doris«, sagte Patrick.

Seine einzige Hand hatte instinktiv ihr Kreuz gefunden, als schliefe er schon seit Jahren jede Nacht neben ihr und würde, wenn er nach ihr griffe, selbst im Dunkeln genau die Stelle treffen, an der er sie festhalten wollte. In diesem Moment hätte er schwören können, daß ihre Haare naß waren – naß und kalt, als wäre sie gerade geschwommen.

Natürlich, dachte er später, mußte sie gewußt haben, daß sie gerade einen Eisprung hatte; eine Frau, die immer und immer wieder versucht hat, schwanger zu werden, weiß das mit Sicherheit. Außerdem hatte Doris Clausen bestimmt gewußt, daß es einzig und allein an Otto gelegen hatte, daß sie nicht schwanger geworden war.

»Sind Sie nett?« flüsterte Mrs. Clausen ihm zu, während ihre Hüften sich unermüdlich gegen den Abwärtsdruck seiner einzigen Hand stemmten. »Sind Sie ein guter Mann?«

Zwar hatte man Patrick vorgewarnt, daß sie ebendies wissen wollte, doch daß sie ihn direkt fragen würde, hatte er nicht erwartet – sowenig, wie er mit einer sexuellen Begegnung mit ihr gerechnet hatte. Rein als erotisches Erlebnis betrachtet, war der Sex mit Doris Clausen viel stärker mit Sehnsucht und Verlangen aufgeladen als jede andere sexuelle Begegnung, die Wallingford je gehabt hatte. Den von der kobaltblauen Kapsel in Junadagh hervorgerufenen feuchten Traum zählte er nicht mit, aber dieses außerordentliche Schmerzmittel war nicht mehr verfügbar – nicht einmal in Indien – und durfte ohnehin nicht zur gleichen Kategorie gerechnet werden wie richtiger Sex.

Was richtigen Sex anging, stellte Patricks Begegnung mit Otto Clausens Witwe, so eigenartig und kurz sie auch war, sein gesamtes Wochenende in Kioto mit Evelyn Arbuthnot in den Schatten. Mit Mrs. Clausen zu schlafen übertraf sogar bei weitem Wallingfords stürmische Affäre mit der hochgewachsenen blonden Tontechnikerin, die den Löwenangriff in Junagadh miterlebt hatte.

Die unglückliche Deutsche, die mittlerweile nach Hamburg zurückgekehrt war, befand sich wegen der Löwen noch immer in Therapie, obwohl Wallingford vermutete, daß es sie stärker traumatisiert hatte, in Ohnmacht zu fallen und dann in einem Fleischkarren aufzuwachen, als mit anzusehen, wie der arme Patrick seine linke Hand samt Handgelenk verlor.

»Sind Sie nett? Sind Sie ein guter Mann?« wiederholte Doris, während ihre Tränen Patricks Gesicht benetzten. Ihr kleiner, kräftiger Körper zog ihn immer tiefer in sich hinein, so daß Wallingford sich kaum antworten hörte. Bestimmt bekamen Dr. Zajac und andere Mitglieder des Chirurgenteams, die sich gerade im Wartezimmer versammelten, seine klagenden Schreie mit.

»Ja! Ja! Ich bin nett! Ich bin ein guter Mann!« heulte Wallingford.

»Versprochen?« fragte Doris ihn flüsternd. Es war wieder dieses spezielle Flüstern – absolut mörderisch!

Erneut gab Wallingford ihr so laut Antwort, daß Dr. Zajac und seine Kollegen es hören konnten. »Ja! Ja! Versprochen! Wirklich, ganz bestimmt!«

Etwas später, nachdem es eine ganze Weile still gewesen war, klopfte es an der Sprechzimmertür. »Alles in Ordnung da drin?« fragte der Leiter des Bostoner Teams.

Auf den ersten Blick schienen sie Zajac durchaus in Ordnung zu sein. Patrick Wallingford war wieder angezogen und saß immer noch auf dem Stuhl. Mrs. Clausen lag, voll bekleidet, rücklings auf Dr. Zajacs Sprechzimmerläufer. Sie hatte die Hände hinter dem Kopf verschränkt, und ihre angehobenen Füße ruhten auf der Sitzfläche des leeren Stuhls neben Wallingford.

»Ich habe einen schlimmen Rücken«, erklärte Doris. Das stimmte natürlich nicht. Vielmehr wurde diese Lage in mehreren der vielen Bücher empfohlen, die sie über das Schwangerwerden gelesen hatte. »Schwerkraft«, hatte sie als Erklärung lediglich zu Patrick gesagt, während er sie entzückt anlächelte.

Sie sind beide verrückt, dachte Dr. Zajac, der Sex im Zimmer riechen konnte. Ein Medizinethiker hätte diese neue Entwicklung vielleicht nicht gebilligt, aber Zajac war Handchirurg, und sein Team brannte darauf, loszulegen.

»Wenn wir uns jetzt einigermaßen wohl damit fühlen«, sagte Zajac – der zuerst Mrs. Clausen, die sich ausgesprochen wohl zu fühlen schien, und dann Patrick Wallingford ansah, der schwer betrunken oder stoned wirkte –, »wie sieht es dann aus? Haben wir grünes Licht?«

»Für mich ist alles okay!« sagte Doris Clausen laut, als riefe sie es jemandem über einen See hinweg zu.

»Für mich ist alles bestens«, antwortete Patrick. »Ich denke, wir haben grünes Licht.«

Der Grad von sexueller Befriedigung in Wallingfords Gesicht erinnerte Dr. Zajac an irgend etwas. Wo hatte er diesen Ausdruck nur schon einmal gesehen? Ja, richtig, in Bombay, wo er vor einem ausgewählten Publikum indischer Kinderchirurgen einige überaus heikle Handoperationen an Kindern durchgeführt hatte. An einen Eingriff erinnerte sich Zajac besonders gut – er betraf ein dreijähriges Mädchen, dessen Hand in das Getriebe einer landwirtschaftlichen Maschine geraten und übel zugerichtet worden war.

Zajac saß bei dem indischen Anästhesisten, als die Kleine aufzuwachen begann. Wenn Kinder aus der Narkose erwachen, frieren sie jedesmal, sind oft desorientiert und normalerweise verstört. Manchmal ist ihnen auch schlecht.

Dr. Zajac wußte noch, daß er sich entschuldigte, um sich den Anblick des unglücklichen Kindes zu ersparen. Er würde sich natürlich ansehen, was die Hand machte, aber das konnte auch später geschehen, wenn es der Kleinen besserging.

»Moment noch – das müssen Sie sehen«, sagte der indische Anästhesist zu Zajac. »Sehen Sie sich die Kleine mal eben an.«

Das unschuldige Gesicht des Kindes trug den Ausdruck einer sexuell befriedigten Frau. Dr. Zajac war schockiert. (Die traurige Wahrheit sah so aus, daß Zajac persönlich noch nie das Gesicht einer Frau gesehen hatte, die sexuell so befriedigt gewesen war.)

»Mein Gott, Mann«, sagte Dr. Zajac zu dem indischen Anästhesisten, »was haben Sie ihr gegeben?«

»Bloß etwas in ihrer Infusion – und nicht sehr viel davon!« antwortete der Anästhesist.

»Aber was ist das? Wie heißt das?«

»Das darf ich Ihnen nicht sagen«, sagte der indische Anästhesist. »Bei Ihnen bekommt man es nicht und wird es auch nie bekommen. Hier ist es auch bald nicht mehr zu haben. Das Gesundheitsministerium hat vor, es zu verbieten.«

»Das will ich auch hoffen«, meinte Dr. Zajac – und verließ abrupt das Aufwachzimmer.

Aber die Kleine hatte keinerlei Schmerzen gehabt, und als Zajac später ihre Hand untersuchte, war alles in Ordnung und das Mädchen wohlauf.

»Hast du Schmerzen?« fragte er die Kleine. Eine Schwester mußte für ihn übersetzen.

»Sie sagt ›alles okay‹. Sie hat keine Schmerzen«, dolmetschte die Schwester. Das Mädchen plapperte weiter.

»Was sagt sie?« fragte Dr. Zajac, und die Schwester wurde plötzlich schüchtern oder verlegen.

»Wenn die doch bloß dieses Schmerzmittel weglassen würden«, sagte sie. Das Kind erzählte offenbar eine längere Geschichte.

»Was erzählt sie denn da?« fragte Zajac.

»Ihren Traum«, antwortete die Schwester ausweichend. »Sie glaubt, sie hätte ihre Zukunft gesehen. Sie wird sehr glücklich sein und viele Kinder haben. Zu viele, meiner Meinung nach.«

Die Kleine lächelte ihn bloß an; für eine Dreijährige hatte etwas unpassend Verführerisches in ihrem Blick gelegen.

Jetzt, in Dr. Zajacs Sprechzimmer in Boston, grinste Patrick Wallingford auf die gleiche schamlose Weise.

Was für ein absolut irrer Zufall! dachte Dr. Zajac, während er Wallingfords sexuell benebelten Gesichtsausdruck betrachtete.

»Die Tigerpatientin« hatte er die Kleine in Bombay genannt, weil sie ihren Ärzten und Schwestern erklärt hatte, das Getriebe habe sie, als ihre Hand in die Maschine geriet, wie ein Tiger angeknurrt.

Irre oder nicht, irgend etwas an Wallingfords Blick gab Dr. Zajac zu denken. »Der Löwenpatient«, wie Zajac ihn schon lange bei sich nannte, brauchte möglicherweise mehr als eine neue linke Hand.

Er wußte freilich nicht, daß Wallingford endlich gefunden hatte, was er brauchte – er hatte Doris Clausen gefunden.

7

*Das Stechen*

Wie Dr. Zajac auf seiner ersten Pressekonferenz nach der fünfzehnstündigen Operation erklärte, sei der Patient »noch nicht über den Berg«. Patrick Wallingford sei nach dem Erwachen aus der Narkose noch schläfrig, aber in stabilem Zustand. Der Patient nehme natürlich »eine Kombination von Immunsuppressorien« ein – Zajac verriet nicht, wie viele und für wie lange. (Auch die Steroide erwähnte er nicht.)

Der Handchirurg war in dem Moment, in dem sich die Aufmerksamkeit des ganzen Landes auf ihn richtete, sichtlich gereizt. Nach den Worten eines Kollegen – dieses Trottels Mengerink, des Kretins, der Zajac Hörner aufgesetzt hatte – guckte Zajac außerdem »so knopfäugig wie der sprichwörtliche verrückte Wissenschaftler«.

Vor dem historischen Eingriff war Dr. Zajac kurz vor Anbruch der Morgendämmerung in dem grauen Schneematsch am Ufer des Charles gelaufen. Zu seiner Bestürzung hatte ihn in dem geisterhaften Nebel eine junge Frau überholt, als hätte er stillgestanden. Ihr in Radlerhosen steckender straffer Hintern bewegte sich resolut von Zajac weg und spannte und entspannte sich dabei wie die Finger einer Hand, die sich zur Faust schließen, öffnen und wieder schließen. Welch eine Faust!

Es war Irma. Nur Stunden ehe Dr. Zajac Otto Clausens linke Hand samt Handgelenk mit dem Stumpf von Patrick Wallingfords linkem Unterarm verband, spürte er, wie sein Herz sich zusammenzog; seine Lungen schienen sich nicht mehr zu dehnen, und er hatte einen Magenkrampf, der seiner Vorwärtsbewegung ebenso gründlich ein Ende machte, als wäre er, sagen wir, von einem Bierlaster angefahren worden. Zajac lag zusammengekrümmt im Schneematsch, als Irma zu ihm zurückgesprintet kam.

Er war sprachlos vor Schmerz, Dankbarkeit, Scham, Begierde – was Sie wollen. Irma führte ihn in die Brattle Street zurück, als wäre er ein ausgerissenes Kind. »Sie sind dehydriert – Sie müssen Ihren Flüssigkeitshaushalt ergänzen«, schalt sie ihn. Sie hatte Bücher zum Thema Dehydration und den verschiedenen »Wänden« gelesen, gegen die Läufer angeblich »stoßen« und die zu »durchlaufen« sie trainieren müssen.

Irma »fuhr«, wie man so sagt, »voll ab« auf das Vokabular der Extremsportarten; die Adjektive für wahnsinniges Durchhaltevermögen angesichts grausamer Ausdauertests waren ihre wichtigsten Bestimmungswörter geworden. (Zum Beispiel »herb«.) Ebensosehr war sie von einschlägigen Ernährungstheorien durchdrungen – von konventioneller Kohlenhydratzufuhr bis zu Ginseng-Einläufen, von grünem Tee und Bananen vor dem Lauf bis hin zu Preiselbeersaft-Shakes danach.

»Sobald wir zu Hause sind, mache ich Ihnen ein Eiweißomelett«, sagte sie zu Dr. Zajac, den seine Schienbeine schier umbrachten; er humpelte neben ihr her wie ein verkrüppeltes Rennpferd. Sein Äußeres, das (von einem seiner

Kollegen) bereits mit dem eines streunenden Hundes verglichen worden war, gewann dadurch nicht eben an Attraktivität.

Am größten Tag seiner beruflichen Karriere hatte sich Dr. Zajac atemlos in seine zur persönlichen Trainerin gewordene Haushälterin/Assistentin verliebt. Aber er konnte es ihr nicht sagen – er konnte überhaupt nicht reden. Während er in der Hoffnung, den von seinem Solarplexus ausstrahlenden Schmerz zu lindern, keuchend Atem holte, fiel ihm auf, daß Irma seine Hand hielt. Ihr Griff war kräftig; ihre Fingernägel waren kürzer geschnitten als die der meisten Männer, aber sie war keine Nägelkauerin. Die Hände einer Frau waren sehr wichtig für Zajac. Es erscheint vielleicht unfein, in aufsteigender Reihenfolge zu benennen, was ausschlaggebend dafür war, daß er sich in Irma verliebte, aber hier ist es: ihre Bauchmuskeln, ihr Hintern, ihre Hände.

»Sie haben Rudy dazu gebracht, daß er mehr rohes Gemüse ißt« war alles, was der Handchirurg unter keuchenden Atemzügen herausbrachte.

»Das war bloß die Erdnußbutter«, sagte Irma. Sie hatte keine Mühe, ihn abzustützen. Sie hatte das Gefühl, sie hätte ihn nach Hause tragen können – so freudig erregt war sie. Er hatte ihr ein Kompliment gemacht; sie wußte, daß er sie endlich wahrgenommen hatte. Wie zum ersten Mal sah er wirklich, wer sie war.

»Das nächste Wochenende ist Rudy bei mir«, japste Zajac, »vielleicht möchten Sie auch dableiben? Ich fände es schön, wenn Sie ihn kennenlernen.«

Die Einladung erschien Irma ebenso schlüssig wie seine

Hand auf ihrer Brust, die sie sich nur eingebildet hatte. Sie kam plötzlich ins Wanken, dabei lastete nach wie vor nur die Hälfte seines Gewichts auf ihr; der unvorhersehbare Zeitpunkt ihres Triumphs hatte sie geschwächt.

»Ich mag in meinen Eiweißomeletts geraspelte Möhren und ein bißchen Tofu, Sie auch?« fragte sie, während sie sich dem Haus in der Brattle Street näherten.

Medea war gerade dabei, im Garten einen Haufen zu machen. Als das feige Tier sie sah, beäugte es verstohlen seinen eigenen Kot; dann rannte es davon weg, als wollte es sagen: »Wer hält es schon in der Nähe von diesem Zeug aus? Ich ganz bestimmt nicht!«

»Dieser Hund ist sehr dumm«, bemerkte Irma nüchtern. »Aber irgendwie mag ich ihn«, fügte sie hinzu.

»Ich auch«, krächzte Zajac mit wundem Herzen. Das »irgendwie« gab ihm den Rest; er hatte genau die gleichen Gefühle für den Hund.

Er war zu aufgeregt, um sein Eiweißomelett mit geraspelten Möhren und Tofu zu essen, obwohl er es versuchte. Er konnte auch den großen Shake nicht austrinken, den Irma ihm machte – Preiselbeersaft, Bananenbrei, gefrorener Joghurt, Proteinpulver und irgend etwas Körniges (möglicherweise eine Birne). Er kippte die Hälfte davon zusammen mit dem ungegessenen Omelett in die Toilette, ehe er duschte.

Erst unter der Dusche bemerkte Zajac seinen Ständer. Seine Erektion trug eindeutig Irmas Handschrift, obwohl sich nichts Körperliches zwischen ihnen abgespielt hatte – abgesehen davon, daß sie ihm nach Hause geholfen hatte. Fünfzehn Stunden Chirurgie lockten. Für Sex war keine Zeit.

Auf der Pressekonferenz im Anschluß an die Operation waren selbst seine mißgünstigsten Kollegen – diejenigen, die ihm insgeheim einen Mißerfolg wünschten – um seinetwillen enttäuscht. Seine Bemerkungen waren zu patzig; sie legten nahe, daß man Handtransplantationen in nicht allzu ferner Zukunft ebenso routinemäßig durchführen würde wie Mandeloperationen. Die Journalisten langweilten sich. Sie konnten es nicht abwarten, bis der Medizinethiker zu Wort kam, den sämtliche Chirurgen von Schatzman, Gingeleskie, Mengerink & Partner verachteten. Und ehe der Medizinethiker fertig war, verlagerte sich die Aufmerksamkeit der rastlosen Medien auf Mrs. Clausen. Wer konnte es ihnen verdenken? Sie war der Inbegriff ergreifender Emotionalität.

Irgendwer hatte ihr saubere, femininere Kleidung ohne Green-Bay-Logos besorgt. Sie hatte sich die Haare gewaschen und ein wenig Lippenstift aufgelegt. Im Scheinwerferlicht der Kamerateams wirkte sie besonders klein und verzagt, und die Maskenbildnerin hatte die Ringe unter ihren Augen nicht anrühren dürfen; es war, als wüßte sie, daß das Flüchtige an ihrer Schönheit zugleich das einzig Dauerhafte daran war. Sie war auf irgendwie angeschlagene Weise schön.

»Wenn Ottos Hand überlebt«, begann Mrs. Clausen mit ihrer leisen, aber merkwürdig atemberaubenden Stimme – als wäre die Hand ihres verstorbenen Mannes, und nicht Patrick Wallingford, der eigentliche Patient –, »wird es mir eines Tages wohl ein wenig besser gehen. Wissen Sie, einfach die Gewißheit, daß ein Teil von ihm da ist, den ich sehen kann... berühren...« Ihre Stimme verklang. Sie hatte

Dr. Zajac und dem Medizinethiker bereits die Schau gestohlen, und sie war noch nicht fertig – sie fing gerade erst an.

Die Journalisten scharten sich um sie. Doris Clausens Traurigkeit verbreitete sich in Häuser, Hotelzimmer und Flughafenbars auf der ganzen Welt. Sie schien all die Fragen, die die Reporter ihr stellten, gar nicht zu hören. Später ging Dr. Zajac und Patrick Wallingford auf, daß Mrs. Clausen ihrem eigenen Drehbuch gefolgt war – und das ohne Teleprompter.

»Wenn ich nur wüßte...« Wieder verstummte sie; zweifellos erfolgte das kurze Schweigen absichtlich.

»Wenn Sie nur *was* wüßten?« rief einer der Journalisten.

»Ob ich schwanger bin«, antwortete Mrs. Clausen. Sogar Dr. Zajac hielt den Atem an und wartete auf ihre Worte. »Otto und ich haben uns ein Kind gewünscht. Vielleicht bin ich ja schwanger, vielleicht auch nicht. Ich weiß es einfach nicht.«

Bestimmt hatte jeder Mann auf der Pressekonferenz einen Ständer, sogar der Medizinethiker. (Nur Dr. Zajac war sich über die Ursache seiner Erektion im unklaren – seiner Meinung nach war sie auf den anhaltenden Einfluß Irmas zurückzuführen.) Jeder Mann in den bereits erwähnten Häusern, Hotelzimmern und Flughafenbars auf der ganzen Welt spürte die Auswirkungen von Doris Clausens erregendem Tonfall. So sicher, wie Wasser gern an einen Steg plätschert und Kiefern an den Spitzen ihrer Zweige neue Nadeln treiben, verschaffte Mrs. Clausens Stimme in diesem Moment jedem heterosexuellen Mann, der gebannt vor den Nachrichten hockte, einen Ständer.

Am nächsten Tag lag Patrick Wallingford neben dem riesigen, fremd wirkenden Verband, der so gut wie alles war, was er von seiner neuen linken Hand sehen konnte, in seinem Krankenhausbett und sah Mrs. Clausen auf dem Nachrichtensender (dem Kanal, bei dem er angestellt war), während die wirkliche Mrs. Clausen besitzergreifend an seinem Bett saß.

Was Doris von Ottos Zeige-, Mittel- und Ringfinger sah – nur die Spitzen, dazu die Daumenspitze ihres verstorbenen Mannes –, faszinierte sie. Der kleine Finger von Patricks neuer linker Hand war unter den Unmengen von Verbandmull verschwunden. Der Verband verbarg eine Schiene, die Wallingfords neues Handgelenk ruhigstellte. Der Verband war so umfangreich, daß man nicht sagen konnte, wo Ottos Hand und Handgelenk sowie ein Teil seines Unterarms angefügt worden waren.

Der Bericht über die Handtransplantation auf dem Nachrichtensender begann mit einer bearbeiteten Version der Löwenepisode in Junagadh. Das Zuschnappen und Fressen dauerte in dieser Version nur fünfzehn Sekunden, was Patrick eine Vorwarnung dafür hätte sein müssen, daß man ihm auch in dem nachfolgenden Filmmaterial eine unbedeutendere Rolle zuweisen würde.

Er hatte törichterweise gehofft, daß die Operation selbst so faszinierend sein würde, daß er für das Fernsehpublikum bald »der Typ mit der neuen Hand« oder sogar »der Mann mit der neuen Hand« sein würde und daß diese revidierte oder wiederhergestellte Version seiner selbst den »Löwenmann« und den »Katastrophenmann« als neue, aber dauerhafte Etikettierung seines Lebens ersetzen würde. Das

Filmmaterial zeigte einige grausige Vorgänge unklarer, aber chirurgischer Natur in der Bostoner Klinik und eine Einstellung davon, wie Patricks Trage einen Flur entlanggeschoben wurde; doch die Trage und Wallingford entzogen sich bald dem Blick, weil sie von siebzehn hektisch wirkenden Chirurgen, Schwestern und Anästhesisten – dem Bostoner Team – umringt waren.

Es folgte ein Ausschnitt von Dr. Zajacs knappen Ausführungen vor der Presse. Natürlich wurde sein Kommentar von wegen »noch nicht über den Berg« aus dem Zusammenhang gerissen, so daß der Eindruck entstand, der Patient schwebe bereits in größter Gefahr, und die Bemerkung über die Kombination von Immunsuppressorien klang schlicht und einfach ausweichend, was sie auch war. Zwar haben derartige Medikamente die Erfolgsquote von Organtransplantationen erhöht, doch ein Arm besteht aus mehreren unterschiedlichen Geweben, so daß unterschiedliche Grade von Abstoßungsreaktionen möglich sind. Daher auch die Steroide, die Wallingford (zusammen mit den Immunsuppressorien) für den Rest seines Lebens, oder solange er Ottos Hand hatte, würde einnehmen müssen.

Man sah eine Einstellung von Ottos verlassenem Bierlaster auf dem verschneiten Parkplatz in Green Bay, doch Mrs. Clausen, an Patricks Bett, zuckte nicht mit der Wimper; sie blieb auf Ottos drei Fingerspitzen und die Spitze seines Daumens konzentriert. Außerdem war Doris der früheren Hand ihres Mannes so nah, wie es nur ging; wenn Wallingford Gefühl in den Fingerspitzen gehabt hätte, hätte er den Atem der Witwe darauf gespürt.

Die Finger waren taub. Daß sie es noch monatelang bleiben würden, sollte Patrick mit einiger Sorge erfüllen, obwohl Dr. Zajac seine Ängste als unbegründet abtat. Es vergingen fast acht Monate, bis die Hand zwischen heiß und kalt unterscheiden konnte – ein Zeichen, daß die Nerven sich regenerierten –, und beinahe ein Jahr, bis Patrick seinem Griff um ein Lenkrad so weit traute, daß er Auto zu fahren wagte. (Sich seine Schnürsenkel selbst binden konnte er ebenfalls erst nach knapp einem Jahr und vielen Stunden Physiotherapie.)

Doch vom journalistischen Standpunkt aus betrachtet, sah Patrick Wallingford dort, in seinem Krankenhausbett, das Menetekel an der Wand – seine vollständige Genesung, oder deren Ausbleiben, würde niemals die eigentliche Story sein.

Der Medizinethiker kam vor der Kamera länger zu Wort, als der internationale 24-Stunden-Kanal Dr. Zajac eingeräumt hatte. »In derartigen Fällen«, tönte der Ethiker, »ist eine Aufrichtigkeit, wie sie Mrs. Clausen zeigt, selten, und ihre fortbestehende Beziehung zu der Spenderhand ist von unschätzbarem Wert.«

In was für »derartigen Fällen«? dachte Zajac bestimmt, während er – ausgeblendet – vor sich hin schäumte. Das war erst die zweite Handtransplantation überhaupt, und die erste war schiefgegangen!

Während der Ethiker noch sprach, sah Wallingford, wie sich die Kameras auf Mrs. Clausen richteten. Patrick verspürte eine Flut von Verlangen und Sehnsucht nach ihr. Er befürchtete, nie wieder an sie heranzukommen, denn er ahnte, daß sie das nicht unterstützen würde. Er mußte mit ansehen, wie sie die Aufmerksamkeit der versammelten

Medienvertreter von seiner Handtransplantation auf die Hand ihres verstorbenen Mannes und dann auf das Kind lenkte, das sie zu erwarten hoffte. Man sah sogar eine Nahaufnahme ihrer Hände, wie sie ihren flachen Bauch hielten. Sie hatte die rechte Hand über ihren Bauch gespreizt; die linke, schon ohne Ehering, lag darüber.

Als Journalist wußte Patrick Wallingford augenblicklich, was passiert war: Doris Clausen und das Kind, das sie und Otto sich gewünscht hatten, hatten seine Story verdrängt. Wallingford war sich bewußt, daß es in seinem verantwortungslosen Beruf manchmal zu einer solchen Ablösung kam – nicht, daß der Fernsehjournalismus der einzige verantwortungslose Beruf wäre.

Aber im Grunde machte ihm das nichts aus, und das überraschte ihn. Soll sie mich ruhig verdrängen, dachte er und wurde sich im gleichen Moment darüber klar, daß er in Doris Clausen verliebt war. (Nicht abzusehen, was der Nachrichtensender oder ein Medizinethiker daraus gemacht hätten.)

Daß er sich in Mrs. Clausen verliebt hatte, war auch deshalb so unglaublich, weil er erkannte, wie unwahrscheinlich es war, daß sie ihn jemals wiederlieben würde. Bislang hatte Patrick die Erfahrung gemacht, daß Frauen sich, zumindest anfangs, leicht in ihn verknallten; er hatte außerdem die Erfahrung gemacht, daß sie leicht über ihn hinwegkamen.

Seine Exfrau hatte ihn mit der Grippe verglichen. »Als du noch bei mir warst, Patrick, habe ich jede Stunde geglaubt, ich würde sterben«, hatte Marilyn zu ihm gesagt. »Aber als du weg warst, kam es mir vor, als hätte es dich nie gegeben.«

»Danke«, hatte Wallingford gesagt; bis jetzt war er nie so leicht zu verletzen gewesen, wie die meisten Frauen meinten.

An Doris Clausen faszinierte ihn, daß ihre ungewöhnliche Entschlossenheit eine sexuelle Komponente hatte; was sie wollte, war jederzeit auch deutlich sexuell motiviert. Was mit den leisen Veränderungen ihres Tonfalls begann, setzte sich in der Intensität ihres kleinen, kompakten Körpers fort, der aufgezogen war wie eine Feder, zum Sex gespannt.

Ihr Mund wirkte weich, die Öffnung der Lippen war vollkommen; und in der unbestimmten Müdigkeit um ihre Augen lag ein verführerisches Sich-Abfinden mit der Welt, wie sie war. Mrs. Clausen würde nie von einem verlangen, daß man sich grundsätzlich änderte – allenfalls vielleicht seine Gewohnheiten. Sie erwartete keine Wunder. Was man in ihr sah, bekam man auch, nämlich eine Loyalität, die keine Grenzen kannte. Und es schien, als würde sie niemals über Otto hinwegkommen – es hatte sie lebenslang erwischt.

Doris hatte Patrick Wallingford für die einzige Aufgabe benutzt, die Otto nicht zu Ende bringen konnte; daß sie ihn dazu ausersehen hatte, machte ihm leise Hoffnungen, daß sie sich eines Tages in ihn verlieben würde.

Als Wallingford das erste Mal ganz leicht mit Otto Clausens Fingern wackelte, fing Doris an zu weinen. Die Schwestern waren angehalten, streng mit ihr zu sein, falls sie versuchen sollte, die Fingerspitzen zu küssen. Es erfüllte Patrick mit einer Art bitterem Glücksgefühl, als dennoch ein paar Küsse ihr Ziel fanden.

Und noch lange nachdem die Verbände abgenommen

worden waren, erinnerte er sich an das erste Mal, als er ihre Tränen auf dem Rücken jener Hand gespürt hatte; das war etwa fünf Monate nach der Operation gewesen. Er hatte den Zeitraum der größten Anfälligkeit, der, wie es hieß, vom Ende der ersten Woche bis zum Ende der ersten drei Monate dauerte, erfolgreich überstanden. Ihre Tränen zu spüren brachte ihn zum Weinen. (Zu diesem Zeitpunkt hatte er von der Verbindungsstelle bis zum Ansatz der Handfläche erstaunliche zweiundzwanzig Zentimeter Nervenneubildung vorzuweisen.)

Sein Bedarf an den diversen Schmerzmitteln schwand, wenn auch sehr langsam, doch er erinnerte sich noch an den Traum, den er sehr oft gehabt hatte, kurz nachdem die Wirkung der Medikamente eingetreten war. Irgendwer fotografierte ihn. Manchmal, auch als er schon keine Schmerzmittel mehr nahm, war das Geräusch eines Kameraverschlusses (in seinem Schlaf) ganz real. Das Blitzlicht schien weit entfernt zu sein, wie Wetterleuchten – unwirklich –, aber das Geräusch des Verschlusses war so deutlich, daß er beinahe aufwachte.

Es lag in der Eigenart der Schmerzmittel, daß Wallingford sich nicht erinnerte, wie lange er sie eingenommen hatte – vier, fünf Monate vielleicht? –, so wie es in der Eigenart des Traums lag, daß Wallingford sich nicht entsinnen konnte, je die fotografierten Bilder oder den Fotografen gesehen zu haben. Und zuweilen dachte er, es sei gar kein Traum, oder er war sich nicht sicher.

In der konkreten Wirklichkeit konnte er Doris Clausens Gesicht nach sechs Monaten tatsächlich spüren, wenn sie es in seinen linken Handteller drückte. Sie faßte seine andere

Hand niemals an, und auch er versuchte nicht ein einziges Mal, sie damit anzufassen. Sie hatte ihm klargemacht, was sie für ihn empfand. Wenn er auch nur ihren Namen auf bestimmte Weise sagte, errötete sie und schüttelte den Kopf. Sie weigerte sich, über das eine Mal zu sprechen, als sie miteinander geschlafen hatten. Sie habe es tun müssen – mehr sagte sie nicht dazu. (»Es ging nicht anders.«)

Doch für Patrick bestand, wie schwach auch immer, die Hoffnung, daß sie eines Tages vielleicht erwägen würde, es wieder zu tun – ungeachtet dessen, daß sie schwanger war und so ehrfürchtig mit ihrer Schwangerschaft umging, wie es Frauen tun, die lange darauf gewartet haben, schwanger zu werden. Auch hatte Mrs. Clausen nicht den geringsten Zweifel, daß dies ein Einzelkind bleiben würde.

Ihr so überaus verlockender Ton, auf den sie nach Belieben zurückgreifen konnte und der die gleiche Wirkung hatte wie Sonnenlicht nach Regen – die Macht, Blumen zu öffnen –, war nur mehr Erinnerung; doch Wallingford glaubte, warten zu können. Er klammerte sich an diese Erinnerung wie an ein Kissen im Schlaf, ähnlich wie er sich immer und immer wieder an den Blaue-Kapsel-Traum erinnern mußte.

Nie hatte Patrick Wallingford eine Frau so selbstlos geliebt. Es genügte ihm, daß Mrs. Clausen seine linke Hand liebte. Sie liebte es, die Hand auf ihren dick gewordenen Bauch zu legen, sie die Bewegungen des Fötus spüren zu lassen.

Wallingford war nicht aufgefallen, wann Mrs. Clausen aufgehört hatte, das Schmuckstück in ihrem Nabel zu tragen; er hatte es seit ihrem gemeinsamen Moment der Selbstvergessenheit in Dr. Zajacs Sprechzimmer nicht mehr gesehen. Vielleicht war das Body-Piercing Ottos Idee gewesen, oder das Ding war ein Geschenk von ihm (und sie mochte es deshalb nicht mehr tragen). Oder aber der nicht näher identifizierte Metallgegenstand war ihr im Verlauf ihrer Schwangerschaft unbequem geworden.

Dann, im siebten Monat, spürte Patrick – nach einem besonders kräftigen Tritt des ungeborenen Kindes – ein ungewohntes Stechen in seinem neuen Handgelenk und versuchte, seinen Schmerz zu verbergen. Doris bekam natürlich mit, wie er zusammenzuckte; ihr konnte er nichts verheimlichen.

»Was ist denn?« Instinktiv schob sie die Hand an ihr Herz – an ihre *Brust*, wie Wallingford es wahrnahm. Als wäre es gestern gewesen, entsann er sich, wie sie seinen Stumpf dort festgehalten hatte, während sie ihn bestieg.

»Es war bloß ein leichtes Stechen«, erwiderte Patrick.

»Ruf Zajac an«, forderte Mrs. Clausen. »Mach keinen Quatsch.«

Aber es war alles in Ordnung. Dr. Zajac schien angesichts des vermeintlich leichten Erfolges der Handtransplantation verärgert zu sein. Anfangs hatte es ein Problem mit Daumen und Zeigefinger gegeben – Wallingford hatte seine Muskeln nicht dazu bringen können, sie auf Befehl zu bewegen. Aber das lag nur daran, daß er fünf Jahre lang weder Hand noch Handgelenk gehabt hatte – seine Muskeln mußten einiges erst wieder lernen.

Zajac hatte keine Krisen zu bewältigen gehabt; die Hand hatte ebenso unaufhaltsam Fortschritte gemacht wie die Pläne, die Mrs. Clausen damit hatte. Vielleicht lag die eigentliche Ursache für Dr. Zajacs Enttäuschung darin, daß die Hand eher zum Triumph für sie als für ihn geriet. Die eigentliche Nachricht war, daß die Witwe des Spenders ein Kind erwartete und nach wie vor eine Beziehung zur Hand ihres verstorbenen Mannes unterhielt. Und für Wallingford setzten sich niemals die Bezeichnungen »der Typ mit der neuen Hand« oder »der Mann mit der neuen Hand« durch – er war »der Löwenmann« und »der Katastrophenmann« und würde es auch bleiben.

Dann wurde im September 1998 in Lyon eine erfolgreiche Hand- und Unterarmtransplantation durchgeführt. Empfänger war Clint Hallam, ein in Australien lebender Neuseeländer. Zajac schien auch darüber verärgert. Dazu hatte er auch allen Grund. Hallam hatte gelogen. Er hatte seinen Ärzten erzählt, er habe seine Hand bei einem Arbeitsunfall auf einer Baustelle verloren, doch wie sich herausstellte, war ihm die Hand in einem neuseeländischen Gefängnis, wo er zweieinhalb Jahre wegen Betruges verbüßte, von einer Kreissäge abgetrennt worden. (Dr. Zajac fand natürlich, daß die Entscheidung, einem Exhäftling eine neue Hand zu geben, nur von einem Medizinethiker getroffen worden sein konnte.)

Vorläufig nahm Clint Hallam über dreißig Tabletten pro Tag und zeigte keinerlei Anzeichen einer Abstoßung. Wallingford seinerseits nahm acht Monate nach seiner Operation ebenfalls noch immer über dreißig Tabletten pro Tag, und wenn er sein Kleingeld fallen ließ, konnte er es mit Ottos Hand nicht aufheben. Ermutigender fand das Bostoner Team, daß seine linke Hand, obwohl er in den Fingerspitzen kein Gefühl hatte, fast so stark war wie seine rechte; jedenfalls konnte Patrick einen Türknauf so weit drehen, daß die Tür aufging. Doris hatte ihm erzählt, daß Otto ziemlich stark gewesen war. (Zweifellos vom Heben der vielen Bierkästen.)

Gelegentlich schliefen Mrs. Clausen und Wallingford zusammen – ohne Sex, ja nicht einmal unbekleidet. Doris schlief einfach neben ihm ein – natürlich auf seiner linken Seite. Patrick schlief nicht gut, hauptsächlich deshalb, weil er nur auf dem Rücken bequem liegen konnte. Die Hand schmerzte, wenn er auf der Seite oder auf dem Bauch lag; warum, konnte ihm auch Dr. Zajac nicht sagen. Vielleicht hatte es etwas mit der verminderten Blutzufuhr zur Hand zu tun, aber Muskeln, Sehnen und Nerven wurden offenbar gut mit Blut versorgt.

»Daß Sie aus dem Schneider sind, würde ich nie sagen«, verkündete Zajac Wallingford, »aber für mich sieht die Hand mehr und mehr nach einem Dauerbrenner aus.«

Zajacs neuentdeckte Lockerheit war schwer nachzuvollziehen, von seiner Vorliebe für Irmas Jargon ganz zu schweigen. Mrs. Clausen und ihr Fötus hatten Dr. Zajacs drei Minuten im Rampenlicht überstrahlt, aber das deprimierte Zajac offenbar nur wenig. (Daß ein Krimineller Wallingfords einziger Konkurrent auf dem Gebiet der Handtransplantation war, machte Zajac eher sauer als deprimiert.) Und infolge von Irmas Kochkünsten hatte er sogar ein wenig zugenommen; gesundes Essen in anständigen Mengen setzt eben doch an. Der Handchirurg hatte sich seinen Gelüsten ergeben. Er war ausgehungert, weil er jeden Tag vögelte.

Daß Irma und ihr ehemaliger Brötchengeber mittlerweile glücklich verheiratet waren, ging Wallingford nichts an, doch bei Schatzman, Gingeleskie, Mengerink, *Zajac* & Partner gab es kein anderes Thema. Und wenn der beste Chirurg unter ihnen immer weniger nach einem wilden Hund aussah, so hatte auch sein einst unterernährter Sohn Rudy ein paar Pfund zugelegt. Selbst den Neidern, die an der Peripherie von Zajacs Leben standen und sich feige über ihn lustig machten, kam der kleine Junge, dessen Vater ihn liebte, inzwischen größtenteils glücklich und normal vor.

Nicht weniger überraschend kam, daß Dr. Mengerink Zajac gestand, er habe eine Affäre mit der rachsüchtigen Hildred, Dr. Zajacs mittlerweile übergewichtiger erster Frau, gehabt. Hildred schäumte wegen Irma vor Wut, obwohl Zajac ihren Unterhalt erhöht hatte – für Hildred war es schlicht eine Preisfrage: sie willigte in ein gemeinsames Sorgerecht für Rudy ein.

Anstatt sich über Dr. Mengerinks verblüffendes Geständnis aufzuregen, war Dr. Zajac ein Inbild von Einfühlungsvermögen und Mitleid. »Mit Hildred? Sie Ärmster ...« Mehr hatte Zajac nicht gesagt, und er hatte Mengerink dabei den Arm um die gebeugten Schultern gelegt.

»So ein bißchen Bumsen wirkt doch die reinsten Wunder«, bemerkte der noch lebende Gingeleskie-Bruder neidvoll.

Hatte auch der Scheiße fressende Hund die Kurve gekriegt? In gewisser Weise ja. Medea war *fast* ein braver Hund; sie erlebte zwar noch »Rückfälle«, wie Irma das nannte, aber Hundekot und seine Auswirkungen dominierten Dr. Zajacs Leben nicht mehr. Hundehaufen-Lacrosse war bloß noch ein Spiel. Und während der Doktor, seines Herzens wegen, jeden Tag ein Glas Rotwein probiert hatte, war sein Herz bei Irma und Rudy durchaus in guten Händen. (Zajacs wachsende Vorliebe für roten Bordeaux überstieg um einiges das bescheidene Quantum, das man als heilsam für seine Pumpe erachtete.)

Der ungeklärte Schmerz in Patrick Wallingfords neuer linker Hand machte Dr. Zajac auch weiterhin keine großen Sorgen. Doch eines Abends, als Patrick keusch neben Doris Clausen im Bett lag, fragte sie ihn: »Was genau meinst du eigentlich mit ›Schmerzen‹? Was für ein Schmerz ist das?«

»Eine Art Zerren, nur daß meine Finger sich kaum bewegen und es mir in den Fingerspitzen weh tut, wo ich noch immer kein Gefühl habe. Es ist komisch.«

»Es tut da weh, wo du kein Gefühl hast?« fragte Doris.

»So kommt es mir vor«, meinte Patrick.

»Ich weiß, was da nicht stimmt«, sagte Mrs. Clausen. Nur weil sie neben seiner linken Hand liegen wolle, hätte sie Otto nicht die falsche Bettseite aufzwingen dürfen.

»Otto?« fragte Wallingford.

Otto habe stets auf ihrer linken Seite geschlafen, erklärte Doris. Wie die Sache mit der falschen Bettseite sich auf Patricks Hand ausgewirkt hatte, würde er bald sehen.

Während Mrs. Clausen *rechts* neben ihm schlief, passierte etwas, was vollkommen natürlich erschien. Er wandte sich ihr und sie wandte sich ihm zu – als wäre das, auch im Schlaf, eine eingefleischte Gewohnheit –, so daß ihr Kopf in seiner rechten Armbeuge ruhte und ihr Atem über seinen Hals strich. Er wagte nicht zu schlucken, um sie nur ja nicht aufzuwecken.

Seine linke Hand zuckte, aber Schmerzen verspürte er nicht mehr. Wallingford lag still und wartete ab, was seine neue Hand als nächstes tun würde. Später erinnerte er sich daran, daß die Hand ganz von selbst unter den Saum von Doris' Nachthemd schlüpfte – die gefühllosen Finger glitten ihre Oberschenkel hinauf. Auf ihre Berührung hin schoben sich ihre Beine auseinander, ihr Schoß öffnete sich, ihr Schamhaar strich, wie von einer nicht zu spürenden Brise aufgerichtet, gegen den Handteller von Patricks neuer linker Hand.

Er wußte, wohin seine Finger gingen, obwohl er sie nicht spürte. Die Veränderung in Doris' Atmung war offensichtlich. Er konnte nicht anders – er küßte ihre Stirn, schnoberte in ihrem Haar. Dann ergriff sie seine forschende Hand und führte seine Finger an ihre Lippen. Mit der anderen Hand faßte sie nach seinem Penis; dann ließ sie ihn abrupt los.

Falscher Penis! Der Zauber war gebrochen. Mrs. Clausen war hellwach. Beide konnten sie die Finger von Ottos bemerkenswerter linker Hand riechen – sie lag auf dem Kissen, berührte ihre Gesichter.

»Ist der Schmerz weg?« fragte Doris ihn.

»Ja«, antwortete Patrick. Er meinte damit nur, daß die Hand nicht mehr schmerzte. »Aber dafür ist da jetzt ein anderer Schmerz, ein neuer...«, begann er.

»Dabei kann ich dir leider nicht helfen«, erklärte Mrs. Clausen. Doch als sie ihm den Rücken zuwandte, hielt sie seine linke Hand sanft an ihrem dicken Bauch fest. »Wenn du dich selbst anfassen willst – du weißt schon, während du mich festhältst –, ein bißchen kann ich dir ja vielleicht doch helfen.«

Tränen der Liebe und Dankbarkeit schossen Patrick in die Augen.

Was für eine Form von Schicklichkeit war hier erforderlich? Nach Wallingfords Empfinden wäre es das Anständigste, wenn er mit Masturbieren fertig sein könnte, ehe er das Baby treten spürte, doch Mrs. Clausen hielt seine linke Hand fest an ihren Bauch – *nicht* ihre Brust – gedrückt, und ehe Patrick kommen konnte, was er ungewöhnlich rasch tat, trat das ungeborene Kind zweimal. Das zweite Mal rief genau das gleiche schmerzhafte Stechen hervor, das er schon einmal verspürt hatte, einen so heftigen Schmerz, daß er zusammenzuckte. Diesmal bemerkte Doris es nicht, oder sie verwechselte es mit dem plötzlichen Schauder, mit dem er kam.

Am besten aber war, dachte Wallingford später, daß Mrs. Clausen ihn dann mit ihrer besonderen Stimme belohnte, die er schon lange nicht mehr gehört hatte.

»Schmerzen weg?« fragte sie. Die Hand glitt, wiederum ganz von selbst, von ihrem gewaltigen Bauch zu ihrer prallen Brust, wo Doris sie liegen ließ.

»Ja, danke«, flüsterte Patrick und fiel in einen Traum.

Da war ein Geruch, den er zuerst nicht erkannte, weil er ihm so unvertraut war, ein Geruch, den man in New York oder Boston niemals wahrnimmt. Kiefernnadeln! ging ihm plötzlich auf.

Da war das Geräusch von Wasser, aber nicht das Meer und auch nicht das Tropfen eines Wasserhahns. Es war Wasser, das gegen den Bug eines Bootes plätscherte – vielleicht auch gegen einen Steg klatschte –, doch ganz gleich, was für Wasser, es war Musik für die Hand, die sich selbst so sanft wie Wasser über die vergrößerten Konturen von Mrs. Clausens Brust bewegte.

Das Stechen (und sogar Patricks Erinnerung daran) war verschwunden, und in der Folge fand er den tiefsten Nachtschlaf seines Lebens; beim Aufwachen beunruhigte ihn lediglich der Gedanke, daß der Traum irgendwie nicht ganz sein eigener gewesen war. Und er war seinem Blaue-Kapsel-Erlebnis nicht so ähnlich, wie ihm das lieb gewesen wäre.

Zunächst einmal war in dem Traum weder Sex vorgekommen, noch hatte Wallingford die Sonnenwärme in den Brettern des Stegs oder, durch das Handtuch hindurch, den Steg selbst gespürt; statt dessen hatte er nur das vage Gefühl gehabt, irgendwo anders sei ein Steg.

In jener Nacht hörte er im Schlaf keinen Kameraverschluß. In jener Nacht hätte man Patrick Wallingford tausendmal fotografieren können. Er hätte es gar nicht gemerkt.

8

*Abstoßung und Erfolg*

Als Doris davon sprach, ihr Kind solle seine oder die Hand ihres Mannes kennenlernen, war Wallingford das durchaus recht. Für ihn bedeutete es einfach, daß er damit rechnen durfte, sie weiterhin zu sehen. Er liebte sie mit immer geringerer Hoffnung auf ihre Gegenliebe, die doch einzig und allein der Hand galt. Sie drückte sie an ihren Bauch, gegen die unaufhörlichen Tritte des ungeborenen Kindes; zwar spürte sie bisweilen, wie Wallingford vor Schmerz zusammenzuckte, fand dieses leichte Stechen aber nicht mehr beunruhigend.

»Eigentlich ist es gar nicht deine Hand«, erinnerte sie ihn – nicht, daß es einer Erinnerung bedurft hätte. »Stell dir vor, wie es für Otto sein muß – ein Kind zu spüren, das er niemals zu Gesicht bekommen wird. Natürlich tut ihm das weh!«

Aber waren es nicht Wallingfords Schmerzen? In seinem früheren Leben, mit Marilyn, wäre er vielleicht sarkastisch geworden. (»Jetzt, wo du's so sagst, mache ich mir auch keine Sorgen mehr.«) Bei Doris dagegen... tja, alles, was er tun konnte, war, sie anzubeten.

Überdies sprach einiges für Mrs. Clausens Argument. Die neue Hand sah nicht wie die von Patrick aus – und würde auch niemals so aussehen. Ottos linke Hand war gar nicht soviel größer, aber wir betrachten unsere Hände häufig – es fällt schwer, sich an die eines anderen zu gewöhnen. Es gab Zeiten, da starrte Wallingford seine Hand gespannt an, als rechnete er damit, daß sie etwas sagte; auch konnte er der Versuchung nicht widerstehen, daran zu riechen – sie roch nicht nach ihm. Aufgrund der Art, wie Mrs. Clausen die Augen schloß, wenn sie daran roch, wußte er, daß die Hand nach Otto roch.

Es gab willkommene Ablenkungen. Während seiner langen Genesung und Rehabilitation erlebte Patricks Karriere, die in der Bostoner Redaktion ihre Fortsetzung genommen hatte, damit er Zajac und dem Bostoner Team nahe war, einen Aufschwung. (Vielleicht ist »Aufschwung« ein zu starkes Wort; sagen wir einfach, daß der Sender ihm erlaubte, seinen Tätigkeitsbereich ein wenig zu erweitern.)

Der internationale 24-Stunden-Kanal schuf einen eigenen Wochenend-Sendeplatz nach den Abendnachrichten für ihn; dieser Samstagabend-Kommentar zu den regulären Nachrichten wurde von Boston ausgestrahlt. Zwar übergaben die Produzenten Wallingford noch immer sämtliche bizarren Unglücksfälle, aber sie ließen sie ihn mit einer Würde vorstellen und zusammenfassen, die neu und überraschend war – sowohl bei Wallingford als auch bei dem Nachrichtensender. Niemand in Boston oder New York – nicht Patrick und nicht einmal Dick – hatte eine Erklärung dafür.

Patrick Wallingford agierte vor der Kamera, als wäre Otto Clausens Hand wirklich und wahrhaftig seine eigene, und er ließ ein Mitgefühl erkennen, das dem Katastrophenkanal und Patricks Berichten zuvor abgegangen war. Es war, als ob er wüßte, daß er von Otto Clausen nicht nur eine Hand bekommen hatte.

Für ernsthafte Reporter – das heißt jene Journalisten, die ausführlich und im Kontext über harte Nachrichten informierten – war natürlich schon die Vorstellung eines Kommentars zu dem, was bei Apokalypse International als Nachrichten galt, vollkommen lachhaft. Die *eigentlichen* Nachrichten handelten von Flüchtlingskindern, deren Mütter und Tanten vor ihren Augen vergewaltigt worden waren, obwohl weder die Frauen noch die Kinder das normalerweise zugaben. In den eigentlichen Nachrichten waren die Väter und Onkel dieser Flüchtlingskinder ermordet worden, wenngleich auch das nur selten zugegeben wurde. Außerdem gab es Berichte über Ärzte und Krankenschwestern, die erschossen wurden – absichtlich, damit die Flüchtlingskinder nicht mehr medizinisch versorgt waren. Doch von derartigen vorsätzlichen Grausamkeiten in fremden Ländern wurde auf dem sogenannten internationalen Kanal weder ausführlich berichtet, noch bekam Patrick Wallingford je den Auftrag, darüber zu berichten.

Eher erwartete man von ihm, daß er bei den Opfern schlichtweg dummer Unfälle wie dem seinen eine nicht zu vermutende Würde entdeckte und Mitgefühl für sie aufbrachte. Wenn hinter dieser verwässerten Form von Nachrichten überhaupt so etwas wie ein Gedanke stand, dann ein ganz bescheidener: daß selbst das Grausige noch etwas *Erhebendes* hat (oder haben sollte), vorausgesetzt, das Grausige ist idiotisch genug.

Was machte es also, daß der Nachrichtensender Patrick Wallingford niemals nach Jugoslawien schickte? Wie hatte der Bruder des verwirrten Doorman doch gleich zu Vlad, Vlade oder Lewis gesagt? (»Immerhin hast du Arbeit, oder?«) Immerhin hatte Wallingford Arbeit, oder?

Sonntags hatte er meistens frei und konnte nach Green Bay fliegen. Als die Football-Saison anfing, war Mrs. Clausen im achten Monat schwanger; es war das erste Mal überhaupt, daß sie kein einziges Heimspiel der Packers im Lambeau Field sehen würde. Sie wolle nicht an der 40-Yard-Linie die Wehen bekommen, scherzte sie – jedenfalls nicht, wenn es ein gutes Spiel war. (Sie meinte damit, daß niemand sie beachten würde.) Deshalb sahen sie und Wallingford sich die Packers im Fernsehen an. Absurderweise flog er nach Green Bay, nur um fernzusehen.

Niemals aber streichelte Mrs. Clausen die Hand ausgiebiger oder ließ sich ausgiebiger von ihr berühren als bei einem Spiel der Packers, und sei es nur eine Fernsehübertragung; und während sie gebannt auf den Bildschirm starrte, konnte Patrick sie ebenso betrachten. Er ertappte sich dabei, daß er sich ihr Profil einprägte, die Art und Weise, wie sie sich bei einer »Third and long«-Situation auf die Unterlippe biß. (Sie mußte ihm erklären, daß »third and long« bedeutete, daß Brett Favre, der Quarterback von Green Bay, Gefahr lief, gesackt zu werden oder eine Interception zu werfen.)

Manchmal tat sie Wallingford unabsichtlich weh. Wenn Favre gesackt oder ein Paß von ihm abgefangen wurde – oder, noch schlimmer, wenn die andere Mannschaft punktete –, drückte Mrs. Clausen kräftig die Hand ihres verstorbenen Mannes.

»*Aaahhh!*« schrie Wallingford dann in schamloser Übertreibung seiner Schmerzen.

Worauf es Küsse, ja sogar Tränen für die Hand gab. Das war die Schmerzen wert, die sich deutlich von dem Stechen unterschieden, das die Tritte des ungeborenen Kindes hervorriefen; jenes Kribbeln entstammte einer anderen Welt.

So flog Wallingford fast jede Woche tapfer nach Green Bay. Nie fand er ein Hotel, das ihm gefiel, aber Doris erlaubte ihm nicht, in dem Haus zu wohnen, das sie mit Otto geteilt hatte. Auf diesen Reisen lernte Patrick andere Clausens kennen – Otto hatte eine riesige, anhängliche Familie. Die meisten davon zeigten ihre Zuneigung zu Ottos Hand ganz ungehemmt. Während Ottos Vater und Brüder ein Schluchzen unterdrückten, weinte Ottos Mutter, eine denkwürdig üppige Frau, ganz offen; und die einzige unverheiratete Schwester preßte die Hand an ihre Brust und fiel gleich darauf in Ohnmacht. Wallingford hatte den Blick abgewandt und fing sie deshalb nicht auf, als sie fiel. Er machte sich Vorwürfe, daß sie sich an einem Couchtisch einen Zahn ausschlug, zumal ihr Lächeln von vornherein nicht sonderlich vorteilhaft gewesen war.

Zwar waren die Clausens ein Clan, dessen urwüchsiger Frohsinn in deutlichem Gegensatz zu Wallingfords Zurückhaltung stand, doch er fühlte sich auf merkwürdige Weise zu ihnen hingezogen. Sie besaßen den durch nichts zu erschütternden Überschwang von Saisonkarteninhabern, und sie hatten allesamt Menschen geheiratet, die wie Clausens aussahen. Mit Ausnahme von Doris, die eine Sonderstellung einnahm, konnte man die angeheirateten nicht von den Blutsverwandten unterscheiden.

Patrick konnte sehen, wie nett die Clausens zu ihr waren und wie fürsorglich. Sie hatten sie akzeptiert, obwohl sie eindeutig anders war; sie liebten sie als eine der Ihren. Im Fernsehen wirkten die Familien, die den Clausens ähnelten, abstoßend, was die Clausens eindeutig nicht waren.

Wallingford war auch nach Appleton gefahren, um Doris' Eltern kennenzulernen, die ebenfalls mit der Hand Kontakt haben wollten. Von Mrs. Clausens Vater erfuhr Wallingford mehr über Doris' Job. Er hatte nicht gewußt, daß sie ihn seit ihrem High-School-Abschluß hatte. Doris arbeitete schon länger, als Patrick Wallingford Journalist war, im Kartenverkauf für die Green Bay Packers. Der Verein hatte Mrs. Clausen sehr unterstützt und ihr sogar das College finanziert.

»Doris kann Ihnen Karten besorgen, wissen Sie«, verriet ihm Mrs. Clausens Vater. »Und Karten sind hier herum teuflisch schwer zu kriegen.«

Green Bay erlebte nach der Niederlage gegen Denver in der zweiunddreißigsten Super Bowl eine harte Saison. Wie Doris am letzten Lebenstag des unglücklichen Mannes so rührend zu Otto gesagt hatte: »Es gibt keine Garantie dafür, daß man die Super Bowl noch mal erreicht.«

Die Packers sollten nicht über das Wildcard-Spiel hinauskommen und verloren in der ersten Runde der Playoffs in einer Zitterpartie, wie Mrs. Clausen das nannte, gegen San Francisco. »Dabei dachte Otto, wir hätten die 49ers jederzeit im Sack«, sagte Doris. Doch zu diesem Zeitpunkt hatte sie sich schon um ein Neugeborenes zu kümmern. Mittlerweile nahm sie die Niederlagen von Green Bay gelassener, als sie und Otto das je getan hatten.

Es war ein kräftiges Baby, ein Junge – 4310 Gramm –, und er war so lange überfällig, daß man erwogen hatte, die

Wehen einzuleiten. Mrs. Clausen wollte nichts davon wissen; sie war stets dafür, der Natur ihren Lauf zu lassen. Bei der Geburt war Wallingford nicht dabei. Das Baby war fast einen Monat alt, ehe Patrick sich in Boston freimachen konnte. Er hätte nie am Thanksgiving Day fliegen dürfen – sein Flug erreichte Green Bay mit Verspätung. Trotzdem kam er noch rechtzeitig an, um sich das vierte Viertel des Spiels der Minnesota Vikings gegen die Dallas Cowboys anzusehen, das Minnesota gewann. (Ein gutes Omen, wie Doris erklärte – Otto hatte die Cowboys nicht leiden können.) Daß es Mrs. Clausen leichter fiel, Wallingford zu sich und dem Neugeborenen nach Hause einzuladen, lag vielleicht daran, daß ihre Mutter bei ihr wohnte, um ihr mit Otto junior zu helfen.

Patrick gab sich alle Mühe, die Details jenes Hauses zu vergessen – zum Beispiel all die Bilder von Otto senior. Fotografische Belege dafür zu bekommen, daß Otto senior und Doris sehr aneinander gehangen hatten, war nicht überraschend – das hatte sie Wallingford schon erzählt –, aber die Hochzeitsfotos der Clausens konnte er schier nicht ertragen. Sie verrieten nicht nur ihre offenkundige, dem Moment entspringende Freude, sondern auch ihr vorweggenommenes Glück – ihre unerschütterliche Erwartung einer gemeinsamen Zukunft und eines Kindes in jener Zukunft.

Und wo waren die Bilder aufgenommen, die Wallingford so zu fesseln vermochten? Weder in Appleton noch in Green Bay, sondern natürlich bei der Hütte am See! Bei dem verwitterten Steg, dem einsamen, dunklen Wasser, den dunklen, unvergänglichen Kiefern.

Es gab auch ein Foto von der im Bau befindlichen Wohnung über dem Bootshaus und von Ottos Badehose und Doris' Badeanzug, die im Sonnenlicht auf dem Bootssteg trockneten. Bestimmt hatte das Wasser gegen die schaukelnden Boote geplätschert, und es mußte auch – zumal vor einem Unwetter – gegen den Bootssteg geklatscht sein. Patrick hatte es oft gehört.

Er erkannte in den Fotos den Ursprung des immer wiederkehrenden Traums, der nicht ganz der seine war. Und diesem Traum lag stets der andere zugrunde, der, den jene die Zukunft enthüllende Pille hervorgerufen hatte – jener feuchteste aller feuchten Träume, erzeugt von dem mittlerweile verbotenen, namenlosen indischen Schmerzmittel.

Bei der Betrachtung der Fotos ging Wallingford allmählich auf, daß es nicht der »unmännliche« Verlust seiner Hand war, der seine Exfrau endgültig gegen ihn aufgebracht hatte; vielmehr hatte er sie schon mit seiner Weigerung, Kinder zu haben, verloren. Wie ihm nun klar wurde, war die Vaterschaftsklage, auch wenn sie sich als unbegründet erwies, die bitterste Pille, die Marilyn je hatte schlucken müssen. Sie hatte Kinder gewollt. Wie hatte er die Unbedingtheit dieses Wunsches unterschätzen können?

Nun, da er Otto junior im Arm hielt, fragte sich Wallingford, wie er so etwas nicht hatte wollen können. Sein eigenes Kind in den Armen zu halten!

Er weinte. Doris und ihre Mutter weinten mit ihm. Dann stellten sie die Tränen ab, weil das Nachrichtenteam des internationalen 24-Stunden-Senders anwesend war. Obwohl man nicht ihm die Story zugeteilt hatte, hätte Wallingford sämtliche Einstellungen vorhersagen können.

»Mach eine Nahaufnahme von der Hand, vielleicht von dem Baby mit der Hand«, hörte Patrick einen seiner Kollegen sagen. »Sieh zu, daß du die Mutter, die Hand und das Baby zusammen draufkriegst.« Und später, in scharfem Ton zum Kameramann: »Mir egal, ob Patricks Kopf im Bild ist, Hauptsache, seine Hand ist drauf!«

Auf dem Rückflug nach Boston erinnerte sich Wallingford, wie glücklich Doris ausgesehen hatte; er betete selten, aber nun betete er für die Gesundheit von Otto junior. Ihm war nicht klar gewesen, daß die Handtransplantation ihn gefühlsmäßig so bewegen würde, aber er wußte auch, daß es nicht bloß an der Hand lag.

Dr. Zajac hatte ihn gewarnt, daß jeder Rückgang seiner langsam erworbenen Geschicklichkeit Anzeichen einer Abstoßungsreaktion sein konnte. Eine Abstoßungsreaktion könne auch in der Haut erfolgen. Das zu hören hatte Patrick überrascht. Er hatte immer gewußt, daß sein Immunsystem die neue Hand zerstören konnte, aber warum *Haut*? Es gab doch offenbar so viele wichtigere innere Funktionen, die versagen konnten. »Haut ist eine schwierige Kiste«, hatte Dr. Zajac gesagt.

»Schwierige Kiste« war zweifellos ein Irmismus. Irma und Zajac, den sie Nicky nannte, hatten angefangen, Videos auszuleihen und sie abends im Bett anzuschauen. Im Bett zu liegen hatte noch andere Folgen – zum Beispiel war Irma schwanger –, und im letzten Video, das sie gesehen hatten, war der Ausdruck *schwierige Kiste* öfter gefallen.

Daß Haut eine schwierige Kiste sein konnte, sollte Patrick bald genug merken. Am ersten Montag im Januar, einem Tag nachdem die Packers das Wildcard-Spiel in San

Francisco abgegeben hatten, flog Wallingford nach Green Bay. Die Stadt war in Trauer; die Eingangshalle seines Hotels glich einem Beerdigungsinstitut. Er ging auf sein Zimmer, duschte und rasierte sich. Als er bei Doris anrief, nahm ihre Mutter ab. Sowohl das Baby als auch Doris hielten Siesta; sie würde dafür sorgen, daß Doris ihn in seinem Hotel anrief, wenn sie aufwachte. Patrick war so rücksichtsvoll, sie zu bitten, Doris' Vater sein Beileid zu übermitteln. »Wegen der 49ers, meine ich.«

Er schlief noch – und träumte von dem Cottage am See –, als Mrs. Clausen auf sein Hotelzimmer kam. Sie hatte sich nicht telefonisch angekündigt. Ihre Mutter paßte auf das Baby auf. Doris war mit dem Wagen da und würde Patrick später mit nach Hause nehmen, damit er Otto junior sehen konnte.

Er wußte nicht, was das zu bedeuten hatte. War sie darauf aus, einen Moment mit ihm allein zu sein? Wollte sie irgendeinen Kontakt, und sei es nur mit der Hand, den ihre Mutter nicht mitbekommen sollte? Doch als Patrick mit der Handfläche ihr Gesicht berührte – er achtete natürlich darauf, sie nur mit der linken anzufassen –, wandte sich Mrs. Clausen abrupt ab. Und als er daran dachte, ihre Brüste zu berühren, erkannte er, daß sie seine Absicht erriet und angewidert war.

Doris zog nicht einmal ihren Mantel aus. Sie war ganz ohne Hintergedanken zu ihm ins Hotel gekommen. Sie hatte wohl einfach Lust auf eine Autofahrt gehabt – das war alles.

Als Wallingford das Baby diesmal sah, schien der kleine Otto ihn zu erkennen. Das war zwar höchst unwahrscheinlich, brach Patrick aber vollends das Herz. Er bestieg das Flugzeug nach Boston mit einer beunruhigenden Vorahnung. Nicht nur hatte Doris keinerlei Kontakt mit der Hand zugelassen – sie hatte sie kaum angesehen! Nahm Otto junior ihre ganze Zuneigung und Aufmerksamkeit in Anspruch?

Wallingford machte ein, zwei schlimme Wochen in Boston durch, in denen er darüber nachgrübelte, was Mrs. Clausen ihm womöglich mitteilen wollte. Sie hatte irgend etwas davon gesagt, daß der kleine Otto, wenn er älter sei, vielleicht von Zeit zu Zeit die Hand seines Vaters sehen und halten wolle. Was meinte sie mit »älter« – wieviel älter? Was hieß »von Zeit zu Zeit«? Versuchte sie ihm beizubringen, daß sie ihn *weniger oft* sehen wollte? Ihre unlängst gegenüber der Hand an den Tag gelegte Kälte hatte bei ihm zur schlimmsten Schlaflosigkeit seit den Schmerzen unmittelbar nach seiner Operation geführt. Irgend etwas stimmte nicht.

Wenn Wallingford nun von dem See träumte, war ihm kalt – eine Kälte wie von einer nassen Badehose nach Sonnenuntergang. Das war zwar auch eine von mehreren Empfindungen, die er in dem Blaue-Kapsel-Traum gehabt hatte, doch in dieser neuen Version führte die nasse Badehose nicht zu Sex. Sie führte nirgendwohin. Patrick verspürte nur Kälte, eine Art nördliche Kälte.

Dann wachte er eines Morgens, nicht lange nach seinem Besuch in Green Bay, ungewöhnlich früh mit Fieber auf – er dachte zunächst, es sei die Grippe. Im Badezimmerspiegel konnte er seine linke Hand deutlich sehen. (Er hatte damit das Zähneputzen trainiert; laut seinem Physiotherapeuten war das eine ausgezeichnete Übung.) Die Hand war grün. Die neue Farbe begann ungefähr fünf Zentimeter oberhalb seines Handgelenks und verdunkelte sich zu den Fingerspitzen hin. Es war die moosgrüne Farbe eines tief verschatteten Sees unter wolkenverhangenem Himmel. Es war die Farbe im Dunst oder von fern erblickter Tannen; es war das ins Schwärzliche spielende Dunkelgrün von Kiefern, die sich im Wasser spiegeln. Patrick hatte vierzig Grad Fieber. Er dachte daran, noch vor Dr. Zajac Mrs. Clausen anzurufen, aber zwischen Boston und Green Bay bestand ein Zeitunterschied von einer Stunde, und er wollte weder die frischgebackene Mutter noch das Kind aufwecken. Als er Zajac anrief, sagte der Arzt, er solle direkt ins Krankenhaus kommen – und fügte hinzu: »Ich habe ihnen doch gesagt, Haut ist eine schwierige Kiste.«

»Aber es ist ein Jahr her!« rief Wallingford. »Ich kann mir die Schuhe binden! Ich kann Auto fahren! Ich bin fast so weit, daß ich einen Quarter aufheben kann. Und bei einem Dime bin ich auch ganz dicht dran!«

»Wir bewegen uns da auf unbekanntem Terrain«, erwiderte Zajac. Der Doktor und Irma hatten am Abend zuvor ein Video mit dem beklagenswerten Titel *Unbekanntes Terrain* gesehen. »Wir wissen nur, daß Sie sich immer noch im Bereich von fünfzig Prozent Wahrscheinlichkeit bewegen.«

»Fünfzig Prozent Wahrscheinlichkeit wofür?« fragte Patrick.

»Abstoßung oder Toleranz, Kumpel«, sagte Zajac. »Kumpel« war Irmas neuer Name für Medea.

Man mußte die Hand abnehmen, ehe Mrs. Clausen, die

das Baby und ihre Mutter mitbrachte, in Boston eintraf. Ein großer Abschied sei nicht drin, mußte Dr. Zajac ihr sagen – die Hand war zu häßlich.

Wallingford ging es einigermaßen gut, als Doris ihn im Krankenhaus besuchte. Er hatte zwar Schmerzen, aber sie waren nicht mit den Schmerzen nach der Transplantation vergleichbar. Auch betrauerte er nicht den abermaligen Verlust seiner Hand – er fürchtete vielmehr, Mrs. Clausen zu verlieren.

»Aber du kannst mich und den kleinen Otto trotzdem besuchen kommen«, versicherte ihm Doris. »Über einen Besuch von Zeit zu Zeit würden wir uns freuen. Du hast versucht, Ottos Hand zu einem Leben zu verhelfen!« rief sie. »Du hast dein Bestes gegeben. Ich bin stolz auf dich, Patrick.«

Diesmal achtete sie nicht auf den riesigen Verband, der so groß war, daß es aussah, als befände sich womöglich noch immer eine Hand darunter. Es gefiel Wallingford, daß Mrs. Clausen seine rechte Hand nahm und sie, wenngleich nur kurz, an ihr Herz drückte, doch litt er zugleich unter der nicht ganz Gewißheit erreichenden Vorahnung, daß sie diese verbleibende Hand vielleicht nie wieder an ihren Busen pressen würde.

»Ich bin stolz auf *dich*... auf das, was du getan hast«, sagte Wallingford; er begann zu weinen.

»Mit deiner Hilfe«, flüsterte sie und errötete. Sie ließ seine Hand los.

»Ich liebe dich, Doris«, sagte Patrick.

»Aber das geht nicht«, erwiderte sie, nicht unfreundlich. »Das geht einfach nicht.«

Dr. Zajac hatte keine Erklärung für die Plötzlichkeit der Abstoßung – das heißt, er hatte über das rein Pathologische hinaus nichts zu sagen.

Wallingford konnte über das, was geschehen war, nur Vermutungen anstellen. Hatte die Hand gespürt, daß Mrs. Clausens Liebe von ihr auf das Kind überging? Otto hätte vielleicht wissen können, daß seine Hand seiner Frau zu dem Kind verhelfen würde, das sie beide sich so sehr gewünscht hatten, aber wieviel hatte seine *Hand* gewußt? Wahrscheinlich nichts.

Wie sich herausstellte, brauchte Wallingford nur ein wenig Zeit, um sich mit dem, was bei den fünfzig Prozent Wahrscheinlichkeit herausgekommen war, abzufinden. Mit Trennung kannte er sich aus – er war selbst schon einmal abgestoßen worden. Die erste Hand zu verlieren war physisch *und* psychologisch gesehen schwieriger gewesen, als Ottos Hand zu verlieren. Zweifellos hatte Mrs. Clausen dazu beigetragen, daß er Ottos Hand nie ganz als die seine empfunden hatte. (Wir können nur vermuten, was ein Medizinethiker wohl dazu gemeint hätte.)

Wenn Wallingford nun versuchte, von dem Cottage am See zu träumen, war nichts mehr da. Nicht der Geruch der Kiefernnadeln, den er sich anfangs mühsam vorgestellt, an den er sich seither jedoch gewöhnt hatte; nicht das Plätschern des Wassers, nicht die Schreie der Seetaucher.

Zwar kann man, wie es heißt, in einer amputierten Gliedmaße noch lange nach deren Verlust Schmerzen spüren, aber das war für Patrick Wallingford nicht weiter überraschend. Die Fingerspitzen von Ottos linker Hand, die Mrs. Clausen so leicht berührt hatten, waren ohne Gefühl gewesen; doch Patrick hatte Doris richtig gespürt, wenn die Hand sie berührte. Wenn Wallingford im Schlaf den bandagierten Stumpf zum Gesicht hob, meinte er immer noch Mrs. Clausens Geschlecht an seinen fehlenden Fingern zu riechen.

»Schmerzen weg?« hatte sie ihn gefragt.

Nun verließ ihn der Schmerz nicht mehr; er schien so dauerhaft zu ihm zu gehören wie das Fehlen seiner linken Hand.

Patrick lag immer noch im Krankenhaus, als am 24. Januar 1999 in Louisville, Kentucky, die erste *erfolgreiche* Handtransplantation in den Vereinigten Staaten durchgeführt wurde. Der Empfänger, Matthew David Scott aus New Jersey, hatte seine linke Hand dreizehn Jahre zuvor bei einem Unfall mit Feuerwerkskörpern verloren. Laut *New York Times* »stand plötzlich eine Spenderhand zur Verfügung«.

Ein Medizinethiker bezeichnete die Handtransplantation von Louisville als »vertretbares Experiment«; kaum bemerkenswert, daß nicht jeder Medizinethiker dem beipflichtete. (»Die Hand ist nicht lebensnotwendig«, wie die *Times* es formulierte.)

Der Leiter des Chirurgenteams der Operation in Louisville machte, was die transplantierte Hand anging, auf den mittlerweile bekannten Sachverhalt aufmerksam: Es bestehe lediglich »eine fünfzigprozentige Wahrscheinlichkeit, daß sie ein Jahr übersteht, und danach wissen wir es schlicht und einfach nicht«. Er war schließlich Handchirurg; natürlich sprach er, wie Dr. Zajac auch, davon, wie »sie«, sprich die Hand, es überstand.

Im Bewußtsein, daß Patrick noch immer in einem Bostoner Krankenhaus lag, interviewte sein Nachrichtensender einen Sprecher von Schatzman, Gingeleskie, Mengerink, Zajac & Partner. Bei dem sogenannten Sprecher mußte es sich Zajacs Meinung nach um Mengerink handeln, denn die Erklärung, die er abgab, war zwar korrekt, zeugte jedoch von einer typischen Gefühllosigkeit gegenüber Wallingfords jüngst erlittenem Verlust. Sie lautete: »Tierexperimente haben gezeigt, daß Abstoßungsreaktionen selten vor Ablauf von sieben Tagen erfolgen und in neunzig Prozent der Fälle innerhalb der ersten drei Monate eintreten«, was bedeutete, daß Patricks Abstoßungsreaktion nicht mit der von Tieren in Einklang stand.

Doch Wallingford fühlte sich von der Erklärung nicht verletzt. Er wünschte Matthew David Scott von ganzem Herzen alles Gute. Natürlich hätte er möglicherweise eine stärkere Affinität mit der allerersten Handtransplantation der Welt empfunden, weil sie, wie die seine, gescheitert war. Sie war 1964 in Ecuador durchgeführt worden; zwei Wochen danach hatte der Empfänger die Spenderhand abgestoßen. »Damals stand nur eine primitive Antiabstoßungs-Therapie zur Verfügung«, merkte die *Times* an. (Die Immunsuppressorien, die heutzutage standardmäßig bei Herz-, Leber- und Nierentransplantationen eingesetzt werden, gab es 1964 noch nicht.)

Nach seiner Entlassung aus dem Krankenhaus zog Patrick Wallingford umgehend wieder nach New York, wo seine Karriere einen gewaltigen Aufschwung nahm. Man machte ihn zum Moderator der Abendnachrichten; seine Beliebtheit erreichte ungeahnte Höhen. Einst hatte er mit leisem Spott die Art von Katastrophen kommentiert, wie sie ihm selbst zugestoßen war; bislang hatte er sich so verhalten, als gäbe es schlicht deshalb weniger Mitgefühl für den bizarren Tod, den bizarren Verlust, das bizarre Leid, weil sie bizarr waren. Mittlerweile wußte er, daß das Bizarre alltäglich und deshalb überhaupt nicht bizarr war. Es war alles Tod, alles Verlust, alles Leid – ganz gleich, wie dumm. Als Moderator gelang es ihm irgendwie, das zu vermitteln, so daß es den Leuten trotz des unbestreitbar Schlimmen ein klein wenig besserging.

Doch was Wallingford vor einer Fernsehkamera fertigbrachte, konnte er im sogenannten wirklichen Leben nicht wiederholen. Am offensichtlichsten wurde das bei Mary Soundso – es gelang ihm partout nicht, zu erreichen, daß es ihr auch nur ein kleines bißchen gutging. Sie hatte eine verbittert ausgefochtene Scheidung hinter sich, ohne sich klarzumachen, daß dergleichen selten anders abläuft. Sie war nach wie vor kinderlos. Und sie hatte sich zwar zur gewieftesten Frau im New Yorker Nachrichtenstudio gemausert, war aber nicht mehr so nett wie früher. Ihr Verhalten hatte etwas Unmutiges; ihre Augen, in denen Wallingford zuvor nur Aufrichtigkeit und ungeheure Verletzlichkeit wahrgenommen hatte, zeigten nun Anzeichen von Gereiztheit, Ungeduld und Gerissenheit – alles Eigenschaften, die die anderen Frauen im Nachrichtenstudio fuderweise besaßen. Es machte Wallingford traurig, zu sehen, wie Mary auf deren Niveau herunterkam – oder erwachsen wurde, wie die anderen Frauen es zweifellos nennen würden.

Trotzdem wollte sich Wallingford mit ihr anfreunden – das war wirklich alles, was er wollte. Zu diesem Zweck ging er einmal in der Woche mit ihr essen. Aber sie trank jedesmal zuviel, und wenn Mary trank, wandte sich das Tischgespräch dem Thema zu, das Wallingford unbedingt zu vermeiden suchte – nämlich, warum er nicht mit ihr schlief.

»Bin ich dermaßen unattraktiv für dich?« begann sie normalerweise.

»Du bist nicht unattraktiv für mich, Mary. Du bist eine sehr gutaussehende Frau.«

»Ja, ganz bestimmt.«

»Bitte, Mary –«

»Ich verlange ja nicht von dir, daß du mich heiratest«, sagte Mary dann etwa. »Bloß ein Wochenende irgendwo – bloß eine Nacht, Herrgott! Versuch's doch mal! Vielleicht hast du dann ja sogar Lust auf mehr als eine Nacht.«

»Mary, *bitte* –«

»Herr des Himmels, Pat – du hast doch schlichtweg jede gevögelt! Was glaubst du denn, wie ich mir dabei vorkomme... daß du mich nicht vögelst?«

»Mary, ich möchte dein Freund sein. Ein guter Freund.«

»Okay, ich sag's ganz direkt – du zwingst mich dazu«, sagte Mary. »Ich will, daß du mich schwängerst. Ich will ein Kind. Du würdest ein hübsches Kind zeugen, Pat. Ich will dein *Sperma*. Ist das okay? Ich will deinen *Samen*.«

Wir können uns vorstellen, daß es Wallingford widerstrebte, auf diesen Vorschlag einzugehen. Nicht, daß er nicht gewußt hätte, was Mary meinte; er war sich nur nicht sicher, ob er das alles noch einmal durchmachen wollte. Doch in einer Hinsicht hatte Mary recht: Er würde in der Tat ein hübsches Kind zeugen. Er hatte es bereits getan.

Er war versucht, Mary die Wahrheit zu sagen: daß er ein

Kind gezeugt hatte und daß er es sehr liebte; daß er auch Doris Clausen, die Witwe des Bierfahrers, liebte. Doch so nett Mary auch erscheinen mochte, sie arbeitete nun einmal immer noch im New Yorker Nachrichtenstudio. Sie war immerhin Journalistin. Wallingford hätte verrückt sein müssen, um ihr die Wahrheit zu erzählen.

»Wie wäre es mit einer Samenbank?« fragte er sie eines Abends. »Ich wäre bereit, eine Samenspende zu erwägen, wenn dein Herz wirklich daran hängt, ein Kind von mir zu bekommen.«

»Du Arsch!« schrie Mary. »Du kannst die Vorstellung nicht ertragen, mit mir zu vögeln, stimmt's? Herrgott, Pat – brauchst du eigentlich zwei Hände, bloß um ihn hochzukriegen? Was ist los mit dir? Oder liegt's an mir?«

Es war ein Ausbruch, der ihrem wöchentlichen gemeinsamen Essen ein Ende machte, zumindest für eine Weile. Als Patrick sie nach diesem aufwühlenden Abend mit dem Taxi bei ihrer Wohnung absetzte, sagte sie nicht einmal gute Nacht.

Wallingford, der verständlicherweise durcheinander war, nannte dem Taxifahrer die falsche Adresse. Bis ihm sein Fehler klar wurde, hatte das Taxi ihn bei seiner früheren Wohnung in der East Sixty-second Street abgesetzt, wo er mit Marilyn gewohnt hatte. Ihm blieb nichts anderes übrig, als einen halben Block zu Fuß zur Park Avenue zu gehen und ein Uptown-Taxi anzuhalten; er war zu müde, um über zwanzig Häuserblocks weit zu Fuß zu gehen. Aber natürlich erkannte ihn der verwirrte Doorman und kam auf den Bürgersteig herausgeschossen, ehe Patrick sich davonstehlen konnte.

»Mr. Wallingford!« sagte Vlad oder Vlade oder Lewis überrascht.

»Paul O'Neill«, sagte Patrick beunruhigt. Er hielt ihm seine einzige Hand hin. »Schlägt links, wirft links – wissen Sie noch?«

»Ach, Mr. Wallingford, gegen Sie kann Paul O'Neill doch überhaupt nicht anstinken«, meinte der Doorman. »Die neue Sendung finde ich toll! Ihr Interview mit dem Kind ohne Beine... Sie wissen schon, der Junge, der ins Eisbärengehege gefallen ist oder reingeschubst wurde.«

»Ich weiß, Vlade«, sagte Patrick.

»Ich heiße Lewis«, sagte Vlad. »Ich fand's jedenfalls toll! Und dann dieses elende Weib, das die Ergebnisse vom Abstrich ihrer Schwester gekriegt hat – nicht zu fassen!«

»Ich konnte es selber kaum glauben«, räumte Wallingford ein. »Man nennt das einen Papanicolaou-Abstrich.«

»Ihre Frau hat Besuch«, meinte der Doorman verschlagen. »Heute nacht, meine ich.«

»Sie ist meine Exfrau«, erinnerte Patrick ihn.

»Meistens ist sie nachts allein.«

»Es ist ihr Leben«, sagte Wallingford.

»Ja, ich weiß. Sie zahlen bloß dafür!« erwiderte der Doorman.

»Ich kann mich nicht darüber beklagen, wie sie ihr Leben führt«, sagte Patrick. »Ich wohne jetzt uptown, in der East Eighty-third Street.«

»Keine Bange, Mr. Wallingford«, sagte der Doorman. »Von mir erfährt's keiner!«

Was die fehlende Hand anging, hatte Patrick gelernt, den Stumpf ungescheut in die Kamera zu halten; außerdem demonstrierte er mit Vergnügen seine wiederholten Mißerfolge mit einer Vielzahl prothetischer Hilfen.

»Sehen Sie – es gibt Menschen, deren Koordinationsvermögen nur geringfügig besser ist als meines und die mit diesem Ding zurechtkommen«, begann Wallingford gern. »Neulich habe ich einem Mann zugesehen, der seinem Hund mit so einem Ding die Krallen geschnitten hat. Und das Biest war ziemlich lebhaft.«

Doch die Ergebnisse waren, wie vorauszusehen, immer die gleichen: Patrick kippte sich seinen Kaffee in den Schoß, oder er blieb mit seiner Prothese am Mikrofonkabel hängen und riß sich das kleine Mikro vom Revers.

Am Ende war er dann wieder einhändig, ohne künstliche Hilfsmittel. »Für die internationalen Rund-um-die-Uhr-Nachrichten verabschiedet sich Patrick Wallingford. Gute Nacht, Doris«, schloß er jedesmal und winkte dabei mit seinem Stumpf. »Gute Nacht, mein kleiner Otto.«

Es dauerte lange, bis Patrick sich wieder auf Beziehungssuche machte. Als er es versuchte, enttäuschte ihn das dabei vorherrschende Tempo – es kam ihm entweder zu schnell oder zu langsam vor. Er fühlte sich außer Tritt, also hörte er ganz damit auf. Ab und zu hatte er eine Bettgeschichte, wenn er verreiste, doch nun, da er Moderator war und nicht mehr Sonderkorrespondent, reiste er weniger als früher. Außerdem kann man eine Bettgeschichte nicht als »Beziehung« bezeichnen; Wallingford selbst hätte bezeichnenderweise auf jede Bezeichnung verzichtet.

Jedenfalls war nichts mit der Vorfreude vergleichbar, die er empfunden hatte, wenn Mrs. Clausen sich auf die Seite, von ihm weg, drehte und sich seine (oder war es Ottos?)

Hand zuerst gegen die Hüfte und dann gegen den Bauch drückte, wo das ungeborene Kind darauf wartete, ihn zu treten. Nichts konnte es damit oder mit dem Geschmack ihres Nackens oder dem Geruch ihres Haars aufnehmen.

Patrick Wallingford hatte zweimal seine linke Hand verloren, aber er hatte eine Seele gewonnen. Und zwar dadurch, daß er Mrs. Clausen liebte und verloren hatte. Daß er sich zugleich nach ihr sehnte und ihr nichts als Glück wünschte; daß er seine linke Hand zurückbekommen und wieder verloren hatte. Daß er wollte, sein Kind wäre Otto Clausens Kind, und das fast so sehr, wie Doris es gewollt hatte; daß er, wenn auch unerwidert, sowohl Otto junior als auch die Mutter des Kleinen liebte. So groß war der Schmerz in Patricks Seele, daß man ihn *sehen* konnte – sogar im Fernsehen. Nicht einmal der verwirrte Doorman konnte ihn jetzt noch mit Paul O'Neill verwechseln.

Er war noch immer der Löwenmann, aber irgend etwas in ihm hatte sich über das Image des Verstümmelten erhoben; er war noch immer der Katastrophenmann, aber er moderierte die Abendnachrichten mit neugefundener Autorität. Nun endlich beherrschte er den Blick, den er zur Cocktailstunde in Bars geübt hatte, wenn er sich leid tat. Der Blick besagte immer noch, *Bemitleidet mich,* nur daß Patricks Traurigkeit nun nicht mehr unnahbar war.

Doch das Gedeihen seiner Seele beeindruckte Wallingford nicht. Es mochte für andere wahrnehmbar sein, aber was spielte das für eine Rolle? Doris Clausen hatte er nun mal nicht.

9

*Wallingford lernt eine Sympathisantin kennen*

Unterdessen war eine attraktive, fotogene Frau, die hinkte, soeben sechzig geworden. Als Teenager und ihr ganzes Erwachsenenleben lang hatte sie lange Röcke oder Kleider getragen, um ihr verkümmertes Bein zu kaschieren. Sie war in ihrer Heimatstadt der letzte Mensch gewesen, der an Kinderlähmung erkrankte; für sie kam die Salk-Impfung zu spät. Sie schrieb schon fast so lange, wie sie unter der Verunstaltung litt, an einem Buch mit dem provozierenden Titel *Wie ich um ein Haar keine Kinderlähmung gekriegt hätte*. Das Ende des Jahrhunderts eignete sich nach ihren Worten »so gut wie jeder andere Zeitpunkt«, um das Manuskript bei mehr als einem Dutzend Verlagen einzureichen, aber alle lehnten das Buch ab.

»Pech hin oder her, Kinderlähmung oder sonstwas, das Buch ist einfach nicht sehr gut geschrieben«, gestand die Frau mit dem Hinken und dem verkümmerten Bein Patrick vor der Kamera. Sie sah umwerfend aus, wenn sie saß. »Es ist bloß so, daß alles in meinem Leben passiert ist, weil ich diesen verdammten Impfstoff nicht gekriegt habe. Ich habe statt dessen Kinderlähmung gekriegt.«

Natürlich fand sie nach dem Interview mit Wallingford rasch einen Verlag und hatte praktisch über Nacht auch einen neuen Titel: *Ich habe statt dessen Kinderlähmung ge-*

*kriegt.* Jemand schrieb das Buch für sie um, und jemand anders machte einen Film daraus – die Hauptrolle spielte eine Schauspielerin, die der Frau mit dem Hinken und dem verkümmerten Bein überhaupt nicht ähnlich sah, außer daß sie ebenfalls attraktiv und fotogen war. Derlei konnte ein Fernsehinterview mit Wallingford bewirken.

Ihm entging auch keineswegs, welche Ironie darin lag, daß die ganze Welt zugesehen hatte, wie er seine linke Hand verlor. Zu den Höhepunkten des Jahrhunderts, die wie für das Fernsehen gemacht waren, zählte stets auch die Löwe-frißt-Hand-Episode. Doch als er die Hand zum zweiten Mal verlor – oder, genauer gesagt, als er Mrs. Clausen verlor –, war keine Kamera auf ihn gerichtet. Was ihm am meisten ausmachte, war nicht festgehalten worden.

Dem neuen Jahrhundert würde Patrick, zumindest eine Zeitlang, als der Löwenmann im Gedächtnis bleiben. Doch daß er, hätte er über sein Leben Buch geführt, erst dann mit den Aufzeichnungen angefangen hätte, als er Mrs. Clausen kennenlernte, war weder eine Nachricht noch ein geschichtliches Ereignis. Soviel dazu, wie die Welt Buch führt.

Auf dem Gebiet der Transplantationschirurgie würde man sich nicht an Patrick Wallingford erinnern. Am Ende des Jahrhunderts zählt man die Erfolge, nicht die Mißerfolge. So blieb auch Dr. Zajac der Ruhm versagt, und sein Moment möglicher Größe wurde überstrahlt von dem Eingriff, der tatsächlich die erste erfolgreiche Handtransplantation in den Vereinigten Staaten und erst die zweite überhaupt werden sollte. »Der Feuerwerksmann«, wie Dr. Zajac ihn ungehobelterweise nannte, schien das zu besitzen, was der Arzt als Dauerbrenner bezeichnete.

Am 12. April 1999, weniger als drei Monate nach Erhalt einer neuen linken Hand, führte Mr. Scott beim Eröffnungsspiel der Phillies in Philadelphia den ersten Wurf aus. Wallingford war nicht direkt eifersüchtig. (Neidisch... nun ja, vielleicht. Aber nicht so, wie man annehmen könnte.) Tatsächlich fragte er Dick, seinen Nachrichtenredakteur, ob er den offensichtlichen Dauerbrenner interviewen dürfe. Wäre es nicht passend, schlug er vor, Mr. Scott zu dem zu gratulieren, was er, Wallingford, verloren hatte? Doch ausgerechnet Dick hielt die Idee für »geschmacklos«. Infolgedessen wurde er gefeuert, obwohl so mancher einwandte, er sei ohnehin bloß Nachrichtenredakteur auf Abruf gewesen.

Jegliche Euphorie unter den Frauen im New Yorker Nachrichtenstudio war nur von kurzer Dauer. Der neue Nachrichtenredakteur war genauso ein Dicktuer, wie Dick es stets gewesen war; er hieß, etwas enttäuschend, Fred. Wie Mary Soundso – die sich in den dazwischenliegenden Jahren ein schärferes Mundwerk zugelegt hatte – zu sagen pflegte: »Wenn schon Dicktuer, dann lieber ein Dick als ein *Frett*.«

Im neuen Jahrhundert machte dasselbe internationale Chirurgenteam, das in Lyon die erste erfolgreiche Handtransplantation der Welt durchgeführt hatte, einen zweiten Versuch, diesmal mit einer kombinierten Hand- und Unterarmverpflanzung. Der Empfänger, dessen Name nicht veröffentlicht wurde, war ein dreiunddreißigjähriger Franzose, der 1996 bei einem Unfall mit Feuerwerkskörpern (auch er) beide Hände verloren hatte, der Spender ein Neunzehnjähriger, der von einer Brücke gestürzt war.

Doch Wallingford interessierte sich nur für das Schicksal

der ersten beiden Empfänger. Dem ersten, dem Exhäftling Clint Hallam, wurde die neue Hand von einem Chirurgen amputiert, der auch an der Transplantation beteiligt gewesen war. Zwei Monate vor der Amputation hatte Hallam aufgehört, die Medikamente zu nehmen, die ihm zur Unterdrückung der Abstoßungsreaktion verschrieben worden waren. Er wurde mit einem Lederhandschuh gesehen, der offenbar die Hand verbergen sollte, die er als »scheußlich« bezeichnete. (Hallam bestritt später, die Medikamente abgesetzt zu haben.) Und sein angespanntes Verhältnis zur Justiz setzte sich fort. Die französische Polizei nahm ihn fest, weil er einem Lebertransplantationspatienten, der sich in der Klinik in Lyon mit ihm anfreundete, angeblich Geld und eine American-Express-Kreditkarte gestohlen hatte. Zwar durfte er – nachdem er einen Teil des Geldes zurückgezahlt hatte – Frankreich schließlich verlassen, wurde jedoch bald darauf wegen seiner möglichen Rolle bei einem Treibstoffbetrug in Australien polizeilich gesucht. (In bezug auf ihn hatte Zajac offenbar recht.)

Der zweite, Matthew David Scott aus Absecon, New Jersey, ist der einzige erfolgreiche Empfänger einer neuen Hand, den Wallingford eingestandenermaßen, und aus interessanten Gründen, beneidete. Gegenstand seines Neides war dabei keineswegs Mr. Scotts neue Hand. Doch dank der Berichterstattung über das Spiel der Phillies, bei dem der Feuerwerksmann den ersten Ball warf, bekam Wallingford mit, daß Matthew David Scott seinen Sohn dabeihatte. Dieser Sohn war es, um den er Mr. Scott beneidete.

Noch während er sich vom Verlust der Hand von Otto senior erholte, hatte er Vorahnungen von »Vatergefühlen«

gehabt, wie er das später nennen sollte. Die Schmerzmittel waren nichts Besonderes, mögen aber durchaus die Ursache dafür gewesen sein, daß er sich seine erste Super Bowl ansah. Natürlich wußte er nicht, wie man sich eine Super Bowl ansieht. Ein solches Spiel soll man sich nicht allein ansehen.

Er hatte unentwegt das Bedürfnis, Mrs. Clausen anzurufen, damit sie ihm erklärte, was im Spiel passierte, aber die dreiunddreißigste Super Bowl war der symbolische Jahrestag von Otto Clausens Unfall (oder Selbstmord) in seinem Bierlaster; außerdem spielten die Packers nicht. Deshalb hatte Doris ihm erklärt, sie wolle von dem Spiel nichts sehen und nichts hören. Er würde auf sich allein gestellt sein.

Wallingford trank ein, zwei Bier, doch ihm blieb schleierhaft, warum sich die Leute gern Football ansahen. Fairerweise muß man sagen, daß es sich um eine einseitige Partie handelte; die Broncos gewannen ihre zweite Super Bowl hintereinander, und es war kein enges, ja nicht einmal ein umkämpftes Spiel. Die Atlanta Falcons hatten von vornherein nichts in der Super Bowl verloren. (Zumindest war jedermann, mit dem Wallingford später in Green Bay sprach, dieser Meinung.)

Doch bei aller Zerstreutheit, mit der er sich die Super Bowl ansah, konnte sich Patrick zum erstenmal vorstellen, mit Doris und Otto junior zu einem Heimspiel der Packers im Lambeau Field zu gehen. Oder nur mit dem kleinen Otto, wenn der Junge etwas älter war. Der Gedanke hatte ihn überrascht, aber es war schließlich erst Januar 1999. Im April dieses Jahres, als er Matthew David Scott und seinem

Sohn bei dem Spiel der Phillies zusah, hatte der Gedanke nichts Überraschendes mehr; bis dahin fehlten ihm Otto junior und die Mutter des Jungen wieder ein paar Monate mehr. Mrs. Clausen mochte er verloren haben, doch nun befürchtete Wallingford zu Recht, daß es, wenn er sich jetzt (im Sommer 99, mit acht Monaten, kam Otto junior gerade ins Krabbelalter) nicht bemühte, das Kind häufiger zu sehen, schlicht keine Beziehung mehr gäbe, auf die er später aufbauen konnte.

Der einzige Mensch in New York, dem Wallingford seine Ängste in bezug auf seine vielleicht verpaßte Vater-Sohn-Beziehung anvertraute, war Mary, und sie war als Vertraute denkbar ungeeignet! Als Patrick sagte, er sehne sich danach, für Otto junior »eher so etwas wie ein Vater« zu sein, erinnerte ihn Mary daran, daß er sie schwängern dürfe, wann immer er Lust dazu habe, und damit Vater eines Kindes würde, das in New York lebte.

»Um Vater zu sein, mußt du nicht bis nach Green Bay in Wisconsin, Pat«, sagte Mary zu ihm.

Wie ein ursprünglich so nettes Mädchen dazu gekommen war, ihren monomanen Wunsch nach seinem *Samen* zu äußern, sprach in Patricks Augen nicht gerade für die anderen Frauen im New Yorker Nachrichtenstudio. Er übersah beharrlich, daß *Männer* Mary sehr viel stärker beeinflußt hatten. Sie hatte Probleme mit Männern gehabt oder glaubte es zumindest (was auf eins hinausläuft).

Wenn sich Wallingford am Wochenende von seinen Zuschauern verabschiedete, wußte er nie, ob die beiden zusahen, wenn er »Gute Nacht, Doris, gute Nacht, mein kleiner Otto« sagte. Mrs. Clausen hatte nicht ein einziges Mal angerufen, um zu sagen, daß sie die Abendnachrichten gesehen hatte.

Inzwischen schrieb man Juli 1999. In New York herrschte eine Hitzewelle. Es war Freitag. Im Sommer fuhr Wallingford am Wochenende meistens nach Bridgehampton, wo er ein Haus gemietet hatte. Vom Swimmingpool abgesehen – einhändig im Meer schwimmen kam für Patrick nicht in Frage – war es im Grunde genauso, als wohnte man in der Stadt. Er sah genau die gleichen Leute auf genau der gleichen Sorte Partys, und ebendas gefiel Wallingford und einer Menge anderer New Yorker an Long Island.

An jenem Wochenende hatten ihn Freunde nach Cape Cod eingeladen; er sollte nach Martha's Vineyard fliegen. Doch noch ehe er an der Stelle, wo man ihm die Hand abgenommen hatte, ein leichtes Prickeln verspürte – einige der Stiche schienen in den leeren Raum hineinzureichen, wo seine linke Hand gewesen war –, hatte er seine Freunde angerufen und die Reise mit irgendeiner fadenscheinigen Begründung abgesagt.

Zu diesem Zeitpunkt war ihm nicht klar, was für ein Glückspilz er war, daß er an diesem Freitagabend nicht nach Martha's Vineyard flog. Dann fiel ihm ein, daß er sein Haus in Bridgehampton übers Wochenende anderen Leuten überlassen hatte. Ein Paar Frauen aus dem New Yorker Nachrichtenstudio veranstalteten dort eine zweitägige Baby-Geschenkparty. Oder eine Orgie, stellte sich Patrick zynischerweise vor. Er überlegte flüchtig, ob Mary dasein würde. (Es war der alte Patrick Wallingford, der sich das überlegte.) Aber er fragte Mary nicht, ob sie zu den Frauen gehörte, die sein Sommerhaus an diesem Wochenende benutzten. Dann nämlich hätte sie gewußt, daß er nichts vorhatte, und angeboten, ihre Pläne zu ändern.

Wallingford unterschätzte noch immer, wie sensibel und verletzlich Frauen mit einem starken, unerfüllten Kinderwunsch sind; eine zweitägige Baby-Geschenkparty war wohl kaum nach Marys Geschmack.

Und so saß Patrick an einem Freitag Mitte Juli in New York, hatte fürs Wochenende nichts vor und wußte nicht, wohin. Während er für die Freitagabendnachrichten in der Maske saß, überlegte er, Mrs. Clausen anzurufen. Er hatte sich nie selbst nach Green Bay eingeladen, sondern stets darauf gewartet, daß er eingeladen wurde. Doch sowohl Doris als auch Patrick waren sich bewußt, daß die Abstände zwischen den Einladungen länger geworden waren. (Bei seinem letzten Besuch in Wisconsin hatte dort noch Schnee gelegen.)

Und wenn er sie einfach anriefe und sagte: »Hi! Was macht ihr beide dieses Wochenende? Wie wär's, wenn ich nach Green Bay käme?« Bemerkenswerterweise tat er es einfach, ohne noch einmal zu überlegen; er rief sie aus heiterem Himmel an.

»Hallo«, sagte ihre Stimme auf dem Anrufbeantworter. »Der kleine Otto und ich sind übers Wochenende in den Norden gefahren. Telefonisch nicht erreichbar. Am Montag wieder da.«

Er hinterließ keine Nachricht, aber er hinterließ etwas Schminke auf der Sprechmuschel des Telefons. Der Klang von Mrs. Clausens Stimme auf dem Anrufbeantworter und mehr noch das halb imaginierte, halb erträumte Bild von ihr vor der Hütte am See brachten ihn so aus der Fassung, daß er die Schminke, ohne nachzudenken, mit der linken Hand von der Sprechmuschel zu wischen versuchte. Er war überrascht, als sein linker Unterarmstumpf mit dem Telefon in Berührung kam – das war das erste Stechen.

Als er auflegte, setzten sich die prickelnden Gefühle fort. Immer wieder sah er seinen Stumpf an und rechnete damit, Ameisen oder andere kleine Insekten über das Narbengewebe krabbeln zu sehen. Aber da war nichts. Daß *unter* dem Narbengewebe keine Insekten sein konnten, wußte er, dennoch spürte er sie die ganze Sendung über.

Später bemerkte Mary, daß sein normalerweise fröhlicher Gutenachtgruß an Doris und den kleinen Otto etwas Teilnahmsloses gehabt habe, aber Wallingford wußte, daß die beiden nicht zugeschaut haben konnten. In dem Cottage am See gab es keinen Strom – das hatte ihm Mrs. Clausen gesagt. (Im allgemeinen schien sie nicht bereit, über die Hütte im Norden zu reden, und wenn sie es doch einmal tat, war ihre Stimme gehemmt und schwer zu verstehen.)

Die prickelnden Gefühle setzten sich fort, während Patrick sich die Schminke entfernen ließ; seine Haut kribbelte. Weil er an irgend etwas dachte, was Dr. Zajac zu ihm gesagt hatte, wurde ihm nur vage bewußt, daß die Maskenbildnerin, die sonst hier arbeitete, im Urlaub war. Er vermutete, daß sie auf ihn stand – er war noch nicht in Versuchung gekommen. Es war wohl die Art, wie sie ihren Kaugummi kaute, die ihm fehlte. Erst jetzt, wo sie nicht da war, stellte er sie sich flüchtig anders als sonst vor – nackt. Doch das übernatürliche Stechen in seiner Nichthand lenkte ihn immer wieder ab, genau wie seine Erinnerung an Dr. Zajacs unverblümt geäußerten Rat.

»Eiern Sie nicht lange herum, wenn Sie jemals glauben, Sie brauchen mich.« Deshalb eierte Patrick nicht lange herum. Er rief Zajac zu Hause an, obwohl er annahm, daß Bostons berühmtester Handchirurg seine Sommerwochenenden außerhalb der Stadt verbrachte.

Tatsächlich hatte Zajac in diesem Sommer auch ein Haus in Maine gemietet, allerdings nur für den Monat August, in dem er Rudy bei sich hatte und wo Medea, die nun öfter Kumpel genannt wurde, fast eine Tonne rohe Venus- und Miesmuscheln samt Schale fressen sollte; der Hund hatte den Geschmack an seinem eigenen Kot offenbar überwunden, und Rudy und Zajac spielten mit einem Lacrosseball Lacrosse. Der Junge hatte in der ersten Juliwoche sogar an einem Lacrosselehrgang teilgenommen. Er war übers Wochenende bei Zajac in Cambridge, als Wallingford anrief.

Irma nahm ab. »Ja, was ist denn?« fragte sie.

Wallingford erwog die entfernte Möglichkeit, daß Dr. Zajac eine ungebärdige Tochter im Teenageralter hatte. Er wußte nur von einem kleineren Kind, einem sechs- oder siebenjährigen Jungen – wie Matthew David Scotts Sohn. Vor seinem geistigen Auge sah Patrick ständig diesen unbekannten kleinen Jungen in einem Baseballtrikot, die Hände wie die seines Vaters erhoben – beide feierten sie jenen Siegeswurf in Philadelphia. (Als einen »Siegeswurf« hatte irgendwer in den Medien ihn bezeichnet.)

»*Ja?*« wiederholte Irma. War sie ein mürrischer, sexbesessener Babysitter des kleinen Zajac? Oder war sie die Haushälterin, wobei sie sich für eine Haushälterin von Dr. Zajac zu derb anhörte.

»Ist Dr. Zajac zu sprechen?« fragte Wallingford.

»Hier spricht *Mrs.* Zajac«, antwortete Irma. »Wer will ihn denn sprechen?«

»Mein Name ist Patrick Wallingford. Dr. Zajac hat mich an –«

»Nicky!« hörte er Irma schreien, obwohl sie die Sprechmuschel des Hörers teilweise mit der Hand abgedeckt hatte. »Es ist der Löwenmann!«

Einen Teil der Hintergrundgeräusche konnte Wallingford identifizieren: fast sicher ein Kind, eindeutig ein Hund und das unverkennbare Dotzen eines Balles. Man hörte das Schrappen von Stuhlbeinen und das Schurren von Hundekrallen, die auf einem Holzboden Halt suchten. Es mußte eine Art Spiel sein. Versuchten sie gerade, den Ball von dem Hund fernzuhalten? Zajac kam schließlich atemlos ans Telefon.

Als Wallingford mit der Schilderung seiner Symptome fertig war, fügte er hoffnungsvoll hinzu: »Vielleicht ist es ja bloß das Wetter.«

»Das Wetter?« fragte Zajac.

»Sie wissen schon – die Hitzewelle«, erklärte Patrick.

»Halten Sie sich denn nicht die meiste Zeit in geschlossenen Räumen auf?« fragte Zajac. »Gibt es in New York keine Klimaanlagen?«

»Es sind nicht jedesmal Schmerzen«, fuhr Wallingford weiter. »Manchmal ist es ein Gefühl, als würde etwas anfangen, was dann aber nicht weitergeht. Ich meine, man denkt, das Prickeln oder Stechen führt zu Schmerzen, aber das tut es nicht – es hört einfach auf, kaum daß es angefangen hat. Wie etwas, das unterbrochen wird... etwas Elektrisches.«

»Ganz genau«, sagte Dr. Zajac. Was Wallingford denn erwartet habe? Zajac erinnerte ihn daran, daß er nur fünf Monate nach der Transplantation schon zweiundzwanzig Zentimeter Nervenregeneration geschafft hatte.

»Ja, ich erinnere mich«, erwiderte Patrick.

»Na, dann sehen Sie's doch mal so«, meinte Zajac. »Diese Nerven haben eben immer noch was zu sagen.«

»Aber wieso erst *jetzt*?« fragte Wallingford ihn. »Es ist ein halbes Jahr her, daß ich die Hand verloren habe. Ich habe immer mal was gespürt, aber nichts derart *Spezielles*. Es fühlt sich tatsächlich so an, als berühre ich etwas mit dem linken Mittelfinger oder dem linken Zeigefinger, dabei habe ich überhaupt keine linke Hand!«

»Was tut sich denn sonst so in Ihrem Leben?« fragte Dr. Zajac zurück. »Ich nehme an, Ihre Arbeit ist mit einem gewissen Streß verbunden? Ich weiß ja nicht, was sich in puncto Liebesleben bei Ihnen abspielt oder ob sich da überhaupt etwas abspielt, aber ich kann mich erinnern, daß Ihnen Ihr Liebesleben offenbar nicht ganz unwichtig war – haben Sie jedenfalls gesagt. Denken Sie dran, es gibt noch andere Faktoren, die auf die Nerven einwirken, auch auf Nerven, die abgeschnitten worden sind.«

»Sie fühlen sich aber nicht abgeschnitten an – genau davon rede ich doch«, sagte Wallingford.

»Und ich rede von folgendem«, erwiderte Zajac. »Was Sie fühlen, ist unter dem medizinischen Begriff ›Parästhesie‹ bekannt – eine falsche Empfindung außerhalb der Wahrnehmung. Der Nerv, der dafür zuständig war, daß Sie Schmerzen oder eine Berührung in Ihrem linken Mittelfinger oder linken Zeigefinger verspürt haben, ist zweimal durchtrennt worden – zuerst von einem Löwen und dann von mir! Diese abgeschnittene Faser sitzt noch immer im Stumpf Ihres Nervenbündels, zusammen mit Millionen anderer Fasern, die von überall her kommen und überallhin führen. Wenn dieses Neuron an der Spitze Ihres Nervenstumpfs gereizt wird – durch Berührung, durch eine Erinnerung, durch einen *Traum* –, schickt es dieselbe Botschaft, die es immer geschickt hat. Die Gefühle, die von der Stelle zu kommen scheinen, wo früher Ihre linke Hand war, werden von denselben Nervenfasern und -bahnen registriert, die früher von Ihrer linken Hand gekommen sind. Verstehen Sie?«

»So einigermaßen«, erwiderte Wallingford. (»Eigentlich nicht«, hätte er sagen sollen.) Er sah immerzu auf seinen Stumpf – dort krabbelten wieder die unsichtbaren Ameisen. Er hatte vergessen, Dr. Zajac von dem Gefühl krabbelnder Ameisen zu erzählen, aber der Arzt ließ ihm gar keine Zeit dazu.

Dr. Zajac spürte, daß sein Patient nicht zufrieden war. »Hören Sie«, fuhr er fort, »wenn Sie sich deswegen Sorgen machen, dann fliegen Sie her. Nehmen Sie sich ein Zimmer in einem schönen Hotel. Wir treffen uns dann morgen früh.«

»Am Samstag morgen?« sagte Patrick. »Ich möchte Ihnen nicht das Wochenende verderben.«

»Ich fahre sowieso nicht weg«, antwortete Dr. Zajac. »Ich muß bloß jemanden finden, der das Gebäude aufschließt. Ich habe das schon öfter gemacht. Schlüssel zur Praxis habe ich.«

Eigentlich machte sich Patrick wegen seiner fehlenden Hand keine Sorgen mehr, aber was sollte er sonst an diesem Wochenende anfangen?

»Na los – nehmen Sie den Shuttle hierher«, sagte Zajac zu ihm. »Wir sehen uns dann morgen früh, nur damit Sie beruhigt sind.«

»Um welche Zeit?« fragte Wallingford.

»Um zehn. Nehmen Sie sich ein Zimmer im ›Charles‹ – das ist in Cambridge, in der Bennett Street, ganz in der Nähe des Harvard Square. Die haben einen tollen Fitneßraum und einen Pool.«

Wallingford gab nach. »Okay. Dann laß ich mir mal ein Zimmer reservieren.«

»Ich lasse Ihnen eines reservieren«, sagte Zajac. »Man kennt mich dort, und Irma ist Mitglied im Fitneßklub.« Irma, folgerte Wallingford, mußte die Ehefrau sein – die mit der nicht ganz goldenen Zunge.

»Danke« war alles, was Wallingford herausbrachte. Im Hintergrund hörte er das fröhliche Gekreische von Dr. Zajacs Sohn, das Geknurre und Herumgetolle des offenbar außer Rand und Band geratenen Hundes, das Aufspringen des harten, schweren Balls.

»Nicht auf meinem Bauch!« schrie Irma. Auch das hörte Patrick. Nicht *was* auf ihrem Bauch? Er konnte nicht wissen, daß Irma schwanger war, und schon gar nicht, daß sie Zwillinge erwartete; Geburtstermin war zwar erst Mitte September, aber sie hatte bereits einen Umfang wie der größte Vogelkäfig im Haus. Natürlich wollte sie nicht, daß ihr ein Kind oder ein Hund auf dem Bauch herumhüpfte.

Patrick sagte der Bande im Nachrichtenstudio gute Nacht; vom Team der Abendnachrichten war er nie der letzte gewesen, der ging. Er war es auch an diesem Abend nicht, denn Mary erwartete ihn bei den Fahrstühlen. Was sie von seinem Telefongespräch mitbekommen hatte, hatte sie irregeführt. Ihr Gesicht war tränenüberströmt.

»Wer ist sie?« fragte Mary ihn.

»Wer ist *wer*?« sagte Wallingford.

»Sie muß verheiratet sein, wenn du sie samstagmorgens siehst.«

»Mary, bitte –«

»Wem wolltest du denn nicht das Wochenende verderben?« fragte sie. »So hast du es doch formuliert?«

»Mary, ich fliege nach Boston zu meinem Handchirurgen.«

»Allein?«

»Ja, allein.«

»Dann nimm mich mit«, sagte Mary. »Wenn du allein bist, kannst du mich doch mitnehmen. So lange dauert das ja wohl nicht mit deinem Handchirurgen. Den Rest des Wochenendes kannst du dann mit mir verbringen!«

Er ging ein Risiko ein, ein großes Risiko, und sagte ihr die Wahrheit. »Mary, ich kann dich nicht mitnehmen. Ich will nicht, daß du ein Kind von mir bekommst, weil ich schon ein Kind habe, von dem ich nicht genug zu sehen kriege. Ich will nicht noch ein Kind, von dem ich nicht genug zu sehen kriege.«

»Ach so«, sagte sie, als hätte er sie geschlagen. »Verstehe. Das klärt einiges. Du drückst dich nicht immer so klar aus, Pat. Ich weiß es zu schätzen, daß du dich so klar ausgedrückt hast.«

»Es tut mir leid, Mary.«

»Es ist der kleine Clausen, stimmt's? Ich meine, er ist eigentlich von dir. Ist es so, Pat?«

»Ja«, erwiderte Patrick. »Aber das ist keine Nachricht, Mary. Bitte mach keine Nachricht daraus.«

Er konnte sehen, daß sie wütend war. Die Klimaanlage war kühl, ja kalt, aber Mary war plötzlich noch kälter. »Was glaubst du denn, wer ich bin?« knurrte sie. »Wofür hältst du mich eigentlich?«

»Für eine von uns« war alles, was Wallingford sagen konnte.

Während sich die Fahrstuhltüren schlossen, konnte er sie auf und ab gehen sehen; sie hatte die Arme vor ihren kleinen, wohlgeformten Brüsten verschränkt, und sie trug einen hellbraunen Rock und eine pfirsichfarbene Strickjacke, die am Hals zugeknöpft, ansonsten aber offen war – »eine Antiklimaanlagenjacke« hatte er eine von den Frauen aus dem Nachrichtenstudio solche Jacken nennen hören. Mary trug die Jacke über einem weißen Seiden-T-Shirt. Sie hatte einen langen Hals, eine hübsche Figur und glatte Haut, und Patrick gefiel besonders ihr Mund, der etwas an sich hatte, dessentwegen er sein Prinzip, nicht mit ihr zu schlafen, in Frage stellte.

Auf La Guardia wurde er auf die Stand-by-Liste für den Shuttle nach Boston gesetzt; beim zweiten Flug bekam er einen Platz. Es wurde gerade dunkel, als sein Flugzeug auf dem Logan Airport landete, und über Boston Harbor lag leichter Nebel oder Dunst.

Patrick sollte später darüber nachdenken, als er sich entsann, daß sein Flugzeug ungefähr zur gleichen Zeit in Boston landete, zu der John F. Kennedy jr. sein Flugzeug auf dem Flugplatz von Martha's Vineyard, nicht sehr weit weg, zu landen versuchte. Oder aber der junge Kenndy versuchte,

Martha's Vineyard durch das gleiche unbestimmte Licht hindurch, in ähnlichem Dunst, zu *sehen*.

Wallingford bezog sein Zimmer im ›Charles‹ vor zehn und begab sich sofort ins Hallenbad, wo er eine erholsame halbe Stunde für sich allein verbrachte. Er wäre noch länger geblieben, aber das Hallenbad schloß um halb elf. Wallingford – mit seiner einen Hand – genoß es, sich treiben zu lassen und Wasser zu treten. Seiner Persönlichkeit entsprechend verstand er sich gut aufs Treibenlassen.

Eigentlich hatte er vorgehabt, sich nach dem Schwimmen anzuziehen und am Harvard Square herumzubummeln. Die Sommerkurse hatten begonnen; bestimmt gab es studentisches Leben zu sehen, das ihn an seine vertane Jugend erinnern würde. Wahrscheinlich konnte er auch ein Lokal finden, wo es ein anständiges Essen und eine gute Flasche Wein gab. In einem der Buchläden am Square würde er vielleicht sogar eine packendere Lektüre auftreiben als das Buch, das er mitgebracht hatte: eine Byron-Biographie von der Größe eines Hohlblocks. Doch schon im Taxi zum Hotel hatte Wallingford gespürt, wie die drückende Hitze ihm zusetzte; und als er vom Hallenbad in sein Zimmer zurückgekehrt war, zog er seine nasse Badehose aus, legte sich nackt aufs Bett und machte ein, zwei Minuten lang die Augen zu. Er war wohl müde. Als er fast eine Stunde später aufwachte, hatte die Klimaanlage ihn durchgekühlt. Er zog einen Bademantel an und las die Speisekarte des Zimmerservice. Alles, was er wollte, war ein Bier und einen Hamburger – zum Ausgehen hatte er keine Lust mehr.

Er blieb sich selbst treu und machte übers Wochenende nicht den Fernseher an. Angesichts dessen, daß die Byron-

Biographie die einzige Alternative darstellte, war seine Standhaftigkeit in diesem Punkt um so bemerkenswerter. Doch Wallingford schlief so rasch ein – Byron war gerade mal geboren und der nutzlose Vater des kleinen Dichters noch am Leben –, daß die Biographie ihm keinerlei Schmerzen bereitete.

Am anderen Morgen frühstückte er in dem gemütlichen Restaurant im Erdgeschoß des Hotels. Der Speisesaal irritierte ihn, ohne daß er wußte, warum. Die Kinder waren es jedenfalls nicht. Vielleicht waren zu viele Erwachsene da, die sich durch die bloße Anwesenheit von Kindern gestört fühlten.

Am Abend zuvor und an diesem Morgen, während Wallingford weder fernsah noch auch nur einen Blick in eine Zeitung warf, hatte die Nation eines der Nichtnachrichtenbilder des Fernsehens noch einmal erlebt. Das Flugzeug von JFK jr. wurde vermißt; wie es schien, war es ins Meer gestürzt. Aber zu sehen gab es nichts – das Fernsehen zeigte demzufolge immer wieder das Bild des kleinen Kennedy beim Leichenzug seines Vaters. Da stand John junior, ein Dreijähriger in kurzen Hosen, der vor dem vorüberziehenden Sarg seines Vaters salutiert – genau nach Anweisung seiner Mutter, die es ihm nur Sekunden zuvor ins Ohr geflüstert hat. Später sollte sich Wallingford überlegen, daß dieses Bild durchaus als repräsentativer Moment des goldensten Jahrhunderts in diesem Lande gelten durfte, eines Jahrhunderts, das ebenfalls gestorben ist, obwohl wir es noch immer vermarkten.

Als er mit Frühstücken fertig war, blieb er an seinem Tisch sitzen und bemühte sich, seinen Kaffee auszutrinken, ohne den unverwandten Blick einer Frau mittleren Alters auf der anderen Seite des Raums zu erwidern. Doch nun kam sie auf ihn zu. Ihr Kurs war wohlüberlegt; zwar tat sie so, als käme sie lediglich vorbei, aber Wallingford wußte, daß sie etwas zu ihm sagen würde. Das merkte er immer. Oft erriet er sogar, was die Frauen sagen würden, doch diesmal nicht.

Ihr Gesicht war einmal hübsch gewesen. Sie trug kein Make-up, und ihr ungefärbtes braunes Haar wurde schon grau. In den Krähenfüßen an den Winkeln ihrer dunkelbraunen Augen lag etwas Trauriges und Müdes, das Patrick an eine älter gewordene Mrs. Clausen erinnerte.

»Abschaum... widerwärtiges Schwein... wie können Sie nachts eigentlich schlafen?« fragte die Frau ihn mit rauhem Flüstern; sie hatte die Zähne zusammengebissen, und ihre Lippen waren nur gerade so weit geöffnet, wie es nötig war, um die Worte auszuspucken.

»Wie bitte?« fragte Patrick Wallingford.

»Lange haben Sie ja nicht gebraucht, um hierherzukommen, wie?« sagte sie. »Diese armen Familien... die Leichen sind noch nicht einmal geborgen. Aber davon lassen Sie sich nicht abhalten, wie? Sie leben vom Unglück anderer Leute. Sie sollten sich ›Todessender‹ nennen – nein, ›Leidenskanal‹. Sie tun nämlich mehr, als in anderer Leute Privatsphäre einzudringen – Sie stehlen den Leuten ihr Leid! Sie machen ihr privates Leid öffentlich, ehe sie überhaupt die Möglichkeit haben zu trauern!«

Wallingford nahm fälschlicherweise an, daß sie sich ganz allgemein zu seiner TV-Nachrichtenvergangenheit äußerte. Er wandte die Augen von dem unbeugsamen Starrblick der

Frau ab, sah jedoch, daß er von den anderen Frühstücksgästen keine Hilfe zu erwarten hatte; ihrem einmütig feindseligen Gesichtsausdruck nach zu schließen, teilten sie offenbar die Ansicht dieser Verrückten.

»Ich bemühe mich, mit Mitgefühl über die Ereignisse zu berichten«, begann Patrick, aber die Frau fiel ihm fast gewaltsam ins Wort.

»Mitgefühl!« rief sie. »Wenn Sie auch nur einen Funken Mitgefühl für diese Leute hätten, würden Sie sie in Ruhe lassen!«

Was konnte Wallingford tun, da die Frau doch eindeutig geistesgestört war? Mit dem Stumpf seines linken Unterarms hielt er seine Rechnung auf dem Tisch fest und fügte rasch ein Trinkgeld und seine Zimmernummer hinzu, ehe er unterschrieb. Die Frau sah ihm mit kaltem Blick dabei zu. Patrick stand vom Tisch auf. Während er sich mit einem Nicken von der Frau verabschiedete und sich anschickte, das Restaurant zu verlassen, bemerkte er, wie die Kinder seinen Armstumpf anglotzten.

Ein wütend dreinschauender Sous-chef ganz in Weiß funkelte Wallingford hinter einem Tresen hervor an. »Hyäne«, zischte er.

»Schakal!« rief ein älterer Mann an einem Tisch daneben.

Die Frau, die ihn als erste attackiert hatte, schleuderte ihm ein »Geier... Aasfresser...« hinterher.

Wallingford ging einfach weiter, aber er konnte spüren, daß die Frau ihm folgte; sie begleitete ihn zu den Fahrstühlen, wo er den Knopf drückte und wartete. Er konnte ihren Atem hören, sah sie jedoch nicht an. Als die Fahrstuhltür aufging, betrat er die Kabine und ließ die Tür hinter sich zugehen. Erst als er den Knopf für seine Etage drückte und sich nach der Frau umdrehte, bemerkte er, daß sie nicht mit eingestiegen war; zu seiner Überraschung war er allein.

Es muß an Cambridge liegen, dachte Patrick – all die Intellektuellen von der Harvard University und vom M.I.T., die die Kraßheit der Medien haßten. Er putzte sich, natürlich mit der rechten Hand, die Zähne. Er war sich stets bewußt, daß er gerade gelernt hatte, sich die Zähne mit der linken Hand zu putzen, als sie ganz plötzlich abstarb. Noch immer ahnungslos, was die gerade bekannt werdende Nachricht anging, fuhr er mit dem Fahrstuhl nach unten zur Eingangshalle und nahm ein Taxi zur Praxis von Dr. Zajac.

Patrick empfand es als äußerst irritierend, daß Dr. Zajac – besonders dessen Gesicht – nach Sex roch. Er legte keinen Wert auf diesen Hinweis auf ein Privatleben seines Handchirurgen, während dieser ihm versicherte, die Empfindungen, die er im Stumpf seines linken Unterarms verspüre, hätten nichts weiter zu bedeuten.

Wie sich herausstellte, gab es sogar ein Wort für das Gefühl, daß unsichtbare Insekten auf oder unter seiner Haut herumkrabbelten. »Formikation«, sagte Dr. Zajac.

Natürlich mißverstand ihn Wallingford. »Wie bitte?« fragte er.

»Das bedeutet ›taktile Halluzination‹. *Formikation*«, wiederholte der Arzt, »mit *m*.«

»Ach so.«

»Stellen Sie sich das so vor, daß Nerven ein langes Gedächtnis haben«, sagte Zajac. »Auslöser für diese Nerven ist nicht Ihre fehlende Hand. Ihr Liebesleben habe ich erwähnt, weil Sie es selbst einmal erwähnt haben. Was Streß angeht, kann ich mir ungefähr vorstellen, was Sie für eine Woche vor sich haben. Um die nächsten paar Tage beneide ich Sie nicht. Sie wissen, was ich meine.«

Wallingford wußte keineswegs, was Dr. Zajac meinte. Was für eine Vorstellung hatte der Arzt von der Woche, die vor Patrick lag? Aber Zajac hatte schon immer einen leicht verrückten Eindruck auf ihn gemacht. Vielleicht waren in Cambridge alle verrückt, überlegte Patrick.

»Es stimmt schon, in puncto Liebesleben bin ich nicht ganz glücklich«, bekannte Wallingford, doch dann hielt er inne – er konnte sich nicht erinnern, mit Zajac über sein Liebesleben gesprochen zu haben. (Waren die Schmerzmittel stärker gewesen, als er damals gedacht hatte?)

Daß er dahinterzukommen versuchte, was an Dr. Zajacs Praxis anders war, verwirrte ihn zusätzlich. Schließlich war diese Praxis heiliger Boden; und doch war sie ihm ganz anders vorgekommen, als sich Mrs. Clausen genau auf dem Stuhl, auf dem er nun saß und die Wände betrachtete, über ihn hergemacht hatte.

Natürlich! Die Fotos von Zajacs berühmten Patienten – sie waren verschwunden! An ihrer Stelle hingen dort Kinderzeichnungen. Und zwar Zeichnungen eines einzigen Kindes – Bilder von Rudy. Schlösser im Himmel, wie Patrick vermutete, und mehrere Zeichnungen von einem großen, sinkenden Schiff; zweifellos hatte der junge Künstler *Titanic* gesehen. (Rudy und Dr. Zajac hatten den Film zweimal gesehen, obschon Zajac darauf bestanden hatte, daß Rudy während der Sexszene im Auto die Augen zumachte.)

Was das Modell einer Reihe von Fotos einer jungen Frau

in verschiedenen Stadien der Schwangerschaft anging ... nun ja, wie zu erwarten, fühlte sich Wallingford von ihrer kruden Sinnlichkeit angezogen. Das mußte Irma, nach ihren eigenen Worten *Mrs.* Zajac, sein, mit der Patrick telefoniert hatte. Daß sie Zwillinge erwartete, erfuhr er erst, als er sich nach den leeren Bilderrahmen erkundigte, die jeweils paarweise an einem halben Dutzend Stellen an der Wand hingen.

»Die sind für die Zwillinge, sobald sie auf der Welt sind«, erzählte Zajac stolz.

Bei Schatzman, Gingeleskie, Mengerink, Zajac & Partner beneidete kein Mensch Zajac darum, daß er Zwillinge bekam, obwohl Mengerink, dieser Trottel, dafürhielt, daß Zajac Zwillinge verdiente, weil er Irma zweimal so oft vögelte, wie es in Mengerinks Augen »normal« war. Schatzman hatte keine Meinung zur bevorstehenden Geburt von Dr. Zajacs Zwillingen, weil er über den Ruhestand hinaus war – er war gestorben. Und Gingeleskie (der noch lebende) hatte seinen Neid auf Zajac in noch virulenterer Form auf einen jüngeren Kollegen übertragen, den Zajac in die Gemeinschaftspraxis mitgebracht hatte. Nathan Blaustein war in Harvard Zajacs bester Student in klinischer Chirurgie gewesen. Dr. Zajac beneidete Blaustein kein bißchen. Er erkannte schlicht an, daß Blaustein ihm technisch überlegen war – »ein handwerkliches Genie«.

Als einem Zehnjährigen in New Hampshire von einer Schneeschleuder der Daumen abgehackt wurde, hatte Dr. Zajac darauf bestanden, daß Blaustein die fällig werdende Operation durchführte. Der Daumen war in fürchterlichem Zustand und außerdem ungleichmäßig gefroren. Der Vater des Jungen hatte fast eine Stunde gebraucht, um den abgetrennten Daumen im Schnee zu finden; dann mußte die Familie zwei Stunden bis Boston fahren. Doch die Operation war ein Erfolg gewesen. Zajac bearbeitete seine Kollegen bereits, Blausteins Namen in das Türschild und den Briefkopf der Praxis aufzunehmen – eine Forderung, angesichts deren Mengerink vor Wut schäumte und Schatzman und Gingeleskie (der tote) sich zweifellos im Grabe herumdrehten.

Was Zajacs Ambitionen auf dem Gebiet der Handtransplantation anging, so war mittlerweile Blaustein für solche Operationen zuständig. (Es würde bald viele Operationen dieser Art geben, hatte Zajac vorausgesagt.) Zajac erklärte sich gern bereit, dem Team anzugehören, war jedoch der Überzeugung, daß der junge Blaustein die Operation leiten sollte, weil er mittlerweile der beste Chirurg von ihnen war. Er empfand deswegen keinerlei Neid oder Groll. Ganz unerwartet, auch für ihn selbst, war Dr. Nicholas M. Zajac ein glücklicher, entspannter Mensch.

Seit Wallingford Otto Clausens Hand verloren hatte, gab sich Dr. Zajac mit seinen Neuentwicklungen prothetischer Hilfen zufrieden, die er an seinem Küchentisch konstruierte und zusammenbaute, während er seinen Singvögeln zuhörte. Patrick Wallingford war das perfekte Versuchskaninchen für Zajacs Erfindungen, weil er bereit war, jede neue Prothese in seiner abendlichen Nachrichtensendung vorzuführen – obwohl er es vorzog, selbst keine Prothese zu tragen. Die Publicity hatte dem Arzt genützt.

Mittlerweile wurde eine von ihm erfundene Prothese – sie hieß, wie vorauszusehen, »die Zajac« – in Deutschland und Japan hergestellt. (Das deutsche Modell war geringfügig teurer, aber beide wurden weltweit vermarktet.) Der Erfolg der »Zajac« hatte es Dr. Zajac erlaubt, seine chirurgische Praxis auf halbtags zu reduzieren. Er lehrte nach wie vor an der medizinischen Fakultät, aber er hatte mehr Zeit, um sich seinen Erfindungen, Rudy, Irma und (bald auch) den Zwillingen zu widmen.

»Sie sollten sich Kinder zulegen«, sagte Zajac zu Wallingford, während er das Licht in seiner Praxis ausmachte und die beiden Männer im Dunkeln unbeholfen gegeneinanderstießen. »Kinder krempeln Ihr Leben um.«

Wallingford erwähnte zögernd, wie sehr er sich wünsche, eine Beziehung zu Otto junior aufzubauen. Ob Dr. Zajac ihm einen Rat geben könne, wie man eine Verbindung zu einem kleinen Kind herstelle, besonders zu einem Kind, das man eher selten sehe?

»Vorlesen«, erwiderte Dr. Zajac. »Es gibt nichts Besseres. Fangen Sie mit *Klein Stuart* an, und versuchen Sie's dann mit *Wilbur und Charlotte*.«

»An die Bücher kann ich mich noch erinnern!« rief Patrick. »*Klein Stuart* habe ich geliebt, und ich weiß noch, daß meine Mutter immer geweint hat, wenn sie mir *Wilbur und Charlotte* vorlas.«

»Leuten, die *Wilbur und Charlotte* lesen, ohne zu weinen, gehört das Gehirn amputiert«, antwortete Zajac. »Wie alt ist der kleine Otto denn?«

»Acht Monate«, antwortete Wallingford.

»Aber dann hat er ja gerade erst zu krabbeln angefangen«, sagte Dr. Zajac. »Warten Sie, bis er sechs oder sieben ist – *Jahre,* meine ich. Mit acht oder neun wird er *Klein*

*Stuart* und *Wilbur und Charlotte* selbst lesen, aber um sich die Geschichten anzuhören, ist er schon früher alt genug.«

»Sechs oder sieben«, wiederholte Patrick. Wie konnte er so lange damit warten, um eine Beziehung zu Otto junior aufzubauen?

Nachdem Zajac seine Praxis abgeschlossen hatte, fuhren er und Patrick mit dem Fahrstuhl ins Erdgeschoß. Der Arzt erbot sich, seinen Patienten ins Hotel zurückzufahren, da es auf seinem Nachhauseweg lag, und Wallingford nahm dankbar an. Erst aus dem Autoradio erfuhr der berühmte Fernsehjournalist endlich von Kennedys vermißtem Flugzeug.

Mittlerweile war das für jeden außer Wallingford praktisch ein alter Hut. JFK jr. war zusammen mit seiner Frau und seiner Schwägerin auf dem Meer verschollen und wurde für tot gehalten. Der junge Kennedy, ein relativ unerfahrener Pilot, hatte das Flugzeug selbst gesteuert. Es war die Rede von dem Nebel über Martha's Vineyard am Abend zuvor. Man hatte Gepäckanhänger gefunden; später würden die Gepäckstücke auftauchen, dann die Trümmer des Flugzeuges selbst.

»Ich denke, es wäre besser, wenn man die Leichen fände«, bemerkte Zajac. »Ich meine, besser als die Spekulationen, falls sie nie gefunden werden.«

Genau diese Spekulationen sah Patrick voraus, egal, ob man die Leichen fand oder nicht. Sie würden mindestens eine Woche lang anhalten. Die kommende Woche hätte sich Patrick beinahe für seinen Urlaub ausgesucht. Nun wünschte er, er hätte es getan. (Er hatte beschlossen, statt dessen eine Woche im Herbst zu beantragen, am besten dann, wenn die Green Bay Packers ein Heimspiel im Lambeau Field hatten.)

Er kehrte wie ein Verdammter ins ›Charles‹ zurück. Er wußte, wie die Nachrichten, die *keine* Nachrichten waren, die ganze nächste Woche aussehen würden; es war der Inbegriff dessen, was an Patricks Beruf am abscheulichsten war, und er würde daran beteiligt sein.

Der »Leidenskanal« hatte die Frau beim Frühstück gesagt, aber die absichtliche Erzeugung öffentlicher Trauer war wohl kaum ein Monopol des Senders, bei dem Wallingford arbeitete. Die übertriebene Aufmerksamkeit für den Tod war beim Fernsehen so alltäglich geworden wie die Berichterstattung über schlechtes Wetter; Tod und schlechtes Wetter waren das, was das Fernsehen am besten konnte.

Ob man die Leichen nun fand oder nicht und ganz gleich wie lange es dauern mochte, sie zu finden – ob mit oder ohne das, was zahllose Journalisten »Abschluß« nennen würden –, es würde keinen Abschluß geben. Jedenfalls so lange nicht, bis jeder von einem Kennedy geprägte Moment der jüngeren Geschichte noch einmal durchlebt worden war. Und das Eindringen in die Privatsphäre der Familie Kennedy war dabei keineswegs der häßlichste Aspekt. Von Patricks Standpunkt aus bestand das Hauptübel darin, daß es keine Nachricht war – es war ein wiederaufbereitetes Melodrama.

In Patricks Hotelzimmer im ›Charles‹ war es so still und kühl wie in einer Krypta; er legte sich aufs Bett und versuchte, sich das Schlimmste auszumalen, ehe er den Fernseher anmachte. Er dachte an JFK jr.s ältere Schwester Caroline. Wegen ihrer Unnahbarkeit gegenüber der Presse hatte Patrick sie stets bewundert. Das Sommerhaus, das Wallingford in Bridgehampton gemietet hatte, lag in der Nähe von Sagaponack, wo Caroline Kennedy Schlossberg mit ihrem Mann und ihren Kindern den Sommer verbrachte. Sie war von schlichter, aber eleganter Schönheit; bestimmt wurde sie mittlerweile heftig von den Medien belagert, doch Patrick war überzeugt, daß sie es schaffte, ihre Würde zu wahren.

In seinem Zimmer im ›Charles‹ wurde Wallingford übel bei dem Gedanken, den Fernseher anzumachen. Wenn er nach New York zurückkehrte, würde er nicht nur sämtliche Nachrichten auf seinem Anrufbeantworter beantworten müssen, sondern sein Telefon würde gar nicht mehr aufhören zu klingeln. Wenn er in seinem Zimmer im ›Charles‹ blieb, würde er irgendwann fernsehen müssen, obwohl er schon wußte, was er zu sehen bekäme – seine Kollegen, unsere selbsternannten Sittenrichter, wie sie ihre ernstesten Gesichter aufsetzten und ihre aufrichtigsten Stimmen ertönen ließen.

Bestimmt waren sie schon über Hyannisport hergefallen. Man würde, im Bildhintergrund, eine Hecke sehen, die obligatorische Ligusterbarriere. Hinter der Hecke würden nur die oberen Fenster des strahlend weißen Hauses sichtbar sein (sicherlich Mansardenfenster mit zugezogenen Vorhängen). Doch irgendwie würde der Journalist, der im Bildvordergrund stand, es schaffen, den Eindruck zu vermitteln, als wäre er eingeladen worden.

Natürlich würde man das Verschwinden des kleinen Flugzeugs vom Radarschirm analysieren und irgendeinen nüchternen Kommentar über den vermeintlichen Pilotenfehler abgeben. Viele von Patricks Kollegen würden sich die Gelegenheit, JFK jr.s Urteilsvermögen zu kritisieren, nicht entgehen lassen; ja, man würde das Urteilsvermögen sämtlicher Kennedys in Zweifel ziehen. Gewiß würde auch das Thema der »angeborenen Ruhelosigkeit« bei den männlichen Familienmitgliedern zur Sprache kommen. Und viel später – sagen wir gegen Ende der darauffolgenden Woche – würden dieselben Journalisten dann erklären, die Berichterstattung sei übertrieben gewesen. Sie würden ein Ende des ganzen Vorgangs fordern. So lief das immer.

Wallingford fragte sich, wie lange es wohl dauern würde, bis jemand im New Yorker Nachrichtenstudio Mary fragte, wo er sei. Oder versuchte Mary etwa schon selbst, ihn zu erreichen? Sie wußte, er hatte zu seinem Handchirurgen gehen wollen; zur Zeit der Operation war Zajacs Name durch die Medien gegangen. Während er reglos auf dem Bett in dem kühlen Zimmer lag, fand er es seltsam, daß ihn nicht schon jemand vom Nachrichtensender im ›Charles‹ angerufen hatte. Vielleicht war auch Mary nicht erreichbar.

Spontan nahm er den Hörer ab und wählte die Nummer seines Sommerhauses in Bridgehampton. Eine hysterisch klingende Frau nahm den Anruf entgegen. Es war Crystal Pitney – das war ihr Ehename. Wie ihr Nachname gelautet hatte, als er mit ihr geschlafen hatte, wußte er nicht mehr. Er entsann sich noch, daß an ihrem Liebesspiel irgend etwas ungewöhnlich war, aber was, fiel ihm nicht ein.

»Patrick Wallingford ist nicht da!« brüllte Crystal anstelle des üblichen Hallo. »Kein Mensch hier weiß, wo er steckt!«

Im Hintergrund hörte Patrick den Fernseher; das vertraute, selbstgerechte Dröhnen wurde von gelegentlichen Ausbrüchen der Frauen aus dem Nachrichtenstudio unterbrochen.

»Hallo?« sagte Crystal Pitney in den Hörer. Wallingford hatte noch kein Wort gesagt. »Was sind Sie, ein Perverser?« fragte Crystal. »Es ist so einer, der schwer atmet – ich kann ihn atmen hören!« verkündete Mrs. Pitney den anderen Frauen.

Das war es, entsann sich Wallingford. Als er mit ihr geschlafen hatte, hatte Crystal ihn gewarnt, daß sie unter einer seltenen Form von Atembeschwerden leide. Wenn sie außer Atem gerate und nicht genug Sauerstoff in ihr Gehirn gelange, bekomme sie Halluzinationen und drehe überhaupt ein bißchen durch – eine heillose Untertreibung. Crystal war ruck, zuck außer Atem geraten; ehe Wallingford noch wußte, wie ihm geschah, hatte sie ihn in die Nase gebissen und ihm mit der Nachttischlampe den Rücken verbrannt.

Er hatte Mr. Pitney, Crystals Mann, nie kennengelernt, aber er bewunderte dessen Seelenstärke. (Nach den Maßstäben der Frauen im New Yorker Nachrichtenstudio waren die Pitneys schon lange verheiratet.)

»Sie Perverser!« kreischte Crystal. »Wenn ich Sie sehen könnte, würde ich Ihnen ein Ohr abbeißen!«

Das glaubte Patrick ihr unbesehen; er legte auf, ehe Crystal außer Atem geriet, zog umgehend seine Badehose und einen Bademantel an und ging ins Hallenbad, wo ihn niemand anrufen konnte.

Außer Wallingford war nur eine Frau im Becken, die Bahnen schwamm. Sie trug eine schwarze Badekappe, so daß ihr Kopf dem eines Seehundes glich, und wühlte mit fahrigen Armzügen und Wechselschlag das Wasser auf. Für Patrick zeigte sie die besinnungslose Heftigkeit eines Aufziehspielzeugs. Weil er es irritierend fand, das Schwimmbecken mit ihr zu teilen, zog er sich in das Heißwasserbecken zurück, wo er allein sein konnte. Er drehte die Whirlpooldüsen nicht auf, da er das Wasser lieber ruhig hatte. Er gewöhnte sich allmählich an die Hitze; kaum jedoch hatte er eine bequeme Lage, ein Mittelding zwischen Sitzen und Treibenlassen, gefunden, als die Bahnen schwimmende Frau aus dem Schwimmbecken stieg, die Schaltuhr für die Düsen einstellte und zu ihm in das blubbernde heiße Wasser kam.

Sie war eine Frau, die den ersten Abschnitt der mittleren Jahre bereits hinter sich hatte. Wallingford nahm rasch ihren unerregenden Körper zur Kenntnis und wandte höflich den Blick ab.

Die Frau, die entwaffnend uneitel war, setzte sich auf, so daß ihre Schultern und der obere Teil ihres Brustkorbes aus dem strudelnden Wasser ragten. Sie zog sich die Badekappe vom Kopf und schüttelte ihr plattgedrücktes Haar aus. In diesem Moment erkannte Patrick sie. Es war die Frau, die ihn beim Frühstück »Aasfresser« genannt und mit ihren brennenden Augen und ihrem deutlich hörbaren Atem den ganzen Weg bis zu den Fahrstühlen verfolgt hatte. Nun konnte sie die Bestürzung, mit der auch sie ihn wiedererkannte, nicht verhehlen.

Sie fand als erste die Sprache wieder. »Mir ist das sehr unangenehm.« Ihre Stimme hatte gegenüber dem, was Wallingford bei ihrer morgendlichen Attacke auf ihn gehört hatte, ein etwas weicheres Timbre.

»Ich möchte Sie nicht verärgern«, sagte Patrick zu ihr. »Ich gehe einfach ins Schwimmbecken. Das ist mir sowieso lieber als das Heißwasserbecken.« Er legte den rechten Handballen auf die Unterwasserbank und stemmte sich hoch. Wie eine offene, tropfende Wunde tauchte sein linker Unterarmstumpf aus dem Wasser auf. Es war, als hätte irgendein Geschöpf im Becken seine Hand gefressen. Von dem heißen Wasser war das Narbengewebe blutrot angelaufen.

Die Frau stand ebenfalls auf. Ihr nasser Badeanzug war nicht sehr schmeichelhaft – ihre Brüste hingen; ihr Bauch stand wie ein kleiner Beutel vor. »Bitte bleiben Sie noch«, bat sie. »Ich möchte es Ihnen erklären.«

»Sie brauchen sich nicht zu entschuldigen«, erwiderte Patrick. »Im großen und ganzen bin ich Ihrer Meinung. Es ist nur so, daß ich den Zusammenhang nicht verstanden hatte. Ich bin nicht nach Boston gekommen, weil JFK jr.s Flugzeug vermißt wird. Ich wußte noch gar nichts von der Sache, als Sie mich angesprochen haben. Ich bin hierhergekommen, weil ich zu meinem Arzt wollte, wegen meiner Hand.« Instinktiv hob er seinen Stumpf, den er nach wie vor als Hand bezeichnete. Er ließ ihn rasch wieder an die Hüfte sinken, ins heiße Wasser, denn er erkannte, daß er mit seiner fehlenden Hand unabsichtlich auf ihre Hängebrüste gezeigt hatte.

Sie umfaßte seinen linken Unterarm mit beiden Händen und zog ihn mit sich in das wirbelnde heiße Wasser. Sie saßen nebeneinander auf der Unterwasserbank, und ihre Hände hielten ihn vier, fünf Zentimeter oberhalb der Stelle, wo er verstümmelt worden war. Nur der Löwe hatte ihn fester gehalten. Abermals hatte er das Gefühl, die Spitzen seines linken Mittel- und Zeigefingers berührten den Unterleib einer Frau, obwohl er wußte, daß diese Finger nicht mehr da waren.

»Bitte hören Sie mir zu«, sagte die Frau. Sie zog seinen verstümmelten Arm auf ihren Schoß. Er spürte, wie das Ende seines Unterarm kribbelte, als sein Stumpf die kleine Wölbung ihres Bauches streifte; sein linker Ellbogen lag auf ihrem rechten Oberschenkel.

»Okay«, sagte Wallingford, anstatt sie mit der rechten Hand am Nacken zu packen und ihr den Kopf unter Wasser zu drücken. Was hätte er auch groß tun können, außer sie in dem heißen Wasser halb zu ersäufen?

»Ich war zweimal verheiratet, das erste Mal, als ich noch sehr jung war«, begann die Frau; ihr strahlender, aufgeregter Blick nahm seine Aufmerksamkeit ebensosehr gefangen, wie ihre Hände seinen Arm festhielten. »Ich habe sie beide verloren. Der erste hat sich von mir scheiden lassen, der zweite ist gestorben. Geliebt habe ich sie beide.«

Herr des Himmels! dachte Wallingford. Hatte etwa jede Frau eines bestimmten Alters eine Variante von Evelyn Arbuthnots Geschichte erlebt? »Das tut mir leid«, sagte Patrick, doch die Art, wie sie seinen Arm drückte, ließ darauf schließen, daß sie nicht unterbrochen werden wollte.

»Ich habe zwei Töchter aus erster Ehe«, fuhr die Frau fort. »Ihre ganze Kindheit und Jugend hindurch habe ich kein Auge zugetan. Ich war mir sicher, daß ihnen irgend etwas Schreckliches zustoßen würde, daß ich sie beide, oder eine von ihnen, verlieren würde. Ich hatte ständig Angst.«

Das klang nach einer wahren Geschichte. (Wallingford

konnte nicht umhin, den Anfang jeder Geschichte auf diese Weise zu beurteilen.)

»Aber sie haben überlebt«, sagte die Frau, als ob die meisten Kinder das nicht täten. »Mittlerweile sind sie beide verheiratet und haben selbst Kinder. Ich habe vier Enkelkinder. Drei Mädchen, einen Jungen. Es bringt mich um, daß ich nicht mehr von ihnen zu sehen bekomme, aber wenn ich sie sehe, habe ich jedesmal Angst um sie. Ich fange wieder an, mir Sorgen zu machen. Ich kann nicht schlafen.«

Patrick spürte von der Stelle, wo seine linke Hand gewesen war, das Stechen von Phantomschmerzen ausgehen, doch die Frau hatte ihren Griff leicht gelockert, und es lag etwas unbestimmt Tröstliches darin, wie sie seine Hand so hartnäckig auf ihrem Schoß festhielt und sein Stumpf sich gegen die Wölbung ihres Unterleibs drückte.

»Und jetzt bin ich schwanger«, sagte die Frau zu ihm; sein Unterarm reagierte nicht. »Ich bin einundfünfzig! Ich habe nicht schwanger zu sein! Ich bin nach Boston gekommen, um abtreiben zu lassen – mein Arzt hat das empfohlen. Aber heute morgen habe ich vom Hotel aus die Klinik angerufen. Ich habe gelogen. Ich habe gesagt, ich hätte eine Autopanne gehabt und müßte den Termin verlegen. Man hat mir gesagt, es ginge auch nächsten Samstag, heute in einer Woche. So habe ich mehr Zeit, um darüber nachzudenken.«

»Haben Sie mit Ihren Töchtern gesprochen?« fragte Wallingford. Ihr Löwengriff um seinen Arm hatte sich wieder geschlossen.

»Sie würden versuchen, mich zu überreden, das Kind auszutragen«, erwiderte die Frau mit neuer Heftigkeit. »Sie würden sich bereit erklären, das Kind mit ihren Kindern großzuziehen. Aber es wäre trotzdem mein Kind. Ich könnte gar nicht anders, als es zu lieben, ich wäre zwangsläufig involviert. Aber ich kann einfach die Angst nicht ertragen. Die Kindersterblichkeit... ich halte das nicht aus.«

»Sie haben die Wahl«, erinnerte Patrick sie. »Ganz gleich, welche Entscheidung Sie treffen, ich bin sicher, es wird die richtige sein.« Die Frau machte nicht den Eindruck, als wäre sie da so sicher.

Wallingford fragte sich, wer wohl der Vater des ungeborenen Kindes war; ob sich dieser Gedanke nun durch das Zittern in seinem Unterarm mitteilte oder nicht, die Frau spürte ihn entweder, oder aber sie konnte seine Gedanken lesen.

»Der Vater weiß nichts davon«, sagte sie. »Ich bin nicht mehr mit ihm zusammen. Das war bloß ein Kollege.«

Noch nie hatte Patrick gehört, wie jemand das Wort »Kollege« in so wegwerfendem Ton sagte.

»Ich will nicht, daß meine Töchter wissen, daß ich schwanger bin, weil ich nicht will, daß sie wissen, daß ich Sex habe«, bekannte die Frau. »Das ist mit ein Grund, warum ich mich nicht entscheiden kann. Ich finde nicht, daß man abtreiben sollte, um die Tatsache zu verheimlichen, daß man Sex gehabt hat. Das ist kein ausreichender Grund.«

»Wer will denn beurteilen, was ein ›ausreichender Grund‹ ist, wenn es *Ihr* Grund ist? Sie haben die Wahl«, wiederholte Wallingford. »Diese Entscheidung kann und soll Ihnen niemand abnehmen.«

»Das ist ja nicht gerade tröstlich«, sagte die Frau. »Ich

war wild entschlossen, abtreiben zu lassen, bis ich Sie beim Frühstück gesehen habe. Ich verstehe nicht, was Sie da ausgelöst haben.«

Wallingford hatte von Anfang an gewußt, daß das alles letztlich seine Schuld sein würde. Er machte einen ganz zaghaften Versuch, seinen Arm aus dem Griff der Frau zu lösen, aber sie hatte nicht vor, ihn so einfach freizugeben.

»Ich weiß nicht, was in mich gefahren war, daß ich so mit Ihnen geredet habe. Ich habe noch nie im Leben so mit jemandem gesprochen!« fuhr die Frau fort. »Ich sollte nicht Ihnen persönlich vorwerfen, was die Medien tun oder was ich glaube, daß sie tun. Aber ich war einfach dermaßen fertig wegen der Sache mit John junior, und mehr noch wegen meiner ersten Reaktion. Als ich gehört habe, daß sein Flugzeug vermißt wird, wissen Sie, was ich da gedacht habe?«

»Nein.« Patrick schüttelte den Kopf; von dem heißen Wasser trat ihm der Schweiß auf die Stirn, und er konnte Schweißperlen auf der Oberlippe der Frau sehen.

»Ich war froh, daß seine Mutter tot ist... daß sie das alles nicht durchmachen muß. Um ihn hat es mir leid getan, aber ich war froh, daß sie tot ist. Ist das nicht furchtbar?«

»Es ist vollkommen verständlich«, erwiderte Wallingford. »Sie sind Mutter...« Sein Bedürfnis, ihr unter Wasser einfach nur das Knie zu tätscheln, war ehrlich – das heißt tief empfunden, ohne im geringsten sexuell motiviert zu sein. Aber weil das Bedürfnis seinen Weg durch den linken Unterarm nahm, war da keine Hand, mit der er das Knie hätte tätscheln können. Ohne Absicht entriß er ihr seinen Stumpf; er hatte erneut das Gekrabbel der unsichtbaren Insekten verspürt.

Für eine schwangere, einundfünfzig Jahre alte Mutter mit zwei Kindern und eine schwangere Großmutter mit vier Enkelkindern war die Frau recht resolut und ließ sich von Patricks unbeherrschter Geste nicht einschüchtern. Sie griff in aller Ruhe wieder nach seinem handlosen Arm. Zu seiner eigenen Überraschung legte er seinen Stumpf bereitwillig in ihren Schoß zurück. Die Frau ergriff seinen Unterarm ohne Vorwurf, als hätte sie nur kurzzeitig irgendeinen von ihr geschätzten Gegenstand verlegt.

»Ich möchte mich dafür entschuldigen, daß ich Sie in aller Öffentlichkeit angegriffen habe«, sagte sie ernsthaft. »Das war nicht nötig. Ich bin einfach völlig durcheinander.« Sie packte seinen Unterarm so fest, daß Wallingfords fehlender linker Daumen einen unmöglichen Schmerz registrierte. Er zuckte zusammen. »O Gott! Ich habe Ihnen weh getan!« rief die Frau und ließ seinen Arm los. »Und dabei habe ich Sie noch nicht einmal gefragt, was Ihr Arzt gesagt hat!«

»Alles in Ordnung«, sagte Patrick. »Es sind hauptsächlich die Nerven, die sich regeneriert haben, als die neue Hand angefügt wurde. Diese Nerven machen jetzt Ärger. Mein Arzt meinte, das Problem sei mein Liebesleben oder einfach Streß.«

»Ihr Liebesleben«, wiederholte die Frau ausdruckslos, als wäre das kein Thema, auf dessen Behandlung sie Wert legte. Auch Wallingford legte darauf keinen Wert. »Warum sind Sie eigentlich noch hier?« fragte sie plötzlich.

Patrick dachte zunächst, sie meinte das Heißwasserbecken. Er wollte gerade sagen, er sei noch hier, weil sie ihn festhalte! Dann ging ihm auf, daß sie meinte, warum er nicht nach New York zurückgeflogen war. Oder ob er, wenn er schon nicht in New York war, nicht eigentlich in Hyannisport oder Martha's Vineyard sein müßte.

Wallingford fürchtete sich davor, ihr zu sagen, daß er die unvermeidliche Rückkehr zu seinem fragwürdigen Beruf hinausschob (»fragwürdig« in Anbetracht des Kennedy-Spektakels, zu dem er bald beitragen würde); dennoch gab er es ihr gegenüber zu, wenngleich widerstrebend, und er erzählte ihr außerdem, er habe vorgehabt, zu Fuß zum Harvard Square zu gehen, um zwei Bücher zu kaufen, die sein Arzt empfohlen habe. Er habe sich überlegt, den Rest des Wochenendes damit zuzubringen, sie zu lesen.

»Aber ich hatte Angst, daß irgendwer am Harvard Square mich erkennt und so was Ähnliches zu mir sagt wie das, was Sie beim Frühstück zu mir gesagt haben.« Patrick fügte hinzu: »Es wäre nicht unverdient gewesen.«

»O Gott!« sagte die Frau erneut. »Sagen Sie mir, was das für Bücher sind. Ich besorge sie Ihnen. Mich erkennt kein Mensch.«

»Das ist sehr nett von Ihnen, aber –«

»Bitte lassen Sie mich die Bücher besorgen! Es ginge mir dann besser!« Sie lachte nervös und strich sich das feuchte Haar aus der Stirn.

Wallingford nannte ihr folgsam die Titel.

»Ihr *Arzt* hat das empfohlen? Haben Sie denn Kinder?«

»Es gibt da einen kleinen Jungen, der wie ein Sohn für mich ist, oder vielmehr, ich will, daß er mehr wie ein Sohn für mich ist«, erklärte Patrick. »Aber er ist noch zu jung, als daß ich ihm *Klein Stuart* oder *Wilbur und Charlotte* vorlesen könnte. Ich will die Bücher einfach haben, damit ich mir vorstellen kann, wie ich sie ihm in ein paar Jahren vorlese.«

»Ich habe meinem Enkel erst vor ein paar Wochen *Wilbur und Charlotte* vorgelesen«, sagte die Frau. »Und ich habe wieder geweint – ich weine jedesmal.«

»An das Buch kann ich mich nicht so gut erinnern, bloß daran, daß meine Mutter geweint hat«, gab Wallingford zu.

»Ich heiße Sarah Williams.« In ihrer Stimme lag ein untypisches Zögern, als sie ihren Namen sagte und die Hand ausstreckte.

Patrick gab ihr die Hand, und ihrer beider Hände berührten das schaumige Gebrodel im Heißwasserbecken. In diesem Augenblick schaltete sich die Whirlpooldüse ab, und das Wasser im Becken wurde sofort klar und still. Das kam ein wenig überraschend und war ein allzu offensichtliches Omen, das erneut nervöses Gelächter bei Sarah Williams hervorrief, die aufstand und aus dem Becken stieg.

Wallingford bewunderte die Art und Weise, wie Frauen in einem nassen Badeanzug aus dem Wasser steigen und dabei mit dem Daumen oder einem anderen Finger automatisch den Badeanzug hinten herunterziehen.

Als sie stand, wirkte ihr kleiner Bauch beinahe flach – er war nur ganz leicht gewölbt. Aufgrund seiner Erinnerung an Mrs. Clausens Schwangerschaft vermutete Wallingford, daß Sarah Williams höchstens im zweiten, allenfalls im dritten Monat schwanger war. Wenn sie ihm nicht gesagt hätte, daß sie ein Kind erwartete, hätte er es nie vermutet. Und vielleicht war die leichte Wölbung ja immer da, auch wenn Sarah kein Kind erwartete.

»Ich bringe Ihnen die Bücher auf Ihr Zimmer.« Sarah wickelte sich in ein Handtuch. »Wie ist Ihre Zimmernummer?«

Er sagte sie ihr, dankbar für die Gelegenheit, die Dinge weiter vor sich herschieben zu können; aber während er darauf wartete, daß sie ihm die Kinderbücher brachte, würde er dennoch entscheiden müssen, ob er noch heute abend oder erst am Sonntag morgen nach New York zurückflog.

Vielleicht hatte Mary ihn noch nicht ausfindig gemacht; so gewönne er noch etwas Zeit. Vielleicht würde er ja sogar feststellen, daß er die Willenskraft besaß, das Einschalten des Fernsehers wenigstens so lange hinauszuzögern, bis Sarah Williams auf sein Zimmer kam. Vielleicht würde sie sich mit ihm zusammen die Nachrichten ansehen; offenbar stimmten sie ja darin überein, daß die Berichterstattung unerträglich sein würde. Es ist immer besser, man schaut sich eine schlechte Nachrichtensendung nicht allein an – von einer Super Bowl ganz zu schweigen.

Doch sobald er auf sein Zimmer zurückgekehrt war, brachte er keinerlei Widerstandskraft mehr auf. Er zog seine nasse Badehose aus, behielt jedoch den Bademantel an, holte – während er bemerkte, daß die Nachrichtenanzeige an seinem Telefon blinkte – die Fernbedienung des Fernsehers aus der Schublade, in der er sie versteckt hatte, und schaltete das Gerät ein.

Er zappte durch die Kanäle, bis er den Nachrichtensender fand, wo er sich ansah, wie das, was er hätte voraussagen können (John F. Kennedys Umfeld in Tribeca), zum Leben erwachte. Da waren die schlichten Metalltüren des Lofts, das John in der North Moore 20 gekauft hatte. Das Wohnhaus der Kennedys, das einem alten Lagerhaus gegenüberlag, war bereits in einen Schrein verwandelt worden.

JFK jr.s Nachbarn – und vermutlich auch völlig Fremde, die sich als Nachbarn ausgaben – hatten Kerzen aufgestellt und Blumen niedergelegt; paradoxerweise hatten sie offenbar auch Karten mit Genesungswünschen zurückgelassen. Zwar fand es Patrick wirklich schrecklich, daß das junge Paar und Mrs. Kennedys Schwester aller Wahrscheinlichkeit nach ums Leben gekommen waren, aber er verabscheute die Leute, die in Tribeca in ihrem eingebildeten Leid badeten; sie machten das Fernsehen in seiner schlimmsten Spielart erst möglich.

Doch so widerwärtig Wallingford die Sendung auch fand, er verstand sie zugleich. Prominenten gegenüber konnten die Medien nur zwei Haltungen einnehmen: sie verehren oder auf sie eindreschen. Und da Trauer die höchste Form der Verehrung war, stellte man den Tod von Prominenten verständlicherweise über alles; außerdem erlaubte ihr Tod den Medien, sie zugleich zu verehren und auf sie einzudreschen. Das war eine unschlagbare Kombination.

Wallingford schaltete den Fernseher aus und legte die Fernbedienung in die Schublade zurück; er würde bald selbst im Fernsehen und Teil des Spektakels sein. Als er sich telefonisch wegen der Nachrichtenanzeige erkundigte, war er erleichtert – nur das Hotel selbst hatte angerufen, um nachzufragen, wann er abreise.

Er gab Bescheid, daß er am anderen Morgen abreisen werde. Dann streckte er sich in dem halbdunklen Zimmer auf dem Bett aus. (Die Vorhänge waren vom Vorabend noch zugezogen; die Zimmermädchen hatten das Zimmer nicht angerührt, weil er das BITTE-NICHT-STÖREN-Schild vor die Tür gehängt hatte.) Er lag da und wartete auf Sarah Williams, eine Sympathisantin, und auf die wunderbaren Bücher für Kinder und weltmüde Erwachsene von E. B. White.

Wallingford war ein Fernsehmoderator, der sich versteckt hielt; in dem Moment, in dem die Geschichte von Kennedys vermißtem Flugzeug bekannt wurde, blieb er absichtlich unerreichbar. Was würde die Leitung des Senders von einem Journalisten halten, der nicht darauf brannte, über diese Geschichte zu berichten? Wallingford schreckte geradezu davor zurück – er war ein Reporter, der es aufschob, seine Arbeit zu tun! (Kein vernünftiger Nachrichtensender hätte gezögert, ihn zu feuern.)

Und was schob Patrick Wallingford sonst noch auf? Versteckte er sich nicht auch vor dem, was Evelyn Arbuthnot abschätzig sein Leben genannt hatte?

Wann würde er es endlich leben? Das Schicksal läßt sich nicht vorausahnen, außer im Traum oder von Verliebten. Als er Mrs. Clausen kennenlernte, hätte er eine Zukunft mit ihr nie und nimmer für möglich gehalten; als er sich in sie verliebte, konnte er sich eine Zukunft ohne sie nicht mehr vorstellen.

Was er von Sarah Williams wollte, war nicht Sex, obwohl er mit seiner einen Hand zärtlich ihre Hängebrüste berührte. Auch Sarah wollte keinen Sex mit Wallingford. Mag sein, daß sie ihn bemuttern wollte, möglicherweise weil ihre Kinder weit weg wohnten und selbst Kinder hatten. Wahrscheinlich aber begriff Sarah Williams, daß Patrick Wallingford das Bemutterwerden brauchte, und hatte – zusätzlich zu dem schlechten Gewissen, weil sie ihn in aller Öffentlichkeit beschimpft hatte – auch noch Schuldgefühle, weil sie so wenig Zeit mit ihren Enkeln verbrachte.

Da gab es ferner das Problem, daß sie schwanger war und glaubte, die Angst wegen der Sterblichkeit ihrer Kinder nicht noch einmal ertragen zu können; überdies wollte sie nicht, daß ihre erwachsenen Töchter erfuhren, daß sie Sex hatte.

Sie erzählte Wallingford, sie sei außerordentliche Professorin für Englisch am Smith College. Sie hörte sich eindeutig nach Englischlehrerin an, als sie Patrick mit klarer, lebhafter Stimme zuerst aus *Klein Stuart* und dann aus *Wilbur und Charlotte* vorlas, »weil das die Reihenfolge ist, in der sie geschrieben worden sind«.

Den Kopf auf Patricks Kissen, lag sie auf ihrer linken Seite. Als einziges Licht in dem abgedunkelten Zimmer brannte die Nachttischlampe; obwohl es heller Tag war, hielten sie sämtliche Vorhänge geschlossen.

Professor Williams las über die Mittagszeit aus *Klein Stuart*. Wallingford lag nackt neben ihr, seine Brust in ständiger Berührung mit ihrem Rücken, seine Oberschenkel an ihren Hintern geschmiegt, in der rechten Hand mal die eine, mal die andere ihrer Brüste. Zwischen ihnen eingeklemmt und für sie beide spürbar war der Stumpf von Patricks linkem Unterarm. Er spürte ihn an seinem nackten Bauch; sie spürte ihn an ihrem Kreuz.

Der Schluß von *Klein Stuart*, fand Wallingford, dürfte für Erwachsene zufriedenstellender sein als für Kinder – Kinder stellen höhere Ansprüche an Schlüsse.

Trotzdem sei es »ein jugendfrischer Schluß«, sagte Sarah, »voll vom Optimismus junger Erwachsener.«

Sie hörte sich wirklich wie eine Englischlehrerin an. Patrick hätte den Schluß von *Klein Stuart* als eine Art zweiten

Beginn bezeichnet. Man hat das Gefühl, ein neues Abenteuer warte auf Stuart, während er sich abermals auf die Reise macht.

»Es ist ein Buch für Jungs«, sagte Sarah.

Mäusen gefiele es vielleicht auch, vermutete Patrick.

Sie hatten beide keine Lust auf Sex; doch wenn einer von ihnen entschlossen gewesen wäre, mit dem anderen zu schlafen, hätten sie es getan. Aber Wallingford ließ sich lieber vorlesen, wie ein kleiner Junge, und Sarah Williams hatte (im Augenblick) eher mütterliche als erotische Empfindungen. Und außerdem, wie viele nackte Erwachsene – Fremde in einem verdunkelten Hotelzimmer am hellichten Tag – lasen einander schon E. B. White vor? Selbst Wallingford hätte eingestanden, daß er an der Ungewöhnlichkeit der Situation Gefallen fand. Sie war jedenfalls ungewöhnlicher, als miteinander zu schlafen.

»Bitte nicht aufhören«, sagte Wallingford zu Ms. Williams, und das in genau dem gleichen Ton, in dem er etwa zu einer Frau gesprochen hätte, mit der er gerade schlief. »Bitte lesen Sie weiter. Wenn Sie mit *Wilbur und Charlotte* anfangen, lese ich es fertig. Ich lese Ihnen den Schluß vor.«

Sarah hatte ihre Lage im Bett leicht verändert, so daß Patricks Penis nun die Rückseite ihrer Oberschenkel streifte; sein Unterarmstumpf strich über ihren Hintern. Es hätte ihr einfallen können, zu überlegen, was, ungeachtet des Größenfaktors, was war, aber dieser Gedanke hätte sie beide zu einer sehr viel alltäglicheren Erfahrung geführt.

Als der Anruf von Mary kam, unterbrach er die Szene in *Wilbur und Charlotte*, in der Charlotte (die Spinne) Wilbur (das Schwein) auf ihren bevorstehenden Tod vorbereitet.

»Schließlich, was ist so ein Leben schon?« fragt Charlotte. »Wir werden geboren, wir leben ein Weilchen, und dann sterben wir. Und ein Spinnenleben ist einfach irgendwie vermurkst mit diesem ewigen Fallenstellen und Fliegenfressen.«

In diesem Augenblick klingelte das Telefon. Wallingford packte eine von Sarahs Brüsten fester. Sarah zeigte ihre Verärgerung über den Anruf dadurch, daß sie den Hörer abnahm und mit scharfer Stimme »Wer ist da?« fragte.

»Und wer ist *da*? Wer sind *Sie*?« schrie Mary ins Telefon. Sie war so laut, daß Patrick sie hören könnte – er stöhnte.

»Sagen Sie ihr, Sie sind meine Mutter«, flüsterte er Sarah ins Ohr. (Er schämte sich kurz, als ihm einfiel, daß seine Mutter noch gelebt hatte, als er diesen Spruch das letzte Mal verwendet hatte.)

»Ich bin Patrick Wallingfords Mutter, Liebes«, sagte Sarah Williams in den Hörer. »Und wer sind Sie?« Das vertraute »Liebes« ließ Wallingford erneut an Evelyn Arbuthnot denken.

Mary legte auf.

Ms. Williams las weiter aus dem vorletzten Kapitel von *Wilbur und Charlotte,* das mit dem Satz schließt: »Niemand war bei ihr, als sie starb.«

Schluchzend reichte Sarah Patrick das Buch. Er hatte versprochen, ihr das letzte Kapitel über Wilbur das Schwein – »Und so kam Wilbur heim zu seinem geliebten Misthaufen...« – vorzulesen, dessen Geschichte Wallingford ohne Emotionen vortrug, als wären es die Nachrichten. (Es war *besser* als die Nachrichten, aber das war eine andere Geschichte.)

Als Patrick zu Ende gelesen hatte, dösten sie, bis es draußen dunkel war; schlaftrunken machte er das Licht auf dem Nachtschränkchen aus, so daß es nun auch im Hotelzimmer dunkel war. Er lag still. Sarah Williams hielt ihn in den Armen, ihre Brüste drückten sich gegen seine Schulterblätter. Die feste, aber sanfte Wölbung ihres Bauches paßte in die Einbuchtung an seinem Kreuz; einer ihrer Arme umschlang seine Taille. Mit der Hand packte sie seinen Penis ein klein wenig fester, als es angenehm war. Trotzdem schlief er ein.

Wahrscheinlich hätten sie die Nacht durchgeschlafen. Andererseits hätten sie auch unmittelbar vor Morgengrauen aufwachen und im Halbdunkel leidenschaftlich miteinander schlafen können, möglicherweise weil sie beide wußten, daß sie einander nie wiedersehen würden. Aber es spielt kaum eine Rolle, was sie getan hätten, denn das Telefon klingelte erneut.

Diesmal nahm Wallingford ab. Er wußte, wer es war. Selbst im Schlaf hatte er den Anruf erwartet. Er hatte Mary erzählt, wie und wann seine Mutter gestorben war. Es überraschte ihn, wie lange Mary gebraucht hatte, bis ihr das wieder einfiel.

»Sie ist tot! Deine Mutter ist tot! Das hast du mir selbst erzählt! Sie ist gestorben, als du noch auf dem College warst!«

»Das stimmt, Mary.«

»Du bist in jemanden verliebt!« heulte Mary. Natürlich konnte Sarah sie hören.

»Das stimmt«, antwortete Patrick. Er sah keinen Grund, Mary zu erklären, daß es nicht Sarah Williams war, die er liebte. Mary versuchte es einfach schon zu lange bei ihm.

»Das ist doch dieselbe junge Frau, oder?« fragte Sarah. Beim Klang von Sarahs Stimme legte Mary, ob sie nun tatsächlich verstand, was Sarah sagte, oder nicht, erneut los.

»So, wie sie sich anhört, könnte sie jedenfalls deine Mutter sein!« kreischte Mary.

»Mary, bitte –«

»Dieser Dicktuer Fred sucht dich, Pat. *Alle* suchen dich! Es geht nicht, daß du übers Wochenende wegfährst, ohne eine Nummer zu hinterlassen! Es geht nicht, daß du *unerreichbar* bist! Legst du's darauf an, daß man dich feuert, oder was?«

Es war das erste Mal, daß Patrick daran dachte, es darauf anzulegen, daß man ihn feuerte; in dem dunklen Hotelzimmer erstrahlte der Gedanke so hell wie der digitale Wecker auf dem Nachtschränkchen.

»Du weißt aber schon, was passiert ist, oder?« fragte Mary. »Oder hast du so viel gevögelt, daß du's irgendwie geschafft hast, die Sache nicht mitzukriegen?«

»Ich habe überhaupt nicht gevögelt.« Patrick wußte, daß das eine provozierende Äußerung war. Immerhin war Mary Journalistin. Daß Wallingford das ganze Wochenende in einem Hotelzimmer mit einer Frau gevögelt hatte, war ein ziemlich naheliegender Schluß; wie die meisten Journalisten hatte Mary gelernt, rasch ihre eigenen ziemlich naheliegenden Schlüsse zu ziehen.

»Du erwartest doch nicht etwa, daß ich dir glaube?« fragte sie.

»So langsam ist es mir ziemlich egal, ob du mir glaubst oder nicht, Mary.«

»Dieser Dicktuer Fred –«

»Bitte sag ihm, daß ich morgen zurück bin, Mary.«

»Du legst es wirklich darauf an, daß man dich feuert, stimmt's?« fragte Mary. Erneut legte sie zuerst auf.

Zum zweiten Mal erwog Wallingford den Gedanken, es darauf anzulegen, daß man ihn feuerte – er wußte nicht, warum ihm der Gedanke wie ein Leuchten im Dunkeln vorkam.

»Sie haben mir nicht gesagt, daß Sie verheiratet sind oder so was«, sagte Sarah Williams. Er merkte, daß sie nicht mehr im Bett war; er konnte sie hören, aber nur undeutlich sehen, während sie sich in dem dunklen Zimmer anzog.

»Ich bin nicht verheiratet oder so was«, sagte Patrick.

»Dann ist sie wohl nur eine besonders besitzergreifende Freundin.«

»Sie ist keine Freundin. Wir haben nie miteinander geschlafen. Wir haben nichts Derartiges miteinander«, erklärte Wallingford.

»Erwarten Sie ja nicht, daß ich das glaube«, sagte Sarah. (Journalisten sind nicht die einzigen Menschen, die rasch ihre eigenen, ziemlich naheliegenden Schlüsse ziehen.)

»Es war wirklich schön, mit Ihnen zusammenzusein«, sagte Patrick in dem Versuch, das Thema zu wechseln; er meinte es auch aufrichtig. Aber er konnte sie seufzen hören; selbst im Dunkeln merkte er, daß sie an ihm zweifelte.

»Vielleicht wären Sie so nett, mitzukommen, falls ich beschließe, abtreiben zu lassen«, meinte Sarah Williams. »Das würde bedeuten, heute in einer Woche wiederzukommen.« Vielleicht wollte sie ihm mehr Zeit zum Überlegen geben, aber Wallingford dachte daran, wie wahrscheinlich es war, daß er erkannt würde – LÖWENMANN BEGLEITET UNBEKANNTE IN ABTREIBUNGSKLINIK oder sonst eine Schlagzeile ähnlichen Inhalts.

»Mir ist einfach der Gedanke zuwider, allein zu gehen, aber es hört sich wohl nicht besonders vergnüglich an«, fuhr Sarah fort.

»Natürlich gehe ich mit«, sagte er, aber sie hatte sein Zögern wahrgenommen. »Wenn Sie wollen.« Er merkte sofort, wie hohl das klang. Natürlich wollte sie! Schließlich hatte sie ihn gefragt. »Doch, bestimmt gehe ich mit«, sagte Patrick, aber das machte es nur noch schlimmer.

»Nein, ist schon in Ordnung. Sie kennen mich ja gar nicht«, sagte Sarah.

»Ich will aber mitgehen«, log Patrick, doch sie war schon darüber hinweg.

»Sie haben mir nicht gesagt, daß Sie in jemanden verliebt sind«, warf sie ihm vor.

»Das tut nichts zur Sache. Sie liebt mich nicht.« Wallingford wußte, daß Sarah Williams auch das nicht glauben würde.

Sie war mit Anziehen fertig. Er hatte den Eindruck, daß sie nach der Tür tastete. Er machte die Nachttischlampe an; sie blendete ihn kurzzeitig, aber er bemerkte dennoch, daß Sarah das Gesicht vom Licht abwandte. Sie verließ das Zimmer, ohne ihn anzusehen. Er machte das Licht aus und lag nackt im Bett, während der Gedanke, es darauf anzulegen, gefeuert zu werden, im Dunkeln leuchtete.

Wallingford wußte, daß sich Sarah Williams nicht nur über Marys Anruf aufgeregt hatte. Manchmal ist es am einfachsten, die intimsten Dinge einem fremden Menschen anzuvertrauen – das hatte Patrick selbst schon getan. Und hatte Sarah ihn nicht einen ganzen Tag lang bemuttert? Das mindeste, was er tun konnte, war, sie zu der Abtreibung zu begleiten. Was machte es schon, wenn ihn jemand erkannte? Abtreibung war legal, und er fand das ganz richtig so. Er bereute sein Zögern von vorhin.

Als er daher die Hotelzentrale anrief und um einen Weckruf bat, bat er zugleich darum, mit Sarahs Zimmer verbunden zu werden – er wußte die Nummer nicht. Er wollte einen späten Happen vorschlagen. Bestimmt gab es irgendwo in Harvard ein Lokal, wo man noch etwas bekam, zumal samstagabends. Wallingford wollte Sarah davon überzeugen, daß sie sich von ihm zu der Abtreibung begleiten ließ; er hatte das Gefühl, daß es besser wäre, seinen Überredungsversuch beim Essen zu machen.

Aber die Zentrale teilte ihm mit, daß niemand mit Namen Sarah Williams im Hotel wohne.

»Sie muß gerade abgereist sein«, sagte Patrick.

Man hörte das undeutliche Geräusch von Fingern auf einer Computertastatur. Im neuen Jahrhundert, stellte sich Wallingford vor, war das wahrscheinlich das letzte Geräusch, das wir vor unserem Tod hören würden.

»Tut mir leid, Sir«, sagte der Mann von der Zentrale. »Aber eine Sarah Williams hat hier nie gewohnt.«

Wallingford war nicht sonderlich überrascht. Später würde er die englische Abteilung am Smith anrufen – und ebensowenig überrascht feststellen, daß niemand mit Namen Sarah Williams dort unterrichtete. Mag sein, daß sie sich wie eine außerordentliche Professorin für Englisch angehört hatte, als sie über *Klein Stuart* sprach, und daß sie am Smith lehrte, aber Sarah Williams hieß sie jedenfalls nicht.

Wer immer sie auch war, der Gedanke, daß Patrick eine andere Frau betrog – oder daß es in seinem Leben eine andere Frau gab, die sich hintergangen fühlte –, hatte sie eindeutig aufgeregt. Möglicherweise betrog ja auch sie jemanden; möglicherweise war sie betrogen worden. Die Sache mit der Abtreibung hatte sich so angehört, als entspräche sie der Wahrheit, genau wie ihre Angst davor, daß ihre Kinder und Enkelkinder starben. Nur als sie ihm ihren Namen genannt hatte, war ihm ein Zögern in ihrer Stimme aufgefallen.

Wallingford ärgerte sich darüber, daß er ein Mann geworden war, für den jede anständige Frau lieber anonym bleiben wollte. Er hatte sich selbst nie so gesehen.

Als er noch im Besitz zweier Hände gewesen war, hatte er selbst mit Anonymität experimentiert – besonders, wenn er mit der Sorte Frau zusammen war, für die jeder Mann lieber anonym bleibt. Doch nach der Löwenepisode war es ihm nicht mehr möglich, *nicht* Patrick Wallingford zu sein, sowenig wie er als Paul O'Neill hätte durchgehen können – jedenfalls nicht für jemanden, der seine fünf Sinne beisammenhatte.

Um nicht mit diesen Gedanken allein zu sein, beging er den Fehler, den Fernseher einzuschalten. Ein politischer Kommentator, der sich für Patrick immer durch intellektuell aufgeblähte Nachkarterei hervorgetan hatte, spekulierte über ein ziemlich weithergeholtes »Was wäre, wenn...« im tragisch verkürzten Leben von John F. Kennedy jr. Die Selbstgefälligkeit des Kommentators paßte dabei perfekt zur Fadenscheinigkeit seiner zentralen Behauptung, die darin bestand, daß JFK jr. in jeder Hinsicht »besser dran« gewesen wäre, wenn er sich dem Rat seiner Mutter widersetzt hätte und Filmstar geworden wäre. (Wäre der junge Kennedy etwa nicht mit dem Flugzeug abgestürzt, wenn er Schauspieler gewesen wäre?)

Gewiß hatte John juniors Mutter nicht gewollt, daß er Schauspieler wurde, dennoch war die Anmaßung des Kommentators gewaltig. Die ungeheuerlichste seiner unverantwortlichen Spekulationen lief darauf hinaus, daß der glatteste, geradlinigste Weg zur Präsidentschaft für John jr. über Los Angeles geführt hätte! Auf Patrick wirkte dieses Theoretisieren auf Hollywoodniveau doppelt albern: erstens zu erklären, der junge Kennedy hätte in Ronald Reagans Fußstapfen treten sollen; und zweitens zu behaupten, JFK jr. habe Präsident werden wollen.

Da ihm seine anderen, persönlicheren Dämonen lieber waren, machte Patrick den Fernseher aus. Und so im Dunkeln hieß ihn der neue Gedanke, es darauf anzulegen, gefeuert zu werden, so vertraulich willkommen wie ein alter Freund. Die andere neue Vorstellung dagegen – daß er ein Mann war, dessen Gesellschaft eine Frau nur unter der Voraussetzung der Anonymität akzeptierte – machte Patrick schaudern. Sie brachte einen dritten neuen Gedanken hervor: Wenn er nun aufhörte, sich gegen Mary zu wehren, und einfach mit ihr schlief? (Zumindest würde Mary nicht darauf bestehen, ihre Anonymität zu wahren.)

So leuchteten nun schon drei neue Gedanken im Dunkeln und lenkten Patrick Wallingford von der Einsamkeit einer einundfünfzigjährigen Frau ab, die keine Abtreibung wollte, sich aber schrecklich davor fürchtete, ein Kind zu bekommen. Natürlich ging es ihn nichts an, ob die Frau abtrieb oder nicht; es ging niemanden außer ihr selbst etwas an.

Und wenn sie nun überhaupt nicht schwanger war? Vielleicht hatte sie ja einfach einen kleinen Bauch. Vielleicht verbrachte sie ihre Wochenenden gern mit einem Fremden im Hotel und schauspielerte einfach.

Mit Schauspielerei kannte er sich aus; er schauspielerte ständig.

»Gute Nacht, Doris. Gute Nacht, mein kleiner Otto«, flüsterte Wallingford in dem dunklen Hotelzimmer. Es war das, was er sagte, wenn er sicher sein wollte, daß er nicht schauspielerte.

## 10

### *Wie man es darauf anlegt, gefeuert zu werden*

Ganz Amerika hatte fast eine Woche lang mit Hingabe getrauert, als Wallingford vergeblich versuchte, Vorbereitungen für ein improvisiertes Wochenende mit Mrs. Clausen und Otto junior in der Hütte am See in Wisconsin zu treffen. Die Freitagabendsendung, eine Woche nach dem Absturz von Kennedys einmotoriger Maschine, würde seine letzte vor seiner Reise in den Norden sein, obwohl er erst für Samstag morgen einen Flug von New York mit Anschluß nach Green Bay bekommen konnte. Nach Green Bay gab es keine guten Verbindungen.

Die Donnerstagabendsendung war schon schlimm genug. Sie wußten bereits nichts mehr zu sagen, was sich deutlich an Wallingfords Interview mit einer weithin unbeachteten feministischen Kritikerin zeigte. (Sogar Evelyn Arbuthnot hatte sie bewußt ignoriert.) Die Kritikerin hatte ein Buch über die Kennedys geschrieben und darin behauptet, sämtliche Männer der Familie seien frauenfeindlich. Daß ein junger Kennedy mit seinem Flugzeug zwei Frauen zu Tode gebracht hatte, wunderte sie nicht.

Patrick bat darum, das Interview zu streichen, aber Fred glaubte, die Frau spreche für viele Frauen. Nach der scharfen Reaktion der Frauen aus dem New Yorker Nachrichtenstudio zu urteilen, sprach die feministische Kritikerin nicht für sie. Wallingford, als Interviewer stets zuvorkommend, mußte an sich halten, um einigermaßen höflich zu bleiben.

Die feministische Kritikerin sprach immer wieder von der »fatalen Entscheidung« des jungen Kennedy, als wären sein Leben und Tod ein Roman gewesen. »Sie starteten spät, es war dunkel, es war neblig, sie flogen über Wasser, und John-John war ein wenig erfahrener Pilot.«

Das waren keine neuen Gesichtspunkte, dachte Patrick, das gutaussehende Gesicht zu einem wenig überzeugenden Halblächeln erstarrt. Er fand es außerdem anstößig, daß die herrische Frau den Verstorbenen unentwegt »John-John« nannte.

»Er war ein Opfer seines männlichen Denkens, des Kennedymann-Syndroms«, so drückte sie es aus. »John-John war eindeutig testosteronbestimmt. Das sind sie alle.«

»›Sie…‹«, war alles, was Patrick herausbrachte.

»Sie wissen, wen ich meine«, fauchte die Kritikerin. »Die Männer auf der väterlichen Seite der Familie.«

Patrick warf einen Blick auf den Teleprompter, wo er die nächsten für ihn vorgesehenen Bemerkungen stehen sah; sie sollten seine Interviewpartnerin auf die noch dubiosere Behauptung einer »Schuld« von Lauren Bessettes Vorgesetzten bei Morgan Stanley bringen. Daß sie an »jenem fatalen Freitag«, wie die feministische Kritikerin ihn nannte, länger habe arbeiten müssen, sei ein weiterer Grund für den Absturz des Flugzeuges.

Bei der Vorbesprechung hatte Patrick Einwände dagegen erhoben, daß eine seiner Fragen im Wortlaut auf dem Prompter stand. Das wurde fast nie so gemacht – es brachte einen jedesmal durcheinander. Man kann nicht alles, was spontan wirken soll, auf den Prompter schreiben.

Aber die Kritikerin hatte einen Publicitymanager mitgebracht, einen Menschen, vor dem Fred – aus unbekannten Gründen – kroch. Der Publicitymanager bestand darauf, daß Wallingford die Frage genauso stellte, wie sie formuliert war, denn die Dämonisierung von Morgan Stanley war der nächste Punkt auf der Tagesordnung der Kritikerin, und Wallingford sollte sie (mit vorgetäuschter Unschuld) darauf bringen.

Statt dessen sagte er: »Für mich steht keineswegs fest, daß John F. Kennedy jr. ›testosteronbestimmt‹ war. Sie sind natürlich nicht die erste, von der ich das höre, aber ich habe ihn nicht gekannt. Sie haben ihn auch nicht gekannt. Fest steht allerdings, daß wir seinen Tod zu Tode geritten haben. Ich finde, wir sollten etwas Würde zeigen – wir sollten einfach aufhören. Es wird Zeit, sich anderem zuzuwenden.«

Wallingford wartete die Reaktion der beleidigten Frau gar nicht ab. Es blieb noch über eine Minute Sendezeit, aber man verfügte über reichlich vorbereitetes Filmmaterial. Er brachte das Interview abrupt zu Ende, indem er, seiner abendlichen Gewohnheit entsprechend, sagte: »Gute Nacht, Doris. Gute Nacht, mein kleiner Otto.« Es folgte das allgegenwärtige Bildmaterial; daß es ein wenig wirr dargeboten wurde, spielte kaum eine Rolle.

Die Zuschauer des internationalen 24-Stunden-Nachrichtenkanals, die bereits unter Leidensmüdigkeit litten, bekamen Wiederholungen des Trauermarathons vorgesetzt: die Handkamera auf dem stampfenden Schiff (eine Einstellung, wie die Leichen an Bord gehievt wurden), eine völlig überflüssige Aufnahme der St.-Thomas-More-Kirche und eine weitere von einer Seebestattung, wenn auch nicht von der eigentlichen Bestattung. Am Schluß, während die Zeit ablief, sah man Jackie als Mutter, wie sie John junior als Baby im Arm hielt; ihre Hand stützte das Neugeborene im Nacken, ihr Daumen war dreimal so groß wie das winzige Ohr des Kindes. Jackies Frisur war außer Mode, aber die Perlen waren zeitlos, und das Lächeln, ihr Markenzeichen, war intakt.

Sie sieht so jung aus, dachte Wallingford. (Sie war auch jung – es war 1961!)

Patrick ließ sich gerade abschminken, als Fred ihn zur Rede stellte. Fred war schon etwas älter – er drückte sich oft altmodisch aus.

»Das war aber pfui, Pat«, sagte Fred. Er wartete Wallingfords Antwort nicht ab.

Ein Moderator mußte die Freiheit besitzen, das letzte Wort zu haben. Was auf dem Teleprompter stand, war nicht sakrosankt. Fred war wohl noch eine andere Laus über die Leber gelaufen; Patrick hatte noch nicht gemerkt, daß bei seinen Kollegen alles sakrosankt war, was mit der Geschichte des jungen Kennedy zu tun hatte. Daß er nicht über diese Geschichte hatte berichten *wollen*, deutete für seine Vorgesetzten darauf hin, daß ihm die Begeisterung für seinen Beruf abhanden gekommen war.

»Ich fand's irgendwie gut, was Sie gesagt haben«, sagte die Maskenbildnerin zu Patrick. »Irgendwie mußte das mal gesagt werden.«

Es war die junge Frau, von der er meinte, daß sie auf ihn stand. Das Aroma ihres Kaugummis mischte sich mit ihrem

Parfüm; ihr Geruch und wie nahe sie seinem Gesicht war, erinnerte Patrick an das Duftgemisch und die Hitze eines High-School-Balls. So geil war er nicht mehr gewesen, seit er das letzte Mal mit Doris Clausen zusammengewesen war.

Er war nicht darauf gefaßt, wie die Maskenbildnerin ihn erregte – plötzlich und vorbehaltlos begehrte er sie. Aber er ging statt dessen mit Mary nach Hause. Sie gingen erst gar nicht essen, sondern gleich zu ihr in die Wohnung.

»Also, das ist wirklich eine Überraschung«, meinte Mary, als sie das erste ihrer beiden Türschlösser aufschloß. Ihre kleine Wohnung bot eine bescheidene Aussicht auf den East River. Patrick war sich nicht sicher, meinte aber, daß sie sich in der East Fifty-second Street befanden. Er hatte auf Mary geachtet, nicht auf ihre Adresse. Er hatte gehofft, er bekäme etwas zu Gesicht, worauf ihr Nachname stand; ihm wäre ein wenig wohler gewesen, wenn ihm ihr Nachname eingefallen wäre. Aber sie war nicht stehengeblieben, um ihren Briefkasten zu öffnen, und in ihrer Wohnung lagen auch keine Briefe herum – nicht einmal auf ihrem unaufgeräumten Schreibtisch.

Mary ging geschäftig umher, zog Vorhänge zu, dämpfte Lichter. Das mit ihren Kleidern drapierte, Platzangst auslösende Wohnzimmer hatte eine Polstergarnitur mit Paisleymuster. Es war die typische Zweizimmerwohnung ohne Stauraum, und Mary mochte offenbar Kleider.

Im Schlafzimmer, das von noch mehr Kleidern überquoll, fiel Patrick das Blumenmuster der Tagesdecke auf, das für Mary eine Spur zu kleinmädchenhaft war. Wie der Gummibaum, der in der Küche zuviel Platz wegnahm, stammte bestimmt auch die Lavalampe auf der gedrungenen

Kommode aus ihrer Collegezeit. Fotos waren keine zu sehen; ihr Fehlen stand für alles, was von ihrer Scheidung noch unausgepackt war.

Mary forderte ihn auf, das Badezimmer als erster zu benutzen. Damit keinerlei Zweifel an der unveränderten Ernsthaftigkeit ihrer Absichten bei ihm aufkamen, rief sie ihm durch die geschlossene Tür hindurch zu: »Eins muß man dir lassen, Pat – dein Timing ist super. Ich habe einen Eisprung!«

Er gab irgendeine unartikulierte Antwort, weil er sich gerade mit dem rechten Zeigefinger Zahnpasta auf die Zähne strich; natürlich war es ihre Zahnpasta. Auf der Suche nach rezeptpflichtigen Medikamenten – irgend etwas mit ihrem Nachnamen drauf – hatte er ihr Medizinschränkchen geöffnet, aber er fand nichts. Wie konnte eine erst kürzlich geschiedene Frau, die in New York City arbeitete, ohne Medikamente auskommen?

Mary hatte schon immer etwas leicht Bionisches gehabt; Patrick dachte an ihre Haut, die makellos war, ihre unverfälschte Blondheit, ihre vernünftigen, aber sexy Kleider und ihre perfekten kleinen Zähne. Selbst ihre Nettigkeit – wenn sie denn noch vorhanden, wenn Mary im Grunde immer noch nett war. (Also besser, ihre *frühere* Nettigkeit.) Aber keine rezeptpflichtigen Medikamente? Vielleicht waren sie, wie die fehlenden Fotos, von der Scheidung noch nicht ausgepackt.

Mary hatte ihr Bett für ihn aufgedeckt, die Decken waren wie von einem unsichtbaren Zimmermädchen zurückgeschlagen. Später ließ sie, bei angelehnter Tür, das Badezimmerlicht brennen; das einzige andere Licht im Schlafzimmer kam von dem rosa Gewoge der Lavalampe, das wabernde Schatten an die Decke warf. Unter den gegebenen Umständen fiel es Patrick schwer, die protozoenhaften Bewegungen der Lavalampe nicht als bezeichnend für Marys bemühte Fruchtbarkeit zu betrachten.

Plötzlich mußte sie ihm unbedingt erzählen, daß sie sämtliche Medikamente weggeworfen habe – »schon vor Monaten«. Inzwischen nehme sie gar nichts mehr – »nicht einmal bei Menstruationsschmerzen«. Sobald sie schwanger sei, werde sie auch mit Alkohol und Zigaretten aufhören.

Wallingford blieb kaum Zeit, sie daran zu erinnern, daß er eine andere liebte.

»Ich weiß. Das macht nichts«, sagte Mary.

Ihr Liebesspiel hatte etwas derart Resolutes, daß Wallingford ihr rasch erlag; doch das Erlebnis hielt dem Vergleich mit der berauschenden Art und Weise, wie Mrs. Clausen ihn bestiegen hatte, nicht stand. Er liebte Mary nicht, und sie liebte nur das Leben, das sich ihrer Vorstellung nach daraus ergeben würde, daß sie ein Kind von ihm bekam. Vielleicht konnten sie jetzt Freunde werden.

Daß Wallingford nicht das Gefühl hatte, er fröne alten Gewohnheiten, belegt seine moralische Verwirrung. Seinem plötzlichen Verlangen nach der Maskenbildnerin zu folgen und mit *ihr* ins Bett zu gehen hätte bedeutet, wieder in seine frühere Lasterhaftigkeit zurückzufallen. Doch bei Mary hatte er lediglich nicht nein gesagt. Wenn sie unbedingt ein Kind von ihm wollte, warum sollte er ihr dann keins verschaffen?

Es tröstete ihn, daß er den einzigen nicht bionischen Teil an ihr ausfindig gemacht hatte – eine Stelle mit blondem

Flaum etwas oberhalb ihres Kreuzes. Er küßte sie dort, ehe sie sich wegdrehte und einschlief. Sie schlief auf dem Rücken und schnarchte dabei leicht, die Beine, wie Patrick bemerkte, von den Paisley-Sitzpolstern der Wohnzimmercouch angehoben. (Wie Mrs. Clausen, so ging auch Mary mit der Schwerkraft keine Risiken ein.)

Patrick schlief nicht. Er lag da und lauschte dem Verkehr auf dem Franklin Delano Roosevelt Drive, während er sich zurechtlegte, was er zu Doris Clausen sagen würde. Er wollte sie heiraten, wollte dem kleinen Otto ein echter Vater sein. Patrick hatte vor, Doris zu sagen, daß er »einer Freundin« den gleichen Dienst »erwiesen« habe, den er auch ihr »erwiesen« hatte; allerdings, würde er taktvoll hinzufügen, habe er es nicht genossen, Mary zu schwängern. Er würde zwar versuchen, Marys Kind ein nicht allzu abwesender Vater zu sein, ihr aber unmißverständlich klarmachen, daß er mit Mrs. Clausen und Otto junior zusammenleben wollte. Natürlich war es verrückt von ihm, anzunehmen, ein solches Arrangement könnte funktionieren.

Wie kam er nur auf die Idee, daß Doris diese Möglichkeit in Erwägung ziehen könnte? Er glaubte ja wohl nicht ernsthaft, sie würde sich und den kleinen Otto aus ihrer gewohnten Umgebung in Wisconsin herausreißen, und er selbst war jemand, mit dem eine Beziehung auf die Ferne (wenn überhaupt irgendeine Beziehung) garantiert nicht funktionieren konnte.

Sollte er Mrs. Clausen sagen, daß er es darauf anlegte, gefeuert zu werden? Dazu hatte er sich noch nichts zurechtgelegt, und außerdem legte er es gar nicht richtig darauf an.

Ungeachtet Freds schwacher Drohung befürchtete Patrick, daß er bei dem Nichtnachrichtensender unersetzbar geworden war.

Ja, sicher, vielleicht würde er sich wegen seines kleinen Aufstands am Donnerstagabend mit ein, zwei Produzenten auseinandersetzen müssen – irgendein höheres Tier ohne Rückgrat würde darüber salbadern, daß »Verhaltensregeln für alle gelten«, oder sich über Wallingfords »mangelndes Verständnis für Teamwork« verbreiten. Aber sie würden ihn nicht feuern, weil er vom Teleprompter abgewichen war, jedenfalls nicht, solange sich seine Einschaltquoten hielten.

Tatsächlich war das Zuschauerinteresse, wie Patrick zutreffend vorausgesehen hatte – und wie die minutengenauen Einschaltquoten bewiesen –, nach seinen Bemerkungen nicht nur angestiegen, sondern geradezu hochgeschnellt. Wie die Maskenbildnerin – beim bloßen Gedanken an sie bekam Wallingford in Marys Bett unerwartet einen Steifen – glaubte auch das Fernsehpublikum, daß es »Zeit war, sich anderem zuzuwenden«. Wallingfords Vorstellung von sich selbst und seinen Kollegen – daß sie »etwas Würde zeigen« und »einfach aufhören« sollten – hatte unmittelbar einen Publikumsnerv getroffen. Anstatt dafür zu sorgen, daß er gefeuert wurde, hatte sich Patrick Wallingford vielmehr beliebter denn je gemacht.

Er hatte immer noch einen Ständer, als im Morgengrauen ein Boot auf dem East River obszön tutete. (Wahrscheinlich schleppte es einen Müllprahm.) Patrick lag in dem rosa überhauchten Zimmer, das die Farbe von Narbengewebe trug, auf dem Rücken. Seine Erektion wölbte die Bettdecke. Wie Frauen dergleichen merkten, würde er nie begreifen; er spürte, wie Mary die Sofapolster vom Bett trat. Er hielt sich an ihren Hüften fest, während sie sich auf ihn setzte und draufloswippte. Dabei drang das Tageslicht ins Zimmer; das scheußliche Rosa begann zu verblassen.

»Dir zeig ich ›testosteronbestimmt‹«, flüsterte ihm Mary zu, kurz bevor er kam. Es machte nichts, daß ihr Atem schlecht roch – sie waren Freunde. Es war bloß Sex, genauso freimütig und vertraulich wie ein Händedruck. Eine seit langem bestehende Schranke war gefallen. Der Sex war eine Belastung gewesen, etwas, das zwischen ihnen gestanden hatte; jetzt war es keine große Affäre mehr.

Mary hatte nichts zu essen in ihrer Wohnung. Sie hatte hier noch nie etwas gekocht oder auch nur gefrühstückt. Jetzt wo sie ein Kind bekomme, erklärte sie, würde sie anfangen, sich nach einer größeren Wohnung umzusehen.

»Ich weiß, daß ich schwanger bin«, zirpte sie. »Ich spüre das.«

»Möglich ist es auf jeden Fall«, sagte Patrick nur.

Sie machten eine Kissenschlacht und jagten einander nackt durch die Wohnung, bis sich Wallingford in dem paisleygemusterten Durcheinander des Wohnzimmers an der Glasplatte des Couchtisches das Schienbein stieß. Dann duschten sie zusammen. Patrick verbrannte sich am Heißwasserhahn, während sie einander unter heftigen Verrenkungen Brust an Brust einseiften.

Sie machten einen langen Spaziergang zu einem Café, das sie beide mochten – es lag in der Madison Avenue, irgendwo auf Höhe der Sixties oder Seventies. Wegen des ohrenbetäubenden Straßenlärms mußten sie sich den ganzen Weg über brüllend unterhalten. Als sie das Café betraten, brüllten sie immer noch, wie Leute, die schwimmen waren und nicht wissen, daß sie Wasser in den Ohren haben.

»Jammerschade, daß wir einander nicht lieben«, sagte Mary viel zu laut. »Dann müßtest du dir nicht in Wisconsin das Herz brechen lassen, und ich müßte dein Kind nicht ganz allein kriegen.«

Die anderen Frühstücksgäste schienen zu bezweifeln, daß das vernünftig war, aber Wallingford pflichtete ihr törichterweise bei. Er erzählte Mary, was er sich für Doris zurechtgelegt hatte. Mary runzelte die Stirn. Sie machte sich Sorgen, daß es unaufrichtig klang, wenn er behauptete, er lege es darauf an, seinen Job zu verlieren. (Was die *andere* Sache anging – daß er ein Kind mit ihr gezeugt und unmittelbar danach seine ewige Liebe zu Doris Clausen erklärt hatte –, sagte Mary nicht, was sie wirklich meinte.)

»Hör zu«, sagte sie. »Dein Vertrag läuft noch wie lange, achtzehn Monate. Wenn sie dich jetzt feuern, werden sie versuchen, dich herunterzuhandeln. Du würdest dich wahrscheinlich damit zufriedengeben, daß sie dir nur ein Jahresgehalt Abfindung zahlen. Wenn du in Wisconsin leben willst, brauchst du vielleicht länger als ein Jahr, um einen neuen Job zu finden – ich meine einen, der dir gefällt.«

Jetzt war es an Patrick, die Stirn zu runzeln. Sein Vertrag lief noch *genau* achtzehn Monate, aber woher wußte Mary das?

»Außerdem«, fuhr Mary fort, »werden sie dich nur ungern feuern, solange du Moderator bist. Nach außen hin muß es nämlich so aussehen, als ob derjenige, der auf diesem Stuhl sitzt, für jedermann erste Wahl ist.«

Erst jetzt kam es Wallingford in den Sinn, daß Mary womöglich selbst an dem von ihr so genannten Stuhl interessiert war. Er hatte sie bislang unterschätzt. Die Frauen des New Yorker Nachrichtenstudios waren keine Dummchen; Patrick hatte bei ihnen ein gewisses Ressentiment gegen Mary wahrgenommen. Er hatte geglaubt, es läge daran, daß sie die Jüngste, Hübscheste, Gewiefteste und vermeintlich Netteste war – daß sie womöglich auch die Ehrgeizigste war, hatte er nicht bedacht.

»Verstehe«, sagte er, obwohl er das durchaus nicht tat. »Red weiter.«

»Also, an deiner Stelle«, sagte Mary, »würde ich einen neuen Vertrag verlangen. Verlange drei Jahre – nein, lieber fünf. Aber sag ihnen, daß du nicht mehr Moderator sein willst. Sag ihnen, du willst dir deine Aufträge als Sonderkorrespondent selbst aussuchen. Sag, daß du nur die nimmst, die dir zusagen.«

»Ich soll mich *zurückstufen*?« fragte Wallingford. »Und auf diese Weise wird man gefeuert?«

»Moment! Laß mich ausreden!« Jeder Gast in Hörweite verfolgte das Gespräch. »Du fängst einfach an, Aufträge abzulehnen. Du wirst einfach zu wählerisch!«

»›Zu wählerisch‹«, wiederholte Patrick. »Verstehe.«

»Plötzlich passiert irgendeine große Sache – ich meine, ein Riesending, Verwüstung, Terror und entsprechendes Leid. Kannst du mir folgen, Pat?«

Er konnte. Er erkannte allmählich, woher einige der Hyperbeln auf dem Teleprompter stammten – das war nicht alles Freds Werk. Wallingford war noch nie im grellen Vormittagslicht mit Mary zusammengewesen; selbst die Bläue in ihren Augen klärte sich neu.

»Red weiter, Mary.«

»Es passiert eine Katastrophe!« sagte sie. Im Café verhielten Tassen in halber Höhe oder blieben auf der Untertasse. »Es ist eine brandaktuelle Nachricht – du weißt, welche Art von Story ich meine. Wir *müssen* dich schicken. Und du weigerst dich einfach.«

»Und dann feuern sie mich?« fragte Wallingford.

»Dann *müssen* wir dich feuern, Pat.«

Er ließ sich nichts anmerken, aber er hatte bereits gemerkt, wann das »sie« zum »wir« geworden war. Er hatte sie in der Tat unterschätzt.

»Du wirst ein richtig kluges kleines Kind kriegen, Mary«, sagte er nur.

»Aber verstehst du denn nicht?« beharrte sie. »Sagen wir, dein Vertrag läuft noch vier oder viereinhalb Jahre. Sie feuern dich. Sie handeln dich herunter, aber auf was? Auf drei Jahre vielleicht. Am Ende zahlen sie dir drei Jahresgehälter, und du bist fein raus! Na ja... in Wisconsin jedenfalls, wenn es dich denn dorthin zieht.«

»Das ist nicht meine Entscheidung«, erinnerte er sie.

Mary nahm seine Hand. Die ganze Zeit hatten sie ein gewaltiges Frühstück verdrückt; die fasziniert Gäste des Cafés hatten ihnen zugesehen, wie sie futterten und dabei eifrig aufeinander einbrüllten.

»Ich wünsche dir viel Glück bei Mrs. Clausen«, sagte Mary ernst. »Sie wäre blöd, wenn sie dich nicht nähme.«

Wallingford spürte, wie unaufrichtig sie war, enthielt sich aber eines Kommentars. Vielleicht, dachte er, wäre ein Nachmittagsfilm hilfreich, doch die Frage, welchen Film sie sich ansehen sollten, erwies sich als unlösbar. Patrick schlug

*Arlington Road* vor. Er wußte, daß Mary Jeff Bridges mochte. Aber politische Thriller regten sie zu sehr auf.

»*Eyes Wide Shut?*« schlug Wallingford vor. Er nahm eine untypische Leere in ihrem Gesichtsausdruck wahr. »Kubricks letzter –«

»Der ist doch gerade gestorben, oder?«

»Stimmt.«

»Die ganzen Nachrufe haben mich mißtrauisch gemacht«, sagte Mary.

Ein kluges Mädchen, weiß Gott. Aber Patrick glaubte trotzdem, er könnte sie in Versuchung führen, sich den Film anzusehen. »Er ist mit Tom Cruise und Nicole Kidman.«

»Für mich macht ihn das kaputt, daß die beiden miteinander verheiratet sind«, sagte Mary.

Die Pause in ihrem Gespräch kam so plötzlich, daß alle im Café, die dazu in der Lage waren, sie anstarrten. Teils, weil sie wußten, daß das Patrick Wallingford, der Löwenmann, mit irgendeiner hübschen Blondine war, hauptsächlich aber, weil der hektische Wortwechsel zwischen ihnen so abrupt geendet hatte. Es war, als hätte man zwei Leuten beim Vögeln zugesehen; ganz plötzlich und anscheinend ohne Orgasmus hatten sie einfach aufgehört.

»Lassen wir das mit dem Kino, Pat. Gehen wir zu dir. Ich war noch nie in deiner Wohnung. Komm, wir gehen dorthin und vögeln noch ein bißchen.«

Das war allerdings besseres Rohmaterial, als jeder Möchtegernschriftsteller in dem Café sich je hätte erhoffen können. »Okay, Mary«, sagte Wallingford.

Er war überzeugt, daß sie die Musterung, der man sie beide unterzog, gar nicht wahrnahm. Leute, die nicht daran gewöhnt waren, sich mit Patrick Wallingford in der Öffentlichkeit aufzuhalten, machten sich nicht klar, daß zumal in New York schlichtweg jeder den Katastrophenmann erkannte. Doch als Patrick zahlte, beobachtete er, daß Mary die unverschämten Blicke der Cafégäste selbstbewußt erwiderte, und draußen auf dem Bürgersteig nahm sie seinen Arm und sagte: »So ein kleiner Vorfall wie eben wirkt Wunder für die Einschaltquoten, Pat.«

Daß ihr seine Wohnung besser gefiel als ihre, überraschte ihn nicht. »Das alles für dich allein?« fragte sie.

»Es ist bloß eine Zweizimmerwohnung, wie deine«, protestierte Wallingford. Genaugenommen stimmte das zwar, aber die Küche von Patricks Wohnung in den East Eighties war so groß, daß ein Tisch darin Platz fand, und das Wohnzimmer ließ sich als Wohn-/Eßzimmer verwenden, falls er je Lust dazu hatte. Am besten aber war in Marys Augen, daß das geräumige Schlafzimmer L-Form hatte; in das kurze Ende des L würden ein Kinderbett und sämtliches Babyzubehör hineinpassen.

»Das Baby ließe sich dort unterbringen«, wie sie es formulierte, während sie vom Bett aus auf die Nische deutete, »und ich wäre trotzdem noch einigermaßen ungestört.«

»Du möchtest deine Wohnung gegen meine tauschen – ist es das, Mary?«

»Na ja... wo du doch sowieso die meiste Zeit in Wisconsin bist. Was soll's, Pat, so wie es sich anhört, brauchst du in New York doch bloß eine Zweitwohnung. Meine Wohnung wäre genau das richtige für dich!«

Sie waren nackt, doch Wallingford hatte seinen Kopf eher ergeben als aus sexueller Erregung auf ihren flachen, knabenhaften Bauch gelegt; er hatte die Lust verloren, »noch ein bißchen zu vögeln«, wie es Mary im Café so gewinnend formuliert hatte. Er wehrte sich gegen die Vorstellung, in ihrer lauten Wohnung in der East Fifty-irgendwas zu wohnen. Er haßte das Stadtzentrum – dort herrschte immer so ein Lärm. Im Vergleich dazu waren die Eighties ein richtiggehendes Wohnviertel.

»An den Lärm gewöhnst du dich«, sagte Mary zu ihm und strich ihm wohltuend über Nacken und Schultern. Gewieft wie sie war, las sie seine Gedanken. Wallingford schlang ihr die Arme um die Hüften; er küßte ihren kleinen weichen Bauch, versuchte sich die Veränderungen an ihrem Körper in sechs, dann sieben, dann acht Monaten vorzustellen. »Du mußt zugeben, daß deine Wohnung besser für das Baby wäre, Pat«, sagte sie. Immer wieder schnellte ihre Zunge in sein Ohr.

Ihm fehlte die Fähigkeit, langfristig auf etwas hinzuarbeiten; er konnte nur alles an ihr bewundern, was er bislang unterschätzt hatte. Möglicherweise konnte er von ihr lernen. Vielleicht bekäme er dann, was er wollte – das erträumte Leben mit Mrs. Clausen und dem kleinen Otto. Oder wollte er das im Grunde gar nicht? Plötzlich geriet seine Zuversicht ins Wanken. Wenn er nun im Grunde nur vom Fernsehen weg und aus New York heraus wollte?

»Armer Penis«, sagte Mary tröstend. Sie hielt ihn zärtlich, aber er reagierte nicht. »Er muß müde sein«, fuhr sie fort. »Vielleicht sollte er ein bißchen ausruhen. Wahrscheinlich sollte er seine Kraft für Wisconsin aufsparen.«

»Wir hoffen mal lieber beide, daß es in Wisconsin für mich klappt, Mary. Ich meine, für das, was wir *beide* vorhaben.« Sie küßte seinen Penis leicht, beinahe gleichgültig, wie so viele New Yorker etwa einen bloßen Bekannten oder nicht allzu engen Freund auf die Wange küssen würden.

»Kluger Junge, Pat. Und ein netter Junge bist du im Grunde auch – egal, was sonstwer behauptet.«

»Wie es scheint, werde ich als jemand wahrgenommen, der im Genpool ganz weit oben schwimmt«, gab Wallingford zur Antwort.

Er versuchte, sich den Teleprompter text für die Freitagabendsendung vorzustellen, und überlegte, was wohl Fred schon dazu beigetragen haben mochte. Er versuchte sich auch vorzustellen, was Mary zu dem Script hinzufügen würde, denn was Patrick Wallingford vor der Kamera sagte, wurde von vielen unsichtbaren Händen geschrieben, und Patrick begriff mittlerweile, daß Mary schon immer eine bedeutendere Rolle gespielt hatte.

Als deutlich wurde, daß Wallingford außerstande war, noch einmal mit ihr zu schlafen, sagte Mary, sie könnten genausogut ein bißchen früher zur Arbeit gehen. »Ich weiß, du kriegst immer gern ein bißchen Input im Hinblick darauf, was auf den Teleprompter kommt«, wie sie es ausdrückte. »Ich habe da ein paar Ideen«, fügte sie hinzu, aber erst, als sie im Taxi in Richtung downtown saßen.

Ihr Timing war geradezu phantastisch. Patrick hörte ihr zu, wie sie von »Abschluß« sprach, davon, »die Kennedy-Sache zu Ende zu bringen«. Sie hatte, so ging ihm auf, das Script bereits geschrieben.

Fast als fiele es ihr nachträglich ein – sie hatten die Sicherheitsschleuse passiert und befanden sich im Fahrstuhl zum Nachrichtenstudio –, berührte Mary seinen linken Oberarm knapp oberhalb der fehlenden Hand samt Handgelenk auf jene mitfühlende Weise, nach der offenbar so viele Frauen süchtig waren. »An deiner Stelle, Pat«, vertraute sie ihm an, »würde ich mir wegen Fred keine Sorgen machen. Ich würde keinen weiteren Gedanken auf ihn verschwenden.«

Zuerst glaubte Wallingford, die Frauen im Nachrichtenstudio wären deshalb aus dem Häuschen, weil er und Mary zusammen gekommen waren; zweifellos hatte mindestens eine sie am Vorabend auch zusammen weggehen sehen. Jetzt wußten sie alle Bescheid. Aber Fred war gefeuert worden – das war der Grund für das aufgeregte Geplapper der Frauen. Daß Mary über die Neuigkeit nicht geschockt war, überraschte Wallingford nicht. (Mit einem ganz knappen Lächeln zog sie sich in die Damentoilette zurück.)

Daß er nur von einer Produzentin und einem Direktor begrüßt wurde, überraschte ihn allerdings schon. Letzterer war ein mondgesichtiger junger Mann namens Wharton, der stets so aussah, als kämpfe er gegen einen Brechreiz an. War Wharton wichtiger, als Wallingford geglaubt hatte? Hatte er auch ihn unterschätzt? Plötzlich erschien ihm Whartons Harmlosigkeit potentiell gefährlich. Der junge Mann hatte etwas Geist- und Ausdrucksloses, wohinter sich die Befugnis verbergen könnte, Leute zu feuern – sogar Fred, sogar Patrick. Aber Whartons einzige Anspielung auf Wallingfords kleinen Aufstand in der Donnerstagabendsendung und Freds darauf folgenden Rausschmiß bestand darin, daß er (zweimal) das Wort »unglücklich« äußerte. Dann ließ er Patrick mit der Produzentin allein.

Wallingford wußte nicht recht, was das zu bedeuten hatte

– warum hatten sie nur eine Produzentin geschickt? Wen sie dafür ausgeguckt hatten, war allerdings vorauszusehen; sie hatten sie schon öfter eingesetzt, wenn sie den Eindruck hatten, Wallingford brauche ein paar aufmunternde Worte oder müsse sonstwie instruiert werden.

Sie hieß Sabina und hatte sich hochgearbeitet; vor Jahren hatte sie zu den Frauen im Nachrichtenstudio gehört. Patrick hatte mit ihr geschlafen, aber nur ein einziges Mal – als sie viel jünger und noch mit ihrem ersten Mann verheiratet gewesen war.

»Für Fred wird's wohl eine Zwischenlösung geben. Sozusagen einen neuen Dicktuer. Einen neuen Nachrichtenredakteur...«, spekulierte Wallingford.

»Ich würde diese Personalentscheidung an deiner Stelle nicht als Zwischenlösung bezeichnen«, mahnte Sabina ihn. (Wie Mary, fiel Patrick auf, stand sie auf die Wendung »an deiner Stelle«.) »Diese Entscheidung hat sich schon lange abgezeichnet, und von ›Zwischenlösung‹ kann überhaupt keine Rede sein.«

»Bist du es, Sabina?« fragte Wallingford. (War es Wharton?, dachte er.)

»Nein, es ist Shanahan.« In Sabinas Stimme lag nur ein Anflug von Bitterkeit.

»Shanahan?« Der Name sagte Wallingford nichts.

»Für dich Mary«, sagte Sabina zu ihm.

So hieß sie also! Nicht einmal jetzt erinnerte er sich. Mary Shanahan! Er hätte es wissen müssen.

»Viel Glück, Pat. Wir sehen uns dann in der Ablaufbesprechung«, sagte Sabina nur noch. Sie ließ ihn mit seinen Gedanken allein, aber das blieb er nicht lange.

Als Wallingford sich zur Besprechung einfand, waren die Frauen aus dem Nachrichtenstudio schon da, so wachsam und nervös wie junge Hunde. Eine von ihnen schob Patrick über den Tisch hinweg ein Memo zu; das Blatt flog ihr geradezu aus der Hand. Auf den ersten Blick hielt er es für eine Pressemitteilung über das, was er bereits wußte, doch dann sah er, daß man Mary – zusätzlich zu ihren Aufgaben als neue Nachrichtenredakteurin – auch noch zur Produzentin der Sendung gemacht hatte. Deswegen war Sabina bei ihrer Begegnung vorhin wohl auch so wortkarg gewesen. Sie war zwar auch Produzentin, doch nun hatte es den Anschein, als wäre sie nicht mehr so wichtig wie noch vor Marys Beförderung.

Was Wharton anging, so sagte der mondgesichtige Direktor bei Ablaufbesprechungen niemals etwas. Wharton gehörte zu den Leuten, die sämtliche Bemerkungen von der höheren Warte nachträglicher Erkenntnis aus machen – Kommentare gab er immer nur im nachhinein ab. Er kam nur zu den Ablaufbesprechungen, um zu erfahren, wer für Patrick Wallingfords Text vor der Kamera verantwortlich war. Aus diesem Grund konnte man unmöglich wissen, wie wichtig oder unwichtig Wharton war.

Als erstes gingen sie das ausgewählte Filmmaterial durch. Es gab darin kein einziges Bild, das nicht bereits ins öffentliche Bewußtsein eingegangen war. Die unverschämteste Aufnahme, die, zum Standfoto erstarrend, am Schluß des Materials stand, zeigte Caroline Kennedy Schlossberg. Das Bild war nicht ganz deutlich, aber man hatte sie offenbar dabei gefilmt, wie sie versuchte, der Kamera die Sicht auf ihren Sohn zu versperren. Der Junge warf gerade Körbe, vielleicht in der Auffahrt des Sommerhauses der Schlossbergs in Sagaponack. Der Kameramann hatte ein Teleobjektiv verwendet – man sah es an den unscharfen Zweigen (wahrscheinlich Liguster) im Bildvordergrund. (Irgendwer hatte wohl heimlich eine Kamera durch eine Hecke geschoben.) Der Junge bemerkte die Kamera entweder nicht, oder er tat so.

Caroline Kennedy Schlossberg war im Profil aufgenommen. Sie wirkte nach wie vor elegant und würdevoll, doch Schlaflosigkeit oder das tragische Ereignis hatten ihr Gesicht abgezehrt. Ihr Aussehen widerlegte die tröstliche Vorstellung, daß man sich an Leid gewöhnte.

»Warum nehmen wir das?« fragte Patrick. »Schämen wir uns nicht, oder ist es uns nicht wenigstens ein bißchen peinlich?«

»Das braucht bloß ein bißchen Kommentar, Pat«, sagte Mary Shanahan.

»Wie wär's dann damit, Mary? Wie wär's, wenn ich sage: ›Wir sind New Yorker. Wir haben den Ruf, Prominenten Anonymität zu bieten. In letzter Zeit hat dieser Ruf allerdings ein wenig gelitten.‹ Wie wär's damit?« fragte Wallingford.

Niemand gab ihm Antwort. Marys eisblaue Augen waren ebenso strahlend wie ihr Lächeln. Die Frauen aus dem Nachrichtenstudio zappelten vor Aufregung; es hätte Patrick nicht gewundert, wenn sie allesamt angefangen hätten, einander zu beißen.

»Oder folgendes«, fuhr Wallingford fort. »Wie wär's, wenn ich folgendes sage? ›Nach allem, was man von Leuten hört, die ihn kannten, war John F. Kennedy jr. ein zurückhaltender junger Mann, ein anständiger Bursche. Etwas von dieser Zurückhaltung und diesem Anstand stünde uns gut zu Gesicht.«

Es trat ein kurzes Schweigen ein, das höflich gewesen wäre, wenn die übertriebenen Seufzer der Frauen aus dem Nachrichtenstudio nicht gewesen wären.

»Ich habe da ein bißchen was geschrieben«, sagte Mary fast schüchtern. Der Text stand bereits auf dem Teleprompter; sie mußte ihn am Vortag oder noch einen Tag früher geschrieben haben.

»Es scheint bestimmte Tage, ja Wochen zu geben«, lautete der Text, »wo wir in die unangenehme Rolle des Unglücksboten gedrängt werden.«

»Blödsinn!« sagte Patrick. »Die Rolle ist uns nicht unangenehm – wir genießen sie!«

Mary lächelte züchtig, während der Teleprompter weiterlief. »Wir wären lieber Freunde, die Trost spenden, als Unglücksboten, doch diese Woche war eben eine dieser Wochen.« An dieser Stelle sah der Text ein kurzes Schweigen vor.

»Mir gefällt's«, sagte eine der Frauen aus dem Nachrichtenstudio. Sie hatten vor dieser Besprechung schon eine Besprechung gehabt, wie Wallingford wußte. (Es gab immer eine Besprechung vor der Besprechung.) Bestimmt hatten sie sich darauf geeinigt, welche von ihnen »Mir gefällt's« sagen sollte.

Dann berührte eine andere von den Frauen aus dem Nachrichtenstudio Patricks linken Unterarm an der üblichen Stelle. »Mir gefällt's, weil du nicht direkt so rüberkommst, als würdest du dich für das entschuldigen, was du gestern abend gesagt hast«, meinte sie. Ihre Hand blieb ein wenig länger als natürlich oder nötig auf seinem Unterarm liegen.

»Die Einschaltquoten für gestern abend waren übrigens phantastisch«, sagte Wharton. Patrick wußte, daß er Wharton, dessen rundes Gesicht ein blinder Fleck auf der anderen Tischseite war, besser nicht ansah.

»Du warst gestern abend klasse, Pat«, fügte Mary hinzu.

Ihre Bemerkung war so genau getimt, daß auch sie in der Besprechung vor der Besprechung geprobt worden sein mußte, denn von den Frauen aus dem Nachrichtenstudio war nicht das leiseste Kichern zu hören; wie Geschworene, die zu einem einstimmigen Urteil gekommen sind, verzogen sie keine Miene. Wharton war natürlich der einzige in der Ablaufbesprechung, der nicht wußte, daß Patrick am Vorabend mit Mary Shanahan nach Hause gegangen war, und es wäre ihm auch völlig egal gewesen. Mary ließ Patrick ausreichend Zeit für eine Antwort – alle taten das. Alle schwiegen respektvoll. Dann, als Mary merkte, daß keine Antwort kommen würde, sagte sie: »Tja, wenn jetzt alles vollkommen klar ist...«

Wallingford war bereits auf dem Weg in die Maske. Rückblickend gab es mittlerweile nur noch ein Gespräch mit Mary, das er nicht bereute. Als sie im Morgengrauen zum zweiten Mal miteinander geschlafen hatten, hatte er ihr von seiner plötzlichen, unerklärlichen Begierde nach der Maskenbildnerin erzählt. Mary hatte diese Regung scharf mißbilligt.

»Du meinst doch wohl nicht Angie, oder, Pat?«

Er hatte nicht gewußt, wie die Maskenbildnerin hieß.

»Die eine, die ständig Kaugummi kaut –«

»Das ist *Angie*!« hatte Mary gerufen. »Die ist doch völlig verkorkst!«

»Mich macht sie jedenfalls an. Ich kann dir auch nicht sagen, wieso. Vielleicht liegt's am Kaugummi.«

»Vielleicht bist du auch bloß geil, Pat.«

»Vielleicht.«

Das war alles gewesen. Dann, während sie quer durch die Stadt zu dem Café in der Madison spazierten, war Mary unvermittelt herausgeplatzt: »*Angie!* Mein Gott, Pat – die Frau ist ein Witz! Sie wohnt noch bei ihren Eltern. Ihr Vater ist Verkehrspolizist oder so was. In Queens. Sie kommt aus *Queens*!«

»Wen interessiert denn, wo sie herkommt?« hatte Patrick gefragt.

Rückblickend fand er es merkwürdig, daß Mary ein Kind von ihm wollte, seine Wohnung wollte, ihn darüber beraten wollte, wie er sich am vorteilhaftesten feuern lassen konnte; alles in allem schien sie (bis zu einem gewissen, sorgfältig kalkulierten Grad) wirklich seine Freundin sein zu wollen. Sie wollte sogar, daß in Wisconsin alles für ihn klappte – d. h. sie hatte, soweit Wallingford feststellen konnte, keinerlei Eifersucht auf Mrs. Clausen an den Tag gelegt. Und doch bekam sie beinahe einen Schlaganfall, als sie hörte, daß er auf eine Maskenbildnerin scharf war. Wieso?

Er saß auf dem Schminksessel und dachte an den Erregungsfaktor, während sich Angie an seinen Krähenfüßen und (heute besonders) den dunklen Ringen unter seinen Augen zu schaffen machte. »Letzte Nacht wohl nicht viel Schlaf abgekriegt, was?« fragte sie ihn unter heftigem Kauen. Sie hatte den Kaugummi gewechselt; am Abend davor hatte sie nach Minze gerochen – an diesem Abend kaute sie irgend etwas Fruchtiges.

»Leider nein. Wieder eine schlaflose Nacht«, erwiderte Patrick.

»Warum können Sie denn nicht schlafen?« fragte Angie.

Wallingford runzelte die Stirn; er dachte nach. Wie weit sollte er gehen?

»Runzeln Sie nicht so die Stirn. Schön entspannen!« sagte Angie zu ihm. Sie tupfte ihm mit ihrem weichen kleinen Pinsel den fleischfarbenen Puder auf die Stirn. »Warum können Sie denn nicht schlafen? Wollen Sie's mir nicht sagen?«

Ach, was soll's! dachte Patrick. Falls Mrs. Clausen ihn abwies, konnte man das Ganze sowieso abhaken. Und wenn er gerade seine Chefin geschwängert hatte – na und? Er hatte bereits irgendwann während der Ablaufbesprechung beschlossen, nicht die Wohnung mit ihr zu tauschen. Und wenn Doris ja sagte, wäre das sein letzter Abend als freier Mann. Daß einer Selbstverpflichtung zu einem monogamen Leben sexuelle Anarchie vorausgehen kann, ist ja nicht ganz unbekannt. Das war der alte Patrick Wallingford – seine Zügellosigkeit machte sich wieder geltend.

»Ich kann nicht schlafen, weil ich ständig an dich denken muß«, bekannte Wallingford. Die Maskenbildnerin hatte gerade die Hand gespreizt und glättete mit Daumen und Zeigefinger die von ihr so genannten »Lachfältchen« an seinen Mundwinkeln. Er spürte, wie ihre Finger auf seiner Haut erstarrten, als wäre ihre Hand plötzlich abgestorben. Ihr Unterkiefer klappte herunter; ihr Mund blieb mitten in der Kaubewegung offenstehen.

Angie trug einen enganliegenden, kurzärmeligen Sweater

in der Farbe von Orangenbrause. An einer Kette um ihren Hals hing ein Siegelring, offenbar der eines Mannes und so schwer, daß er sich zwischen ihre Brüste geschoben hatte. Selbst ihre Brüste hörten auf, sich zu bewegen, während sie den Atem anhielt; alles hatte aufgehört.

Schließlich atmete sie wieder – ein langes, nach dem Kaugummi duftendes Ausatmen. Patrick konnte sein Gesicht im Spiegel sehen, nicht aber ihres. Er blickte auf ihre angespannten Halsmuskeln; ein, zwei Strähnen ihres pechschwarzen Haars hatten sich gelöst. Die Träger ihres BHS zeichneten sich unter dem orangefarbenen Sweater ab, der über den Bund ihres engen schwarzen Rocks hochgerutscht war. Sie hatte olivefarbene Haut und dunkles, flaumig wirkendes Haar auf den Armen.

Angie war erst etwas über zwanzig. Daß sie noch bei ihren Eltern wohnte, hatte Patrick nicht weiter geschockt. Das taten in New York viele berufstätige junge Frauen. Eine eigene Wohnung war zu teuer, und Eltern waren im allgemeinen verläßlicher als eine Wohngemeinschaft.

Patrick glaubte schon, daß Angie nicht mehr antworten würde, und ihre sanften Finger trugen bereits wieder Rouge auf seine Haut auf. Endlich holte sie einmal tief Luft und hielt den Atem an, als überlegte sie, was sie sagen sollte; dann stieß sie erneut einen Schwall fruchtiger Luft aus. Sie begann wieder, rasch auf ihrem Kaugummi zu kauen – ihre Atemzüge waren kurz und duftend. Wallingford war sich peinlich bewußt, daß sie sein Gesicht auf etwas anderes als unreine Haut und Falten musterte.

»Soll das vielleicht 'ne Einladung sein oder was?« flüsterte Angie ihm zu. Sie blickte immer wieder zur offenen

Tür der Maske hinüber, in der sie mit Patrick allein war. Die Frau, die Haare machte, war mit dem Fahrstuhl ins Erdgeschoß gefahren; sie stand irgendwo auf dem Bürgersteig und rauchte eine Zigarette.

»Sieh es doch mal so, Angie«, flüsterte Wallingford der aufgeregten, kurzatmigen jungen Frau zu. »Das hier ist eindeutig ein Fall von sexueller Belästigung, wenn du deine Karten richtig ausspielst.«

Er klopfte sich innerlich dafür auf die Schulter, daß er auf eine Methode, gefeuert zu werden, gekommen war, an die Mary nicht gedacht hatte, aber Angie wußte nicht, daß er es ernst meinte; die Maskenbildnerin glaubte fälschlich, er albere nur herum. Und sie war, wie Wallingford zutreffend vermutet hatte, in ihn verschossen.

»Ha!« sagte sie und schenkte ihm ein verspieltes Lächeln. Zum erstenmal konnte er die Farbe ihres Kaugummis sehen – er war lila. (Traube oder irgendeine synthetische Variante davon.) Sie hatte zur Pinzette gegriffen und schien auf eine Stelle zwischen seinen Augen zu starren. Während sie sich dichter über ihn beugte, atmete er ihren Geruch ein – ihr Parfüm, ihr Haar, den Kaugummi. Sie roch wunderbar, ein Duft, der irgendwie an ein Kaufhaus erinnerte.

Im Spiegel konnte er die Finger seiner rechten Hand sehen; er spreizte sie so zielbewußt auf dem schmalen Streifen Fleisch zwischen ihrem Rockbund und dem hochgerutschten Sweater, wie er etwa die Tastatur eines Klaviers berührt hätte, ehe er zu spielen anfing. In diesem Moment kam er sich denn auch wie ein halb im Ruhestand lebender Maestro vor, der schon lange außer Übung ist, aber immer noch ein feines Händchen hat.

Es gab in ganz New York keinen Anwalt, der sie nicht mit Vergnügen vertreten würde. Wallingford hoffte nur, daß sie ihm nicht mit der Pinzette das Gesicht verunstaltete.

Statt dessen drückte Angie, als er ihre warme Haut berührte, so das Kreuz durch, daß sie sich gegen seine Hand preßte – oder vielmehr schmiegte. Mit der Pinzette zupfte sie ihm sanft ein verirrtes Augenbrauenhaar aus dem Nasenrücken. Dann küßte sie ihn mit leicht geöffnetem Mund auf die Lippen; er konnte ihren Kaugummi schmecken.

Eigentlich wollte er so etwas sagen wie »Angie, Herrgott noch mal, du solltest mich verklagen!«. Aber er konnte die Hand nicht von ihr nehmen. Instinktiv schoben sich seine Finger unter ihren Sweater; sie glitten ihren Rücken hoch bis zum Verschluß ihres BHs. »Den Kaugummi finde ich gut«, sagte er, dessen früheres Ich mühelos die richtigen Worte fand. Wieder küßte sie ihn, und diesmal teilte sie mit ihrer kräftigen Zunge seine Lippen, dann seine Zähne.

Als sie ihm ihren schlüpfrigen Kaugummiklumpen in den Mund schob, war er ganz kurz verblüfft. Einen beunruhigenden Moment lang glaubte er, er hätte ihr die Zunge abgebissen. Er war an diese Art von Vorspiel einfach nicht gewöhnt – er war noch nicht mit vielen Kaugummikauerinnen gegangen. Ihr nackter Rücken wand sich unter seiner Hand; ihre Brüste unter dem weichen Sweater strichen über seine Brust.

In der Tür räusperte sich eine der Frauen aus dem Nachrichtenstudio. Das entsprach fast genau dem, was Wallingford gewollt hatte; er hatte gehofft, Mary Shanahan sähe ihn dabei, wie er Angie küßte und begrapschte, aber er zweifelte nicht daran, daß man Mary von dem Vorfall berichten würde, noch ehe er auf Sendung war. »Du hast noch fünf Minuten, Pat«, sagte die Frau aus dem Nachrichtenstudio zu ihm.

Angie, die ihm ihren Kaugummi gelassen hatte, war noch immer dabei, ihren Pullover herunterzuzerren, als die Frau, die Haare machte, von ihrer Zigarettenpause zurückkam. Sie war eine schwergewichtige Schwarze, die nach Zimt-Rosinen-Toast roch und es sich zum Prinzip gemacht hatte, jedesmal Verzweiflung vorzutäuschen, wenn es nichts gab, was Patricks Frisur brauchte. Manchmal besprühte sie ihn mit ein bißchen Haarspray oder massierte ihm etwas Gel ein; diesmal tätschelte sie ihm bloß den Kopf und ging wieder aus dem Zimmer.

»Weißt du auch genau, worauf du dich da einläßt?« fragte Angie. »Ich hab ein ziemlich kompliziertes Leben«, warnte sie ihn. »Ich hab reichlich Probleme, wenn du verstehst, was ich meine.«

»Was meinst du denn, Angie?«

»Wenn wir heute abend ausgehen wollen, muß ich noch einiges abblasen«, sagte sie. »Als allererstes muß ich mal ein paar Anrufe erledigen.«

»Ich will dich nicht in Schwierigkeiten bringen, Angie.«

Sie durchwühlte ihre Handtasche – nach Telefonnummern, vermutete Patrick. Falsch, sie suchte nach Kaugummi. »Hör zu« – sie kaute wieder –, »willst du jetzt heute abend ausgehen oder was? Es macht keine Schwierigkeiten. Ich muß bloß ein paar Anrufe erledigen.«

»Ja, heute abend«, erwiderte Patrick.

Und warum auch nicht, warum nicht heute abend? Er

war nicht nur nicht mit Mrs. Clausen verheiratet, sondern sie hatte ihn auch in keiner Weise ermutigt. Er hatte keinen Grund zu der Annahme, daß er je mit ihr verheiratet sein würde; er wußte nur, daß er sie darum bitten wollte. Unter den gegebenen Umständen war sexuelle Anarchie sowohl verständlich als auch lobenswert. (Für den alten Patrick Wallingford, versteht sich.)

»Du hast ja wohl Telefon zu Hause«, sagte Angie. »Gib mir mal lieber die Nummer. Ich geb sie auch niemandem, wenn's nicht sein muß.«

Er schrieb ihr gerade seine Nummer auf, als dieselbe Frau aus dem Nachrichtenstudio erneut in der Tür erschien. Sie sah, wie der Zettel den Besitzer wechselte. Das wird ja immer besser, dachte Wallingford. »Noch zwei Minuten, Pat«, sagte die aufmerksame Frau zu ihm.

Mary wartete im Aufnahmestudio auf ihn. Sie hielt ihm die von einem Papiertuch bedeckte Hand hin. »Raus mit dem Kaugummi, Blödmann«, sagte sie nur. Es bereitete Patrick kein geringes Vergnügen, den schlüpfrigen lila Klumpen auf ihrer Hand zu deponieren.

»Guten Abend«, begann er die Freitagssendung etwas förmlicher als sonst. »Guten Abend« stand nicht auf dem Prompter, aber Wallingford wollte soviel unaufrichtigen Ernst wie möglich vermitteln. Schließlich wußte er, wieviel Unaufrichtigkeit hinter dem stand, was er als nächstes sagen mußte. »Es scheint bestimmte Tage, ja Wochen zu geben, wo wir in die unangenehme Rolle des Unglücksboten gedrängt werden. Wir wären lieber Freunde, die Trost spenden, als Unglücksboten, doch diese Woche war eben eine dieser Wochen.«

Er war sich bewußt, daß seine Worte genauso hohl und verlogen klangen, wie es seiner Absicht entsprach. Als das Filmmaterial eingespielt wurde und er ausgeblendet war, schaute er nach Mary, aber sie war, wie Wharton, schon gegangen. Der Film zog sich – er hatte das Tempo eines überlangen Gottesdienstes. Man brauchte kein Genie zu sein, um die Einschaltquoten für diese Sendung vorauszuahnen.

Endlich kam das überflüssige Bild von Caroline Kennedy Schlossberg, wie sie ihren Sohn vor dem Teleobjektiv abschirmte; als das Bild zum Standfoto erstarrte, bereitete sich Patrick auf seine Schlußbemerkungen vor. Es war genug Zeit für das übliche »Gute Nacht, Doris. Gute Nacht, mein kleiner Otto.«. Oder etwas von entsprechender Länge.

Zwar hatte Wallingford kaum das Gefühl, Mrs. Clausen untreu zu sein, da sie kein Paar waren, aber er empfand es trotzdem als leichten Verrat an seiner Liebe – freilich nur, falls er bei seinem üblichen Gruß an sie und ihren Sohn bliebe. Im Bewußtsein dessen, was er vergangene Nacht mit Mary gemacht hatte, und bei dem Gedanken an das, was die vor ihm liegende Nacht mit Angie versprach, hatte er keine Lust, auch nur Mrs. Clausens Namen auszusprechen.

Außerdem wollte er noch etwas anderes sagen. Als der Film schließlich endete, blickte er genau in die Kamera und erklärte: »Hoffen wir, daß es damit zu Ende ist.« Es war genauso lang wie sein Gruß an Doris und Otto junior, doch ohne Pause für einen Punkt – von dem eingesparten Komma ganz zu schweigen. Tatsächlich dauerte es nur drei anstatt vier Sekunden, diesen Satz zu sprechen; Patrick wußte das, weil er es gestoppt hatte.

Zwar rettete Wallingfords Schlußbemerkung die Einschaltquoten nicht, aber die Abendnachrichten bekamen deswegen eine gute Presse. Ein Kommentar in der *New York Times*, der auf eine ätzende Kritik an der Fernsehberichterstattung über JFK jr.s Tod hinauslief, lobte Patrick für das, was der Verfasser »drei Sekunden Integrität in einer Woche voller Verkommenheit« nannte. Entgegen seinen Absichten schien Wallingford unersetzlicher denn je zu sein.

Natürlich war Mary Shanahan am Ende der Freitagabendsendung nirgendwo zu finden; abwesend waren außerdem Wharton und Sabina. Zweifellos saßen sie in einer Besprechung. Während des Abschminkens demonstrierte Patrick seine körperliche Zuneigung zu Angie so deutlich, daß die Friseurin angewidert den Raum verließ. Außerdem achtete er darauf, erst dann mit Angie wegzugehen, als sich bei den Fahrstühlen ein kleines, aber höchst mitteilsames Grüppchen tuschelnder Frauen aus dem Nachrichtenstudio eingefunden hatte.

Aber war eine Nacht mit Angie wirklich das, was er wollte? Wie ließ sich ein sexuelles Abenteuer mit der etwas über zwanzig Jahre alten Maskenbildnerin als Fortschritt auf dem Weg zu seiner Besserung deuten? War das nicht eindeutig der alte Patrick Wallingford, der wieder seine Spielchen trieb? Wie oft kann ein Mensch seine sexuelle Vergangenheit wiederholen, ehe sie zu seinem eigentlichen Wesen wird?

Wallingford jedoch fühlte sich, ohne das Gefühl auch nur sich selbst erklären zu können, wie ein neuer Mensch, und zwar einer auf der richtigen Spur. Er hatte – ungeachtet des Umweges, den er im Moment machte – auf seinem verschlungenen Weg nach Wisconsin ein Ziel vor Augen. Und was war mit dem Umweg von gestern nacht? Egal, diese Umwege waren bloß Vorbereitungen darauf, mit Mrs. Clausen zusammenzutreffen und ihr Herz zu gewinnen. Das jedenfalls redete sich Patrick ein.

Er führte Angie in ein Restaurant in der Third Avenue, irgendwo in den Eighties, aus. Nach einem weinseligen Essen gingen sie zu Fuß zu Wallingfords Wohnung – Angie ein wenig wackelig. Wieder schob ihm die aufgeregte junge Frau ihren Kaugummi in den Mund. Dem schlüpfrigen Austausch folgte ein langer, heftiger Zungenkuß, nur Sekunden nachdem Patrick seine Wohnungstür auf- und gleich wieder abgeschlossen hatte.

Der Kaugummi war eine neue Geschmacksrichtung, irgend etwas Ultra-Cooles und Silbriges. Wenn Wallingford durch die Nase atmete, brannten ihm die Nasenlöcher; wenn er durch den Mund atmete, fühlte sich seine Zunge kalt an. Sobald sich Angie entschuldigte und ins Bad zurückzog, spuckte Patrick den Kaugummi in seine eine Hand. Die glänzend metallische Oberfläche des Klümpchens zitterte wie eine Quecksilberpfütze. Es gelang ihm, den Kaugummi wegzuwerfen und sich an der Küchenspüle die Hände zu waschen, ehe Angie mit nichts als einem seiner Handtücher am Leibe aus dem Badezimmer auftauchte und sich in seine Arme warf. Eine draufgängerische Frau, so daß ihm eine anstrengende Nacht bevorstand. Er würde nur schwer die Zeit finden, für Wisconsin zu packen.

Außerdem waren da die Telefonanrufe, die die ganze Nacht von seinem Anrufbeantworter aufgezeichnet wurden. Patrick war dafür, ihn leise zu stellen, aber Angie bestand darauf, die Anrufe mitzuhören; für den Notfall hatte sie Patricks Telefonnummer an diverse Mitglieder ihrer Familie weitergegeben. Der erste Anruf aber kam von Patricks neuer Nachrichtenredakteurin Mary Shanahan.

Er hörte die Hintergrundkakophonie der Frauen aus dem Nachrichtenstudio, die ausgelassene Fröhlichkeit, mit der sie feierten – dazu als Gegensatz den Bariton eines Kellners, der die »Tagesgerichte« herunterbetete –, ehe Mary ein Wort äußerte. Wallingford konnte sie sich vorstellen, über das Handy gebeugt, als wäre es etwas, was sie essen wollte. Bestimmt hielt sie eine ihrer feinknochigen Hände ans Ohr, die andere an den Mund. Sicher war ihr eine Strähne ihres blonden Haars ins Gesicht gefallen und verbarg womöglich eines ihrer saphirblauen Augen. Natürlich wußten die Frauen aus dem Nachrichtenraum, daß sie ihn anrief, ob sie es ihnen nun gesagt hatte oder nicht.

»Das war ein mieser Trick, Pat«, begann Marys Nachricht auf dem Anrufbeantworter.

»Das ist ja Ms. Shanahan!« flüsterte Angie in Panik, als ob Mary sie hören könnte.

»Ja, das ist sie«, flüsterte Patrick zurück. Die Maskenbildnerin wand sich auf ihm, der üppige Wust ihres pechschwarzen Haars verdeckte völlig ihr Gesicht. Wallingford konnte nur eines ihrer Ohren sehen, aber er schloß (aus dem Duft), daß ihr neuer Kaugummi in die Geschmacksrichtung Himbeer oder Erdbeer ging.

»Kein Wort von dir, nicht einmal ein Glückwunsch«, fuhr Mary fort. »Na gut, damit kann ich leben, aber nicht mit diesem Weibsbild. Offenbar willst du mich demütigen. Ist es das, Pat?«

»Bin ich das Weibsbild?« fragte Angie. Sie begann zu

keuchen. Außerdem drang tief aus ihrer Kehle ein leises Knurren; vielleicht wurde es von dem Kaugummi hervorgerufen.

»Ja«, erwiderte Patrick mit einiger Mühe – er bekam ständig ihre Haare in den Mund.

»Was regt sich Ms. Shanahan denn wegen mir so auf?« fragte Angie; es hörte sich an, als wäre sie außer Atem. Doch nicht etwa so was wie Crystal Pitney? fragte sich Wallingford. Hoffentlich nicht.

»Ich habe gestern nacht mit Mary geschlafen. Vielleicht habe ich sie geschwängert«, sagte Patrick. »Sie wollte das so.«

»Ja, das erklärt so einiges«, sagte die Maskenbildnerin.

»Ich weiß, daß du da bist! Nimm gefälligst ab, du Arsch!« heulte Mary.

»Mein lieber...«, begann Angie. Offenbar versuchte sie, Wallingford auf sich zu wälzen – anscheinend hatte sie genug davon, oben zu liegen.

»Eigentlich müßtest du für Wisconsin packen! Du müßtest dich vor deiner Reise ausruhen!« schrie Mary. Eine der Frauen aus dem Nachrichtenstudio versuchte, sie zu beruhigen. Man hörte den Kellner etwas von der Trüffelsaison sagen.

Patrick erkannte seine Stimme. Das Restaurant war ein italienisches Lokal in der West Seventeenth. »Was ist mit Wisconsin?« jammerte Mary. »Ich wollte das Wochenende in deiner Wohnung verbringen, während du in Wisconsin bist, um sie schon mal auszuprobieren...« Sie begann zu weinen.

»Was ist mit Wisconsin?« keuchte Angie.

»Ich fliege da gleich morgen früh hin«, sagte Wallingford nur.

Jetzt meldete sich auf dem Anrufbeantworter eine andere Stimme; eine der Frauen aus dem Nachrichtenstudio hatte Marys Handy genommen, nachdem diese sich in Tränen aufgelöst hatte. »Du Scheißkerl, Pat«, sagte die Frau. Wallingford sah ihr chirurgisch schmaler gemachtes Gesicht vor sich. Es war die Frau, mit der er vor langer Zeit in Bangkok gewesen war; damals hatte sie ein volleres Gesicht gehabt. Damit war der Anruf zu Ende.

»Ha!« schrie Angie. Sie hatte sich und ihn in eine seitliche Stellung manövriert, mit der Wallingford nicht vertraut war. Die Stellung war etwas schmerzhaft für ihn, aber die Maskenbildnerin kam langsam in Fahrt – das Knurren war zum Stöhnen geworden.

Als der Anrufbeantworter den zweiten Anruf aufzeichnete, bohrte Angie eine ihrer Fersen in Patricks Kreuz. Sie waren immer noch seitlich miteinander verbunden, und Angie ächzte laut, während eine Frauenstimme traurig fragte: »Ist meine Kleine da? Ach, Angie, Angie – mein Liebling, mein Liebling! Du mußt das lassen, was du da tust, Angie. Du brichst mir das Herz!«

»Mom, Herrgott noch mal...«, fing Angie an, doch dann schnappte sie nach Luft. Ihr Stöhnen war wieder zum Knurren geworden – ihr Knurren zum Röcheln.

Wahrscheinlich ist sie eine Schreierin, überlegte Wallingford – seine Nachbarn würden denken, er ermordete sie. Ich müßte wirklich für Wisconsin packen, dachte Patrick, während sich Angie heftig auf den Rücken wälzte. Irgendwie hatte sie, obwohl nach wie vor innigst mit ihm verbunden, ein Bein über seine Schulter geworfen; er versuchte sie zu küssen, aber ihr Knie war ihm im Weg.

Angies Mutter weinte so rhythmisch, daß der Anrufbeantworter selbst präorgasmische Laute von sich gab. Wallingford hörte sie gar nicht auflegen; ihre letzten Schluchzer wurden von Angies Schreien übertönt. Nicht einmal eine Geburt konnte so laut sein, nahm Patrick fälschlich an – nicht einmal Jeanne d'Arc auf dem Scheiterhaufen. Doch Angies Schreie verstummten jäh. Eine Sekunde lang lag sie da wie gelähmt; dann begann sie sich hin und her zu werfen. Ihr Haar peitschte Wallingfords Gesicht, ihr Körper bäumte sich gegen ihn, ihre Fingernägel kratzten über seinen Rücken.

Au weia, eine Schreierin und eine Kratzerin, dachte Wallingford – der die jüngere, unverheiratete Crystal Pitney nicht vergessen hatte. Er barg das Gesicht an Angies Hals, damit sie ihm nicht die Augen auskratzen konnte. Er hatte schlichtweg Angst vor der nächsten Phase ihres Orgasmus; sie schien übermenschliche Kräfte zu besitzen. Ohne einen Laut, ohne das leiseste Stöhnen war sie kräftig genug, das Kreuz durchzudrücken und ihn von sich herunterzuwälzen – zuerst auf die Seite, dann auf den Rücken. Wie durch ein Wunder waren sie die ganze Zeit miteinander verbunden geblieben; es war, als ließen sie sich nie mehr trennen. Sie kamen sich vor wie für immer aneinandergeheftet, eine neue Spezies. Er spürte, wie ihr Herz hämmerte; ihr ganzer Brustkorb vibrierte, aber kein Laut, kein Atemzug kam von ihr.

Dann merkte er plötzlich, daß sie nicht mehr atmete. War sie etwa eine Schreierin, eine Kratzerin und eine *In-Ohn-*

*macht-Fallerin*? Die Arme zu strecken bedurfte seiner ganzen Kraft. Er schob sie von sich – seine eine Hand auf einer Brust, sein Stumpf auf der anderen. In diesem Moment sah er, daß sie beinahe an ihrem Kaugummi erstickte – sie war blau im Gesicht, von ihren dunkelbraunen Augen sah man nur das Weiße. Mit seiner einen Hand packte Wallingford ihren schlaff herabhängenden Unterkiefer; er rammte ihr seinen Unterarmstumpf unter den Brustkorb, ein Schlag ohne Faust. Der Schmerz erinnerte ihn an die Tage nach seiner Transplantation, ein Übelkeit erregender Schmerz, der ihm durch den Unterarm in die Schulter fuhr und von dort in den Hals schoß. Aber Angie atmete heftig aus und spie dabei den Kaugummi von sich.

Das Telefon klingelte, während die verstörte Maskenbildnerin, von Schluchzern geschüttelt, zitternd an seiner Brust lag und in tiefen Zügen Atem holte. »Ich war am Sterben«, japste sie. Patrick, der gedacht hatte, sie sei gekommen, sagte nichts, während der Anrufbeantworter den Anruf entgegennahm. »Ich war am Sterben und bin gleichzeitig gekommen«, fügte sie hinzu. »Das war vielleicht komisch!«

Auf dem Anrufbeantworter meldete sich eine Stimme aus dem düsteren Untergrund der Stadt; man hörte metallisches Quietschen und das ruckelnde Rumpeln einer U-Bahn, eine Geräuschkulisse, vor der Angies Vater, der Verkehrspolizist, unmißverständlich klarmachte, was er zu sagen hatte. »Angie, willst du deine Mutter ins Grab bringen, oder was? Sie ißt nicht mehr, sie schläft nicht mehr, sie geht nicht mehr zur Kirche...« Eine U-Bahn überkreischte seine Klage.

»Daddy«, sagte Angie nur zu Wallingford. Ihre Hüften

bewegten sich schon wieder. Als Paar schienen sie für immer miteinander verbunden – zwei untergeordnete Gottheiten, die den Tod durch Lust versinnbildlichten.

Angie schrie gerade wieder, als das Telefon zum vierten Mal klingelte. Wie spät ist es?, fragte sich Patrick, doch als er auf seinen digitalen Wecker sah, verdeckte etwas Rosafarbenes die Uhrzeit. Es hatte ein gräßlich anatomisches Aussehen, wie ein Stück von einer Lunge, aber es war nur Angies Kaugummi – eindeutig irgendein Beerengeschmack. So wie das Licht des Weckers durch die Substanz leuchtete, ähnelte der Kaugummi lebendigem Gewebe.

»Gott...«, sagte er, als er im gleichen Augenblick wie die Maskenbildnerin kam. Ihre Zähne, denen fraglos der Kaugummi fehlte, bohrten sich in Wallingfords linke Schulter. Den Schmerz konnte Patrick ertragen – er hatte schon Schlimmeres erlebt. Aber Angie war noch enthusiastischer, als er erwartet hatte. Sie war eine Schreierin, eine Erstickerin und eine Beißerin. Sie biß gerade wieder zu, als sie schlagartig in Ohnmacht fiel.

»He, Krüppel«, sagte die Stimme eines Fremden auf Patricks Anrufbeantworter. »He, Mister Einhand, weißt du, was? Du wirst bald noch mehr los als deine Hand, damit du's weißt. Dann hast du nichts mehr zwischen den Beinen außer Durchzug.«

Wallingford versuchte Angie aufzuwecken, indem er sie küßte, aber die Ohnmächtige lächelte bloß. »Da ist ein Anruf für dich«, flüsterte Patrick ihr ins Ohr. »Den solltest du vielleicht annehmen.«

»He, Arschgesicht«, sagte der Mann auf dem Anrufbeantworter, »hast du gewußt, daß sogar Fernsehheinis einfach verschwinden können?« Er rief wohl von einem fahrenden Auto aus an. Im Radio kam Johnny Mathis – leise, aber nicht leise genug. Wallingford dachte an den Siegelring, den Angie an der Kette um ihren Hals trug; das Ding würde auf einen Finger passen, der so dick war wie sein großer Zeh. Aber sie hatte den Ring bereits abgenommen und seinen Besitzer als »Niemand« abgetan – irgendeinen Kerl, der »im Ausland« sei. Wer also war der Anrufer?

»Angie, ich finde, das müßtest du hören«, flüsterte Patrick. Sanft zog er die Schlafende in Sitzhaltung hoch; ihr Haar fiel nach vorn, verbarg ihr Gesicht, verdeckte ihre hübschen Brüste. Sie roch nach einer köstlichen Mischung aus Früchten und Blumen; ihr Körper war mit einem dünnen, glänzenden Schweißfilm bedeckt.

»Hör mir zu, Mister Einhand«, sagte der Anrufbeantworter. »Ich zerkleiner deinen Schwanz in einem Mixer. Und dann geb ich's dir zu fressen!« Das war das Ende des unschönen Anrufs.

Wallingford war dabei, für Wisconsin zu packen, als Angie aufwachte.

»Jungejunge, ich muß vielleicht pinkeln!« sagte sie.

»Da war noch ein Anruf – nicht von deiner Mutter. Irgendein Kerl hat gesagt, er würde meinen Penis in einem Mixer zerkleinern.«

»Das war bestimmt mein Bruder Vittorio – abgekürzt Vito«, sagte Angie. Sie ließ die Badezimmertür offen, während sie pinkelte. »Hat er wirklich ›Penis‹ gesagt?« rief sie von der Toilette aus.

»Nein, eigentlich hat er ›Schwanz‹ gesagt«, erwiderte Patrick.

»Eindeutig Vito«, sagte die Maskenbildnerin. »Er ist harmlos. Vito hat nicht mal einen Job.« Wieso machte seine Arbeitslosigkeit ihn harmlos? »Was ist denn eigentlich in Minnesota?« fragte Angie.

»Wisconsin«, verbesserte er sie.

»Und wer ist da?«

»Eine Frau, die ich bitten werde, mich zu heiraten«, antwortete Patrick. »Wahrscheinlich wird sie nein sagen.«

»He, da hast du aber ein echtes Problem, weißt du das?« meinte Angie. Sie zog ihn aufs Bett zurück. »Ein bißchen zuversichtlicher mußt du schon rangehen. Du mußt dran glauben, daß sie ja sagt. Wozu sonst der Aufwand?«

»Ich glaube nicht, daß sie mich liebt.«

»Klar liebt sie dich! Du mußt bloß üben«, sagte die Maskenbildnerin. »Na los – du kannst bei mir üben. Los – frag mich!«

Er versuchte es; schließlich hatte er ja auch geübt. Er sagte ihr, was er zu Mrs. Clausen sagen wollte.

»Ach du Schande ... das ist ja grauenhaft!« sagte Angie. »Also, erstens einmal kannst du nicht damit anfangen, daß du dich wie verrückt entschuldigst – du mußt gleich damit rausrücken und sagen: ›Ich kann nicht ohne dich leben!‹ So was in der Art. Na los – sag's!«

»Ich kann nicht ohne dich leben«, verkündete Wallingford wenig überzeugend.

»Ach du Schande ...«

»Was war denn nun schon wieder?« fragte Patrick.

»Ein bißchen besser muß das schon kommen!«

Das Telefon klingelte – der fünfte Anruf. Es war erneut Mary Shanahan, die vermutlich aus der Einsamkeit ihrer

Wohnung in der East Fifty-irgendwas anrief – Wallingford meinte das Rauschen des Verkehrs auf dem FDR Drive zu hören. »Ich dachte, wir wären Freunde«, begann Mary. »Behandelst du so eine Freundin? Eine, die ein Kind von dir bekommt...« Entweder brach ihr die Stimme, oder der Gedanke verlor sich.

»Da hat sie nicht ganz unrecht«, sagte Angie zu Patrick. »Sag mal lieber was zu ihr.« Wallingford dachte daran, den Kopf zu schütteln, aber er lag gerade mit dem Gesicht auf Angies Brüsten; es erschien ihm unhöflich, an dieser Stelle den Kopf zu schütteln.

»Du kannst doch unmöglich noch immer dieses Weibsbild vögeln!« schrie Mary.

»Wenn du nicht mit ihr redest, rede ich mit ihr. Irgendwer muß es jedenfalls«, sagte die mitfühlende Maskenbildnerin.

»Dann rede du mit ihr«, erwiderte Wallingford. Er vergrub das Gesicht weiter unten, in Angies Bauch, um möglichst wenig zu hören, während sie den Hörer abnahm.

»Hier ist Angie, Ms. Shanahan«, begann die gutherzige junge Frau. »Sie brauchen sich nicht aufzuregen. So toll war das hier nämlich gar nicht. Vorhin wär ich beinah erstickt. Ich wär fast gestorben – ohne Witz.« Mary legte auf. »War das blöd?« fragte Angie.

»Nein, das war gut. Das war genau richtig. Ich finde dich prima«, sagte er wahrheitsgemäß.

»Das sagst du nur so«, meinte Angie. »Hast du noch mal Lust, oder was?«

Also schliefen sie miteinander. Was sollten sie sonst tun? Als Angie diesmal ohnmächtig wurde, entfernte Wallingford aufmerksamerweise ihren alten Kaugummi von der Anzeige seiner Uhr, ehe er den Wecker stellte.

Angies Mutter rief noch einmal an – jedenfalls hielt Patrick sie für die Anruferin. Ohne ein Wort zu sagen, weinte die Frau in einem fort, beinahe melodiös, während Wallingford zwischen Schlafen und Dösen hin und her driftete.

Er wachte auf, ehe der Wecker klingelte. Während er dalag, betrachtete er die schlafende junge Frau – ihr grenzenloses Wohlwollen war wirklich etwas Schönes. Er stellte den Wecker ab, ehe er klingelte; er wollte Angie schlafen lassen. Nachdem er geduscht und sich rasiert hatte, machte er eine Bestandsaufnahme seines mitgenommenen Körpers: der blaue Fleck an seinem Schienbein von der Glasplatte des Couchtisches in Marys Wohnung, die Verbrennung vom Heißwasserhahn in Marys Dusche. Sein Rücken war von Angies Nägeln zerkratzt; seine Schulter zierten eine ziemlich große Blutblase, ein violett verfärbtes Hämatom und einige Hautverletzungen von Angies spontaner Beißerei.

Patrick Wallingford war ganz offensichtlich nicht in der rechten Verfassung, um in Wisconsin oder sonstwo einen Heiratsantrag zu machen. Er kochte Kaffee und brachte der Schlafenden ein Glas kalten Orangensaft ans Bett.

»Wie das hier aussieht...«, sagte sie bald darauf, während sie nackt durch seine Wohnung marschierte. »Es sieht aus, als hättest du Sex gehabt!« Sie zog die Laken und die Kissenbezüge ab; sie fing an, die Handtücher aufzusammeln. »Eine Waschmaschine hast du ja wohl, oder? Ich weiß, du mußt ein Flugzeug kriegen – ich mache hier sauber. Was ist, wenn die Frau ja sagt? Und wenn sie mit dir hierherkommt?«

»Das ist unwahrscheinlich. Ich meine, es ist unwahrscheinlich, daß sie mit mir hierherkommt, auch wenn sie ja sagt.«

»Hör auf mit deinem ›unwahrscheinlich‹ – vielleicht tut sie's ja. Mehr brauchst du nicht zu wissen. Sieh zu, daß du dein Flugzeug erwischst. Ich mache hier Ordnung. Den Anrufbeantworter spule ich zurück, bevor ich gehe. Versprochen.«

»Du mußt das nicht«, sagte Patrick.

»Ich will dir helfen!« sagte Angie. »Ich weiß, wie das ist, wenn man ein verkorkstes Leben hat. Na los – mach dich mal lieber auf die Socken! Nicht daß du dein Flugzeug verpaßt.«

»Danke, Angie.« Er küßte sie zum Abschied. Sie schmeckte so gut, daß er beinahe nicht gegangen wäre. Was war eigentlich gegen sexuelle Anarchie einzuwenden?

Gerade als er ging, klingelte das Telefon. Er hörte Vitos Stimme auf dem Anrufbeantworter. »He, hör mal, Mister Einhand... Mr. Ohneschwanz«, sagte Vittorio. Man hörte ein mechanisches Surren, ein schreckliches Geräusch.

»Das ist bloß ein blöder Mixer. Geh schon – sieh zu, daß du dein Flugzeug kriegst!« sagte Angie. Wallingford schloß gerade die Tür, als sie den Hörer abnahm.

»He, Vito«, hörte er Angie sagen. »Hör zu, du Saftsack.« Patrick blieb auf dem Treppenabsatz stehen; ein kurzes, aber angelegentliches Schweigen trat ein. »Das ist das Geräusch, das dein Schwanz im Mixer machen würde, Vito – überhaupt keins, weil da nämlich nichts ist!«

Wallingfords nächster Nachbar stand ebenfalls auf dem Treppenabsatz – ein schlaflos wirkender Mann aus der

Wohnung nebenan, der sich anschickte, seinen Hund auszuführen. Sogar der Hund wirkte schlaflos, während er leicht zitternd oben an der Treppe wartete.

»Ich fliege nach Wisconsin«, sagte Patrick hoffnungsvoll.

Der Mann, der einen silbergrauen Spitzbart hatte, wirkte regelrecht benommen vor lauter Gleichgültigkeit und Selbstekel.

»Warum besorgst du dir nicht ein Vergrößerungsglas, damit du dir einen runterholen kannst?« schrie Angie. Der Hund spitzte die Ohren. »Weißt du, was man macht, wenn man so einen kleinen Schwanz hat wie du, Vito?« Wallingford und sein Nachbar starrten bloß den Hund an. »Man geht in ein Zoogeschäft. Man kauft sich eine Maus. Und die fragt man dann, ob sie einem einen bläst.«

Der Hund schien sich das alles mit großem Ernst durch den Kopf gehen zu lassen. Es war eine Art Miniaturschnauzer mit silbergrauem Bart, wie sein Herr.

»Gute Reise«, sagte Wallingfords Nachbar.

»Danke«, sagte Patrick.

Gemeinsam setzten sie sich die Treppe hinunter in Marsch – der Schnauzer nieste zweimal, der Nachbar sagte, seiner Meinung nach habe sich das Tier einen »Klimaanlagen-Schnupfen« geholt.

Sie hatten den Zwischenabsatz erreicht, als Angie irgend etwas gottlob Unverständliches brüllte. Ihre heroische Loyalität weckte in Patrick den Wunsch, zu ihr zurückzugehen; bei ihr waren die Aussichten besser als bei Mrs. Clausen.

Aber es war frühmorgens an einem Sommersamstag; der Tag war voller Verheißung. (Vielleicht nicht in Boston, wo eine Frau, die nicht Sarah Williams hieß, möglicherweise einer Abtreibung entgegensah.)

Auf dem Weg zum Flughafen herrschte kaum Verkehr. Patrick war am Flugsteig, ehe das Boarding begann. Da er im Dunkeln gepackt hatte, während Angie schlief, hielt er es für vernünftig, den Inhalt seiner Reisetasche zu überprüfen: ein T-Shirt, ein Polohemd, ein Sweatshirt, zwei Badehosen, zwei Garnituren Unterwäsche – er trug Boxershorts –, zwei Paar weiße Tennissocken und Rasierzeug, dazu seine Zahnbürste, Zahnpasta und ein paar stets mit Hoffnungen verbundene Kondome. Außerdem hatte er eine Taschenbuchausgabe von *Klein Stuart* eingepackt, das für die Altersgruppe von acht bis zwölf empfohlen wurde.

*Wilbur und Charlotte* hatte er nicht eingepackt, weil er bezweifelte, daß Mrs. Clausens Konzentrationsvermögen für zwei Bücher an einem Wochenende ausreichte; schließlich lief Otto noch nicht, aber er krabbelte wahrscheinlich schon. Zum Vorlesen würde ohnehin nicht viel Zeit sein.

Warum *Klein Stuart* anstelle von *Wilbur und Charlotte*, könnte man fragen. Nur weil Wallingford fand, das Ende stehe mehr in Einklang mit seinem Neuaufbruch. Und vielleicht würde die Melancholie dieses Schlusses Mrs. Clausen überzeugen – er war jedenfalls romantischer als die Geburt von lauter kleinen Spinnen.

Im Wartebereich sahen die anderen Fluggäste zu, wie Wallingford seine Reisetasche aus- und neu packte. Er hatte am Morgen Jeans, Laufschuhe und ein Hawaiihemd angezogen, und er hatte eine leichte Jacke, eine Art Windjacke, bei sich, die er über seinen linken Unterarm drapieren konnte, um das Fehlen der Hand zu kaschieren. Aber ein

Einhändiger, der eine Reisetasche aus- und neu packt, würde jedermanns Aufmerksamkeit erregen. Bis er mit seinem Getue um sein Gepäck für Wisconsin fertig war, wußte jeder im Wartebereich, um wen es sich handelte.

Alle sahen zu, wie der Löwenmann sein Handy auf dem Schoß festhielt, indem er es sich mit dem linken Unterarmstumpf gegen den Oberschenkel drückte, während er mit seiner einzigen Hand die Nummer wählte; dann nahm er es in die Hand und hielt es sich an Ohr und Mund. Als seine Windjacke von dem leeren Sitz neben ihm rutschte, griff sein linker Unterarm danach, um sie aufzuheben, doch Wallingford besann sich und legte den nutzlosen Stumpf wieder auf den Schoß.

Bestimmt waren die anderen Passagiere überrascht. Nun hat er schon so viele Jahre keine Hand mehr, und sein linker Arm *denkt* immer noch, er hätte eine! Aber niemand wagte es, die heruntergefallene Windjacke aufzuheben, bis ein mitfühlendes Paar, das mit einem kleinen Jungen reiste, diesem etwas zuflüsterte. Der Junge, der vielleicht sieben oder acht Jahre alt war, näherte sich vorsichtig Patricks Jacke; er hob sie auf und legte sie sorgfältig auf den leeren Sitz neben Wallingfords Tasche. Patrick lächelte und nickte dem Jungen zu, der verlegen zu seinen Eltern zurückeilte.

Das Handy klingelte unentwegt in Wallingfords Ohr. Er hatte vorgehabt, in seiner Wohnung anzurufen und entweder mit Angie zu sprechen oder auf dem Anrufbeantworter eine Nachricht zu hinterlassen, die sie hoffentlich mitbekommen würde. Er wollte ihr sagen, wie wunderbar und natürlich sie sei; er hatte daran gedacht, etwas zu sagen, was mit den Worten »In einem anderen Leben...« begann. So was in der Art. Aber er hatte nicht dort angerufen; irgend etwas an Angies schierer Güte ließ ihn vor dem Risiko zurückschrecken, ihre Stimme zu hören. (Außerdem war es Quatsch, jemanden, mit dem man nur eine Nacht verbracht hatte, als »natürlich« zu bezeichnen.)

Er rief statt dessen Mary Shanahan an. Ihr Telefon klingelte so oft, daß er schon dabei war, sich eine Nachricht für ihren Anrufbeantworter zurechtzulegen, als sie abnahm.

»Das kannst nur du sein, du Arsch«, sagte sie.

»Mary, wir sind nicht miteinander verheiratet – wir gehen nicht mal fest miteinander. Und ich tausche nicht meine Wohnung mit dir.«

»Hat es dir mit mir nicht gefallen, Pat?«

»Es gibt da einiges, was du mir nicht gesagt hast«, meinte Wallingford.

»So läuft das nun mal in dem Geschäft.«

»Verstehe«, sagte er. Man hörte ein fernes, hohles Geräusch – die Art von hallender Stille, die Wallingford mit Anrufen nach Übersee assoziierte. »Das ist wohl kein so guter Zeitpunkt, um dich wegen eines neuen Vertrags zu fragen«, fügte er hinzu. »Du hast gesagt, ich soll fünf Jahre verlangen –«

»Darüber sollten wir nach deinem Wochenende in Wisconsin reden«, erwiderte Mary. »Drei Jahre wären realistischer als fünf, denke ich.«

»Und soll ich... wie hast du's doch gleich formuliert? Soll ich den Moderatorenstuhl peu à peu räumen – ist das immer noch dein Vorschlag?«

»Wenn du einen neuen, verlängerten Vertrag willst – ja, dann wäre das eine Möglichkeit«, sagte Mary.

»Ich weiß nicht, wie es mit schwangeren Moderatorinnen aussieht«, gab Wallingford zu. »Hat es überhaupt schon mal eine schwangere Moderatorin gegeben? Ich denke, es könnte funktionieren. Geht es darum? Wir würden dabei zusehen, wie du immer dicker wirst. Natürlich gäbe es irgendeinen schnuckeligen Kommentar und ein, zwei Einstellungen von dir im Profil. Es wäre am besten, einen kurzen Mutterschaftsurlaub zu nehmen, um anzudeuten, daß es in der heutigen familienfreundlichen Arbeitswelt keine große Affäre ist, ein Kind zu bekommen. Und dann, nach einem Urlaub von nicht mehr als üblicher Länge, würdest du wieder vor der Kamera stehen, fast so grazil wie vorher.«

Es folgte die überseeische Stille, das hohle Geräusch der Entfernung zwischen ihnen. Das Ganze glich seiner Ehe, wie er sie in Erinnerung hatte.

»Habe ich das begriffen, wie das in dem Geschäft läuft?« fragte Patrick. »Sehe ich das richtig?«

»Ich habe dich mal geliebt«, erinnerte ihn Mary; dann legte sie auf.

Es gefiel Wallingford, daß zumindest *eine* Phase der Bürorangelei zwischen ihnen vorbei war. Er würde selbst eine Methode finden, sich feuern zu lassen, wenn ihm danach war; falls er beschloß, es nach Marys Methode zu machen, wäre sie die letzte, die den genauen Zeitpunkt erfahren würde. Und falls sich herausstellte, daß Mary schwanger war, würde er soviel Verantwortung für das Kind übernehmen, wie sie ihn übernehmen ließ – er würde sich nur nicht von ihr triezen lassen.

Wem wollte er etwas weismachen? Wenn man ein Kind mit jemandem hat, wird man natürlich getriezt! Und er hatte Mary Shanahan schon einmal unterschätzt. Sie konnte hundert Möglichkeiten finden, ihn zu triezen.

Dennoch erkannte Wallingford, was sich bei ihm verändert hatte – er fügte sich nicht mehr. Möglicherweise war er ja doch der neue oder ziemlich neue Patrick Wallingford. Außerdem war die Kälte in Mary Shanahans Ton ermutigend gewesen; er hatte gespürt, daß seine Aussichten, gefeuert zu werden, sich verbesserten.

Auf dem Weg zum Flughafen hatte er einen Blick in die Zeitung des Taxifahrers geworfen, bloß auf die Wetterseite. Für Nordwisconsin war Wärme und Sonnenschein vorhergesagt. Selbst das Wetter versprach Gutes.

Mrs. Clausen hatte sich einigermaßen besorgt über das Wetter geäußert, weil sie mit einem kleinen Flugzeug zu dem See im Norden fliegen würden; es war eine Art Wasserflugzeug oder Schwimmflugzeug, wie Doris es genannt hatte. Die Green Bay selbst gehörte zum Lake Michigan, doch der Ort, zu dem sie flogen, lag ungefähr zwischen dem Lake Michigan und dem Lake Superior – in dem Teil von Wisconsin, der an die Upper Peninsula von Michigan angrenzt.

Da Wallingford erst am Samstag nach Green Bay kommen konnte und am Montag wieder in New York sein mußte, hatte Doris entschieden, daß sie das kleine Flugzeug nehmen sollten. Für ein derart kurzes Wochenende war die Fahrt von Green Bay aus zu lang; so konnten sie zweimal in der Wohnung über dem Bootshaus bei dem Cottage am See übernachten.

Um nach Green Bay zu kommen, hatte Patrick zuvor zwei verschiedene Verbindungen nach Chicago und einen

Anschlußflug über Detroit ausprobiert; diesmal hatte er sich für das Umsteigen in Cincinnati entschieden. Während er im Wartebereich saß, überkam ihn einen Moment lang die typische New Yorker Verständnislosigkeit. (Das geschah nur Sekunden vor dem Aufruf zum Boarding.) Wieso flogen so viele Leute an einem Samstag im Juli nach Cincinnati?

Warum er selbst dorthin flog, wußte er natürlich – Cincinnati war einfach der erste Abschnitt einer Reise in drei Etappen –, aber was fanden eigentlich all die anderen Leute so attraktiv daran? Es wäre Patrick Wallingford nie in den Sinn gekommen, daß jeder, dem seine Gründe für die Reise bekannt gewesen wären, die anhaltende Verlockung durch Mrs. Clausen vielleicht für den allerunwahrscheinlichsten Vorwand gehalten hätte.

11

*Im Norden*

Es gab einen Moment, in dem das Wasserflugzeug in die Querlage ging und Doris Clausen die Augen zumachte. Patrick, der den steilen Landeanflug auf den kleinen, dunklen See nicht verpassen wollte, hatte die Augen weit geöffnet. Nicht einmal für eine neue linke Hand, einen Dauerbrenner, hätte er geblinzelt oder den Blick von der seitwärts rutschenden Aussicht auf die dunkelgrünen Bäume und den jäh gekippten Horizont abgewandt. Eine Flügelspitze wies wohl auf den See; das Fenster auf der abwärts gerichteten Seite des Wasserflugzeugs zeigte nichts als rasch näher kommendes Wasser.

Wegen des steilen Anflugwinkels bebten die Schwimmer, und das Flugzeug zitterte so heftig, daß Mrs. Clausen den kleinen Otto an ihre Brust drückte. Ihre Bewegung erschreckte das schlafende Kind, das zu weinen begann, ehe der Pilot das Flugzeug nur Sekunden später abfing und unsanft auf dem vom Wind gekräuselten See landete. Die Tannen sausten vorbei, und wo der blaue Himmel gewesen war, bildeten die Weißkiefern eine grüne Wand, ein verschwommenes Jadegewirr.

Doris atmete endlich aus, doch Wallingford hatte keine Angst gehabt. Obwohl er noch nie an dem See im Norden gewesen und auch noch nie in einem Wasserflugzeug geflogen war, kamen ihm das Wasser, das umliegende Ufer und jedes Bild des Anflugs und der Landung so vertraut vor wie der Blaue-Kapsel-Traum. All die Jahre, seit er seine Hand das erste Mal verloren hatte, erschienen ihm mittlerweile kürzer als der Schlaf einer einzigen Nacht; doch all die Jahre hatte er sich unablässig gewünscht, der Schmerztabletten-Traum würde wahr werden. Und nun endlich hatte Patrick Wallingford keinen Zweifel, daß er in ebendiesem Traum gelandet war.

Er betrachtete es als gutes Omen, daß die unzähligen Mitglieder der Familie Clausen nicht en masse in die diversen Hütten und Nebengebäude eingefallen waren. War es Rücksichtnahme auf Doris' heikle Situation – eine alleinerziehende Mutter, eine Witwe mit einem potentiellen Freier –, die Otto seniors Familie übers Wochenende von dem Seegrundstück fernhielt? Hatte Doris um diese Rücksicht gebeten? Und wenn ja, rechnete sie dann damit, daß das Wochenende sich womöglich romantisch gestaltete?

Falls ja, ließ sie sich nichts davon anmerken. Sie hatte eine lange Liste von Dingen zu erledigen, um die sie sich ganz sachlich kümmerte. Wallingford sah ihr dabei zu, wie sie die Zündflammen des Propangas-Boilers, des Kühlschranks und des Herdes anzündete. Er trug das Baby.

Patrick hielt den kleinen Otto im linken Arm, ohne Hand, weil er Mrs. Clausen manchmal mit der Taschenlampe leuchten mußte. Der Schlüssel zur Haupthütte hing an einem Nagel an einem Balken des Sonnendecks; der Schlüssel zu der Wohnung über dem Bootshaus hing an einem Brett unter dem Bootssteg.

Es war nicht nötig, sämtliche Hütten und Nebengebäude

aufzuschließen und zu öffnen – sie würden sie nicht benutzen. Der kleinere, mittlerweile für Werkzeug genutzte Schuppen war ein Außenklo gewesen, ehe es Installationen gab und man Wasser vom See heraufpumpte. Mrs. Clausen pumpte gekonnt vor und zog dann an der Schnur, die den Benzinmotor des Geräts startete.

Sie bat Patrick, eine tote Maus zu beseitigen, und hielt den kleinen Otto, während Patrick die Maus aus der Falle entfernte und unter ein paar Blättern und Kiefernnadeln verscharrte. Die Mausefalle war in einem Küchenschrank aufgestellt. Mrs. Clausen entdeckte das tote Nagetier, als sie die Lebensmittel wegräumte.

Doris mochte Mäuse nicht – sie waren schmutzig. Sie ekelte sich vor dem Kot, den die Tiere, wie sie sagte, an »den unmöglichsten Stellen« überall in der Küche hinterließen. Sie bat Patrick, auch den Mäusekot zu beseitigen. Und noch weniger als den Kot mochte sie die Plötzlichkeit, mit der sich Mäuse bewegten. (Vielleicht hätte ich doch *Wilbur und Charlotte* anstatt *Klein Stuart* mitbringen sollen, sorgte sich Wallingford.)

Sämtliche Nahrungsmittel in Pappkartons, Papier- oder Plastiktüten mußten wegen der Mäuse in Blechdosen verstaut werden; über den Winter konnte man nicht einmal Konserven ungeschützt zurücklassen. Einmal hatte sich im Winter etwas durch die Dosen genagt – wahrscheinlich eine Ratte, vielleicht aber auch ein Nerz oder ein Wiesel. Ein andermal war ein Tier, bei dem es sich mit ziemlicher Sicherheit um einen Vielfraß handelte, in die Haupthütte eingebrochen und hatte in der Küche Unterschlupf gesucht; das Tier hatte eine fürchterliche Schweinerei zurückgelassen.

Patrick begriff, daß dies alles zum Sommerlager-Sagengut des Cottage gehörte. Auch ohne daß die anderen Clausens anwesend waren, konnte er sich mühelos vorstellen, wie man hier lebte. In der Haupthütte, wo sich Küche und Eßzimmer – und außerdem das größte Badezimmer – befanden, sah er die auf Regalen gestapelten Brettspiele und Puzzles. Bücher gab es so gut wie keine, bis auf ein Wörterbuch (zweifellos um Auseinandersetzungen beim Scrabble zu schlichten) und die üblichen Naturführer, anhand deren sich Schlangen und Amphibien, Insekten und Spinnen, Wildblumen, Säugetiere und Vögel bestimmen lassen.

Außerdem waren in der Haupthütte die Gespenster festgehalten, die hier umgegangen waren oder noch umgingen – eingefangen in schlichten, an den Rändern aufgebogenen Schnappschüssen. Einige der Fotos waren vom vielen Sonnenlicht stark verblaßt; andere hatten Rostflecken von den alten Reißnägeln, mit denen sie an den groben Kiefernholzwänden befestigt waren.

Und es gab noch andere Andenken, die von Gespenstern zeugten. Präparierte Hirschköpfe oder bloß Geweihe; ein Krähenschädel, der ein sauberes Loch aufwies, wie es eine 22er Kugel macht; ein paar unscheinbare Fische, selbst präpariert und auf lackierten Kiefernholzplatten befestigt. (Die Fische sahen so aus, als wären sie ebenfalls unfachmännisch lackiert worden.)

Am auffallendsten war die Kralle eines großen Raubvogels. Mrs. Clausen erzählte Wallingford, es handele sich um eine Adlerkralle; sie sei keine Trophäe, sondern ein Mahnmal, ausgestellt in einem Glaskasten, um anderen Clausens zur Warnung zu dienen. Es war schlimm, einen

Adler zu schießen, doch einer der weniger disziplinierten Clausens hatte es getan und war dafür streng bestraft worden. Er war damals noch ein Junge gewesen, und man hatte einen längeren »Hausarrest« über ihn verhängt, wie Doris sagte – d. h. er hatte zweimal hintereinander die Jagdsaison verpaßt.

Falls ihm das keine Lehre war, würde ihn die Kralle des getöteten Adlers immer wieder darauf stoßen.

»Donny«, sagte Doris und schüttelte den Kopf, als sie den Namen des Adlermörders nannte. Mit einer Sicherheitsnadel war an der Plüschauskleidung des Schaukastens ein Foto von Donny befestigt – er hatte den Gesichtsausdruck eines Wahnsinnigen. Mittlerweile war er erwachsen und hatte selbst Kinder; wahrscheinlich schämten sie sich, wenn sie die Kralle sahen, jedesmal erneut für ihren Vater.

Mrs. Clausens Wiedergabe der Geschichte war ernüchternd, und sie erzählte sie so, wie man sie ihr erzählt hatte – als Geschichte mit einer Moral, als Warnung. SCHIESSE KEINE ADLER!

»Donny war schon immer ein ganz Wilder«, berichtete Mrs. Clausen.

Vor seinem geistigen Auge konnte Wallingford sie interagieren sehen – die Gespenster auf den Fotos, die Angler, die die lackierten Fische gefangen, die Jäger, die die präparierten Hirsche, die Krähe und den Adler geschossen hatten. Er malte sich aus, wie die Männer um den Grill herumstanden, der mit einer Plane abgedeckt und unter einem Dachvorsprung auf dem Sonnendeck verstaut war.

Es gab einen Innen- und einen Außenkühlschrank, die, wie Patrick vermutete, voller Bier waren. Mrs. Clausen korrigierte diesen Eindruck später; nur der Außenkühlschrank war voller Bier. Es war der für Bier vorgesehene Kühlschrank – nichts anderes wurde darin geduldet.

Während die Männer den Grill im Auge behielten und dazu ihr Bier tranken, gaben die Frauen den Kindern zu essen – bei gutem Wetter an dem Picknicktisch auf dem Sonnendeck, bei schlechtem Wetter an dem langen Eßzimmertisch. Die räumliche Beschränktheit des Hüttenlebens deutete für Wallingford darauf hin, daß Kinder und Erwachsene getrennt aßen. Mrs. Clausen lachte zuerst über Patricks Frage, bestätigte dann aber seine Vermutung.

Es gab eine Reihe Fotos von Frauen, die in Krankenhausnachthemden im Bett lagen, ihre Neugeborenen neben sich; Doris' Foto war nicht darunter. Daß sie und der kleine Otto hier fehlten, empfand Wallingford als auffällig. (Der große Otto war nicht dagewesen, um sie zu fotografieren.) Es gab Männer und Jungen in allerlei Uniformen und Trikots, außerdem Frauen und Mädchen in Gesellschaftskleidung und in Badeanzügen, die meisten dabei fotografiert, wie sie gegen das Fotografiertwerden protestierten.

Es gab eine Wand nur für Hunde – Hunde beim Schwimmen, Hunde beim Apportieren von Stöcken, einige in trostloser Kinderkleidung aufgenommene Hunde. Und in einer Nische über der Kommode in einem der Schlafzimmer, an den Rändern in den Rahmen eines fleckigen Spiegels gesteckt, Fotos der Älteren, mittlerweile wahrscheinlich Verstorbenen. Eine alte Frau in einem Rollstuhl mit einer Katze auf dem Schoß; ein alter Mann ohne Paddel im Bug eines Kanus. Der alte Mann hatte langes weißes Haar und war wie ein Indianer in eine Decke gehüllt; er schien darauf zu warten, daß sich jemand hinten ins Boot setzte und ihn wegpaddelte.

Im Flur, gegenüber der Badezimmertür, hing eine kreuzförmig angeordnete Ansammlung von Fotos – zum Gedenken an einen jungen, männlichen Clausen, der in Vietnam verschollen war. Im Badezimmer selbst befand sich ein zweiter Schrein zum Gedenken an die ruhmreichen Tage der Green Bay Packers – eine geheiligte Sammlung alter Zeitschriftenfotos, die die »Unbesiegbaren« darstellten.

Wallingford konnte diese Helden nur mit großer Mühe identifizieren; die aus alten Zeitschriften herausgerissenen Seiten waren zerknittert und stockfleckig, die Bildunterschriften kaum leserlich. »In einer Umkleidekabine in Milwaukee«, entzifferte Wallingford mühsam, »nach dem Gewinn der Meisterschaft in der Western Division, Dezember 1961.« Da waren Bart Starr, Paul Hornung und Trainer Lombardi – der Trainer mit einer Flasche Pepsi in der Hand. Jim Taylor blutete aus einer Platzwunde auf dem Nasenrücken. Wallingford erkannte die Spieler nicht, aber er konnte sich mit Taylor identifizieren, dem mehrere Schneidezähne fehlten.

Wer waren Jerry Kramer und Fuzzy Thurston, und was war der »Packer Sweep«? Wer war der dercküberkrustete Kerl da? (Es war Forrest Gregg.) Oder Ray Nitschke, schlammbeschmiert, glatzköpfig, benommen und blutend; bei einem Spiel in San Francisco auf einer Bank sitzend, hielt Nitschke seinen Helm wie einen Stein in den Händen. Wer sind diese Leute, oder wer *waren* sie? fragte sich Wallingford.

Da war das berühmte Foto von den Fans bei der Ice Bowl – Lambeau Field, 31. Dezember 1967. Sie waren wie für die Arktis oder die Antarktis gekleidet, ihr Atem verschleierte ihre Gesichter in der Kälte. Bestimmt waren einige Clausens darunter.

Niemals würde Wallingford erfahren, was dieses Knäuel von Körpern zu bedeuten hatte oder wie die Dallas Cowboys sich gefühlt haben mußten, als sie Bart Starr in der Endzone liegen sahen; nicht einmal seine Mannschaftskameraden hatten geahnt, daß Starr einen Quarterback-Sneak von der 1-Yard-Linie aus improvisieren würde. Wie jeder Clausen wußte, hatte der Quarterback beim Huddle gerufen: »Brown rechts. Einunddreißiger Keil.« Das Ergebnis war Sportgeschichte – nur kannte Wallingford diese Geschichte nicht.

Wie wenig er Mrs. Clausens Welt kannte, gab Patrick zu denken.

Dann waren da noch die privaten, aber unscharfen Fotos, die Außenstehenden erläutert werden mußten. Doris erklärte sie ihm. Der massige Felsblock im Kielwasser des Motorboots – das war ein Schwarzbär, den man eines Sommers dabei beobachtet hatte, wie er im See herumschwamm. Die verschwommene Form, die der Zeitrafferaufnahme einer irrtümlich zwischen den Nadelbäumen grasenden Kuh glich, war ein Elch auf dem Weg zu dem Sumpf, der sich laut Mrs. Clausen »keine Viertelmeile von hier« befand. Und so weiter ... die Konfrontationen mit der Natur und die Verbrechen an ihr, die hiesigen Siege und die besonderen Anlässe, die Green Bay Packers, die Geburten innerhalb der Familie, die Hunde und die Hochzeiten.

Wallingford nahm, so rasch er konnte, das Hochzeitsfoto von Otto senior und Mrs. Clausen zur Kenntnis. Sie schnitten gerade die Torte an; Ottos kräftige linke Hand bedeckte die kleinere von Doris, die das Messer hielt. Beim Anblick von Ottos Hand verspürte Patrick ein leises Gefühl von Vertrautheit, obwohl er sie noch nie mit Ehering gesehen hatte. Was, fragte er sich, hatte Mrs. Clausen mit Ottos Ring gemacht? Und was mit ihrem?

Ganz vorn bei den Gratulanten, die die Anschneidezeremonie umstanden, war ein kleiner Junge mit einem Teller und einer Kuchengabel zu sehen. Er war neun oder zehn; weil er wie die anderen Gäste der Hochzeitsfeier formell gekleidet war, nahm Patrick an, daß es sich um den Ringträger handelte. Er erkannte den Jungen nicht, aber da dieser mittlerweile sicher ein junger Mann war, hatte Patrick ihn möglicherweise kennengelernt. (Angesichts seines runden Gesichts und seiner entschlossenen Fröhlichkeit war er aller Wahrscheinlichkeit nach ein Clausen.)

Neben dem Jungen stand, an ihrer Unterlippe kauend, die Brautjungfer, eine hübsche junge Frau, die den Eindruck machte, als ließe sie sich leicht ablenken und oft von Launen beeinflussen. Wie Angie vielleicht?

Patrick wußte auf einen Blick, daß er ihr noch nie begegnet war; daß sie dem Typ Frau entsprach, mit dem er sich auskannte, wußte er ebenfalls. Sie war nicht so nett wie Angie. Dereinst mochte die Brautjungfer vielleicht Doris' beste Freundin gewesen sein. Es konnte sich aber auch um eine Konzessionsentscheidung gehandelt haben; möglicherweise war die eigenwillig wirkende junge Frau Otto seniors kleine Schwester. Und ob sie und Doris nun Freundinnen gewesen waren oder nicht, Patrick bezweifelte, daß die Freundschaft gehalten hatte.

Was die Zimmerverteilung anging, so klärte sich diese Frage bei Wallingfords erstem Blick in die beiden fertiggestellten Räume über dem Bootshaus. Doris hatte das Kinderreisebett in dem Zimmer mit den Einzelbetten aufgestellt, von denen sie eines bereits zum Wickeltisch umfunktioniert hatte – Windeln und Kleidung des kleinen Otto waren darauf zurechtgelegt. Sie selbst, so Mrs. Clausen, werde in dem anderen Einzelbett schlafen, so daß Wallingford das zweite Zimmer über dem Bootshaus blieb; das eins fünfzig breite Bett darin wirkte in dem schmalen Raum größer.

Während Patrick seine Sachen auspackte, bemerkte er, daß das Bett auf der linken Seite ganz an die Wand gerückt war – auf dieser Seite hatte wohl Otto senior geschlafen. Schmal, wie das Zimmer war, kam man nur von Doris' Seite aus ins Bett, und auch das nur unter Verrenkungen. Vielleicht war Otto senior vom Fußende aus hineingestiegen.

Die Wände bestanden aus dem gleichen groben Kiefernholz wie das Innere der Haupthütte, obwohl die Bretter hier heller, beinahe blond waren – bis auf ein großes Rechteck neben der Tür, wo vielleicht ein Bild oder ein Spiegel gehangen hatte. Fast überall sonst hatte Sonnenlicht die Wände gebleicht. Was hatte Mrs. Clausen abgehängt?

Über Otto seniors Bettseite waren mit Reißnägeln verschiedene Fotos von der Instandsetzung der Zimmer über dem Bootshaus aufgehängt. Da war Otto senior, ohne Hemd, gebräunt und muskulös. (Sein Zimmermannsgürtel erinnerte Patrick an den Werkzeuggürtel, den man Monika mit *k* im Zirkus in Junagadh gestohlen hatte.) Außerdem gab es ein Foto von Doris in einem einteiligen Badeanzug – ein lila Kleidungsstück, konservativ geschnitten. Sie hatte die Arme vor den Brüsten gekreuzt, was Wallingford traurig machte; er hätte gern mehr von ihren Brüsten gesehen.

Auf dem Foto stand Mrs. Clausen auf dem Bootssteg und sah Otto senior bei der Arbeit mit einer Tischsäge zu. Da es in dem Cottage am See keine Elektriziät gab, hatte wohl der Benzingenerator auf dem Bootssteg den Strom geliefert. Die dunkle Pfütze zu Doris' nackten Füßen ließ vermuten, daß ihr Badeanzug naß war. Durchaus möglich, daß sie die Arme um sich geschlagen hatte, weil ihr kalt war.

Als Wallingford die Zimmertür schloß, um sich seine Badehose anzuziehen, sah er, daß ebendieser einteilige lila Badeanzug an einem Nagel hinter der Tür hing. Er konnte der Versuchung, ihn zu berühren, nicht widerstehen. Der lila Badeanzug war häufig im Wasser und an der Sonne gewesen; daß ihm auch nur eine Spur von Doris' Duft anhaftete, war zweifelhaft, obwohl Wallingford ihn sich vors Gesicht hielt und sich einbildete, er könne sie riechen.

In Wirklichkeit roch der Badeanzug eher nach Lycra, nach dem See und nach dem Holz des Bootshauses; doch Patrick umklammerte ihn so fest, wie er auch Mrs. Clausen festgehalten hätte – wäre sie naß gewesen und hätte vor Kälte gezittert, während sie beide sich zusammen die nassen Badesachen auszogen.

Ein wirklich erbärmliches Verhalten angesichts eines rein funktionalen, mancher würde auch sagen altmodischen, einteiligen Badeanzugs ohne Dekolleté und mit auf dem Rücken gekreuzten Trägern. Der eingearbeitete Stütz-BH mit dünnen, weichen Körbchen war eine sinnvolle Wahl für eine Frau mit großen Brüsten, aber schmalem Brustkorb, wie Doris eine war.

Wallingford hängte den lila Badeanzug wieder an den Nagel hinter der Zimmertür; wie sie es getan hatte, hängte er ihn an den Trägern auf. Daneben, an einem zweiten Nagel, hing das einzige andere Kleidungsstück von Mrs. Clausen in diesem Zimmer – ein früher einmal weißer und mittlerweile etwas angeschmutzter Frotteebademantel. Daß dieses unerregende Kleidungsstück ihn erregte, war peinlich.

Auf der Suche nach Doris' Unterwäsche zog er so leise wie möglich die Kommodenschubladen heraus. Aber die unterste Schublade enthielt nur Laken, Kissenbezüge und eine zusätzliche Decke; die mittlere war voller Handtücher. In der obersten klapperten geräuschvoll Kerzen, Taschenlampenbatterien, mehrere Schachteln Streichhölzer, eine zusätzliche Taschenlampe und eine Schachtel Reißnägel.

In den groben Kiefernholzbrettern über Mrs. Clausens Bettseite bemerkte Patrick kleine, von Reißnägeln stammende Löcher. Sie hatte einmal Fotos hier aufgehängt, und zwar ein Dutzend. Wovon oder von wem, konnte Patrick nur vermuten. Warum Doris die Fotos offenbar abgehängt hatte, war ebenso unklar.

Gerade als Patrick sich, wie schon vor langer Zeit gelernt, mit der rechten Hand und den Zähnen die Schnüre seiner Badehose band, klopfte es an der Tür. Mrs. Clausen wollte ihren Badeanzug und den Frotteebademantel; ohne zu wissen, daß er es bereits wußte, sagte sie Wallingford, in welcher Schublade die Handtücher waren, und bat ihn, drei zum Landesteg mitzubringen.

Als sie sich umgezogen hatte, trafen sie sich in dem schmalen Flur und stiegen die steile Treppe ins Erdgeschoß des Bootshauses hinunter; die Treppe war offen, was im nächsten Sommer eine Gefahr für den kleinen Otto darstellen würde. Otto senior hatte vorgehabt, die Treppe zu verkleiden. »Er ist bloß nicht mehr dazu gekommen«, meinte Mrs. Clausen.

Zwischen den beiden im Bootshaus vertäuten Booten, dem Motorboot der Familie und einem kleineren Außenborder, verliefen eine Laufplanke und ein schmaler Steg. Am offenen Ende des Bootshauses führte von dem schmalen Steg aus eine Leiter ins Wasser. Wer würde im Inneren des Bootshauses in den See steigen oder herausklettern? Aber Patrick sagte nichts von der Leiter, weil Mrs. Clausen auf dem großen Steg im Freien bereits alles für das Baby vorbereitete.

Sie hatte ein paar Spielzeuge und einen Quilt von der Größe einer Picknickdecke mitgebracht. Das Kind krabbelte nicht so lebhaft herum, wie Wallingford erwartet hatte. Otto junior konnte sich selbst aufsetzen, schien dann aber zu vergessen, wo er war, und fiel seitlich um. Mit seinen acht Monaten konnte er sich bereits hochziehen – falls ein niedriger Tisch oder sonst ein stabiler Gegenstand verfügbar war, an dem er sich festhalten konnte. Aber er vergaß oft, daß er stand; dann setzte er sich unvermittelt hin oder purzelte seitlich zu Boden.

Und er kroch meistens rückwärts – rückwärts bewegte er sich müheloser als vorwärts. Wenn er von ein paar interessanten Gegenständen umgeben war, die er anfassen und betrachten konnte, blieb er ganz zufrieden auf einem Fleck sitzen – aber nicht mehr lange, wie Doris betonte. »In ein paar Wochen können wir mit ihm nicht mehr auf einem Landesteg sitzen. Dann wird er auf allen vieren unterwegs sein, und zwar ständig.«

Im Augenblick trug das Kind wegen der Sonne ein langärmeliges Hemd, eine lange Hose und eine Mütze – außerdem eine Sonnenbrille, die es sich nicht so häufig vom Gesicht zog, wie Patrick vermutet hätte. »Geh du schwimmen. Ich passe auf ihn auf. Dann kannst du auf ihn aufpassen, und ich schwimme«, sagte Mrs. Clausen zu Wallingford.

Patrick beeindruckte die schiere Menge von Babyutensilien, die Mrs. Clausen für das Wochenende mitgebracht hatte; ebenso beeindruckt war er davon, wie gelassen und mühelos sich Doris auf das Muttersein eingestellt zu haben schien. Aber vielleicht bewirkte die Mutterschaft das bei Frauen, die sich so sehr und so lange ein Kind gewünscht hatten wie Mrs. Clausen. Im Grunde wußte er es nicht.

Das Seewasser fühlte sich kalt an, aber nur beim ersten Eintauchen. Vor dem tiefen Ende des Landestegs war es blaugrau; näher am Ufer nahm es wegen der in ihm gespiegelten Tannen und Mastbaumkiefern einen grüneren Farbton an. Der Grund war sandiger und weniger schlammig, als Patrick erwartet hatte, und es gab einen kleinen Strand mit grobem, von Kieseln durchsetztem Sand, wo Wallingford den kleinen Otto im See badete. Anfangs war der Junge von der Kälte des Wassers geschockt, aber er weinte nicht; er ließ sich von Wallingford im Wasser wiegen, während Mrs. Clausen sie beide fotografierte. (Sie konnte offenbar hervorragend mit einer Kamera umgehen.)

Die Erwachsenen, wie Patrick sich und Doris zu sehen

begann, schwammen abwechselnd vom Landesteg aus. Mrs. Clausen war eine gute Schwimmerin. Wallingford erklärte, mit seiner einen Hand sei ihm wohler, wenn er sich einfach nur treiben lasse oder Wasser trete. Gemeinsam trockneten sie den kleinen Otto ab, und Patrick durfte versuchen, den Kleinen anzuziehen – sein erster Versuch. Das Wickeln mußte Doris ihm zeigen.

Gewandt zog sich Mrs. Clausen unter dem Frotteebademantel den Badeanzug aus. Patrick war wegen seiner Einhändigkeit nicht so geschickt darin, sich, in ein Handtuch gehüllt, die Badehose abzustreifen. Schließlich lachte Doris und sagte, sie werde wegschauen, ohne Handtuch gehe es bestimmt besser. (Von dem Voyeur mit dem Fernrohr am anderen Seeufer erzählte sie ihm nichts – noch nicht.)

Gemeinsam trugen sie das Baby und sämtliche Utensilien in die Haupthütte, wo bereits ein Kinderhochstuhl aufgestellt war. Wallingford trank ein Bier – noch immer hatte er nur ein Handtuch an –, während Mrs. Clausen Otto junior fütterte. Sie sagte, sie sollten das Baby füttern, dann sich selbst etwas zu essen machen und noch vor dem Dunkelwerden alles erledigen, was sie in der Haupthütte zu tun hatten. Nach dem Dunkelwerden kämen die Moskitos. Bis dahin müßten sie in der Wohnung über dem Bootshaus sein.

Im Bootshaus gab es kein Bad. Doris erinnerte Wallingford daran, die Toilette in der Haupthütte zu benutzen und sich an dem Waschbecken dort die Zähne zu putzen. Wenn er in der Nacht aufstehen und pinkeln müsse, könne er mit einer Taschenlampe nach draußen gehen, aber er solle sich beeilen. »Sieh zu, daß du zum Bootshaus zurückkommst, bevor die Moskitos dich finden«, mahnte Mrs. Clausen.

Mit ihrer Kamera machte Patrick ein Bild von Doris und Otto junior auf dem Sonnendeck der Haupthütte.

Die Erwachsenen grillten sich zum Abendessen ein Steak, das sie mit Erbsen und Reis aßen. Mrs. Clausen hatte zwei Flaschen Rotwein mitgebracht – sie tranken nur eine. Während Doris das Geschirr spülte, ging Patrick mit ihrer Kamera zum Landesteg hinunter und machte zwei Bilder von Badeanzug und Badehose, die nebeneinander an der Wäscheleine hingen.

Daß sie miteinander gegessen hatten, während Doris nur ihren alten Bademantel und er nur ein Handtuch um die Hüften trug, erschien ihm wie das Nonplusultra an Intimität und häuslichem Frieden. So hatte er noch nie gelebt, mit niemandem.

Als sie zum Bootshaus zurückgingen, nahm sich Wallingford noch ein Bier mit. Während sie sich den mit Kiefernnadeln bedeckten Pfad entlangbewegten, bemerkten sie, daß der Westwind sich gelegt hatte und der See vollkommen still dalag; noch beschien die untergehende Sonne die Wipfel am Ostufer. In der Windstille schwärmten schon die Moskitos – sie hatten nicht bis zum Einbruch der Dunkelheit gewartet. Händewedelnd scheuchten Patrick und Doris sie weg, während sie den kleinen Otto und die Babyutensilien in die Wohnung über dem Bootshaus trugen.

Von seinem Zimmerfenster aus verfolgte Patrick das Hereinbrechen der Dunkelheit und lauschte dabei Mrs. Clausen, die im Zimmer nebenan Otto junior zu Bett brachte. Sie sang ihm ein Kinderlied. Patricks Fenster waren offen; er konnte die Moskitos gegen die Fliegengitter summen hören. Die einzigen anderen Geräusche kamen von den Seetauchern und von einem über den See tuckernden Außenborder. Daneben konnte er leise Stimmen hören. Vielleicht waren es heimkehrende Angler oder Teenager. Dann, weit weg, legte der Außenborder an, und Mrs. Clausen sang dem kleinen Otto nicht mehr vor; im anderen Zimmer war es still. Nun waren, von den Moskitos abgesehen, nur noch die Seetaucher und ab und zu eine Ente zu hören.

Wallingford verspürte eine Abgeschiedenheit, die er noch nie erlebt hatte, dabei war es noch gar nicht ganz dunkel. Noch immer in das Handtuch gewickelt, lag er auf dem Bett und ließ es im Zimmer dunkler werden. Er versuchte sich die Fotos vorzustellen, die Doris einmal an der Wand auf ihrer Seite des Bettes befestigt hatte.

Er war fest eingeschlafen, als Mrs. Clausen mit der Taschenlampe kam und ihn weckte. In ihrem alten weißen Bademantel stand sie, das Licht auf sich selbst gerichtet, wie ein Gespenst am Fußende des Bettes. Sie machte die Lampe immer wieder an und aus, als wolle sie ihm klarmachen, wie dunkel es war, obwohl fast Vollmond herrschte.

»Na los«, flüsterte sie. »Gehen wir schwimmen. Im Dunkeln brauchen wir keine Badesachen. Nimm einfach dein Handtuch mit.«

Sie ging auf den Flur hinaus, nahm ihn bei der Hand und führte ihn, die Taschenlampe auf ihre nackten Füße gerichtet, die Treppe hinunter. Mit seinem Stumpf bemühte sich Patrick unbeholfen, das Handtuch um seine Hüfte festzuhalten. Im Bootshaus war es stockdunkel. Doris führte ihn die Laufplanke entlang auf den schmalen Steg zwischen den vermurten Booten. Sie leuchtete mit der Taschenlampe voraus, deren Strahl auf die Leiter am Ende des Stegs fiel.

Also diente die Leiter dazu, nachts ins Wasser zu steigen. Patrick wurde eingeladen, an einem Ritual teilzunehmen, das Mrs. Clausen mit ihrem verstorbenen Mann vollzogen hatte. Der vorsichtige Gänsemarsch über den schmalen, dunklen Steg erschien ihm wie ein heiliges Zeremoniell.

Der Strahl der Taschenlampe fing eine große Spinne ein, die über eine Bootsleine wuselte. Sie erschreckte Wallingford, nicht aber Mrs. Clausen. »Das ist bloß eine Spinne«, sagte sie. »Ich mag Spinnen. Sie sind so fleißig.«

Sie mag also Fleiß *und* Spinnen, dachte Patrick. Er ärgerte sich darüber, daß er *Klein Stuart* anstelle von *Wilbur und Charlotte* mitgenommen hatte. Vielleicht würde er Doris gar nichts davon sagen, daß er das blöde Buch mitgebracht, geschweige denn sich vorgestellt hatte, erst ihr und dann dem kleinen Otto daraus vorzulesen.

Bei der Leiter zog Mrs. Clausen ihren Bademantel aus. Sie hatte eindeutig einige Übung darin, die Taschenlampe so auf den Bademantel zu legen, daß ihr Strahl auf den See hinaus zeigte. Er würde ihnen als Leuchtfeuer dienen, zu dem sie zurückschwimmen konnten.

Wallingford legte sein Handtuch ab und stand nackt neben ihr. Sie ließ ihm keine Zeit, darüber nachzudenken, ob er sie berühren sollte; rasch stieg sie die Leiter hinab und ließ sich, fast ohne dabei ein Geräusch zu machen, ins Wasser gleiten. Er folgte ihr, aber nicht so anmutig und geräuschlos, wie sie es geschafft hatte. (Man versuche einmal, mit einer Hand eine Leiter hinunterzuklettern.) Er konnte sich lediglich mit der linken Armbeuge am Holm festklammern; den größten Teil der Arbeit übernahmen seine rechte Hand und sein rechter Arm.

Sie schwammen dicht hintereinander. Mrs. Clausen achtete darauf, nicht zu weit vorauszuschwimmen, oder sie trat Wasser oder ließ sich treiben, bis er sie eingeholt hatte. Sie schwammen am tiefen Ende des großen, im Freien liegenden Stegs vorbei auf den See hinaus, von wo sie die dunkle Silhouette der unbeleuchteten Haupthütte und der kleineren Nebengebäude sehen konnten; die rudimentären Gebäude glichen einer aufgegebenen Kolonie in der Wildnis. Die Sommerhäuser am anderen Ufer des mondüberglänzten Sees waren ebenfalls unbeleuchtet. Die Bewohner gingen früh zu Bett und standen mit der Sonne auf.

Außer der Taschenlampe, die von dem Steg im Bootshaus aus auf den See gerichtet war, sah man noch ein anderes Licht – im Zimmer von Otto junior. Doris hatte die Gaslampe brennen lassen, falls das Kind aufwachte; sie wollte nicht, daß ihm die Dunkelheit angst machte. Bei offenen Fenstern war sie sich sicher, daß sie das Baby hören würde, falls es aufwachte und schrie. Übers Wasser pflanzen sich Geräusche sehr deutlich fort, besonders nachts, erklärte Mrs. Clausen.

Sie konnte beim Schwimmen mühelos reden – es hörte sich nicht ein einziges Mal so an, als wäre sie außer Atem. Sie redete und redete, erklärte ihm alles. Daß sie und Otto senior nachts niemals von dem großen Steg im Freien aus hatten schwimmen können, weil die anderen Clausens (in den anderen Hütten) sie gehört hätten. Doch dann hatten sie festgestellt, daß man vom Inneren des Bootshauses aus unbemerkt ins Wasser gelangen konnte.

Wallingford konnte die Gespenster ausgelassener, lebenslustiger Clausens hören, die immer wieder an den Bierkühlschrank gingen – das Klappern eines Fliegengitters und wie jemand rief: »Laß keine Moskitos rein!« Oder eine Frauenstimme: »Der Hund ist patschnaß!« Und die Stimme eines Kindes: »Das war Onkel Donny.«

Dann kam einer der Hunde ans Ufer und verbellte wie unsinnig Mrs. Clausen und Otto senior, die nackt und unentdeckt – außer von dem Hund – im See badeten. »Knall doch mal einer diesen Köter ab!« rief eine wütende Stimme. Dann sagte jemand anders: »Vielleicht ist es ein Otter oder ein Nerz.« Und ein dritter, der gerade den Bierkühlschrank auf- oder zumachte, meinte: »Nein, das ist bloß dieser hirnlose Hund. Der verbellt alles oder gar nichts.«

Wallingford war sich nicht sicher, ob tatsächlich er nackt mit Mrs. Clausen badete oder ob sie bloß keinen Schlaf fand und ihre nächtlichen Bäder mit Otto senior noch einmal durchlebte. Patrick schwamm gern neben ihr her, trotz der Melancholie, die damit offensichtlich verbunden war.

Als die Moskitos sie aufspürten, schwammen sie ein kurzes Stück unter Wasser, aber Mrs. Clausen wollte zum Bootshaus zurück. Wenn sie auch nur kurz unter Wasser schwammen, würden sie das Baby nicht hören, falls es schrie, oder bemerken, ob das Gaslicht flackerte.

Am nördlichen Nachthimmel leuchteten der Mond und die Sterne; man hörte den Ruf eines Seetauchers, und nahebei tauchte ein zweiter. Ganz kurz meinten die Schwimmenden, ein paar Liedfetzen zu hören. Vielleicht lief irgendwo in einem der dunklen Cottages am anderen Ufer ein Radio, aber sie glaubten nicht, daß es ein Radio war.

Der Song, den sie beide kannten, beschäftigte sie in diesem Moment gleichzeitig. Es war ein Schlager über die

Sehnsucht, und Mrs. Clausen vermißte offensichtlich ihren verstorbenen Mann. Patrick vermißte Mrs. Clausen, obwohl er immer nur in seiner Phantasie mit ihr zusammengewesen war.

Sie kletterte als erste die Leiter hoch. Wasser tretend, sah er ihre Silhouette – die Taschenlampe strahlte sie von hinten an. Rasch schlüpfte sie in ihren Bademantel, während er einhändig die Leiter hinaufkraxelte. Sie leuchtete den Steg an, so daß er sein Handtuch sehen konnte; während er es aufhob und sich um die Hüften schlang, wartete sie mit auf den Boden gerichteter Lampe. Dann griff sie nach seiner einen Hand, und wieder folgte er ihr.

Sie gingen zu dem kleinen Otto und schauten ihm beim Schlafen zu. Wallingford war nicht darauf gefaßt; er wußte nicht, daß es für manche Mütter wie Kino ist, einem Kind beim Schlafen zuzusehen. Als Mrs. Clausen sich auf eines der Einzelbetten setzte und ihren schlafenden Sohn anzustarren begann, setzte sich Patrick neben sie. Das mußte er – sie hatte seine Hand nicht losgelassen. Es war, als wohnten sie einem Schauspiel bei.

»Dann wollen wir mal erzählen«, flüsterte Doris mit einer Stimme, die Wallingford noch nicht von ihr kannte – sie hörte sich an, als schäme sie sich. Sie drückte leicht seine Hand, nur für den Fall, daß er verwirrt war und sie mißverstanden hatte. Die Geschichte war für ihn, nicht für den kleinen Otto bestimmt.

»Ich habe versucht, jemanden zu finden, jemand Neuen, meine ich«, sagte sie. »Ich bin mit ihm ausgegangen.«

Bedeutete mit jemandem »ausgehen« auch in Wisconsin das, was Wallingford dahinter vermutete?

»Ich habe mit jemandem geschlafen, mit dem ich nicht hätte schlafen sollen«, erklärte Mrs. Clausen.

»Ach...«, entfuhr es Patrick; es war eine unwillkürliche Reaktion. Er lauschte auf den Atem des schlafenden Kindes, ohne ihn neben dem Geräusch der Gaslampe zu hören, das selbst einer Art Atem glich.

»Es ist jemand, den ich schon lange kenne, allerdings in einem anderen Leben«, fuhr Doris fort. »Er ist ein bißchen jünger als ich«, fügte sie hinzu. Sie hielt noch immer Patricks eine Hand, hatte allerdings aufgehört, sie zu drücken. Er wollte ihr ebenfalls die Hand drücken – um ihr sein Mitgefühl zu zeigen, um sie zu unterstützen –, aber seine Hand fühlte sich wie anästhesiert an. (Er erkannte das Gefühl.) »Er war mit einer Freundin von mir verheiratet«, fuhr Mrs. Clausen fort. »Wir sind alle miteinander ausgegangen, als Otto noch am Leben war. Wir haben ständig was zusammen unternommen, wie das Paare so machen.«

Patrick schaffte es, ihre Hand ganz leicht zu drücken.

»Aber er hat sich von seiner Frau getrennt – das war, nachdem ich Otto verloren hatte«, erklärte Mrs. Clausen. »Und als er mich angerufen und gefragt hat, ob ich mit ihm ausgehe, habe ich nein gesagt – jedenfalls erst mal. Ich habe meine Freundin angerufen, bloß um sicherzugehen, daß die beiden sich auch wirklich scheiden lassen und sie keine Probleme damit hat, daß ich mit ihm ausgehe. Sie hat gesagt, es wäre okay, aber das stimmte nicht. Es war überhaupt nicht okay für sie, nachdem es passiert war. Und ich hätte das nicht tun dürfen. Ich habe ihn sowieso nicht gemocht. Jedenfalls nicht so.«

Patrick mußte sich beherrschen, um nicht »Gut!« zu brüllen.

»Also habe ich ihm gesagt, daß ich nicht mehr mit ihm ausgehe. Er hat es nicht tragisch genommen, wir sind immer noch befreundet, aber sie redet nicht mehr mit mir. Dabei war sie bei meiner Hochzeit die Brautjungfer, wenn du dir das vorstellen kannst.« Wallingford konnte, wenn auch nur auf der Grundlage eines einzigen Fotos. »Tja, das ist alles. Ich wollte dir das bloß erzählen«, sagte Mrs. Clausen.

»Ich bin froh, daß du es mir erzählt hast«, brachte Patrick heraus, obwohl »froh« nicht annähernd an das heranreichte, was er empfand – rasende Eifersucht in Verbindung mit überwältigender Erleichterung. Sie hatte mit einem alten Freund geschlafen – das war alles! Daß es nicht funktioniert hatte, stimmte Wallingford mehr als froh; er fühlte sich in Hochstimmung. Er kam sich außerdem naiv vor. Ohne schön zu sein, war Mrs. Clausen eine der sexuell attraktivsten Frauen, die er je kennengelernt hatte. Natürlich riefen Männer sie an und baten sie, mit ihnen »auszugehen«. Warum hatte er das nicht vorausgesehen?

Er wußte nicht, wo er anfangen sollte. Vielleicht fühlte er sich zu sehr davon bestärkt, daß Mrs. Clausen seine Hand mittlerweile noch fester hielt als zuvor; sie war wohl erleichtert darüber, daß er so verständnisvoll zugehört hatte.

»Ich liebe dich«, begann er. Es freute ihn, daß Doris ihre Hand nicht wegzog, obwohl er spürte, wie ihr Griff sich lockerte. »Ich möchte mit dir und dem kleinen Otto zusammenleben. Ich möchte dich heiraten.« Nun wirkte sie ganz unbewegt, hörte einfach nur zu. Was sie dachte, konnte er nicht sagen.

Sie sahen einander nicht ein einziges Mal an. Ihr Blick blieb weiterhin auf den schlafenden Otto junior gerichtet. Der offene Mund des Kindes rief nach einer Geschichte; deshalb begann Wallingford eine zu erzählen. Mit ihr zu beginnen war falsch, aber er war Journalist – ein Faktenmensch, kein Geschichtenerzähler.

Er tat genau das, was er seinem Berufsstand vorwarf – er ließ den Kontext weg! Er hätte mit Boston beginnen müssen, mit seiner Reise zu Dr. Zajac wegen der Schmerzen und wegen des Gefühls wie von krabbelnden Insekten an der Stelle, wo Otto seniors Hand gewesen war. Er hätte Mrs. Clausen von der Begegnung mit der Frau im ›Charles‹ erzählen müssen – wie sie einander nackt E. B. White vorgelesen, aber nicht miteinander geschlafen hatten; wie er die ganze Zeit an Mrs. Clausen gedacht hatte. Doch, wirklich!

All das gehörte zu dem Kontext, innerhalb dessen er sich Mary Shanahans Wunsch, ein Kind von ihm zu bekommen, gefügt hatte. Vielleicht wäre es mit Doris Clausen etwas besser gelaufen, wenn Patrick mit Boston begonnen hätte, und noch besser wäre es gewesen, er hätte mit Japan begonnen – wie er Mary, damals eine junge, verheiratete Frau, die *schwanger* war, gebeten hatte, mit ihm nach Tokio zu fliegen; welche Schuldgefühle er deswegen gehabt und wie lange er ihr widerstanden hatte; welche Mühe er sich gegeben hatte, »einfach nur ihr Freund« zu sein.

Denn gehörte es nicht auch zum Kontext, daß er schließlich doch, ohne jeden Pferdefuß, mit Mary Shanahan geschlafen hatte? War er denn nicht gerade dadurch »einfach nur ihr Freund«, daß er ihr gab, was sie nach ihren eigenen

Worten wollte? Bloß ein Kind, sonst nichts. Daß Mary auch seine Wohnung oder vielleicht bei ihm einziehen wollte, daß sie außerdem seinen Job wollte und die ganze Zeit gewußt hatte, daß sie demnächst sein Boß sein würde ... Scheiße auch, das war überraschend gekommen! Aber wie hätte er es voraussehen können?

Durfte Patrick denn nicht annehmen, daß, wenn überhaupt, Doris Clausen Verständnis für den Wunsch einer anderen Frau haben müßte, ein Kind von Patrick Wallingford zu bekommen? Nein, das durfte er nicht! Wie konnte sie auch Verständnis haben angesichts der läppischen Art, wie Wallingford die Geschichte erzählte?

Er hatte sich einfach mitten hineingestürzt. Er erzählte ungekünstelt in des Wortes schlimmster Bedeutung – nämlich einfältig und plump. Er begann mit einem Satz, der auf eine Beichte hinauslief: »Ich sehe das eigentlich nicht als Beispiel dafür, warum ich vielleicht Schwierigkeiten haben könnte, eine monogame Beziehung aufrechtzuerhalten, aber es ist nicht ganz leicht zu verkraften.«

Was für eine Art, einen Heiratsantrag einzuleiten! War es ein Wunder, daß Doris die Hand wegzog und sich ihm zuwandte, um ihn anzusehen? Wallingford, der aufgrund seines törichten Prologs spürte, daß er schon jetzt in Schwierigkeiten war, konnte sie nicht ansehen, während er sprach. Er starrte statt dessen ihren schlafenden Sohn an, als könnte Otto juniors Unschuld dazu dienen, Mrs. Clausen vor allem zu beschirmen, was an seinem Verhältnis mit Mary Shanahan sexuell verderbt und moralisch verwerflich war.

Mrs. Clausen war entsetzt. Ausnahmsweise sah sie einmal nicht ihren Sohn an. Sie konnte den Blick nicht von

Wallingfords gutaussehendem Profil abwenden, während er unbeholfen in allen Einzelheiten von seinem schändlichen Verhalten berichtete. Mittlerweile stammelte er, teils aus Nervosität, teils weil er befürchtete, daß der Eindruck, den er auf Doris machte, das Gegenteil dessen war, was er beabsichtigt hatte.

Was hatte er sich eigentlich gedacht? Was für ein heilloses Durcheinander es gäbe, wenn Mary Shanahan ein Kind von ihm erwartete!

Immer noch unter Bekenntniszwang hob er das Handtuch, um Mrs. Clausen den blauen Fleck an seinem Schienbein zu zeigen, den er sich an der Glasplatte des Tisches in Marys Wohnung geholt hatte; er zeigte ihr auch die Verbrennung von dem Heißwasserhahn in Marys Dusche. Daß sein Rücken zerkratzt war, hatte sie bereits bemerkt. Und der Liebesbiß an seiner linken Schulter war ihr ebenfalls nicht entgangen.

»Och, das war nicht Mary«, bekannte Wallingford.

Das war nicht das Geschickteste, was er hätte sagen können.

»Mit wem warst du denn noch zusammen?« fragte Doris.

Die Sache lief nicht so, wie er gehofft hatte. Aber wieviel tiefer konnte er sich eigentlich noch hineinreiten, wenn er Mrs. Clausen von Angie erzählte? Angies Geschichte war jedenfalls einfacher.

»Mit der Maskenbildnerin, aber nur für eine Nacht«, begann Wallingford. »Ich war einfach bloß geil.«

Welche Formulierungskunst! (Wenn das keine Vernachlässigung des Kontextes war!)

Er erzählte Doris von den Anrufen der diversen Mitglieder von Angies besorgter Familie, aber das verwirrte Mrs. Clausen nur – sie dachte, er meinte, Angie wäre minderjährig. (Die ganze Kaugummikauerei trug nicht gerade zur Erhellung bei.) »Angie ist ein gutherziger Mensch«, sagte Patrick immer wieder, was Doris den Eindruck vermittelte, die Maskenbildnerin wäre womöglich geistig zurückgeblieben. »Nein, nein!« protestierte Wallingford. »Angie ist weder minderjährig noch geistig zurückgeblieben, sie ist einfach nur... na ja...«

»Ein Püppchen?« fragte Mrs. Clausen.

»Nein, nein! Nicht direkt«, protestierte Patrick loyalerweise.

»Vielleicht hast du gedacht, sie ist möglicherweise der allerletzte Mensch, mit dem du je schläfst – das heißt, falls ich ja sagen würde«, überlegte Doris. »Und da du nicht gewußt hast, ob ich ja oder nein sagen würde, gab es keinen Grund, *nicht* mit ihr zu schlafen.«

»Ja, vielleicht«, erwiderte Wallingford schwächlich.

»Na ja, das ist nicht so schlimm«, meinte Mrs. Clausen. »Das kann ich verstehen. Angie kann ich verstehen, meine ich.« Zum erstenmal traute er sich, sie anzusehen, aber sie hielt den Blick abgewandt – sie starrte Otto junior an, der immer noch selig schlief. »Mary zu verstehen fällt mir schon schwerer«, fügte Doris hinzu. »Ich weiß nicht, wie du daran denken konntest, mit mir und dem kleinen Otto zu leben, und dabei versuchen, diese Frau zu schwängern. Falls sie tatsächlich schwanger ist und das Baby ist von dir, kompliziert das dann nicht alles für uns? Für dich und mich und Otto, meine ich.«

»Doch, ja«, pflichtete Patrick ihr bei. Wieder dachte er: Was habe ich mir nur dabei gedacht? War auch das ein Kontext, den er übersehen hatte?

»Was in Mary vorging, kann ich verstehen«, fuhr Mrs. Clausen fort. Plötzlich packte sie seine eine Hand mit beiden Händen und sah ihn so forschend an, daß er sich nicht abwenden konnte. »Wer wollte kein Kind von dir?« Sie biß sich auf die Unterlippe und schüttelte den Kopf; sie versuchte, nicht laut und wütend zu werden, jedenfalls nicht in dem Zimmer mit ihrem schlafenden Kind. »Du bist wie ein hübsches Mädchen, das keine Ahnung hat, wie hübsch es ist. Du hast keinen Schimmer, wie du wirkst. Du bist nicht etwa deshalb gefährlich, weil du so gut aussiehst – du bist gefährlich, weil du nicht weißt, wie gut du aussiehst! Und du bist gedankenlos.« Das Wort traf ihn wie eine Ohrfeige. »Wie kannst du an mich gedacht und zugleich bewußt versucht haben, eine andere zu schwängern? Du hast nicht an mich gedacht! Jedenfalls nicht in diesem Moment.«

»Aber du warst bloß eine... ganz entfernte Möglichkeit« war alles, was Wallingford herausbrachte. Er wußte, was sie gesagt hatte, stimmte.

Wie dumm er war! Er hatte fälschlich geglaubt, er könne ihr die Geschichte seiner jüngsten sexuellen Eskapaden erzählen und sie ihr so verständlich machen, wie ihre weitaus sympathischere Geschichte ihm gewesen war. Denn *ihre* Beziehung war, obwohl ein Fehler, wenigstens real gewesen; sie hatte versucht, sich mit einem alten Freund zu verbinden, der zu dem Zeitpunkt ebenso frei gewesen war wie sie. Und es hatte nicht funktioniert – das war alles.

Neben Mrs. Clausens einem Fehlgriff war Wallingfords

Welt von sexueller Ungezügeltheit. Er schämte sich allein schon für sein schludriges Denken.

Daß Doris von ihm enttäuscht war, fiel ebensosehr ins Auge wie ihr vom Schwimmen noch nasses und wirres Haar. Ihre Enttäuschung war so deutlich sichtbar wie die dunklen Ringe unter ihren Augen oder das, was er in dem lila Badeanzug von ihrem Körper wahrgenommen und was er im Mondlicht und im See nackt von ihr gesehen hatte. (Sie hatte ein wenig zugenommen oder aber das Gewicht, das sie während der Schwangerschaft angesetzt hatte, nicht wieder verloren.)

Was er, wie ihm klar wurde, am meisten an ihr liebte, ging weit über ihre sexuelle Freimütigkeit hinaus. Sie meinte alles ernst, was sie sagte, und war zielbewußt in allem, was sie tat. Sie war Mary Shanahan so unähnlich, wie es eine Frau nur sein konnte: sie war geradeheraus und praktisch veranlagt, sie war vertrauensvoll und vertrauenswürdig; und wenn Mrs. Clausen einem ihre Aufmerksamkeit schenkte, dann schenkte sie sie ganz.

In Patricks Welt herrschte sexuelle Anarchie. Eine solche Anarchie würde Doris Clausen in ihrer Welt nicht zulassen. Außerdem wurde ihm klar, daß sie seinen Antrag tatsächlich ernst genommen hatte; Mrs. Clausen erwog alles ernsthaft. Aller Wahrscheinlichkeit nach war ihr Jawort doch keine so entfernte Möglichkeit gewesen, wie er einmal gedacht hatte – er hatte die Sache bloß vermasselt.

Die Hände im Schoß verschränkt, saß sie etwas abseits von ihm auf dem schmalen Bett. Sie sah weder ihn noch den kleinen Otto an, sondern irgendeine undefinierbare, gewaltige Müdigkeit, mit der sie seit langem vertraut war und der sie – oft zu dieser Nachtstunde oder frühmorgens – schon oft ins Auge gestarrt hatte. »Ich sollte ein bißchen schlafen«, sagte sie nur.

Wenn ihr in die Ferne gerichteter Blick sich hätte messen lassen, hätte man vielleicht festgestellt, vermutete Patrick, daß sie durch die Wand starrte – auf das dunklere Rechteck an der Wand des anderen Zimmers, die Stelle bei der Tür, wo einmal ein Bild oder ein Spiegel gehangen hatte.

»Im anderen Zimmer ... da hat anscheinend mal was an der Wand gehangen«, sagte er ohne Hoffnung, sie in ein Gespräch ziehen zu können. »Was war das?«

»Das war bloß ein Bierposter«, teilte sie ihm, etwas unerträglich Totes in der Stimme, ausdruckslos mit.

»Ach.« Wieder erfolgte seine Äußerung unwillkürlich, als reagierte er auf einen Schlag. Natürlich war es ein Bierposter gewesen; natürlich hatte sie keine Lust gehabt, es weiter anzuschauen.

Er streckte seine eine Hand aus, ließ sie aber nicht in ihren Schoß fallen, sondern strich mit den Fingerrücken leicht über ihren Bauch. »Du hast mal so ein Metallding im Bauchnabel gehabt, irgendein Schmuckstück«, wagte er sich vor. »Ich habe es nur einmal gesehen.« Daß das damals gewesen war, als sie ihn in Dr. Zajacs Praxis bestiegen hatte, ließ er unerwähnt. Doris Clausen war überhaupt nicht der Typ, der sich den Nabel piercen ließ!

Sie nahm seine Hand und hielt sie auf ihrem Schoß fest. Das war keine Geste der Ermutigung; sie wollte bloß nicht, daß er sie woanders anfaßte. »Angeblich war das ein Glücksbringer«, erklärte Doris. In dem Tonfall, in dem sie »angeblich« sagte, nahm Wallingford jahrelange Skepsis wahr. »Otto hat es in einem Tätowierungsstudio gekauft. Wir haben damals wegen der Unfruchtbarkeit alles probiert. Ich habe das Ding getragen, als ich schwanger werden wollte. Es hat nicht funktioniert, außer bei dir, und du hast es vermutlich nicht gebraucht.«

»Du trägst es also nicht mehr?«

»Ich will nicht mehr schwanger werden.«

»Ach.« Die Gewißheit, daß er sie verloren hatte, machte ihn krank.

»Ich sollte ein bißchen schlafen«, sagte sie erneut.

»Ich wollte dir eigentlich etwas vorlesen«, sagte er ihr, »aber wir können das auch ein andermal machen.«

»Was denn?« fragte sie.

»Na ja, eigentlich will ich es dem kleinen Otto vorlesen – wenn er älter ist. Ich wollte es dir jetzt vorlesen, weil ich mir überlegt habe, es ihm später vorzulesen.« Wallingford hielt inne. Außerhalb des Kontextes ergab diese Bemerkung ebensowenig Sinn wie alles andere, was er ihr erzählt hatte. Er kam sich albern vor.

»Was denn?« fragte sie erneut.

»*Klein Stuart*«, sagte er und wünschte sich, er hätte erst gar nicht davon angefangen.

»Ach, das Kinderbuch. Es handelt von einer Maus, stimmt's?« Er nickte, schämte sich. »*Klein Stuart* hat ein besonderes Auto«, fügte sie hinzu. »Er zieht los und sucht nach einem Vogel. Es ist so eine Art *On the Road* über eine Maus, stimmt's?«

So hätte Wallingford es nicht formuliert, aber er nickte. Daß Mrs. Clausen *On the Road* gelesen oder zumindest davon gehört hatte, überraschte ihn.

»Ich muß schlafen«, wiederholte sie. »Und für den Fall, daß ich nicht schlafen kann, habe ich mir selbst ein Buch mitgebracht.«

Patrick unterdrückte den Impuls, etwas zu sagen, aber nur mit Mühe. So vieles schien jetzt verloren – und das um so mehr, weil er nicht gewußt hatte, daß es möglich gewesen wäre, sie *nicht* zu verlieren.

Zumindest war er so klug, nicht mit der Geschichte herauszuplatzen, wie er und Sarah Williams, oder wie immer sie hieß, einander (nackt) *Klein Stuart* und *Wilbur und Charlotte* vorgelesen hatten. Aus dem Kontext gerissen – möglicherweise aber auch in jedem beliebigen Kontext –, hätte diese Geschichte Wallingfords Merkwürdigkeit nur noch unterstrichen.

Der Zeitpunkt, zu dem es von Vorteil für ihn gewesen wäre, ihr diese Geschichte zu erzählen, war längst verpaßt; jetzt wäre es nicht gut gewesen.

Jetzt spielte er einfach nur auf Zeit, weil er sie nicht verlieren wollte. Das wußten sie beide. »Was für ein Buch hast du denn mitgebracht?« fragte er.

Mrs. Clausen ergriff diese Gelegenheit, um von ihrem Platz neben ihm auf dem Bett aufzustehen. Sie ging zu ihrer offenen Segeltuchtasche, die mehreren anderen kleinen Taschen mit den Babysachen ähnelte. Es war die einzige Tasche, die sie für sich selbst mitgebracht hatte, und sie hatte sich noch nicht die Mühe gemacht (oder die Zeit gehabt), sie auszupacken.

Sie fand das Buch unter ihrer Unterwäsche. Sie reichte es ihm, als wäre sie zu müde, um darüber zu reden. (Wahrscheinlich war sie das auch.) Es war *Der englische Patient*, ein Roman von Michael Ondaatje. Wallingford hatte ihn nicht gelesen, aber er hatte den Film gesehen.

»Es war der letzte Film, den ich mit Otto gesehen habe, bevor er gestorben ist«, erklärte Mrs. Clausen. »Er hat uns beiden gefallen. Mir hat er so gut gefallen, daß ich unbedingt das Buch lesen wollte. Aber ich habe es bis jetzt aufgeschoben. Ich wollte nicht an den letzten Film erinnert werden, den ich mit Otto gesehen habe.«

Patrick Wallingford senkte den Blick auf den *Englischen Patienten*. Sie las ein ausgewachsenes literarisches Werk, und er hatte vorgehabt, ihr *Klein Stuart* vorzulesen. In wie vieler Hinsicht würde er sie eigentlich noch unterschätzen?

Daß sie im Kartenverkauf für die Green Bay Packers gearbeitet hatte, schloß nicht aus, daß sie Literatur las, obwohl er (zu seiner Schande) von dieser Annahme ausgegangen war.

Er erinnerte sich, daß er den Film *Der englische Patient* gemocht hatte. Seine Exfrau hatte gesagt, der Film sei besser als das Buch. Daß er Marilyns Urteil über so ziemlich alles anzweifelte, fand seine Bestätigung, als sie eine Bemerkung über den Roman machte, die Wallingford, wie er sich entsann, in einer Besprechung gelesen hatte. Der Film, hatte sie gesagt, sei besser, weil der Roman »zu gut geschrieben« sei. Daß ein Buch zu gut geschrieben sein konnte, war eine Vorstellung, die nur ein Kritiker – oder Marilyn – haben konnte.

»Ich habe es nicht gelesen«, sagte Wallingford nur zu Mrs. Clausen, die das Buch in ihre offene Tasche, auf die Unterwäsche, zurücklegte.

»Es ist gut«, sagte Doris. »Ich lese es ganz langsam, weil

es mir so gut gefällt. Ich glaube, es gefällt mir besser als der Film, aber ich versuche, nicht an den Film zu denken.« (Das hieß natürlich, daß es in dem Film keine einzige Szene gab, die sie je vergessen würde.)

Was gab es noch zu sagen? Wallingford mußte pinkeln. Erstaunlicherweise nahm er davon Abstand, Mrs. Clausen das mitzuteilen – er hatte für eine Nacht genug gesagt. Sie leuchtete ihm mit der Taschenlampe auf den Flur hinaus, damit er sich nicht im Dunkeln zu seinem Zimmer tasten mußte.

Er war zu müde, um die Gaslampe anzuzünden. Er nahm die Taschenlampe, die er auf der Kommode fand, und ging die steile Treppe hinunter. Der Mond war untergegangen; mittlerweile war es viel dunkler. Bis zum ersten Morgendämmer konnte es nicht mehr weit sein. Patrick stellte sich zum Pinkeln hinter einen Baum, obwohl niemand da war, der ihn hätte sehen können. Bis er fertig war, hatten ihn die Moskitos gefunden. Rasch folgte er dem Strahl seiner Taschenlampe zum Bootshaus zurück.

Im Zimmer von Mrs. Clausen und dem kleinen Otto war es dunkel, als Wallingford leise an der offenen Tür vorbeiging. Ihm fiel ein, daß sie gesagt hatte, sie schlafe niemals bei brennendem Gaslicht. Wahrscheinlich waren die Propangaslampen durchaus sicher, aber eine brennende Lampe war nun einmal ein Feuer – es machte sie so nervös, daß sie nicht schlafen konnte.

Wallingford ließ seine Zimmertür ebenfalls offen. Er wollte es hören, wenn Otto junior aufwachte. Vielleicht würde er anbieten, auf das Kind aufzupassen, damit Doris weiterschlafen konnte. Ein Kind zu beschäftigen konnte ja wohl nicht so schwer sein. War ein Fernsehpublikum nicht anspruchsvoller? Mehr Gedanken machte er sich nicht darüber.

Endlich nahm er das um seine Taille geschlungene Handtuch ab. Er zog Boxershorts an und schlüpfte ins Bett, doch ehe er die Taschenlampe ausmachte, prägte er sich ein, wo sie lag, falls er sie im Dunkeln finden mußte. (Er ließ sie neben Mrs. Clausens Seite des Bettes auf dem Boden liegen.) Nun, da der Mond untergegangen war, herrschte eine fast völlige Finsternis, die seinen Aussichten bei Mrs. Clausen ähnelte.

Patrick vergaß, seine Vorhänge zuzumachen, obwohl Doris ihn darauf aufmerksam gemacht hatte, daß die aufgehende Sonne ihm direkt ins Fenster scheinen würde. Später nahm er, obwohl er noch schlief, unterbewußt das erste Dämmerlicht am Himmel wahr. Zu diesem Zeitpunkt fingen auch die Krähen zu krächzen an; selbst im Schlaf hörte er die Krähen deutlicher als die Seetaucher. Ohne es zu sehen, spürte er das zunehmende Licht.

Dann weckte ihn das Geschrei des kleinen Otto, und er lag einfach nur da, während Mrs. Clausen das Kind besänftigte. Der Junge beruhigte sich ziemlich rasch, machte aber immer noch Theater, während seine Mutter ihn wickelte. Aufgrund ihres Tonfalls und der unterschiedlichen Babylaute, die Otto von sich gab, konnte Wallingford erraten, was sie gerade machten. Er hörte Mrs. Clausen die Treppe hinuntersteigen; sie redete unentwegt weiter, während sie den Pfad zur Haupthütte hinaufging. Patrick entsann sich, daß das Fläschchen mit Mineralwasser angerührt werden mußte, das Mrs. Clausen auf dem Herd erhitzte.

Er blickte zuerst in Richtung seiner fehlenden linken Hand, dann auf sein rechtes Handgelenk. (Er würde sich nie daran gewöhnen, daß er seine Uhr am rechten Arm trug.) Gerade als die aufgehende Sonne vom anderen Seeufer her durch sein Zimmerfenster flutete, sah er, daß es erst kurz nach fünf Uhr morgens war.

Als Reporter hatte er die ganze Welt bereist – Schlafentzug war ihm vertraut. Aber ihm wurde allmählich klar, daß Mrs. Clausen acht Monate Schlafentzug hinter sich hatte; es war kriminell von ihm gewesen, sie den größten Teil der Nacht wach zu halten. Daß Doris nur eine einzige kleine Tasche für sich selbst, aber mehr als ein Dutzend Taschen mit Babyutensilien mitgebracht hatte, war mehr als symbolisch – der kleine Otto war ihr Leben.

Welche Verrücktheit sprach daraus, daß er sich eingebildet hatte, er könne den kleinen Otto beschäftigen, während Mrs. Clausen Schlaf nachholte! Er wußte nicht, wie man das Kind fütterte; er hatte nur einmal (tags zuvor) gesehen, wie Doris die Windeln wechselte. Und das Baby aufstoßen lassen konnte er auch nicht. (Er wußte nicht, daß Mrs. Clausen den kleinen Otto nicht mehr aufstoßen ließ.)

Ich sollte den Mut aufbringen, in den See zu springen und mich zu ersäufen, dachte Patrick gerade, als Mrs. Clausen mit Otto junior auf dem Arm in sein Zimmer kam. Das Baby hatte nur eine Windel an. Doris trug lediglich ein T-Shirt in Übergröße, das wahrscheinlich Otto senior gehört hatte. Das T-Shirt war von verblichenem Green-Bay-Grün mit dem vertrauten Logo der Packers; es reichte ihr über die Oberschenkel bis fast zu den Knien.

»Jetzt sind wir putzmunter, was?« sagte Mrs. Clausen zu

dem kleinen Otto. »Dann wollen wir mal zusehen, daß wir Daddy auch wach kriegen.«

Wallingford machte ihnen im Bett Platz. Er versuchte, ruhig zu bleiben. (Es war das erste Mal, daß Doris ihn als »Daddy« bezeichnet hatte.)

Vor Morgengrauen war es so kühl gewesen, daß man sich hatte zudecken müssen, doch mittlerweile war das Zimmer von Sonnenlicht durchflutet. Mrs. Clausen und das Baby schlüpften unter das Decklaken, während Wallingford die Decke vom Fußende des Bettes auf den Boden stieß.

»Du solltest lernen, wie man ihn füttert«, sagte Doris und reichte ihm das Fläschchen. Otto wurde auf ein Kissen gelegt; seine strahlenden Augen folgten dem Fläschchen, als es weitergereicht wurde.

Später setzte Mrs. Clausen Otto aufrecht zwischen zwei Kissen. Wallingford sah zu, wie sein Sohn eine Rassel in die Hand nahm, sie schüttelte und dann in den Mund steckte – nicht gerade eine faszinierende Folge von Ereignissen, doch der frischgebackene Vater war wie gebannt.

»Er ist ein sehr pflegeleichtes Kind«, sagte Mrs. Clausen.

Wallingford wußte nicht, was er sagen sollte.

»Warum liest du ihm nicht ein bißchen aus diesem Mäusebuch vor, das du mitgebracht hast?« fragte sie. »Er muß es ja noch nicht verstehen – es kommt auf den Klang deiner Stimme an. Ich würde es auch gern hören.«

Patrick stieg aus dem Bett und kam mit dem Buch zurück.

»Schöne Boxer«, sagte Doris zu ihm.

Es gab bestimmte Stellen in *Klein Stuart*, die Wallingford angestrichen hatte, weil er glaubte, sie hätten vielleicht eine besondere Bedeutung für Mrs. Clausen. Wie Stuarts erstes Rendezvouz mit Harriet Ames schiefgeht, weil Stuart sich über die Zerstörung seines Kanus zu sehr aufregt, um Harriets Einladung zum Tanz anzunehmen. Leider verabschiedet sich Harriet »und ließ Klein Stuart mit seinen enttäuschten Träumen und seinem zerstörten Boot allein zurück«.

Patrick hatte einmal gedacht, Doris würde die Stelle gefallen – mittlerweile war er sich nicht mehr so sicher. Er beschloß, auf das letzte Kapitel, »Unterwegs nach Norden«, vorzugreifen und daraus nur die Stelle mit Stuarts philosophischem Gespräch mit dem Arbeiter vorzulesen.

Zuerst sprechen sie über den Vogel, nach dem Stuart sucht. Der Arbeiter bittet Stuart, den Vogel zu beschreiben, dann notiert er sich die Beschreibung. Während Wallingford die Stelle las, lag Mrs. Clausen auf der Seite und betrachtete ihn und ihren Sohn. Otto, der seiner Mutter nur ab und zu einen Blick zuwarf, schien seinem Vater aufmerksam zuzuhören. Da Mutter und Vater ihm greifbar nahe waren, bekam das Kind genügend Aufmerksamkeit.

Dann kam Patrick zu dem Moment, wo der Arbeiter Stuart fragt, in welche Richtung er fährt. Wallingford las diese Stelle mit besonderer Wehmut.

»Nach Norden«, antwortete Klein Stuart.

»Der Norden ist schön«, sagte der Arbeiter. »Ich bin immer gern nach Norden gefahren. Aber der Südwesten ist auch nicht schlecht.«

»Vermutlich haben Sie recht«, meinte Klein Stuart nachdenklich.

»Und dort ist Osten«, fuhr der Mann fort, »auf

einer Fahrt nach Osten hatte ich einmal ein sehr interessantes Abenteuer. Soll ich es Ihnen erzählen?«

»Nein, danke schön«, sagte Klein Stuart.

Der Arbeiter schien enttäuscht, redete dann aber doch weiter. »Der Norden ist schon etwas Besonderes«, sagte er. »Er hat etwas, was ihn von allen anderen Himmelsrichtungen unterscheidet. Jemand, der nach Norden fährt, tut schon recht daran. Das ist meine Meinung.«

»So sehe ich das auch«, bekräftigte Klein Stuart, »und deshalb werde ich wohl auch bis zum Ende meines Lebens nach Norden fahren.«

»Ich könnte mir Schlimmeres vorstellen«, sagte der Arbeiter.

»Ja, das meine ich auch«, sagte Klein Stuart.

Wallingford hatte Schlimmeres erlebt. Er war nicht nach Norden unterwegs gewesen, als er Mary Shanahan oder Angie oder Monika mit *k* – oder auch seine Exfrau – kennenlernte. Er hatte Marilyn in New Orleans kennengelernt, wo er einen Dreiminutenbericht über Ausschweifungen am Mardi Gras machte; er hatte damals eine Affäre mit einer Fiona Soundso, ebenfalls Maskenbildnerin, gehabt, sie aber für Marilyn abgeschoben. (Ein längst erkannter Fehler.)

Eine triviale Statistik, aber Wallingford fiel keine Frau ein, mit der er geschlafen hatte, während er nach Norden unterwegs war. Was das Im-Norden-Sein anging, war er dort nur mit Doris Clausen gewesen, und bei ihr wollte er – nicht unbedingt im Norden, sondern wo auch immer – bleiben, und zwar bis zum Ende seines Lebens.

Patrick hielt um des dramatischen Effekts willen kurz inne und wiederholte dann ebendiese Worte – »bis zum Ende meines Lebens«. Dann sah er den kleinen Otto an, weil er fürchtete, das Kind könnte sich langweilen, doch der Junge war so aufmerksam wie ein Eichhörnchen; seine Augen huschten vom Gesicht seines Vaters zu dem bunten Bild auf dem Einband des Buches. (Stuart in seinem Rindenkanu mit der Aufschrift ZUR ERINNERUNG AN DIESEN SOMMER auf dem Bug.)

Daß er über längere Zeit die Aufmerksamkeit seines kleinen Sohnes gefesselt hatte, freute Wallingford riesig, doch als er Mrs. Clausen ansah, die er eigentlich hatte versöhnlich stimmen wollen, bemerkte er, daß sie eingeschlafen war – aller Wahrscheinlichkeit nach, ehe sie die Relevanz des Kapitels voll begriffen hatte. Doris lag, noch immer Patrick und ihrem kleinen Sohn zugewandt, auf der Seite, und obwohl ihr Haar teilweise ihr Gesicht verdeckte, konnte er sehen, daß sie lächelte.

Na ja... vielleicht nicht direkt lächelte, aber doch wenigstens nicht die Stirn runzelte. Sowohl von ihrem Gesichtsausdruck als auch von ihrer ruhigen Entspanntheit her schien ihm Mrs. Clausen mehr mit sich im reinen zu sein, als er sie je erlebt hatte. Vielleicht schlief sie ja auch nur tiefer – im Grunde wußte er es nicht.

Da es ihm mit seiner neuen Verantwortung ernst war, nahm er Otto junior auf den Arm und schob sich vom Bett – behutsam, um die Mutter des Jungen nicht zu wecken. Er trug das Kind ins andere Zimmer, wo er sich, so gut es ging, an Doris' methodische Vorgehensweise hielt. Er machte sich kühn daran, dem Baby auf dem zum Wickeltisch umfunktionierten Bett die Windel zu wechseln, doch sie war (zu Patricks Enttäuschung) trocken, der kleine Otto war sauber, und während Wallingford noch den erstaunlich kleinen Penis seines Sohnes betrachtete, pißte Otto senkrecht nach oben, seinem Vater ins Gesicht. Jetzt hatte Patrick Grund, die Windel zu wechseln – keine leichte Aufgabe mit einer Hand.

Nachdem er das erledigt hatte, überlegte Patrick, was er als nächstes tun sollte. Während Otto junior, praktisch eingesperrt von den Kissen, die Patrick fürsorglich um ihn herum aufgehäuft hatte, aufrecht auf dem Bett saß, durchsuchte sein unerfahrener Vater die Taschen mit Babyutensilien. Er stellte folgende Stücke zusammen: ein Päckchen Babynahrung, ein sauberes Fläschchen, zwei frische Windeln, ein Hemd, falls es draußen kühl war – falls sie überhaupt nach draußen gingen –, und ein Paar Socken und Schuhe, falls sich Otto am wohlsten dabei fühlte, in der Babyschaukel auf und ab zu wippen.

Dieses Gerät befand sich in der Haupthütte, wo Wallingford den kleinen Otto als nächstes hintrug. Socken und Schuhe, dachte Patrick – und ließ damit die Beschützerinstinkte eines guten Vaters erkennen –, würden die winzigen Zehen des Kleinen schützen und verhindern, daß er Splitter in die zarten kleinen Füße bekam. Kurz vor dem Verlassen der Wohnung über dem Bootshaus hatte er noch die Mütze des Kleinen in die Utensilientasche gelegt, zusammen mit Mrs. Clausens Ausgabe des *Englischen Patienten*. Mit seiner einen Hand hatte er Doris' Unterwäsche gestreift, als er nach dem Buch gegriffen hatte.

In der Haupthütte war es kühler, deshalb zog Patrick

dem Kleinen das Hemd und, einfach weil ihn das forderte, auch Socken und Schuhe an. Er versuchte, Otto in die Babyschaukel zu setzen, doch das Kind weinte. Daraufhin setzte Patrick den Kleinen auf den Hochstuhl, was Otto offenbar besser gefiel. (Allerdings nur kurz – es gab nichts zu essen.)

Nachdem Wallingford auf dem Abtropfbrett einen Babylöffel gefunden hatte, zerdrückte er eine Banane für Otto, dem es Spaß machte, einen Teil davon wieder auszuspukken, ihn sich ins Gesicht zu schmieren und sich dann die Hände am Hemd abzuwischen.

Wallingford überlegte, womit er das Kind noch füttern könnte. Der Kessel auf dem Herd war noch warm. Patrick löste die pulverisierte Babynahrung in einem knappen Viertelliter des erhitzten Wassers auf und mischte etwas davon mit Babyflocken, aber Otto schmeckte die Banane besser. Patrick mischte die Babyflocken mit einem Teelöffel Pfirsichmus aus einem der Babygläschen. Das schmeckte Otto mit Maßen, doch mittlerweile waren ihm mehrere Bananenbreiklümpchen und einiges von der Pfirsichmus-Flocken-Mischung in die Haare geraten.

Für Wallingford war offensichtlich, daß er es geschafft hatte, mehr Essen auf Otto zu verteilen, als in ihn hineinzubekommen. Er befeuchtete ein Handtuch mit warmem Wasser und wischte das Baby, so gut es ging, sauber; dann nahm er Otto aus dem Hochstuhl und setzte ihn wieder in die Babyschaukel. Der Junge wippte ein paar Minuten lang herum, ehe er die Hälfte seines Frühstücks erbrach.

Wallingford nahm seinen Sohn aus der Babyschaukel und setzte sich mit ihm auf dem Schoß in einen Schaukelstuhl. Er versuchte ihm ein Fläschchen zu geben, aber der besudelte kleine Junge trank nur ganz wenig, ehe er alles in Wallingfords Schoß spuckte. (Wallingford trug lediglich seine Boxershorts, so daß es nicht viel ausmachte.)

Otto in der linken Armbeuge und Mrs. Clausens Ausgabe vom *Englischen Patienten* wie ein Gebetbuch aufgeschlagen in der rechten Hand, versuchte Patrick auf und ab zu gehen. Aber Otto war so schwer, daß er ihn ohne linke Hand nicht lange auf diese Weise tragen konnte. Er kehrte zum Schaukelstuhl zurück und setzte sich Otto auf den rechten Oberschenkel, so daß der Junge an ihm lehnte; der Hinterkopf des Kindes ruhte an seiner Brust und linken Schulter, sein linker Arm war um den Kleinen geschlungen. Sie schaukelten ungefähr zehn Minuten lang vor und zurück, bis Otto einschlief.

Patrick verlangsamte die Schaukelbewegung; während er den schlafenden Jungen auf seinem Schoß festhielt, versuchte er, den *Englischen Patienten* zu lesen. Das Buch mit einer Hand offenzuhalten war weniger schwierig, als umzublättern, was erhebliche Handfertigkeit verlangte und Wallingford fast genauso forderte wie seine Bemühungen mit prothetischen Hilfen – aber irgendwie paßte die Anstrengung zu den ersten Beschreibungen des verbrannten Patienten, der sich offenbar nicht erinnern kann, wer er ist.

Patrick las nur ein paar Seiten und blieb bei einem Satz hängen, den Mrs. Clausen rot unterstrichen hatte – der Schilderung, wie der titelgebende englische Patient zwischen Bewußtsein und Bewußtlosigkeit hin- und herdriftet, während die Schwester ihm vorliest.

Und so hatten die Bücher für den Engländer, ob er nun aufmerksam zuhörte oder nicht, Lücken in der Handlung, wie Abschnitte einer Straße, die vom Unwetter ausgewaschen sind, fehlende Ereignisse, als hätten Heuschrecken Teile eines Gobelins aufgefressen, als wäre Gips, bröcklig vom Bombardement, nachts von einem Wandgemälde abgefallen.

Das war nicht nur eine Passage zum Wiederlesen und Bewundern; sie warf auch ein günstiges Licht auf den Leser, der sie sich angestrichen hatte. Wallingford klappte das Buch zu und legte es behutsam auf den Boden. Dann schloß er die Augen und konzentrierte sich auf die beruhigende Bewegung des Schaukelstuhls. Wenn er den Atem anhielt, konnte er seinen Sohn atmen hören – für viele Eltern ein heiliger Moment. Und beim Hinundherschaukeln nahm sich Patrick etwas vor. Er würde nach New York zurückkehren und den *Englischen Patienten* lesen. Er würde seine Lieblingsstellen anstreichen; er und Mrs. Clausen konnten vergleichen, wofür sie sich entschieden hatten, und darüber reden. Vielleicht würde er sie sogar überreden können, ein Video von dem Film auszuleihen, das sie sich dann zusammen anschauen konnten.

Na, dachte Wallingford, während er, seinen schlafenden Sohn im Arm, im Schaukelstuhl einschlief... wäre das kein verheißungsvolleres Thema für sie beide als die Reisen einer Maus oder der phantasievolle Überschwang einer dem Tode geweihten Spinne?

Mrs. Clausen fand die beiden schlafend im Schaukelstuhl. Als gute Mutter untersuchte sie gewissenhaft alles, was

Rückschlüsse auf Ottos Frühstück zuließ – darunter den im Fläschchen verbliebenen Rest, das kräftig bekleckerte Hemd ihres Sohnes, sein pfirsichbeschmiertes Haar, seine bananenfleckigen Socken und Schuhe und die nicht zu verkennenden Anzeichen dafür, daß er auf Patricks Boxershorts gespuckt hatte. Offenbar sagte ihr alles zu, besonders der Anblick der beiden im Schaukelstuhl Schlafenden, denn sie machte mit ihrer Kamera zwei Bilder von ihnen.

Wallingford wachte erst auf, als Doris schon Kaffee gemacht hatte und gerade Speck briet. (Ihm fiel ein, daß er ihr gesagt hatte, daß er Speck mochte.) Sie hatte ihren lila Badeanzug an. Voller Selbstmitleid stellte sich Patrick seine Badehose ganz allein an der Wäscheleine vor, ein Symbol für Mrs. Clausens wahrscheinliche Ablehnung seines Antrags.

Sie verbrachten einen trägen, wenn auch nicht völlig entspannten Tag miteinander. Die unterschwellige Spannung zwischen ihnen rührte daher, daß Doris seinen Antrag mit keinem Wort erwähnte.

Sie wechselten sich damit ab, vom Steg aus zu schwimmen und auf Otto aufzupassen. Erneut watete Wallingford mit dem Baby im flachen Wasser an dem Sandstrand. Sie machten zusammen eine Bootsfahrt. Den kleinen Otto auf dem Schoß, saß Patrick im Bug, während Mrs. Clausen das Boot steuerte – den Außenborder, weil sie damit besser umgehen konnte. Der Außenborder war nicht so schnell wie das Motorboot, aber es würde den Clausens nicht soviel ausmachen, wenn er einen Kratzer oder eine Delle abbekäme.

Sie beförderten ihren Müll zu einem Container auf einem Steg am anderen Ende des Sees. Was sie an Müll nicht zu diesem Container schafften – ob Flaschen, Dosen, Papier, Essensreste, Ottos schmutzige Windeln –, würden sie im Wasserflugzeug mit zurücknehmen müssen.

Im Außenborder konnten sie einander bei laufendem Motor nicht reden hören, doch Wallingford sah Mrs. Clausen an und formte ganz sorgfältig mit den Lippen die Worte: »Ich liebe dich.« Er wußte, sie hatte sie ihm von den Lippen abgelesen und verstanden, doch was sie erwiderte, blieb ihm unverständlich. Es war ein längerer Satz als »Ich liebe dich«; er spürte, daß es ernst gemeint war.

Auf dem Rückweg von der Müllbeseitigungsfahrt schlief Otto junior ein. Wallingford trug den schlafenden Jungen die Treppe hinauf zu seinem Bettchen. Doris sagte, Otto schlafe normalerweise zweimal am Tag; die Bewegung des Bootes habe das Kind eingeschläfert. Mrs. Clausen überlegte, daß sie ihn zum Füttern aufwecken mußte.

Es war nicht mehr Spätnachmittag, sondern schon früher Abend; die Sonne ging bereits unter. Wallingford sagte: »Laß den kleinen Otto noch schlafen. Komm bitte mit mir zum Landesteg.« Sie hatten beide ihre Badesachen an, und Patrick sorgte dafür, daß sie zwei Handtücher mitnahmen.

»Was haben wir vor?« fragte Doris.

»Wir gehen noch mal schnell ins Wasser«, sagte er. »Und dann setzen wir uns kurz auf den Steg.«

Mrs. Clausen machte sich Sorgen, daß sie es vielleicht nicht hörten, wenn Otto aufwachte, obwohl die Fenster in seinem Zimmer offen waren. Die Fenster gingen auf den See, nicht auf den großen Steg im Freien, und hin und wieder kam geräuschvoll ein Motorboot vorbei, aber Patrick versicherte, daß er das Baby hören würde.

Sie sprangen von dem großen Steg ins Wasser und stiegen rasch wieder die Leiter hoch; gleich darauf war der Steg in Schatten gehüllt. Die Sonne war hinter die Wipfel auf ihrer Seite des Sees gesunken, doch das Ostufer lag noch im Licht. Auf den Handtüchern saßen sie auf dem Steg, während Wallingford Mrs. Clausen von den Tabletten erzählte, die er in Indien gegen die Schmerzen genommen, und wie er (in dem Blaue-Kapsel-Traum) im Holz des Steges die Sonnenhitze gespürt hatte, obwohl der Steg im Schatten lag.

»So wie jetzt«, sagte er.

Sie saß einfach nur da und zitterte leicht in ihrem nassen Badeanzug.

Unbeirrt erzählte ihr Patrick, wie er die Frauenstimme gehört, nie aber die Frau gesehen hatte; daß sie die erotischste Stimme der Welt gehabt und wie sie gesagt hatte: »Mein Badeanzug fühlt sich so kalt an. Ich ziehe ihn aus. Willst du deine Badehose nicht auch ausziehen?«

Mrs. Clausen sah ihn unverwandt an – sie zitterte noch immer.

»Bitte sag es«, bat Wallingford.

»Mir ist nicht danach«, antwortete Doris.

Er erzählte ihr auch den Rest des kobaltblauen Traums – wie er mit ja geantwortet hatte. Und dann das Geräusch des Wassers, das von ihren Badesachen zwischen den Planken des Stegs hindurch in den See zurücktropfte. Er erzählte ihr, daß er und die Frau nackt gewesen waren; dann, wie er das von ihren Schultern aufgenommene Sonnenlicht gerochen und wie er den See auf der Zunge geschmeckt hatte, als er damit den Umriß ihres Ohrs nachzeichnete.

»Du hast in dem Traum mit ihr geschlafen?« fragte Mrs. Clausen.

»Ja.«

»Ich kann das nicht«, sagte sie. »Nicht hier draußen und nicht jetzt. Außerdem gibt's am anderen Ufer ein neues Cottage. Die Clausens haben mir erzählt, daß der Typ ein Fernrohr hat und heimlich die Leute beobachtet.«

Patrick sah die Stelle, die sie meinte. Die Hütte am anderen Seeufer hob sich mit ihrem neuen Holz deutlich vom Blau und Grün der Umgebung ab.

»Ich dachte, der Traum würde wahr«, sagte er nur. (*Fast* wäre er wahr geworden, wollte er ihr sagen.)

Mrs. Clausen stand auf und nahm dabei ihr Handtuch mit. Sie hüllte sich darin ein und zog ihren nassen Badeanzug aus. Sie hängte ihn an die Leine und wickelte sich enger in das Handtuch. »Ich wecke jetzt Otto«, sagte sie.

Wallingford zog seine Badehose aus und hängte sie neben Doris' Badeanzug an die Leine. Weil sie schon zum Bootshaus gegangen war, machte er sich nicht die Mühe, sich mit dem Handtuch zu bedecken. Einen Moment lang wandte er sich sogar nackt dem See zu, bloß um das Arschloch mit dem Fernrohr zu zwingen, ihn sich gründlich anzusehen. Dann schlang er sich das Handtuch um die Hüfte und stieg die Treppe zu seinem Zimmer hinauf.

Er zog eine trockene Badehose und ein Polohemd an. Als er ins andere Zimmer kam, hatte sich Mrs. Clausen ebenfalls umgezogen; sie trug ein altes ärmelloses Hemd und eine kurze Turnhose aus Nylon. Es waren Kleider, wie sie ein Junge in einer Sporthalle tragen würde, aber sie sah großartig darin aus.

»Weißt du, Träume müssen nicht *hundertprozentig* lebensecht sein, um wahr zu werden«, sagte sie, ohne ihn anzusehen.

»Ich weiß nicht, ob ich bei dir eine Chance habe«, sagte Patrick zu ihr.

Sie ging den Pfad zur Haupthütte hinauf und hielt sich dabei absichtlich vor ihm, während er den kleinen Otto trug. »Ich denke noch immer darüber nach«, sagte sie. Sie hatte ihm nach wie vor den Rücken zugekehrt.

Er überschlug, was sie gesagt hatte, indem er die Silben ihrer Worte zählte. Nach seinem Dafürhalten waren es die gleichen Worte, die sie auch im Boot zu ihm gesagt hatte, als er sie nicht verstehen konnte. (»Ich denke noch immer darüber nach.«) Er hatte also doch eine Chance bei ihr, wenn auch wahrscheinlich nur eine geringe.

Sie aßen in aller Ruhe auf der mit Fliegengittern versehenen Veranda der Haupthütte, die auf den dunkler werdenden See hinausging. Die Moskitos summten gegen die Gitter. Sie tranken die zweite Flasche Rotwein, während Wallingford von seinen halbherzigen Bemühungen erzählte, sich feuern zu lassen. Diesmal war er so schlau, Mary Shanahan unerwähnt zu lassen. Er sagte Doris nicht, daß ihn eine Äußerung von Mary überhaupt erst auf den Gedanken gebracht hatte und daß Mary über einen ziemlich ausgereiften Plan verfügte, wie er es anstellen könnte, gefeuert zu werden.

Er sprach auch davon, von New York wegzuziehen, aber Mrs. Clausen schien über das, was er sagte, ungehalten zu werden. »Daß du meinetwegen deinen Job aufgibst, wäre mir nicht recht«, sagte sie. »Wenn ich mit dir leben kann,

kann ich überall mit dir leben. Wo wir leben oder was du machst, ist nicht das Problem.«

Patrick ging mit Otto in den Armen auf und ab, während Doris das Geschirr abwusch.

»Ich hoffe bloß, daß Mary kein Kind von dir bekommt«, sagte Mrs. Clausen schließlich, während sie auf dem Pfad zurück zum Bootshaus die Moskitos abwehrten. Er konnte ihr Gesicht nicht sehen; wieder ging sie ihm voraus, in den Händen die Taschenlampe und eine Tasche mit Babyutensilien, während er Otto junior trug. »Ich kann's ihr nicht verdenken ... daß sie ein Kind von dir will«, fügte Doris hinzu, während sie die Treppe zur Wohnung über dem Bootshaus hinaufstiegen. »Ich hoffe bloß, daß sie keins bekommt. Nicht, daß du da irgendwas machen kannst oder sollst. Jedenfalls nicht im Moment.«

Wallingford empfand es als typisch für sich selbst, daß es ein wesentliches Element seines Schicksals gab, das er selbst zwar in Gang gesetzt, über das er jedoch keine Kontrolle hatte; ob Mary Shanahan schwanger war oder nicht, hing ganz und gar vom Zufall der Empfängnis ab.

Ehe er die Haupthütte verließ – er benutzte zunächst das Badezimmer und putzte sich die Zähne –, hatte er ein Kondom aus seinem Waschbeutel genommen. Er hatte es den ganzen Weg bis zum Bootshaus in der Hand gehalten. Als er Otto nun auf das Bett legte, das als Wickeltisch diente, sah Mrs. Clausen, daß Wallingford die eine Faust um etwas geschlossen hatte.

»Was hast du da in der Hand?« fragte sie.

Er öffnete die Faust und zeigte ihr das Kondom. Doris war über Otto gebeugt und wickelte ihn. »Geh mal lieber noch eins holen. Du wirst mindestens zwei brauchen«, sagte sie.

Er nahm die Taschenlampe und bot erneut den Moskitos die Stirn; er kehrte mit einem zweiten Kondom und mit einem kalten Bier in sein Zimmer zurück.

Er zündete die Gaslaterne in seinem Zimmer an. Für Menschen mit zwei Händen ist das einfach, doch Patrick empfand es als Herausforderung. Er rieb das Streichholz an der Schachtel an und hielt, während er das Gas aufdrehte, das brennende Streichholz mit den Zähnen fest. Als er es aus dem Mund nahm und die Flamme an die Lampe hielt, gab sie ein Ploppen von sich und leuchtete hell auf. Er drehte sie niedriger, aber das Licht im Zimmer dämpfte sich nur wenig. Es war nicht sehr romantisch, dachte er, als er sich auszog und nackt ins Bett legte.

Wallingford zog nur das Decklaken bis zur Taille über sich; er lag auf dem Bauch, auf die Ellbogen gestützt, die beiden Kissen an seine Brust gedrückt. Durch das Fenster betrachtete er das Mondlicht auf dem See – der Mond war riesig. In nur zwei oder drei Nächten war kalendarisch Vollmond, aber er sah schon jetzt voll aus.

Patrick hatte die ungeöffnete Flasche Bier auf dem Nachtschränkchen abgestellt; er hoffte, sie würden es sich später teilen. Die beiden Kondome lagen, noch in der Verpackung, unter den Kissen.

Zwischen dem Lärm, den die Seetaucher machten, und einem Gezänk zwischen ein paar Enten in Ufernähe hörte Patrick nicht, wie Doris hereinkam, doch als sie sich, die bloßen Brüste an seinem Rücken, auf ihn legte, wußte er, daß sie nackt war.

»Mein Badeanzug fühlt sich so kalt an«, flüsterte sie ihm ins Ohr. »Ich ziehe ihn aus. Willst du deine Badehose nicht auch auszuziehen?«

Ihre Stimme ähnelte so sehr der Frauenstimme in dem Blaue-Kapsel-Traum, daß Wallingford einige Mühe hatte, ihr zu antworten. Als er schließlich ein »Ja« herausbrachte, hatte sie ihn schon auf den Rücken gedreht und das Laken heruntergezogen.

»Gib mir mal eins von den Dingern«, sagte sie.

Er griff mit seiner einen Hand hinter seinen Kopf und unter das Kissen, aber Mrs. Clausen war schneller. Sie fand eines der Kondome und riß mit den Zähnen die Verpackung auf. »Laß mich das machen«, sagte sie. »Ich habe das noch nie gemacht.« Wie das Kondom aussah, schien sie leicht zu verwirren, aber sie zögerte nicht, es ihm überzustreifen; leider versuchte sie es verkehrt herum.

»Es ist auf eine ganz bestimmte Weise aufgerollt«, sagte Wallingford.

Doris lachte über ihren Fehler. Nicht nur streifte sie ihm das Kondom richtig über; sie hatte es auch so eilig, daß Patrick nicht mehr dazu kam, mit ihr zu reden. Mag sein, daß sie noch nie jemandem ein Kondom übergestreift hatte, doch die Art, wie sie sich rittlings auf ihn setzte, war Wallingford vertraut. (Nur daß er diesmal auf dem Rücken lag und nicht aufrecht auf einem Stuhl in Dr. Zajacs Praxis saß.)

»Ich will dir noch was von wegen Treusein sagen«, sagte Doris, während sie sich, die Hände auf Patricks Schultern, auf und ab bewegte. »Wenn du mit der Monogamie ein Problem hast, dann sag es lieber gleich – halt mich lieber auf.«

Wallingford sagte weder etwas, noch hielt er sie auf.

»Bitte schwängere niemanden mehr«, sagte Mrs. Clausen noch ernsthafter. Sie drückte mit ihrem ganzen Gewicht auf ihn; er hob ihr die Hüften entgegen.

»Okay«, sagte er.

Das grelle Licht der Gaslaterne warf ihre sich bewegenden Schatten an die Wand, wo Wallingford das dunklere Rechteck aufgefallen war – jene Leerstelle, an der Otto seniors Bierposter gehangen hatte. Es war, als wäre ihre Vereinigung ein geisterhaftes Porträt, ihre Zukunft noch unentschieden.

Nachdem sie miteinander geschlafen hatten, tranken sie in Sekundenschnelle die Flasche Bier leer. Dann gingen sie nackt schwimmen, wobei Wallingford nur ein Handtuch für sie beide mitnahm und Mrs. Clausen die Taschenlampe trug. Sie marschierten hintereinander bis ans Ende des Steges im Bootshaus, doch diesmal bat Doris ihn, vor ihr die Leiter hinunter in den See zu klettern. Kaum war er ins Wasser eingetaucht, forderte sie ihn auf, unter dem schmalen Steg zu ihr zurückzuschwimmen.

»Schwimm einfach der Taschenlampe nach«, wies sie ihn an. Sie richtete den Strahl durch die Planken, beleuchtete einen der Stützpfähle, die im dunklen Wasser verschwanden. Der Pfahl war dicker als Wallingfords Oberschenkel. Mehrere Zentimeter über der Wasserlinie, knapp unterhalb der Planken des Stegs, fiel ihm neben einem waagerechten Brett etwas Goldenes ins Auge. Er schwamm näher heran, bis er direkt zu dem Ding aufblickte. Er mußte Wasser treten, um es sehen zu können.

Ein Nagel war in den Pfahl getrieben worden; zwei Eheringe hingen an dem Nagel, der krumm geschlagen worden war, so daß sein Kopf im Pfahl steckte. Patrick machte sich klar, daß Mrs. Clausen hatte Wasser treten müssen, während sie den Nagel einschlug, dann die Ringe daran hängte, dann den Nagel krumm hämmerte. Auch für eine gute Schwimmerin, die recht kräftig war und zwei Hände besaß, war das keine leichte Arbeit gewesen.

»Sind sie noch da? Siehst du sie?« fragte Doris.

»Ja«, antwortete er.

Wieder legte sie die Taschenlampe so hin, daß der Strahl auf den See hinauszeigte. Patrick schwamm unter dem Steg hervor in den Lichtstrahl, wo sie schon auf ihn wartete; sie ließ sich, die Brüste über der Wasseroberfläche, auf dem Rücken treiben.

Sie sagte nichts. Wallingford schwieg mit ihr. Er überlegte, daß das Eis eines Winters vielleicht besonders dick war; dann würde es vielleicht gegen den Steg drücken, und die Ringe gingen verloren. Oder ein Wintersturm fegte das Bootshaus weg. Wie auch immer, die Ringe waren dort, wo sie hingehörten – das war es, was Mrs. Clausen ihm hatte zeigen wollen.

Der Voyeur am anderen Seeufer hatte in seiner Hütte Licht brennen. Sein Radio lief; er hörte die Übertragung eines Baseballspiels, aber Patrick konnte nicht sagen, wer gegen wen spielte.

Sie schwammen zum Bootshaus zurück und konnten sich dabei sowohl an der Taschenlampe auf dem Steg als auch an den Gaslaternen orientieren, die aus den beiden Zimmerfenstern leuchteten. Diesmal dachte Wallingford daran, in den See zu pinkeln, damit er später nicht zu den Moskitos in den Wald gehen mußte.

Beide gaben sie Otto junior einen Gutenachtkuß, Doris löschte die Gaslaterne im Zimmer des Jungen und zog die Vorhänge zu. Dann machte sie auch die Lampe im anderen Zimmer aus, wo sie nackt und vom See noch kühl unter dem Decklaken lag, während ihr und Wallingfords noch feuchtes Haar kalt im Mondlicht schimmerte. Die Vorhänge hatte sie absichtlich nicht zugezogen; sie wollte früh aufwachen, vor dem Baby. In dem monderleuchteten Zimmer schliefen sie und Patrick sofort ein. In dieser Nacht ging der Mond erst kurz vor drei Uhr morgens unter.

Sonnenaufgang war am Montag kurz nach fünf, aber Mrs. Clausen war lange davor auf. Als Wallingford erwachte, war das Zimmer von einem perlgrauen oder zinnfarbenen Schimmer erfüllt, und er merkte, daß er erregt war; das Ganze war einem der erotischeren Momente des Blaue-Kapsel-Traums nicht unähnlich.

Mrs. Clausen streifte ihm gerade das zweite Kondom über. Sie hatte dafür eine selbst für Wallingford neue Methode gefunden – sie rollte es mit den Zähnen auf seinem Penis ab. Für jemanden, der keine Erfahrung mit Kondomen hatte, war sie ungemein erfinderisch, aber sie gestand, daß sie in einem Buch von dieser Methode gelesen hatte.

»War das ein Roman?« wollte Wallingford wissen. (Natürlich war es das!)

»Gib mir deine Hand«, befahl Mrs. Clausen.

Natürlich dachte er, sie meinte die Rechte – es war seine einzige Hand. Doch als er ihr die rechte Hand entgegenstreckte, sagte sie: »Nein, die vierte.«

Patrick meinte, er habe sich verhört. Bestimmt hatte sie

gesagt »Nein, die linke« – die Phantomhand, die Nichthand, wie fast jeder sie nannte.

»Die was?« fragte Wallingford, nur um sicherzugehen.

»Gib mir deine Hand, die vierte«, sagte Doris. Sie packte seinen Stumpf und klemmte ihn sich fest zwischen die Oberschenkel, wo er seine fehlenden Finger lebendig werden spürte.

»Da waren die zwei Hände, mit denen du auf die Welt gekommen bist«, erklärte Mrs. Clausen. »Eine hast du verloren. Die von Otto war deine dritte. Und was die da angeht«, sagte sie und preßte wie zur Betonung die Oberschenkel zusammen, »die wird mich nie vergessen. Das ist meine. Es ist deine vierte.«

»Ach.« Vielleicht konnte er sie deshalb spüren, als ob sie wirklich da wäre.

Nachdem sie miteinander geschlafen hatten, schwammen sie wieder nackt, doch diesmal blieb jeweils einer von ihnen im Zimmer des kleinen Otto am Fenster stehen und sah dem anderen beim Schwimmen zu. Während Mrs. Clausen im Wasser war, erwachte mit dem Sonnenaufgang Otto junior.

Dann waren sie mit Packen beschäftigt. Doris erledigte alles, was zu tun war, um das Cottage zu schließen. Sie fand sogar Zeit, den letzten Abfall über den See zu dem Container auf dem Steg zu befördern. Wallingford blieb bei Otto. Da das Baby nicht bei ihr war, fuhr Doris das Boot sehr viel schneller.

Sie hatten alle ihre Taschen und die Babysachen auf dem großen Landesteg zusammengetragen, als das Wasserflugzeug kam. Während der Pilot und Mrs. Clausen das kleine

Flugzeug beluden, hielt Wallingford Otto junior in seinem rechten Arm und winkte ohne Hand dem Voyeur am anderen Ufer zu. Dann und wann konnten sie das in der Linse seines Fernrohrs reflektierte Sonnenlicht sehen.

Als das Wasserflugzeug abhob, ließ es sich der Pilot nicht nehmen, niedrig über den Steg des Neuankömmlings hinwegzufliegen. Der Voyeur tat so, als wäre sein Fernrohr eine Angelrute und er angelte von seinem Steg aus; immer wieder warf er albernerweise seine imaginäre Leine aus. Mitten auf dem Steg stand, wie das Gestell für ein primitives Geschütz, unübersehbar das Dreibein des Teleskops.

In der Kabine war es so laut, daß Wallingford und Mrs. Clausen sich nur brüllend hätten miteinander unterhalten können. Aber sie sahen einander und auch das Baby, das sie abwechselnd hielten, unentwegt an. Als das Wasserflugzeug zur Landung ansetzte, sagte Patrick es ihr erneut – ohne einen Laut, nur mit Lippenbewegungen –: »Ich liebe dich.«

Doris reagierte zunächst nicht, und als sie es dann doch tat – ebenfalls ohne die Worte tatsächlich zu sagen, sondern indem sie ihn von ihren Lippen ablesen ließ –, war es der gleiche Satz, länger als »Ich liebe dich«, den sie schon einmal gesagt hatte. (»Ich denke noch immer darüber nach.«)

Wallingford konnte nur abwarten.

Vom Anlegeplatz des Wasserflugzeuges aus fuhren sie zum Austin Straubel Airport in Green Bay. Otto junior machte in seinem Kindersitz Theater, während Wallingford sich bemühte, ihn zu beschäftigen. Doris fuhr. Jetzt, wo sie einander reden hören konnten, hatten sie sich offenbar nichts zu sagen.

Als Patrick am Flughafen Mrs. Clausen und dann den

kleinen Otto zum Abschied küßte, spürte er, wie ihm Mrs. Clausen etwas in die rechte Hosentasche steckte. »Bitte sieh es dir nicht jetzt an. Bitte warte bis später«, bat sie ihn. »Bedenke einfach folgendes: Meine Haut ist wieder zusammengewachsen, das Loch hat sich geschlossen. Ich könnte das nicht noch mal tragen, auch wenn ich wollte. Und außerdem, wenn ich bei dir ende, brauche ich es nicht, das weiß ich. Und du brauchst es schon gar nicht. Bitte verschenke es.«

Wallingford wußte, was es war, ohne es anzusehen – das Fruchtbarkeitsdings, das er einmal an ihrem Bauch gesehen, der Körperschmuck, mit dem sie ihren Nabel gepierct hatte. Er konnte es kaum abwarten.

Er mußte nicht lange warten. Er dachte noch über die Zweideutigkeit von Mrs. Clausens Abschiedsworten – »wenn ich bei dir ende« – nach, als das Ding, das sie ihm in die Tasche gesteckt hatte, den Metalldetektor im Flughafen auslöste. Da mußte er es aus der Tasche nehmen und ansehen. Eine Sicherheitsbeamtin des Flughafens sah es sich ebenfalls genau an; sie bekam es sogar zuerst zu sehen.

Für einen so kleinen Gegenstand war es erstaunlich schwer; die gräulich-weiße, metallische Farbe schimmerte wie Gold. »Das ist Platin«, sagte die Sicherheitsbeamtin. Sie war eine dunkelhäutige Indianerin mit pechschwarzem Haar, kräftig gebaut, mit einer Ausstrahlung von Trauer. Die Art, wie sie mit dem Nabelschmuckstück umging, deutete darauf hin, daß sie sich mit Schmuck auskannte. »Das muß teuer gewesen sein«, sagte sie und gab ihm das Ding zurück.

»Ich weiß nicht – ich habe es nicht gekauft«, erwiderte

Wallingford. »Das ist ein Bodypiercing-Schmuckstück, für den Nabel einer Frau.«

»Ich weiß«, meinte die Sicherheitsbeamtin. »Normalerweise lösen die Dinger den Metalldetektor aus, wenn jemand sie im Nabel trägt.«

»Ach«, sagte Patrick. Er erfaßte gerade erst, worum es sich bei dem Glücksbringer handelte. Um eine winzige Hand – eine linke. Es war das, was man im Bodypiercing-Geschäft als Hantel bezeichnet – ein Stift mit einer Kugel, die sich an einem Ende an- und abschrauben läßt, um das Schmuckstück festzuhalten, ganz ähnlich einem Ohrstekker. Doch am anderen Ende des Stiftes, der hier ein schlankes Handgelenk bildete, befand sich die zarteste, vollkommenste kleine Hand, die Patrick Wallingford je gesehen hatte. Mittel- und Zeigefinger waren zu jenem praktisch universellen Glückssymbol gekreuzt. Patrick hatte ein etwas spezielleres Fruchtbarkeitssymbol erwartet – eine Miniaturgottheit vielleicht oder einen Fetisch.

Ein weiterer Sicherheitsbeamter kam zu dem Tisch herüber, an dem Wallingford mit der Frau stand. Er war ein kleiner, schlanker Schwarzer mit perfekt gestutztem Schnurrbart. »Was ist denn?« fragte er seine Kollegin.

»Ein Schmuckstück, für den Nabel«, erklärte sie.

»Für meinen bestimmt nicht!« sagte der Mann grinsend.

Patrick reichte ihm den Glücksbringer. In diesem Moment glitt ihm die Windjacke vom linken Unterarm, und die beiden sahen, daß er keine linke Hand hatte.

»He, Sie sind der Löwenmann!« sagte der Beamte. Er hatte die kleine Platinhand mit den gekreuzten Fingern, die in seiner größeren Hand lag, kaum angeschaut.

Die Frau streckte instinktiv die Hand aus und berührte Patricks linken Unterarm. »Tut mir leid, daß ich Sie nicht erkannt habe, Mr. Wallingford«, sagte sie.

Was für eine Traurigkeit war es, die sich in ihrem Gesicht abzeichnete? Wallingford hatte sofort gewußt, daß sie traurig war, bis jetzt aber noch nicht über die möglichen Gründe nachgedacht. An ihrem Hals war eine kleine, angelhakenförmige Narbe zu sehen; sie konnte alle möglichen Ursachen haben, von einem Unfall mit einer Schere in der Kindheit über eine schlimme Ehe bis hin zu einer brutalen Vergewaltigung.

Ihr Kollege – der kleine, schlanke Schwarze – betrachtete das Schmuckstück mittlerweile mit neuerwachtem Interesse. »Na ja, es ist eine Hand. Eine linke. Ach so!« sagte er aufgeregt. »Klar, daß das Ihr Glücksbringer ist, oder?«

»Eigentlich soll es für Fruchtbarkeit sorgen. Hat man mir jedenfalls gesagt.«

»Ach ja?« sagte die Frau. Sie nahm ihrem Kollegen das Ding aus der Hand. »Zeig noch mal her. Funktioniert es?« fragte sie Patrick. Er merkte, daß sie es ernst meinte.

»Einmal hat es funktioniert«, erwiderte Wallingford.

Es war verlockend, zu raten, woher ihre Traurigkeit kam. Sie war Ende Dreißig oder Anfang Vierzig; sie trug einen Ehering am linken Ringfinger und einen Türkisring am Ringfinger der rechten Hand. Ihre Ohrläppchen waren durchstochen – noch mehr Türkis. Vielleicht war auch ihr Nabel durchstochen. Vielleicht konnte sie nicht schwanger werden.

»Wollen Sie es haben?« fragte Wallingford sie. »Ich habe keine Verwendung mehr dafür.«

Der Schwarze lachte. Im Weggehen wedelte er mit der Hand. »Oh, oh! Halten Sie sich da mal lieber raus!« sagte er kopfschüttelnd zu Patrick. Vielleicht hatte die arme Frau ein Dutzend Kinder und wollte sich schon lange die Eileiter durchtrennen lassen, aber ihr nichtsnutziger Ehemann erlaubte es nicht.

»Halt die Klappe!« rief die Frau ihrem weggehenden Kollegen nach. Er lachte immer noch, aber sie fand es nicht komisch.

»Sie können es haben, wenn Sie wollen«, sagte Wallingford zu ihr. Schließlich hatte Mrs. Clausen ihn gebeten, es zu verschenken.

Die Frau schloß ihre dunkle Hand um den Fruchtbarkeitsbringer. »Ich hätte es furchtbar gern, aber ich kann es mir bestimmt nicht leisten.«

»Nein, nein! Es ist umsonst. Ich schenke es Ihnen. Es gehört Ihnen schon«, sagte Patrick. »Ich hoffe, es funktioniert, wenn Sie das wollen.« Er konnte nicht sagen, ob die Frau es für sich selbst oder für eine Freundin wollte oder ob sie einfach eine Stelle kannte, wo sie es verscherbeln konnte.

Ein Stück weit von der Sicherheitsschleuse entfernt drehte sich Wallingford um und sah die Indianerin an. Sie arbeitete weiter – für alle anderen Augen war sie bloß eine Sicherheitsbeamtin –, doch als sie in Patricks Richtung blickte, winkte sie ihm zu und schenkte ihm ein herzliches Lächeln. Außerdem hielt sie die winzige Hand hoch. Wallingford war zu weit weg, um die gekreuzten Finger zu sehen, aber das Schmuckstück blinkte im hellen Licht des Flughafens; wieder schimmerte das Platin wie Gold.

Es erinnerte Patrick an Doris und Otto Clausens Eheringe, wie sie im Strahl der Taschenlampe zwischen dem dunklen Wasser und der Unterseite des Bootshaussteges geschimmert hatten. Wie oft war Doris, seit sie die Ringe dort angenagelt hatte, unter den Steg geschwommen und hatte sie, mit einer Taschenlampe in der Hand Wasser tretend, betrachtet?

Oder hatte sie sie niemals betrachtet? Hatte sie sie – wie Wallingford von nun an – nur in Träumen oder in der Phantasie gesehen, wo das Gold stets stärker glänzte und das Spiegelbild der Ringe im See von größerer Dauer war?

Falls er eine Chance bei Mrs. Clausen hatte, würde sich die Sache nicht an der Feststellung entscheiden, ob Mary Shanahan schwanger war oder nicht. Wichtiger war, wie hell die Eheringe unter dem Steg noch in Doris Clausens Träumen, und in ihrer Phantasie, leuchteten.

Als sein Flugzeug nach Cincinnati startete, hing Wallingford – in diesem Moment buchstäblich – ebenso in der Luft wie Doris Clausens Gedanken über ihn. Er würde abwarten müssen.

Man schrieb Montag, den 26. Juni 1999. Wallingford sollte sich noch lange an das Datum erinnern; er würde Mrs. Clausen erst achtundneunzig Tage später wiedersehen.

## 12

## *Lambeau Field*

Er sollte Zeit haben, seine Blessuren auszukurieren. Der blaue Fleck an seinem Schienbein (die Glasplatte des Tisches in Marys Wohnung) wurde zuerst gelb und dann hellbraun; eines Tages war er weg. Auch die Verbrennung (der Heißwasserhahn in Marys Dusche) verschwand bald. Wo sein Rücken zerkratzt gewesen war (Angies Fingernägel), zeigte sich plötzlich keinerlei Spur mehr von Patricks wilder Begegnung mit der Maskenbildnerin aus Queens; selbst die ziemlich große Blutblase an seiner linken Schulter (Angies Liebesbiß) heilte. Wo ein leicht violettes Hämatom (abermals der Liebesbiß) gewesen war, war nun nichts als Wallingfords neue Haut zu erkennen, die so unschuldig aussah wie die Schulter des kleinen Otto – ebenso glatt, ebenso ungezeichnet.

Patrick erinnerte sich, wie er die zarte Haut seines Sohnes mit Sonnenschutzmittel eingeschmiert hatte; seinen kleinen Jungen zu berühren und im Arm zu halten fehlte ihm. Ihm fehlte auch Mrs. Clausen, aber er war so klug, nicht auf eine Antwort von ihr zu drängen.

Er wußte auch, es war noch zu früh, um Mary Shanahan zu fragen, ob sie schwanger war. Er sagte, sobald er aus Green Bay zurück war, lediglich zu ihr, er wolle auf ihren Vorschlag zurückkommen und seinen Vertrag neu aushandeln. Sein derzeitiger Vertrag lief, darauf hatte Mary hingewiesen, noch achtzehn Monate. War es nicht ihre Idee gewesen, daß er drei oder gar fünf Jahre forderte?

Ja, war es. (»Verlange drei Jahre«, hatte sie gesagt, »nein, lieber fünf.«) Aber Mary hatte offenbar keinerlei Erinnerung an dieses Gespräch. »Ich denke, drei Jahre wären ein bißchen viel verlangt, Pat«, sagte sie nur.

»Verstehe«, erwiderte Wallingford. »Dann kann ich den Moderatorenjob genausogut behalten.«

»Aber willst du ihn denn auch wirklich, Pat?«

Er glaubte nicht, daß Mary nur deshalb so vorsichtig war, weil Wharton und Sabina bei dem Gespräch in ihrem Büro dabei waren. (Der mondgesichtige Direktor und die verbitterte Sabina hörten scheinbar gleichgültig zu und sagten kein Wort.) Wallingford begriff immerhin soviel, daß Mary im Grunde nicht wußte, was er wollte, und das machte sie nervös.

»Das kommt drauf an«, erwiderte Patrick. »Es ist schwer, sich vorzustellen, einen Moderatorenstuhl gegen Aufträge als Sonderkorrespondent einzutauschen, auch wenn ich sie mir selber aussuchen darf. Wie heißt es doch so schön? ›War ich schon, kenn ich alles.‹ Es ist schwer, freudig auf einen Rückschritt vorauszublicken. Ich denke, du müßtest mir ein Angebot machen, damit ich eine bessere Vorstellung davon kriege, was du dir so denkst.«

Mary sah ihn mit strahlendem Lächeln an. »Wie war es in Wisconsin?« fragte sie.

Wharton, dessen starre Farblosigkeit mit den Möbeln verschmelzen würde, wenn er nicht in den nächsten dreißig Sekunden etwas sagte (oder wenigstens zuckte), hüstelte kaum hörbar in seine hohle Hand. Die unglaubliche Leere seines Gesichts erinnerte an die Ausdruckslosigkeit eines maskierten Henkers; selbst sein Hüsteln war vollkommen farblos.

Sabina, mit der geschlafen zu haben sich Wallingford kaum erinnerte – jetzt fiel ihm ein, daß sie im Schlaf gewimmert hatte wie ein träumender Hund –, räusperte sich, als hätte sie ein Schamhaar verschluckt.

»Schön war es in Wisconsin.«

Wallingford sprach so neutral wie möglich, aber Mary zog den zutreffenden Schluß, daß zwischen ihm und Doris Clausen nichts entschieden worden war. Falls er und Mrs. Clausen wirklich ein Paar wären, hätte er es gar nicht abwarten können, ihr davon zu erzählen. Ebenso würde Mary es ihm sofort sagen, wenn sie erführe, daß sie schwanger war.

Und sie wußten beide, daß es notwendig gewesen war, diese Pattsituation in Gegenwart von Wharton und Sabina zu inszenieren, die das ebenfalls beide wußten. Unter den gegebenen Umständen wäre es für Patrick und Mary nicht ratsam gewesen, miteinander allein zu sein.

»Mein lieber Mann, ist das vielleicht eisig hier!« sagte Angie zu Wallingford, als sie ihn allein auf dem Schminkstuhl hatte.

»Allerdings!« pflichtete Patrick bei. Er freute sich, die gutherzige junge Frau zu sehen, die seine Wohnung so sauber hinterlassen hatte, wie sie seit seinem Einzug nicht mehr gewesen war.

»Was ist ... willst du mir nun von Wisconsin erzählen oder wie?« fragte Angie.

»Man kann noch nichts Definitives sagen«, bekannte Wallingford. »Ich halte allerdings die Daumen«, fügte er hinzu – eine etwas unglückliche Wortwahl, weil er dadurch an Mrs. Clausens Fruchtbarkeitsbringer erinnert wurde.

»Ich drücke dir auch die Daumen«, sagte Angie. Sie hatte aufgehört, mit ihm zu flirten, war aber nicht weniger aufrichtig und freundlich.

Wallingford würde seinen digitalen Wecker wegwerfen und durch einen neuen ersetzen, weil er bei jedem Blick auf den alten an Angies dort klebendes Stück Kaugummi würde denken müssen – und auch an die fast tödlichen Verrenkungen, durch die ihr Kaugummi mit solcher Gewalt herausgeschleudert worden war. Er wollte nicht im Bett liegen und an Angie denken, es sei denn, Doris Clausen sagte nein.

Vorderhand äußerte sich Doris nur vage. Wallingford mußte zugeben, daß man aus den Fotos, die sie ihm schickte, nicht recht schlau wurde, obwohl er ihre begleitenden Kommentare, wo nicht kryptisch, dann eher boshaft als romantisch fand.

Sie hatte ihm einen Abzug von jedem Bild des Films geschickt; es fehlten, wie Patrick sah, nur die beiden, die er selbst fotografiert hatte. Ihr lila Badeanzug an der Wäscheleine, neben seiner Badehose – er hatte zwei Bilder davon gemacht, falls sie eines davon behalten wollte. Sie hatte beide behalten.

Die ersten beiden Fotos, die Mrs. Clausen schickte, waren wenig überraschend: zunächst das von Wallingford, wie er, den nackten Otto in den Armen, durch das flache Wasser nahe dem Seeufer watete. Das zweite war das Bild, das Patrick von Doris und Otto junior auf dem Sonnendeck der Haupthütte gemacht hatte. Es war Wallingfords erster Abend in dem Cottage am See, und zwischen ihm und Mrs. Clausen hatte sich noch nichts abgespielt. Als dächte sie nicht einmal, zwischen ihnen *könnte* sich etwas abspielen, war ihre Miene völlig entspannt, frei von jeder Erwartung.

Überraschend war nur das dritte Foto, von dem Wallingford nicht wußte, daß Doris es aufgenommen hatte; es zeigte ihn, wie er mit seinem Sohn im Schaukelstuhl schlief.

Patrick wußte nicht, wie er Mrs. Clausens Bemerkungen in dem Begleitbrief zu den Fotos interpretieren sollte – besonders die Nüchternheit, mit der sie berichtete, sie habe zwei Fotos von dem kleinen Otto gemacht, wie er in den Armen seines Vaters schlief, und eines davon behalten. Der Ton ihres Briefs, den Wallingford zunächst boshaft gefunden hatte, war außerdem zweideutig. Doris hatte geschrieben: Wie das Beiliegende zeigt, hast du das Potential zu einem guten Vater.

Nur *das Potential*? Patrick war gekränkt. Gleichwohl las er den *Englischen Patienten* in der inbrünstigen Hoffnung, eine Passage zu finden, auf die er sie aufmerksam machen könnte – vielleicht eine, die sie angestrichen hatte oder die sie beide mochten.

Als Wallingford Mrs. Clausen anrief, um sich für die Fotos zu bedanken, meinte er, eine solche Passage gefunden zu haben. »Mir gefällt die Stelle mit der ›Liste der Wunden‹, besonders als sie ihn mit der Gabel sticht. Erinnerst du dich daran? ›Die Gabel, die hinten in seine Schulter eindrang und Stichspuren hinterließ, von denen der Arzt vermutete, sie stammten von einem Fuchs.‹«

Doris am anderen Ende blieb stumm.

»Hat dir die Stelle nicht gefallen?« fragte Patrick.

»Ich möchte lieber nicht an *deine* Bißspuren und die anderen Verletzungen erinnert werden«, sagte sie.

»Ach.«

Wallingford las den *Englischen Patienten* trotzdem weiter. Es kam lediglich darauf an, den Roman sorgfältiger zu lesen; dennoch schlug er alle Bedenken in den Wind, als er zu der Stelle kam, wo Almásy von Katharine sagt: »Sie war viel begieriger nach Veränderung, als ich erwartet hatte.«

Genau diesen Eindruck hatte Patrick von Mrs. Clausen als Liebhaberin gewonnen – sie war auf eine Weise unersättlich gewesen, die ihn erstaunte. Er rief sie sofort an und vergaß dabei, daß es in New York sehr spät in der Nacht war; in Green Bay war es nur eine Stunde früher. Angesichts von Ottos Zeiten ging Doris normalerweise früh zu Bett.

Sie klang, als wäre sie nicht ganz bei sich, als sie abnahm. Patrick entschuldigte sich sofort.

»Tut mir leid. Du hast schon geschlafen.«

»Schon gut. Was ist denn?«

»Es ist eine Stelle im *Englischen Patienten,* aber ich kann dir auch ein andermal davon erzählen. Du kannst mich morgen vormittag anrufen, so früh, wie du willst. Bitte weck mich!« bat er sie.

»Lies mir die Stelle vor.«

»Es ist bloß etwas, was Almásy über Katharine sagt –«

»Na los. Lies vor.«

Er las: »»Sie war viel begieriger nach Veränderung, als ich erwartet hatte.«« So aus dem Kontext gerissen fand Wallingford die Passage plötzlich pornographisch, aber er vertraute darauf, daß Mrs. Clausen sich an den Kontext erinnerte.

»Ja, die Stelle kenne ich«, sagte sie emotionslos. Vielleicht schlief sie noch halb.

»Na ja...«, begann Wallingford.

»Ich denke, ich war viel begieriger, als du erwartet hast. Ist es das?« fragte Doris. (So, wie sie es sagte, hätte sie genausogut »Ist das alles?« sagen können.)

»Ja«, antwortete Patrick. Er hörte sie seufzen.

»Also...«, begann Mrs. Clausen. Dann schien sie sich das, was sie sagen wollte, anders zu überlegen. »Es ist wirklich zu spät zum Telefonieren«, war ihr einziger Kommentar.

Worauf Wallingford nichts anderes zu sagen blieb als »Tut mir leid.« Er würde weiterlesen und weiterhoffen müssen.

Unterdessen zitierte Mary Shanahan ihn in ihr Büro – allerdings nicht, wie Patrick rasch klar wurde, um ihm mitzuteilen, ob sie schwanger war oder nicht. Mary hatte etwas anderes auf dem Herzen. Zwar war Wallingfords Vorstellung von einem neu auszuhandelnden Vertrag von mindestens drei Jahren Geltungsdauer nicht nach dem Geschmack des Nachrichtensenders – nicht einmal, wenn Wallingford den Moderatorenstuhl räumte und wieder als Reporter arbeitete –, aber man wollte wissen, ob Wallingford »ab und zu« Aufträge als Sonderkorrespondent akzeptieren würde.

»Heißt das, ich soll mich jetzt peu à peu von dem Moderatorenjob verabschieden?« fragte Patrick.

»Wenn du einverstanden bist, würden wir deinen Vertrag neu aushandeln«, fuhr Mary fort, ohne seine Frage zu beantworten. »Natürlich würdest du weiter dein jetziges Gehalt beziehen.« Daß sie ihm keine Gehaltserhöhung anbot, klang aus ihrem Mund wie etwas Positives. »Ich glaube, wir reden von einem Zweijahresvertrag.« Sie legte sich nicht gerade verbindlich darauf fest, und ein Zweijahresvertrag hatte seiner derzeit gültigen Vereinbarung nur magere sechs Monate voraus.

Die ist vielleicht ein Schätzchen! dachte Wallingford, doch er sagte: »Falls die Absicht besteht, mich als Moderator zu ersetzen, warum bezieht ihr mich dann nicht in die Diskussion ein? Warum fragt ihr mich nicht, wie ich ersetzt werden möchte? Vielleicht wäre ein allmählicher Übergang das beste, vielleicht aber auch nicht. Zumindest würde ich gern wissen, wie der langfristige Plan aussieht.«

Mary Shanahan lächelte bloß. Patrick konnte nur darüber staunen, wie rasch sie sich in ihrer neuen, undefinierten Macht eingerichtet hatte. Bestimmt war sie nicht autorisiert, derartige Entscheidungen allein zu treffen, und wahrscheinlich hatte sie noch nicht mitbekommen, wie viele andere Leute noch in die Entscheidungsfindung einbezogen waren, aber davon vermittelte sie Wallingford natürlich nichts. Zugleich war sie so gewieft, nicht offen zu lügen; sie würde niemals behaupten, es gebe *keinen* langfristigen Plan, und ebensowenig eingestehen, es gebe einen und nicht einmal sie wisse, wie er aussah.

»Du wolltest doch schon immer etwas über Deutschland machen, Pat«, sagte sie nun, scheinbar aus heiterem Himmel – aber bei Mary kam nichts aus heiterem Himmel.

Wallingford hatte darum gebeten, etwas über die deutsche Wiedervereinigung machen zu dürfen – neun Jahre nach dem Ereignis. Unter anderem hatte er vorgeschlagen, der Frage nachzugehen, wie der Begriff für die Wiedervereinigung – in der offiziellen Presse war mittlerweile meist nur von »Vereinigung« die Rede – sich verändert hatte. Selbst die *New York Times* hatte sich den Begriff »Vereinigung« zu eigen gemacht. Dabei war Deutschland einmal ein Land gewesen und dann geteilt worden; nun war es wieder eins. Warum war das keine *Wieder*vereinigung? Die meisten Amerikaner jedenfalls sahen Deutschland als *wieder*vereinigt.

Was hatte diese keineswegs geringe Begriffsveränderung politisch zu bedeuten? Und welche Meinungsunterschiede hinsichtlich Wiedervereinigung oder Vereinigung gab es noch *unter Deutschen*?

Aber beim Nachrichtensender hatte man kein Interesse gehabt. »Wen interessieren schon die Deutschen?« hatte Dick gefragt. Fred war der gleichen Ansicht gewesen. (Im Nachrichtenstudio in New York hatte man ständig von irgend etwas »die Schnauze voll« – die Schnauze voll von Religion, die Schnauze voll von den schönen Künsten, die Schnauze voll von Kindern, die Schnauze voll von den Deutschen.)

Und nun hielt Mary, die neue Nachrichtenredakteurin, ihm Deutschland als dubioses Zuckerbrot unter die Nase.

»Was ist mit Deutschland?« fragte Wallingford argwöhnisch. Natürlich hätte Mary erst gar nicht davon angefangen, er solle ab und zu Aufträge als Sonderkorrespondent akzeptieren, wenn der Sender nicht schon einen solchen Auftrag in petto gehabt hätte. Worin bestand er?

»Eigentlich sind es zwei Meldungen«, antwortete Mary, und aus ihrem Mund klang es so, als wären zwei ein Plus.

Aber sie hatte die Storys »Meldungen« genannt, was Patrick hellhörig machte. Die deutsche Wiedervereinigung war keine *Meldung* – das Thema war zu bedeutend, um es als Meldung zu bezeichnen. »Meldungen« im Nachrichtenstudio waren triviale Geschichten, verrückte Unterhaltungsware von der Sorte, die Wallingford nur allzugut kannte. Wie Otto senior sich in einem Bierlaster nach der Super Bowl eine Kugel durch den Kopf schoß – das war eine Meldung. Der Löwenmann selbst war eine Meldung. Wenn der Sender zwei »Meldungen« für ihn hatte, denen er nachgehen sollte, dann konnte es sich nur um sensationell dämliche oder äußerst triviale Geschichten – oder beides – handeln.

»Was für Meldungen, Mary?« Er bemühte sich, nicht die Beherrschung zu verlieren, weil er spürte, daß diese Aufträge als Sonderkorrespondent nicht auf Marys Mist gewachsen waren; irgend etwas an ihrer zögerlichen Art verriet ihm, daß sie schon wußte, wie er auf die Vorschläge reagieren würde.

»Du hältst sie wahrscheinlich einfach nur für blöde«, sagte sie. »Aber immerhin stammen sie aus Deutschland.«

»Was für Meldungen, Mary?«

Über die erste Meldung hatte der Sender schon anderthalb Minuten gebracht – jeder hatte es gesehen. Ein zweiundvierzigjähriger Deutscher hatte es geschafft, sich umzubringen, während er die Sonnenfinsternis im August beobachtete. Er war in der Nähe von Kaiserslautern mit dem Auto unterwegs gewesen, wo ein Zeuge beobachtete, wie er Schlangenlinien von einer Straßenseite zur anderen fuhr;

dann hatte der Wagen beschleunigt und war gegen eine Brückenmauer oder einen Pfeiler geprallt. Man stellte fest, daß der Mann seine Spezialbrille trug – er hatte die Sonnenfinsternis nicht verpassen wollen. Die Gläser waren so dunkel, daß sie bis auf die teilverfinsterte Sonne alles verdunkelten.

»Die Meldung haben wir schon gebracht«, antwortete Wallingford nur.

»Na ja, wir denken an eine Fortsetzung. Etwas Ausführlicheres«, meinte Mary.

Welche »Fortsetzung« konnte so ein Wahnsinn haben? Wie »ausführlich« konnte so ein absurder Vorfall sein? Hatte der Mann Angehörige gehabt? Wenn ja, waren sie zweifellos schwer mitgenommen. Aber wieviel Interview gäbe der Zeuge her? Und wozu sollte das gut sein?

»Was ist die andere Meldung?«

Auch von der anderen Geschichte hatte er schon gehört – eine der Nachrichtenagenturen hatte sie gemeldet. Ein einundfünfzigjähriger Deutscher, ein Jäger aus Bad Soundso, war im Schwarzwald erschossen neben seinem geparkten Wagen gefunden worden. Das Gewehr war zum Fenster hinaus gerichtet; im Auto befand sich der tobende Hund des toten Jägers. Die Polizei kam zu dem Schluß, daß der Hund ihn erschossen hatte. (Natürlich unabsichtlich – niemand machte dem Hund einen Vorwurf.)

Wollten sie, daß Wallingford den Hund interviewte?

Es war genau die Sorte von Nicht-Nachrichten, die als Witze im Internet enden würden – sie waren schon jetzt Witze. Sie waren außerdem das übliche Geschäft, die bizarr-alltäglichen Tiefpunkte der rund um die Uhr gesendeten internationalen Nachrichten. Sogar Mary Shanahan war es peinlich, daß sie sie aufs Tapet gebracht hatte.

»Ich habe an etwas *über* Deutschland gedacht, Mary«, sagte Patrick.

»Ich weiß doch«, sagte sie mitfühlend und faßte ihn an jene beliebte Stelle an seinem linken Unterarm.

»War sonst noch was, Mary?« fragte er.

»Da war noch eine Sache in Australien«, sagte sie zögernd. »Aber dorthinzugehen hat dich ja nie interessiert.«

Er kannte die Sache, die sie meinte; bestimmt bestand die Absicht, auch diesem sinnlosen Tod weiter nachzugehen. In diesem Falle hatte sich ein dreiunddreißigjähriger Computertechniker bei einem Trinkwettbewerb in einer Hotelbar in Sydney zu Tode getrunken. Der Wettbewerb trug den bedauernswerten Namen Wilder Freitag, und der Verstorbene hatte angeblich vier Whiskeys, siebzehn Tequilas und vierunddreißig Bier gekippt – dies alles in einer Stunde und vierzig Minuten. Er starb mit einem Promillegehalt von 4,2.

»Die Geschichte kenne ich«, sagte Wallingford nur.

Wieder berührte ihn Mary am Arm. »Tut mir leid, daß ich keine besseren Nachrichten für dich habe, Pat.«

Noch mehr deprimierte Wallingford, daß diese albernen Sachen nicht einmal *neue* Nachrichten waren. Sie waren unbedeutende Schnipsel zum Thema Lächerlichkeit der Welt; ihre Pointen waren bereits erzählt.

Der internationale 24-Stunden-Kanal hatte ein Praktikantenprogramm – statt eines Gehalts versprach man Collegestudenten eine »authentische Erfahrung«. Brachten denn diese Praktikanten, auch ohne Gehalt, nicht mehr zustande, als diese Geschichten von dummen und komischen

Todesfällen zu sammeln? Irgendwo im Süden war ein junger Soldat an Verletzungen gestorben, die er sich durch einen Sturz aus dem dritten Stock eines Hauses zugezogen hatte; er hatte sich zum fraglichen Zeitpunkt an einem Spuckwettbewerb beteiligt. (Eine wahre Geschichte.) Im Norden Englands war die Frau eines Farmers von Schafen angegriffen und von einem Kliff gestürzt worden. (Ebenfalls wahr.)

Der Nachrichtensender hatte lange Zeit einem Pennälerhumor gefrönt, der gleichbedeutend mit einer pennälerhaften Todesvorstellung ist. Auf einen kurzen Nenner gebracht: kein Kontext. Das Leben war ein Witz; der Tod der Schlußgag. Wallingford konnte sich eine Besprechung nach der anderen vorstellen, in der Wharton oder Sabina sagten: »Soll der Löwenmann das machen.«

Was die besseren Nachrichten anging, die Wallingford von Mary hören wollte, so waren es schlicht die, daß sie nicht schwanger war. Auf diese Nachricht oder auf ihr Gegenteil, soviel begriff Wallingford, würde er warten müssen.

Warten konnte er nicht besonders gut, was in diesem Falle einige positive Folgen hatte. Er beschloß, sich nach anderen Journalistenjobs umzutun. Die Leute sagten, der sogenannte Bildungssender (sie meinten PBS) sei langweilig, aber langweilig ist – besonders was Nachrichten anlangt – nicht unbedingt das Schlechteste.

Der PBS-Ableger für Green Bay befand sich in Madison, Wisconsin, wo auch die Universität war. Wallingford schrieb an Wisconsin Public Television und erklärte, was ihm vorschwebte – er wollte eine Sendung für Nachrichtenanalyse ins Leben rufen. Er gedachte, den fehlenden Kontext in Nachrichtenmeldungen, besonders im Fernsehen, zu untersuchen. Er sagte, er wolle beweisen, daß es *hinter* den Nachrichten häufig noch interessantere Nachrichten gebe; und daß die gemeldeten Nachrichten nicht unbedingt die Nachrichten waren, die hätten gemeldet werden sollen.

Wallingford schrieb: »Eine komplexe oder komplizierte Story zu entwickeln braucht Zeit; am besten funktionieren im Fernsehen Storys, die nicht viel Zeit brauchen. Katastrophen sind nicht nur sensationell – sie passieren unmittelbar. Besonders im Fernsehen funktioniert Unmittelbarkeit am besten – das heißt am besten unter Marketinggesichtspunkten, was nicht unbedingt gut für die Nachrichten ist.«

Er schickte seinen Lebenslauf und ein ähnliches Konzept für eine Sendung für Nachrichtenanalyse an die öffentlichen Fernsehsender in Milwaukee und St. Paul sowie an die beiden öffentlichen Sender in Chicago. Doch warum konzentrierte er sich auf den Mittleren Westen, wo Mrs. Clausen doch gesagt hatte, sie würde überall mit ihm leben – falls sie denn überhaupt beschloß, mit ihm zusammenzuleben?

Er hatte das Foto von ihr und dem kleinen Otto an den Spiegel in seiner Bürogarderobe geklebt. Als Mary Shanahan es sah, betrachtete sie eingehend Kind und Mutter, eingehender aber Doris, und meinte gehässig: »Hübscher Schnurrbart.«

Es stimmte, daß Doris Clausen ganz zarten, weichen Flaum auf der Oberlippe hatte. Wallingford war empört darüber, daß Mary diese ungemein weiche Stelle als Schnurrbart bezeichnet hatte! Wegen seiner eigenen verdrehten Gefühle, und weil er eine bestimmte Art von New Yorkern nur allzu gut kannte, kam Patrick zu dem Schluß, daß Doris Clausen nicht allzu weit von Wisconsin wegverpflanzt werden durfte. Sie hatte etwas von Mittlerem Westen an sich, was Wallingford sehr gefiel.

Wenn Mrs. Clausen nach New York zöge, würde eine von den Frauen aus dem Nachrichtenstudio sie überreden, sich die Haare auf der Oberlippe entfernen zu lassen! Etwas, was Patrick an Doris liebte, ginge verloren. Deshalb schrieb Patrick nur an ein paar PBS-Ableger im Mittleren Westen; er hielt sich dabei so nahe an Green Bay, wie er konnte.

Dabei beschränkte er sich durchaus nicht auf Fernsehsender. Wenn er je Radio hörte, dann öffentliche Sender. Davon gab es zwei in Green Bay und zwei in Madison; er schickte sein Konzept einer Sendung für Nachrichtenanalyse an alle vier, außerdem an NPR-Ableger in Milwaukee, Chicago und St. Paul. (Es gab sogar eine NPR-Station in Appleton, Wisconsin, Doris Clausens Heimatstadt, aber Patrick widerstand der Versuchung, sich dort um einen Job zu bewerben.)

Während der August kam und ging – mittlerweile war er schon fast vorbei –, hatte Wallingford noch eine Idee. Bestimmt hatten alle Big-Ten-Universitäten, oder jedenfalls die meisten, Studiengänge für Journalismus. Die Medill School of Journalism an der Northwestern war berühmt. Er schickte sein Konzept eines Kurses für Nachrichtenanalyse dorthin, desgleichen an die University of Wisconsin in Madison, die University of Minnesota in Minneapolis und die University of Iowa in Iowa City.

Wallingford hatte nichts anderes mehr im Kopf als den unterschlagenen Kontext der Nachrichten. Er schimpfte, allerdings äußerst effektvoll, darüber, wie sehr die Berichterstattung die eigentliche Nachricht mittlerweile trivialisierte. Es war nicht nur sein Steckenpferd, sondern er selbst war zugleich das beste Beispiel für seine These. Wer wäre besser geeeignet als der Löwenmann, das Aufbauschen kleiner Kümmernisse anzuprangern, während der zugrunde liegende Kontext, nämlich die tödliche Krankheit der Welt, unenthüllt blieb?

Und die beste Methode, einen Job zu verlieren, bestand nicht darin, daß man darauf wartete, gefeuert zu werden. Bestand sie nicht vielmehr darin, sich einen anderen Job anbieten zu lassen und dann zu kündigen? Wallingford übersah die Tatsache, daß man, wenn man ihn feuerte, neu über die Restlaufzeit seines Vertrages verhandeln mußte. Trotzdem überraschte es Mary Shanahan, als Patrick den Kopf – nur den Kopf – zu ihrem Büro hereinstreckte und fröhlich zu ihr sagte: »Okay. Ich bin einverstanden.«

»Womit einverstanden, Pat?«

»Zwei Jahre, gleiches Gehalt, *gelegentlicher* Einsatz als Sonderkorrespondent – vorbehaltlich meiner Zustimmung zu diesen Einsätzen, natürlich. Ich bin einverstanden.«

»Tatsächlich?«

»Schönen Tag noch, Mary«, sagte Patrick zu ihr.

Sollten sie mal versuchen, einen Einsatz zu finden, mit dem er einverstanden war! Wallingford hatte nicht nur die Absicht, sie dazu zu zwingen, ihn zu feuern; er rechnete auch fest damit, daß er einen neuen Job aufgetan hatte, der schon auf ihn wartete, wenn sie die Reißleine zogen. (Sich vorzustellen, daß ihm einmal die Fähigkeit abgegangen war, langfristig auf etwas hinzuarbeiten!)

Der Vorschlag für den nächsten Einsatz ließ nicht lange

auf sich warten. Man sah förmlich vor sich, wie sie dachten: wie kann der Löwenmann da widerstehen? Sie wollten, daß Wallingford nach Jerusalem ging. Wenn das kein Revier für den Katastrophenmann war! Journalisten lieben Jerusalem – an Bizarr-Alltäglichem ist dort kein Mangel.

Es war zu einer doppelten Autobombenexplosion gekommen. Am Sonntag, dem 5. September, waren gegen 17 Uhr 30 israelischer Zeit in verschiedenen Städten zwei zeitlich aufeinander abgestimmte Autobomben explodiert und hatten die Terroristen getötet, die die Bomben zu den vorgesehenen Zielen transportierten. Die Bomben explodierten, weil die Terroristen sie auf Sommerzeit eingestellt hatten; drei Wochen zuvor hatte Israel vorzeitig auf Standardzeit umgestellt. Die Terroristen, die die Bomben wohl in einem palästinensisch kontrollierten Gebiet zusammengebaut hatten, wurden Opfer der palästinensischen Weigerung, die von ihnen so genannte »zionistische Zeit« zu akzeptieren. Die Fahrer der Autos, die die Bomben transportierten, hatten ihre Uhren, nicht aber die Bomben, auf israelische Zeit umgestellt.

Bei dem Nachrichtensender fand man es komisch, daß Verrückte, die sich selbst so ernst nahmen, durch ihren eigenen dummen Fehler in die Luft geflogen waren, doch Wallingford teilte diese Meinung nicht. Die Verrückten mochten den Tod verdient haben, doch der Terrorismus in Israel war kein Witz; diesen blöden Unfall als Nachricht zu bezeichnen trivialisierte die Schwere der Spannungen in diesem Land. Durch andere Autobomben würden noch mehr Leute sterben, und das war nicht komisch. Und wieder fehlte der Kontext der Story – das heißt der Grund, warum die Israelis vorzeitig von Sommerzeit auf Standardzeit umgestellt hatten.

Die Umstellung erfolgte, um der Zeit der Bußgebete Rechnung zu tragen. Die *Slichot* (wörtlich Verzeihungen) sind Gebete um Vergebung; die Reuegebet-Gedichte sind eine Fortsetzung der Psalmen. (Ihr Hauptthema sind die Leiden Israels in verschiedenen Ländern der Diaspora.) Diese Gebete sind in die Liturgie einbezogen worden, um bei besonderen Anlässen und an den Tagen vor *Rosch-Ha-schana* geprochen zu werden; sie verleihen den Gefühlen des Betenden Ausdruck, der bereut hat und nun um Gnade bittet.

Während man in Israel die Zeit umgestellt hatte, um diesen Sühnegebeten Rechnung zu tragen, hatten die Feinde der Juden gleichwohl geplant, sie zu töten. Das war der Kontext, durch den die doppelte Autobombenexplosion über eine Komödie der Irrungen hinausging; es war überhaupt keine Komödie. In Jerusalem war das eine fast alltägliche Vignette, die ein ganzes Tableau von Bombenexplosionen sowohl ins Gedächtnis zurückrief als auch vorausahnen ließ. Doch für Mary und den Nachrichtensender war es eine Geschichte von Terroristen, die bekamen, was sie verdienten – nichts weiter.

»Ihr wollt offenbar, daß ich das ablehne. Ist es das, Mary?« fragte Patrick. »Und wenn ich solche Sachen oft genug ablehne, könnt ihr mich ungestraft feuern.«

»Wir finden, das ist eine interessante Story. Genau deine Kragenweite«, sagte Mary nur.

Er brach rascher alle Brücken hinter sich ab, als sie neue bauen konnten; es war eine aufregende, aber entscheidungsarme Zeit. Wenn er nicht gerade aktiv mit dem Versuch beschäftigt war, seinen Job loszuwerden, las er den *Englischen Patienten* und träumte von Doris Clausen.

Bestimmt wäre sie, genau wie er, entzückt von Almásys Frage an Madox, wie »die Kuhle unten am Hals einer Frau« heißt. Almásy fragt: »Was ist das, hat es einen speziellen Namen?« Worauf Madox murmelt: »Reißen Sie sich zusammen.« Später zeigt Madox mit dem Finger auf eine Stelle unterhalb seines Adamsapfels und sagt Almásy, man nenne das »Gefäßring«.

Wallingford rief Mrs. Clausen in der tiefempfundenen Überzeugung an, daß ihr die Episode genausogut gefallen würde wie ihm, aber sie hatte da ihre Zweifel.

»Im Film hieß das irgendwie anders«, sagte ihm Doris.

»Ach ja?«

Wie lange hatte er den Film nicht mehr gesehen? Er lieh sich das Video und sah es sich sofort an. Doch als er zu der Szene kam, kriegte er nicht richtig mit, wie die betreffende Stelle am Hals einer Frau hieß. Mrs. Clausen hatte allerdings recht gehabt; »Gefäßring« hieß es nicht.

Er spulte das Video zurück und sah sich die Szene noch einmal an. Almásy und Madox verabschieden sich voneinander. (Madox kehrt nach Hause zurück, um sich umzubringen.) Almásy sagt: »Es gibt keinen Gott.« Und fügt hinzu: »Aber ich hoffe, jemand paßt auf Sie auf.«

Madox erinnert sich offenbar an etwas und deutet auf seinen Hals. »Falls Sie es immer noch wissen wollen – man nennt das Halsgrube.« Beim zweiten Mal verstand Patrick den Text. Hatte die Stelle am Hals einer Frau etwa zwei Namen?

Und als er sich den Film noch einmal angesehen und den Roman fertiggelesen hatte, verkündete er Mrs. Clausen, wie sehr ihm die Stelle gefallen habe, wo Katharine zu Almásy sagt: »Ich möchte, daß Sie mich fortreißen.«

»Im Buch, meinst du«, sagte Mrs. Clausen.

»Im Buch *und* im Film«, erwiderte Patrick.

»Im Film kommt das nicht vor«, meinte Doris. (Er hatte den Film gerade gesehen – er war sich sicher, daß der Text darin vorkam!) »Du hast bloß geglaubt, du hörst diesen Text, weil er dir so gefällt.«

»Gefällt er dir etwa nicht?«

»So was gefällt nur Kerlen«, sagte sie. »Ich habe nie geglaubt, daß sie das zu ihm sagen würde.«

War ihm Katharines Äußerung »Ich möchte, daß Sie mich fortreißen« so vollkommen einleuchtend erschienen, daß er in seiner leicht zu täuschenden Erinnerung den Text schlicht und einfach in den Film eingefügt hatte? Oder hatte Doris den Text so unplausibel gefunden, daß sie ihn ausgeblendet hatte? Und was spielte es für eine Rolle, ob der Text in dem Film vorkam oder nicht? Entscheidend war, daß er Patrick gefiel und Mrs. Clausen nicht.

Wieder einmal kam sich Patrick wie ein Idiot vor. Er hatte versucht, sich in ein Buch einzudrängen, das Doris Clausen liebte, und in einen Film, der (jedenfalls für sie) mit schmerzlichen Erinnerungen verbunden war. Aber Bücher, und manchmal auch Filme, sind etwas Persönlicheres; man kann sie gemeinsam zu schätzen wissen, doch die speziellen Gründe, aus denen man sie liebt, kann man schlecht teilen.

Gute Romane und Filme sind nicht wie die Nachrichten oder das, was als Nachrichten gilt – sie sind mehr als Meldungen. Sie bestehen aus der ganzen Palette von Stimmungen, in denen man sich befindet, wenn man sie liest oder sieht. Die Liebe eines anderen zu einem Film oder einem Buch läßt sich, wie Patrick mittlerweile glaubte, niemals genau nachahmen.

Aber Doris Clausen spürte wohl seine Entmutigung und hatte Erbarmen mit ihm. Sie schickte ihm zwei weitere Fotos von ihrer gemeinsamen Zeit in dem Cottage am See. Er hatte gehofft, sie würde ihm das von ihren Badesachen schicken, wie sie nebeneinander an der Leine hingen. Wie er sich freute, als er dieses Bild bekam! Er klebte es an den Spiegel in seiner Bürogarderobe. (Darüber sollte Mary Shanahan mal eine gehässige Bemerkung machen! Sollte sie's bloß versuchen!)

Das zweite Foto allerdings schockte ihn. Er hatte noch geschlafen, als Mrs. Clausen es gemacht hatte, ein Selbstporträt, bei dem sie die Kamera schief in der Hand gehalten hatte. Egal – man konnte gut genug sehen, was vor sich ging. Doris riß mit den Zähnen die Verpackung des zweiten Kondoms auf. Sie lächelte in die Kamera, als wäre Wallingford die Kamera und als wüßte er bereits, daß sie ihm das Kondom überstreifen würde.

Dieses Foto klebte Patrick nicht an den Spiegel seiner Bürogarderobe; er bewahrte es in seiner Wohnung auf, auf dem Nachtschränkchen, neben dem Telefon, damit er es betrachten konnte, wenn Mrs. Clausen ihn oder er sie anrief.

Eines Nachts, als er spät ins Bett gegangen, aber noch nicht eingeschlafen war, klingelte das Telefon, und Wallingford machte das Licht auf seinem Nachtschränkchen an, um ihr Bild betrachten zu können, wenn er mit ihr sprach. Aber es war nicht Doris.

»He, Mister Einhand ... Mister Ohneschwanz«, sagte Angies Bruder Vito. »Ich hoffe, ich störe gerade...« (Vito rief oft an, und nie hatte er etwas zu sagen.)

Als Wallingford auflegte, tat er es mit deutlicher Traurigkeit, die fast an Wehmut heranreichte. In den Stunden, die er zu Hause verbrachte, fehlte ihm, seit er aus Wisconsin nach New York zurückgekehrt war, nicht nur Doris Clausen; ihm fehlte auch die wilde Kaugummi-Nacht mit Angie. Manchmal fehlte ihm zu diesen Zeiten sogar Mary Shanahan – die *alte* Mary, ehe ihr die Gewißheit eines Nachnamens und die unangenehme Autorität zugewachsen war, die sie mittlerweile ihm gegenüber hatte.

Patrick machte das Licht aus. Während er in den Schlaf sank, versuchte er, mit Nachsicht an Mary zu denken. Die frühere Liste ihrer positivsten Merkmale fiel ihm wieder ein: ihre makellose Haut, ihre unverfälschte Blondheit, ihre vernünftige, aber sexy Kleidung, ihre perfekten kleinen Zähne. Und, vermutete Wallingford – da Mary noch immer hoffte, schwanger zu sein –, ihr Verzicht auf rezeptpflichtige Medikamente. Manchmal war sie richtig gemein zu ihm gewesen, aber die Menschen sind nun einmal nicht nur das, was sie zu sein scheinen. Schließlich hatte er sie abgeschoben. Es gab Frauen, die das sehr viel übler genommen hätten als Mary.

Wenn man vom Teufel sprach! Das Telefon klingelte, und es war Mary Shanahan; sie weinte in den Hörer. Sie hatte ihre Tage bekommen. Sie waren mit anderthalb Monaten Verspätung gekommen – so spät, daß sie schon gehofft hatte, schwanger zu sein –, aber sie waren nun einmal gekommen.

»Das tut mir leid, Mary«, sagte Wallingford, und es tat ihm auch aufrichtig leid – um sie. Was ihn selbst anging, verspürte er ein unverdientes Triumphgefühl; erneut war er gerade noch einmal davongekommen.

»Wenn man sich vorstellt, daß ausgerechnet du mit Platzpatronen schießt!« sagte Mary unter Schluchzen zu ihm. »Ich gebe dir noch eine Chance, Pat. Wir müssen es noch mal probieren, sobald ich einen Eisprung habe.«

»Tut mir leid, Mary«, wiederholte er. »Ohne mich. Platzpatronen hin oder her, ich habe meine Chance gehabt.«

»Was?«

»Du hast mich schon verstanden. Ich sage nein. Wir schlafen nicht noch einmal miteinander, egal, aus welchem Grund.«

Mary warf ihm ein paar derbe Wörter an den Kopf, ehe sie auflegte. Doch daß sie von ihm enttäuscht war, brachte ihn nicht um den Schlaf; im Gegenteil, er hatte nicht mehr so gut geschlafen, seit er in Mrs. Clausens Armen eingedämmert und mit dem Gefühl ihrer ein Kondom abrollenden Zähne an seinem Penis aufgewacht war.

Wallingford schlief noch fest, als Mrs. Clausen anrief. In Green Bay mochte es eine Stunde früher sein, doch der kleine Otto weckte seine Mutter regelmäßig, ein paar Stunden ehe Wallingford wach war.

»Mary ist nicht schwanger. Sie hat gerade ihre Tage bekommen«, verkündete Patrick.

»Sie wird dich bitten, es noch mal zu machen. Das würde ich jedenfalls tun«, sagte Mrs. Clausen.

»Hat sie schon. Ich habe schon nein gesagt.«

»Gut.«

»Ich sehe mir dein Bild an.«

»Ich kann mir schon denken, welches.«

Irgendwo in der Nähe des Telefons plapperte der kleine Otto vor sich hin. Wallingford blieb einen Moment lang stumm – sich die beiden vorzustellen reichte ihm schon. Dann fragte er sie: »Was hast du gerade an? Hast du irgendwelche Kleider an?«

»Ich habe zwei Karten für ein Montagabendspiel, wenn du mitgehen willst«, gab sie zur Antwort.

»Ich will mit.«

»Es ist *Monday Night Football*, die Seahawks gegen die Packers im Lambeau Field.« Mrs. Clausen sprach mit einer Ehrfurcht, die an Wallingford verschwendet war. »Mike Holmgren kommt nach Hause. Das will ich auf keinen Fall verpassen.«

»Ich auch nicht!« erwiderte Patrick. Er wußte nicht, wer Mike Holmgren war. Er würde ein bißchen recherchieren müssen.

»Es ist am ersten November. Hast du da auch wirklich Zeit?«

»Habe ich!« versprach er. Er versuchte, Freude in seine Stimme zu legen, dabei brach es ihm in Wirklichkeit das Herz, daß er sie erst im November wiedersehen würde. Es war erst Mitte September! »Vielleicht kannst du vorher mal nach New York kommen«, sagte er.

»Nein. Ich will dich bei dem Spiel sehen«, sagte sie. »Ich kann dir das jetzt nicht erklären.«

»Du mußt es nicht erklären!« erwiderte Patrick rasch.

»Schön, daß dir das Bild gefällt«, wechselte sie das Thema.

»Ich finde es umwerfend! Ich fand es umwerfend, was du mit mir gemacht hast.«

»Okay. Wir sehen uns dann bald«, beendete Mrs. Clausen das Gespräch – nicht einmal auf Wiedersehen sagte sie.

Am nächsten Morgen, bei der Ablaufbesprechung, versuchte Wallingford den Gedanken zu verdrängen, daß Mary Shanahan sich wie eine Frau mit heftigen Menstruationsbeschwerden benahm, aber genau das war sein Eindruck. Sie begann die Besprechung damit, daß sie eine der Frauen aus dem Nachrichtenstudio herunterputzte. Die Frau hieß Eleanor und hatte, aus welchem Grund auch immer, mit einem der Praktikanten geschlafen; nun, da der Junge wieder auf dem College war, warf Mary ihr vor, sie vergreife sich an Minderjährigen.

Nur Wallingford wußte, daß Mary sich an den Praktikanten herangemacht hatte, ehe er, Patrick, sich dummerweise auf den Versuch eingelassen hatte, sie zu schwängern. Der Praktikant war ein gutaussehender Junge, und er war klüger als Wallingford – er hatte Marys Vorschlag abgelehnt. Patrick fand es nicht nur sympathisch von Eleanor, daß sie mit dem Jungen geschlafen hatte; er hatte auch den Jungen sympathisch gefunden, dessen Praktikum es nicht gänzlich an authentischen Erfahrungen gefehlt hatte. (Eleanor gehörte zu den ältesten verheirateten Frauen im Nachrichtenstudio.)

Nur Wallingford wußte, daß es Mary im Grunde völlig egal war, daß Eleanor mit dem Jungen geschlafen hatte – sie war bloß wütend, weil sie ihre Tage hatte.

Plötzlich fand er den Gedanken, einen Auftrag, irgendeinen Auftrag als Sonderkorrespondent, zu übernehmen, verlockend. Wenigstens käme er so aus dem Nachrichtenstudio und aus New York hinaus. Er sagte Mary, er sei einem Auftrag als Sonderkorrespondent bei nächster Gelegenheit nicht abgeneigt, vorausgesetzt, sie habe nicht die Absicht, ihn dabei zu begleiten. (Mary hatte sich erboten, mitzufahren, wenn sie das nächste Mal einen Eisprung habe.)

Es gebe in nächster Zeit, teilte Wallingford ihr mit, nur einen Tag und eine Nacht, wo er weder als Sonderkorrespondent noch als Moderator der Abendnachrichten zur Verfügung stehe. Am 1. November 1999 besuche er, komme, was da wolle, in Green Bay, Wisconsin, ein Montagabend-Footballspiel.

Irgendwer (wahrscheinlich Mary) steckte ABC Sports, daß Wallingford an diesem Abend bei dem Spiel sein würde, und ABC bat den Löwenmann sofort, während der Übertragung in der Kommentatorenkabine vorbeizuschauen. (Warum einen Zweiminutenauftritt vor einem Millionenpublikum ablehnen?, würde Mary zu Patrick sagen.) Vielleicht konnte der Katastrophenmann sogar ein, zwei Spielzüge kommentieren. Ob Wallingford wisse, fragte jemand von ABC, daß von der Handfreßepisode fast ebenso viele Videos verkauft worden seien wie von dem Film über die Saisonhöhepunkte der NFL?

Ja, das wußte Wallingford. Er lehnte das Angebot, die ABC-Kommentatoren zu besuchen, höflich ab. Er besuche das Spiel, wie er es formulierte, mit »einer guten Freundin«; Doris' Namen nannte er nicht. Das könnte bedeuten, daß während des Spiels eine Fernsehkamera auf ihn gerichtet war. Wenn schon. Patrick hatte nichts dagegen, ein-, zweimal zu winken, bloß um ihnen zu zeigen, was sie sehen wollten – die Nichthand bzw. seine vierte Hand, wie Mrs. Clausen sie nannte. Sogar die Sportschreiber wollten sie sehen.

Daran mochte es liegen, daß nichtkommerzielle Fernsehsender begeisterter auf seine Anfragen reagierten als der nichtkommerzielle Rundfunk oder die Abteilungen für Journalismus der Big Ten. Sämtliche PBS-Ableger waren an ihm interessiert. Im großen und ganzen ermutigte Patrick die einhellige Reaktion; er würde einen Job haben, auf den er zurückgreifen konnte, womöglich sogar einen interessanten.

Natürlich sagte er Mary kein Sterbenswörtchen davon, während er vorauszuahnen versuchte, was für Aufträge sie ihm wohl anbieten würde. Ein Krieg hätte ihn nicht überrascht; eine Escherichia-coli-Epidemie hätte Marys Stimmung entsprochen.

Wallingford wollte zu gern erfahren, warum Mrs. Clausen darauf bestand, ihn erst bei einem Montagabend-Footballspiel in Green Bay zu sehen. Er rief sie am Samstag abend, dem 30. Oktober, an, obwohl er wußte, daß er sie kommenden Montag sehen würde, doch warum das Spiel so merkwürdig wichtig für sie war, dazu äußerte sich Doris nach wie vor nur unverbindlich. »Ich kriege einfach das Flattern, wenn die Packers favorisiert sind«, sagte sie nur.

Wallingford ging an diesem Samstagabend ziemlich früh schlafen. Gegen Mitternacht rief Vito einmal an, aber Patrick schlief ziemlich schnell wieder ein. Als am Sonntag morgen das Telefon klingelte – draußen war es noch dunkel –, vermutete Patrick, daß es erneut Vito war, und hätte beinahe nicht abgenommen. Aber es war Mary Shanahan, und sie gab sich ganz geschäftsmäßig.

»Du kannst es dir aussuchen«, sagte sie, ohne sich damit aufzuhalten, hallo oder auch nur seinen Namen zu sagen. »Du kannst über die Ereignisse am Kennedy Airport berichten, oder wir besorgen dir einen Flug nach Boston, und ein Hubschrauber bringt dich zur Otis Air Force Base.«

»Wo ist das?« fragte Wallingford.

»Cape Cod. Weißt du, was passiert ist, Pat?«

»Ich habe geschlafen, Mary.«

»Scheiße, dann mach die Nachrichten an! Ich rufe dich in fünf Minuten zurück. Das mit Wisconsin kannst du vergessen.«

»Ich gehe auf jeden Fall nach Green Bay«, sagte er, aber sie hatte schon aufgelegt. Nicht einmal die Kürze ihres Anrufs und die Härte ihrer Mitteilung konnten das kleinmädchenhafte, überladene Blumenmuster von Marys Tagesdecke oder das rosa Gewoge ihrer Lavalampe und dessen protozoenhafte Bewegung an der Zimmerdecke – die wie Spermien flitzenden Schatten – aus seiner Erinnerung löschen.

Er machte die Nachrichten an. Eine ägyptische Passagiermaschine mit 217 Menschen an Bord, ein Nachtflug nach Kairo, war vom Kennedy Airport aus gestartet und nur dreiunddreißig Minuten später von den Radarschirmen verschwunden. Ungefähr sechzig Meilen südöstlich von Nantucket Island war das Flugzeug aus einer Reiseflughöhe von knapp über 10 000 Metern bei gutem Wetter plötzlich in den Atlantik gestürzt. Aus dem Cockpit war kein Notruf gesendet worden. Radarbeobachtungen deuteten darauf hin, daß die Fallgeschwindigkeit des Jets über 7000 Meter pro Minute betragen hatte – »wie ein Stein«, formulierte es ein Luftfahrtexperte. Das Wasser war an dieser Stelle fünfzehn Grad kalt und knapp achtzig Meter tief; es bestand wenig Hoffnung, daß jemand den Absturz überlebt hatte.

Ein Absturz dieser Art bot sich für Medienspekulationen geradezu an – die Berichterstattung würde durchweg spekulativ ausfallen. Es würden massenhaft ergreifende Storys produziert werden. Ein Geschäftsmann, der ungenannt bleiben wollte, war zu spät zum Flughafen gekommen und am Ticketschalter abgewiesen worden. Als man ihm sagte, der Flug sei schon abgefertigt, wurde er laut. Er fuhr nach Hause und wachte am Morgen lebendig auf. Dergleichen würde man nun tagelang zu hören bekommen.

Eines der Flughafenhotels auf Kennedy, das ›Ramada Plaza‹, war zu einem Informations- und Beratungszentrum für trauernde Angehörige umfunktioniert worden – nicht, daß es viele Informationen gab. Trotzdem fuhr Wallingford hin. Er zog den Kennedy Airport der Otis Air Force Base auf Cape Cod vor – der Grund war, daß die Medien nur begrenzt Zugang zu den Mannschaften der Küstenwache haben würden, die die Absturzstelle abgesucht hatten. Bis zum Morgengrauen an jenem Sonntag hatten sie angeblich erst wenig Treibgut und die Überreste einer einzigen Leiche gefunden. Auf der unruhigen See trieb nichts, was verbrannt aussah. Das ließ vermuten, daß es keine Explosion gegeben hatte.

Patrick sprach als erstes mit den Angehörigen einer jungen Ägypterin, die vor dem ›Ramada Plaza‹ zusammengebrochen war. Sie war vor den Augen der Kamerateams zusammengesackt, die sich um den Hoteleingang drängten; Polizeibeamte trugen sie ins Foyer. Ihre Angehörigen erzählten Wallingford, ihr Bruder sei in dem Flugzeug gewesen.

Natürlich war auch der Bürgermeister da und spendete, so gut es ging, Trost. Wallingford konnte jederzeit auf einen Kommentar des Bürgermeisters zählen. Giuliani schien den Löwenmann sympathischer zu finden als die meisten Reporter. Vielleicht sah er Patrick als eine Art Polizist, der im Dienst verwundet worden war; wahrscheinlich aber erinnerte er sich einfach bloß an Wallingford, weil dieser nur eine Hand hatte.

»Wenn die Stadt New York in irgendeiner Weise helfen kann, dann versuchen wir das natürlich«, sagte Giuliani der Presse. Er wirkte ein wenig müde, als er sich Patrick Wallingford zuwandte und sagte: »Manchmal geht es ein bißchen schneller, wenn der Bürgermeister darum bittet.«

Ein Ägypter benutzte das Foyer des ›Ramada‹ als Behelfsmoschee; »Gott gehören wir, und zu Gott kehren wir zurück«, betete er unentwegt auf arabisch. Wallingford mußte es sich von jemandem übersetzen lassen.

In der Ablaufbesprechung vor der Sendung am Sonntag abend bekam Patrick klipp und klar gesagt, was der Sender vorhatte. »Entweder bist du morgen abend unser Moderator, oder du bist für uns auf einem Kutter der Küstenwache«, teilte Mary Shanahan ihm mit.

»Ich bin ab morgen bis Dienstag in Green Bay, Mary«, sagte Wallingford.

»Sie werden die Suche nach Überlebenden morgen einstellen, Pat. Wir wollen dich dort, auf dem Meer. Oder hier in New York. Nicht in Green Bay.«

»Ich gehe zu dem Footballspiel«, sagte Wallingford zu ihr. Er sah Wharton an, der den Blick abwandte; dann sah er Sabina an, die mit vorgetäuschter Unbeteiligtheit zurückstarrte. Mary warf er nicht einmal einen flüchtigen Blick zu.

»Dann feuern wir dich, Pat«, sagte Mary.

»Dann feuert mich.«

Er mußte nicht einmal darüber nachdenken. Ob mit oder ohne einen Job bei PBS oder NPR, er hatte eine ganze Menge Geld verdient; außerdem konnten sie ihn nicht feuern, ohne irgendeine Abfindungsregelung zu treffen. Im Grunde brauchte Patrick zumindest einige Jahre lang keinen Job.

Er sah zuerst Mary, dann Sabina an, wartete auf eine Reaktion.

»Okay, wenn das so ist, dann sind Sie gefeuert«, verkündete Wharton.

Alles schien überrascht davon, daß das von Wharton kam, sogar Wharton selbst. Vor der Ablaufbesprechung hatte bereits eine andere Besprechung stattgefunden, zu der Patrick nicht eingeladen worden war. Wahrscheinlich hatten sie dabei entschieden, daß Sabina diejenige sein würde, die Wallingford feuerte. Sabina jedenfalls bedachte Wharton mit einem überrascht-verärgerten Blick. Mary Shanahan dagegen hatte ihre Überraschung ziemlich schnell überwunden.

Vielleicht hatte Wharton ausnahmsweise einmal gespürt, wie etwas Unvertrautes, Aufregendes in ihm die Oberhand gewann. Doch sogleich hatte sich das ewig Fade an ihm wieder über sein rot angelaufenes Gesicht gelegt. Von Wharton gefeuert zu werden war wie eine halbherzige Ohrfeige im Dunkeln.

»Wenn ich aus Wisconsin zurückkomme, können wir ausklamüsern, was ihr mir noch schuldet«, sagte Wallingford nur.

»Bitte räum dein Büro und deine Garderobe aus, bevor du fährst«, sagte Mary. Das war das übliche Verfahren, aber es irritierte ihn.

Sie schickten ihm einen von den Sicherheitsleuten, der ihm half, seine Sachen zusammenzupacken und die Kartons zu seinem Wagen hinunterzutragen. Niemand kam, um sich von ihm zu verabschieden, was ebenfalls dem üblichen Verfahren entsprach, obwohl Angie es wahrscheinlich getan hätte, wenn sie an diesem Sonntagabend im Dienst gewesen wäre.

Wallingford war wieder in seiner Wohnung, als Mrs. Clausen anrief. Er selbst hatte seinen Bericht aus dem ›Ramada Plaza‹ nicht gesehen, aber Doris hatte sich die ganze Sache angeschaut.

»Kommst du trotzdem?« fragte sie.

»Ja, und ich kann so lange bleiben, wie du willst«, sagte Patrick. »Ich bin gerade gefeuert worden.«

»Das ist ja sehr interessant«, meinte Mrs. Clausen. »Guten Flug.«

Diesmal hatte er eine Verbindung über Chicago und war rechtzeitig zur Abendsendung aus New York in seinem Hotelzimmer in Green Bay. Es überraschte ihn nicht, daß Mary die neue Moderatorin war. Wieder einmal konnte

Wallingford sie nur bewundern. Sie war zwar nicht schwanger, aber mindestens eines der Babys, die sie gewollt hatte, hatte sie auch gekriegt.

»Patrick Wallingford ist nicht mehr bei uns«, begann Mary fröhlich. »Guten Abend, Patrick, wo immer du auch bist!«

In ihrer Stimme lag etwas zugleich Keckes und Tröstliches. Die Art, wie sie sich gab, erinnerte Patrick an damals in seiner Wohnung, als er ihn nicht hochgekriegt und sie mitfühlend »Armer Penis« gesagt hatte. Wie er erst mit Verspätung begriffen hatte, war Mary schon immer eine einflußreiche Figur gewesen.

Nur gut, daß er sich aus dem Geschäft verabschiedete. Er war dafür nicht mehr gewieft genug. Vielleicht war er es nie gewesen.

Und was für ein Nachrichtenabend es war! Natürlich hatte man keine Überlebenden gefunden. Die Trauer um die Opfer von EgyptAir 990 hatte gerade erst begonnen. Man sah die üblichen von Katastrophen angelockten Schaulustigen, die sich an einem grauen Strand auf Nantucket versammelt hatten – die »Leichenspicker«, wie Mary sie einmal genannt hatte. Die »Todesgucker«, so Whartons Begriff für sie, waren warm angezogen.

Die Nahaufnahme vom Deck eines Schiffes der Handelsmarine aus – der Haufen der aus dem Atlantik geborgenen Habseligkeiten von Passagieren – war wohl Whartons Werk. Nach Überschwemmungen, Wirbelstürmen, Erdbeben, Eisenbahnunglücken, Flugzeugabstürzen, Schulschießereien und anderen Massakern entschied sich Wharton stets für Aufnahmen von Kleidungsstücken, besonders

Schuhen. Und natürlich gab es auch noch Kinderspielzeug; verstümmelte Puppen und nasse Teddybären gehörten zu Whartons liebsten Katastrophenartikeln.

Zum Glück für den Nachrichtensender traf als erstes ein Schulschiff der Handelsmarine mit siebzehn Kadetten an Bord an der Absturzstelle ein. Dank dieser jungen Burschen ließ sich der menschliche Aspekt der Sache besonders effektvoll ausschlachten – sie waren ungefähr so alt wie Collegestudenten. Sie befanden sich mitten in dem ständig größer werdenden Kerosinteppich, und um sie herum kamen Wrackteile, Einkaufstüten und Leichenteile an die ölige Oberfläche. Sie trugen allesamt Handschuhe, während sie dies und das aus dem Wasser fischten. Ihr Gesichtsausdruck war, nach den Worten von Sabina, »unbezahlbar«.

Mary holte das Letzte aus ihrem Schlußkommentar heraus. »Die wichtigen Fragen bleiben unbeantwortet«, sagte Ms. Shanahan knapp. Sie trug ein Kostüm, das Patrick noch nie gesehen hatte, etwas Marineblaues. Das Jackett war, taktisch klug, geöffnet, desgleichen die beiden oberen Knöpfe ihrer blaßblauen Bluse, die stark einem Männerhemd ähnelte, nur daß sie seidiger war. Diese Kleidung würde ihr Markenzeichen werden, vermutete Wallingford.

»Ging der Absturz des ägyptischen Passagierflugzeuges auf einen terroristischen Akt, ein technisches Versagen oder einen Pilotenfehler zurück?« fragte Mary sehr pointiert.

Ich hätte die Reihenfolge umgekehrt, dachte Patrick – »terroristischer« Akt hätte eindeutig als letztes kommen müssen.

Die Schlußeinstellung zeigte nicht Mary, sondern die trauernden Hinterbliebenen im Foyer des ›Ramada Plaza‹;

die Kamera griff kleine Grüppchen von ihnen heraus, während Marys Kommentar mit den Worten »So viele Menschen wollen es wissen« schloß. Alles in allem waren die Einschaltquoten wohl gut; Wallingford wußte, daß Wharton zufrieden sein würde – nicht, daß Wharton wußte, wie er seine Zufriedenheit zum Ausdruck bringen sollte.

Als Mrs. Clausen anrief, war Patrick gerade aus der Dusche gekommen.

»Zieh dir was Warmes über«, ermahnte sie ihn. Zu seiner Überraschung rief sie von der Eingangshalle aus an. Am anderen Morgen würde er Zeit haben, den kleinen Otto zu sehen, sagte Doris. Jetzt sei es Zeit, zu dem Spiel zu gehen; er solle sich mit dem Anziehen beeilen. Was er, weil er nicht wußte, was ihn erwartete, auch tat.

Es erschien ihm zu früh, um zu dem Spiel aufzubrechen, aber vielleicht war Mrs. Clausen gern zeitig da. Wallingford verließ sein Hotelzimmer und nahm den Fahrstuhl zur Eingangshalle, wo sie ihn erwartete; es kränkte seinen Stolz nur geringfügig, daß keiner seiner Medienkollegen ihn aufgespürt und gefragt hatte, was Mary Shanahan gemeint hatte, als sie Millionen von Menschen verkündete: »Patrick Wallingford ist nicht mehr bei uns.«

Bestimmt waren schon die ersten Anrufe beim Sender eingegangen; Wallingford konnte nur darüber spekulieren, wie Wharton damit umging; vielleicht war aber auch Sabina dafür zuständig. Sie sagten nicht gern, daß sie jemanden gefeuert hatten – daß jemand gekündigt hatte, gaben sie ebenso ungern zu. Normalerweise fanden sie irgendeine verquaste Formulierung, so daß kein Mensch genau wußte, was eigentlich passiert war.

Mrs. Clausen hatte die Sendung gesehen. Sie fragte Patrick: »Ist das die Mary, die nicht schwanger ist?«

»Das ist sie.«

»Dachte ich's mir doch.«

Doris trug ihren alten Green-Bay-Packers-Parka, den sie auch angehabt hatte, als Wallingford sie kennenlernte. Beim Fahren hatte sie die Kapuze nicht auf, aber Patrick konnte sich vorstellen, wie ihr kleines hübsches Gesicht wie das eines Kindes darunter hervorlugte. Und sie hatte Jeans und Laufschuhe an, genau das gleiche also wie in der Nacht, in der die Polizei ihr mitgeteilt hatte, daß ihr Mann tot war. Wahrscheinlich trug sie auch ihr altes Packers-Sweatshirt, obwohl Wallingford nicht sehen konnte, was sie unter dem Parka anhatte.

Mrs. Clausen war eine gute Autofahrerin. Sie sah Patrick kein einziges Mal an – sie redete nur von dem Spiel. »Bei manchen Four-Two-Teams kann alles passieren«, erklärte sie. »Wir haben die letzten drei Montagabendspiele hintereinander verloren. Ich glaube nicht, was alle sagen. Es spielt keine Rolle, daß Seattle seit sieben Jahren nicht mehr montagabends gespielt hat oder daß ein Haufen Seahawks überhaupt noch nie im Lambeau Field gespielt haben. Ihr Trainer kennt Lambeau – und unseren Quarterback kennt er auch.«

Der Quarterback von Green Bay war wohl Brett Favre. Wallingford hatte im Flugzeug Zeitung gelesen (nur den Sportteil). So hatte er auch erfahren, wer Mike Holmgren war – früher Trainer der Packers, heute Trainer der Seahawks. Das Spiel war für Holmgren, der in Green Bay sehr beliebt gewesen war, eine Heimkehr.

»Favre wird verkrampfen. Darauf können wir uns verlassen«, sagte Doris. Während sie sprach, huschte das Licht der vorbeiflitzenden Scheinwerfer über ihr Gesicht, das er nach wie vor nur im Profil sah.

Er starrte sie unverwandt an – noch nie hatte ihm jemand so gefehlt. Er hätte gern geglaubt, daß sie die alten Sachen für ihn angezogen hatte, aber er wußte, sie waren einfach nur ihre Spielkluft. Als sie ihn in Dr. Zajacs Praxis verführt hatte, war ihr vermutlich gar nicht bewußt gewesen, was sie trug, und sie erinnerte sich wahrscheinlich überhaupt nicht mehr an die Reihenfolge, in der sie ihre Kleider ausgezogen hatte. Wallingford würde Kleider und Reihenfolge niemals vergessen.

Sie verließen die Innenstadt von Green Bay, das so gut wie keine Innenstadt hat – nichts als Bars, Kirchen und ein ausgezehrt wirkendes Einkaufszentrum am Flußufer –, in westlicher Richtung. Es gab nicht viele Gebäude, die mehr als drei Stockwerke hoch waren, und der einzige größere Hügel – eine riesige Kohlenhalde, praktisch ein Kohlenberg – lag dicht am Fluß, wo Schiffe Ladung aufnahmen und löschten, bis im Dezember die Bucht zufror.

»Ich wäre nicht gerne Mike Holmgren, der mit seinen Four-Two-Seattle-Seahawks hierher zurückkommt«, wagte sich Wallingford vor. (Es war eine Version eines Kommentars, den er im Sportteil gelesen hatte.)

»Du hörst dich an, als hättest du Zeitung gelesen oder ferngesehen«, sagte Mrs. Clausen. »Holmgren kennt die Packers besser, als sie sich selber kennen. Und Seattle hat eine gute Defense. Gegen Mannschaften mit einer guten Defense haben wir dieses Jahr nicht viele Punkte geholt.«

»Ach.« Wallingford beschloß, sich nicht mehr zum Spiel zu äußern. Er wechselte das Thema. »Ihr habt mir gefehlt, du und der kleine Otto.«

Mrs. Clausen lächelte bloß. Sie wußte genau, wo sie hinwollte. An ihrem Wagen befand sich kein spezieller Parkaufkleber; sie wurde auf eine Spur gewinkt, auf der keine anderen Autos fuhren, und gelangte von dort auf einen reservierten Teil des Parkplatzes.

Sie parkten ganz nahe am Stadion und nahmen einen Fahrstuhl zur Pressekabine, wo Doris sich nicht einmal die Mühe machte, ihre Tickets einem offiziell aussehenden älteren Mann zu zeigen, der sie sofort erkannte. Er begrüßte sie mit einer liebevollen Umarmung und einem Kuß, und sie sagte mit einem Nicken zu Wallingford hin: »Er gehört zu mir, Bill. Patrick, das ist Bill.«

Als Patrick dem anderen die Hand gab, rechnete er damit, erkannt zu werden, doch das war offenbar nicht der Fall. Es lag wohl an der Skimütze, die Mrs. Clausen ihm beim Aussteigen gegeben hatte. Er hatte ihr gesagt, er bekomme nie kalte Ohren, aber sie hatte gesagt: »Hier schon. Außerdem soll sie dir nicht nur die Ohren warm halten. Ich möchte, daß du sie trägst.«

Es ging ihr nicht darum, daß er nicht erkannt wurde, obwohl die Mütze verhindern würde, daß ein ABC-Kameramann ihn aufspürte – ausnahmsweise würde Patrick Wallingford einmal nicht vor der Kamera stehen. Doris hatte auf der Mütze bestanden, damit er so aussah, als gehöre er auch wirklich hierher. Patrick trug einen schwarzen Mantel, darunter ein Tweedjackett und einen Rollkragenpullover und dazu graue Flanellhosen. So gut wie niemand hatte bei einem Spiel der Packers einen derart schicken Mantel an.

Die Skimütze war Green-Bay-grün mit einer gelben Stulpe, die sich über die Ohren ziehen ließ; natürlich prangte auch das unverwechselbare Logo der Packers darauf. Es war eine alte Mütze, und sie war von einem Kopf gedehnt worden, der größer war als der von Wallingford. Patrick mußte Mrs. Clausen nicht fragen, wessen Mütze das war. Sie hatte eindeutig ihrem verstorbenen Mann gehört.

Sie gingen durch die Pressekabine, wo Doris noch ein paar andere offiziell aussehende Leute begrüßte, ehe sie ganz oben auf die unüberdachte Tribüne hinaustraten. Die meisten Fans gelangten nicht auf diesem Weg ins Stadion, aber jedermann schien Mrs. Clausen zu kennen. Sie war schließlich Angestellte der Green Bay Packers.

Die steile Treppe hinunter stiegen sie dem strahlend schönen Spielfeld entgegen. Es bestand aus knapp 7500 Quadratmetern Naturrasen – eine sogenannte blaue Sportrasenmischung. An diesem Abend wurde zum erstenmal darauf gespielt.

»Wow«, sagte Wallingford nur leise. Obwohl sie früh dran waren, war Lambeau Field bereits mehr als halb voll.

Das Stadion ist eine reine Schüssel, ohne Lücken und ohne oberen Rang; im Lambeau gibt es nur einen Rang, und die Plätze sind zu einer unüberdachten Tribüne angeordnet. Sie war schon während der Aufwärmphase vor Spielbeginn Schauplatz einer urzeitlich wirkenden Szene: die grün und golden bemalten Gesichter, die gelben Schaumstoffdinger, die wie riesige, biegsame Penisse aussahen, und die Verrückten mit riesigen Käseecken als Kopfbedeckungen – die

*Cheeseheads!* Wallingford merkte, daß er nicht in New York war.

Sie gingen die lange, steile Treppe hinunter. Ihre Plätze waren an der 40-Yard-Linie, auf halber Höhe der Tribüne; die beiden befanden sich immer noch auf der gleichen Seite des Platzes wie die Pressekabine. Patrick folgte Doris an stämmigen, seitwärts gedrehten Knien vorbei zu ihren Plätzen. Ihm dämmerte, daß sie unter Leuten saßen, die sie kannten – nicht nur Mrs. Clausen, sondern auch ihn, Wallingford. Und sie kannten ihn nicht etwa deshalb, weil er berühmt war – nicht in Ottos Mütze –, sondern weil sie ihn *erwarteten*. Patrick ging plötzlich auf, daß er mehr als die Hälfte der Fans in seiner unmittelbaren Umgebung bereits kennengelernt hatte. Es waren Clausens! Er erkannte ihre Gesichter aufgrund der unzähligen Fotos, die in dem Cottage am See an die Wände der Haupthütte gepinnt waren. Die Männer klopften ihm auf die Schulter; die Frauen berührten ihn am Arm, dem linken. »Na, wie geht's?« Wallingford erkannte den Sprecher an seinem durchgedrehten Gesichtsausdruck auf dem mit einer Sicherheitsnadel an der Plüschauskleidung des Glaskastens befestigten Foto. Es war Donny, der Adlermörder; seine eine Gesichtshälfte war maisfarben, die andere im allzu lebhaften Grün einer unmöglichen Krankheit bemalt.

»Ich habe Sie heute in den Nachrichten vermißt«, sagte eine freundliche Frau. Auch an sie erinnerte sich Patrick von einem Foto; sie war eine der frischgebackenen Mütter gewesen, die mit ihrem Neugeborenen in einem Klinikbett lag.

»Ich wollte einfach das Spiel nicht verpassen«, sagte Wallingford zu ihr.

Er spürte, wie Doris ihm die Hand drückte; bis jetzt hatte er gar nicht gemerkt, daß sie sie hielt. Vor allen anderen! Aber sie wußten schon Bescheid – lange vor Wallingford. Sie hatte es ihnen schon gesagt. Sie hatte ihn akzeptiert! Er versuchte, sie anzusehen, aber sie hatte die Kapuze ihres Parkas aufgesetzt. So kalt war es nicht; sie versteckte bloß ihr Gesicht vor ihm.

Er setzte sich, ohne ihre Hand loszulassen, neben Mrs. Clausen. Sein handloser Arm wurde von einer älteren Frau zu seiner Linken ergriffen. Sie war ebenfalls eine Mrs. Clausen, eine viel üppigere Mrs. Clausen – die Mutter des verstorbenen Otto, die Großmutter des kleinen Otto, Doris' ehemalige Schwiegermutter. (Wahrscheinlich sollte man nicht von »ehemalig« sprechen, dachte Patrick.) Er lächelte die üppige Frau an. Sie war im Sitzen ebenso groß wie er und zog ihn an seinem Arm zu sich heran, damit sie ihn auf die Wange küssen konnte.

»Wir freuen uns alle sehr, Sie zu sehen«, sagte sie. »Doris hat uns Bescheid gesagt.« Sie lächelte beifällig.

Mir hätte Doris ruhig auch Bescheid sagen können! dachte Wallingford, doch als er Doris ansah, war ihr Gesicht noch immer in der Kapuze versteckt. Nur die Heftigkeit, mit der sie seine Hand festhielt, verriet ihm mit Sicherheit, daß sie ihn akzeptiert hatte. Zu seinem Erstaunen hatten sie das alle.

Vor dem Spiel wurde eine Schweigeminute eingelegt, von der Wallingford annahm, sie gelte den zweihundertsiebzehn Todesopfern des Absturzes von EgyptAir 990, aber er hatte nicht aufgepaßt. Die Schweigeminute galt Walter Payton, der mit fünfundvierzig an den Folgen einer Lebererkrankung gestorben war. Payton war die meisten Yards in der Geschichte der NFL gelaufen.

Beim Kickoff betrug die Temperatur sieben Grad. Der Nachthimmel war klar. Der Wind wehte mit einer Geschwindigkeit von siebenundzwanzig Stundenkilometern aus westlicher Richtung und frischte in Böen auf achtundvierzig Stundenkilometer auf. Vielleicht machten die Böen Favre zu schaffen. In der ersten Hälfte warf er zwei Interceptions; bis zum Spielende hatte er vier geworfen. »Ich habe dir ja gesagt, er verkrampft«, sagte Doris viermal und versteckte sich die ganze Zeit unter ihrer Kapuze.

Während der Vorstellung der Mannschaften hatten die Zuschauer Mike Holmgren, dem früheren Trainer der Packers, zugejubelt. Favre und Holmgren hatten sich auf dem Platz umarmt. (Sogar Patrick Wallingford hatte mitbekommen, daß Lambeau Field an der Kreuzung des Mike Holmgren Way mit der Vince Lombardi Avenue liegt.)

Holmgren war gut vorbereitet nach Hause gekommen. Zusätzlich zu den Interceptions leistete sich Favre zwei Fumbles. Es gab sogar vereinzelte Buhrufe – in Lambeau eine Seltenheit.

»Green-Bay-Fans buhen normalerweise nicht«, sagte Donny Clausen und ließ keinen Zweifel daran, daß *er* nicht buhte. Er beugte sich dicht an Patrick heran; sein gelbgrünes Gesicht ließ ihn noch eine Spur schwachsinniger wirken, als es seinem ohnehin schon beschädigten Ruf als schwachsinniger Adlermörder entsprach. »Wir wollen alle, daß Doris glücklich wird«, flüsterte er Patrick drohend ins Ohr, das unter Ottos alter Mütze warm war.

»Das will ich auch«, sagte Patrick ihm.

Aber was, wenn Otto sich umgebracht hatte, weil er Mrs. Clausen nicht glücklich machen konnte? Was, wenn sie ihn dazu getrieben, es ihm sogar auf irgendeine Weise nahegelegt hatte? War es bloß ein typischer Fall von Bammel vor der Hochzeit, der Wallingford diese schrecklichen Gedanken eingab? Keine Frage, daß Doris Clausen ihn dazu treiben könnte, sich umzubringen, falls er sie je enttäuschte.

Patrick schlang den rechten Arm um Doris' schmale Schultern und zog sie näher an sich; mit der rechten Hand schob er ihr die Kapuze etwas aus dem Gesicht. Er wollte sie nur auf die Wange küssen, aber sie wandte sich ihm zu und küßte ihn auf die Lippen. Er konnte die Tränen auf ihrem kalten Gesicht spüren, ehe sie sich wieder unter der Kapuze versteckte.

Gut sechs Minuten vor Spielschluß wurde Favre gegen den Ersatz-Quarterback Matt Hasselbeck ausgewechselt. Mrs. Clausen sah Wallingford an und sagte: »Wir gehen. Den Grünschnabel sehe ich mir nicht an.«

Einige von den Clausens murrten darüber, daß sie gingen, aber es war ein gutmütiges Murren; selbst Donnys wild bemaltes Gesicht ließ ein Lächeln erkennen.

Doris führte Patrick an der rechten Hand. Sie stiegen wieder zur Pressekabine hinauf; jemand, der übertrieben freundlich war, ließ sie ein. Es war ein jung wirkender Bursche von athletischem Körperbau – so stämmig, daß er einer der Spieler oder ein ehemaliger Spieler hätte sein können. Doris beachtete ihn nicht weiter, sondern deutete nur nach hinten in seine Richtung, nachdem sie ihn an der Seitentür der Pressekabine hatten stehenlassen. Sie waren schon fast beim Fahrstuhl, als Mrs. Clausen fragte: »Hast du den Kerl da gesehen?«

»Ja«, antwortete Patrick. Der junge Mann lächelte ihnen noch immer übertrieben freundlich nach, obwohl Mrs. Clausen sich nicht ein einziges Mal zu ihm umgedreht hatte.

»Das ist der, mit dem ich nicht hätte schlafen sollen«, sagte Doris zu Wallingford. »Jetzt weißt du alles über mich.«

Im Fahrstuhl drängten sich Sportjournalisten, hauptsächlich Männer. Die Sportreporter verließen das Spiel immer kurz vor Schluß, um sich gute Plätze bei der Pressekonferenz zu sichern. Die meisten kannten Mrs. Clausen; obwohl sie hauptsächlich im Verkauf arbeitete, war sie oft auch für die Ausgabe der Presseausweise zuständig. Die Journalisten machten ihr sofort Platz. Sie schob ihre Kapuze zurück, weil es im Fahrstuhl warm und stickig war.

Die Reporter gaben Kommentare und Klischees zum Spiel von sich. »Ziemlich spielentscheidende Fumbles... Holmgren kennt Favre in- und auswendig... Daß Dotson rausgeflogen ist, hat auch nichts gebracht... Erst die zweite Niederlage für Green Bay in den letzten sechsunddreißig Heimspielen... Weniger Punkte haben die Packers nur 96, bei der 21:6-Niederlage gegen Dallas, geholt...«

»Hat das vielleicht was ausgemacht?« fragte Mrs. Clausen. »In dem Jahr haben wir die Super Bowl gewonnen!«

»Kommst du auch zur Pressekonferenz, Doris?« fragte einer der Journalisten.

»Heute nicht«, sagte sie. »Ich habe eine Verabredung.«

Die Journalisten machten »Ooh« und »Aah«; irgendwer

pfiff. Da sein Armstumpf im Ärmel seines Mantels verborgen war und er noch immer Otto Clausens Mütze trug, glaubte Patrick zuversichtlich, daß er nicht zu erkennen war. Doch der alte Stubby Farrell, der betagte Sportreporter des Nachrichtensenders, erkannte ihn.

»He, Löwenmann!« sagte Stubby. Wallingford nickte und nahm endlich die Mütze ab. »Bist du abgesägt worden oder was?«

Plötzlich wurde es still; alle Sportreporter wollten es wissen. Wieder drückte ihm Mrs. Clausen die Hand, und Patrick wiederholte, was er schon den Clausens gesagt hatte. »Ich wollte einfach das Spiel nicht verpassen.«

Den Reportern, und besonders Stubby, gefiel dieser Spruch, aber Wallingford konnte der Frage dennoch nicht ausweichen.

»War es Wharton, dieser Arsch?« fragte Stubby Farrell.

»Es war Mary Shanahan«, sagte Wallingford ihm und damit allen. »Sie wollte meinen Job.« Mrs. Clausen lächelte ihn an; sie ließ ihn damit wissen, daß sie wußte, was Mary wirklich gewollt hatte.

Wallingford dachte, er würde womöglich einen von ihnen (vielleicht Stubby) sagen hören, er sei ein guter Kerl oder ein netter Kerl oder ein guter Journalist, doch alles, was er von ihrem Gespräch aufschnappte, waren weitere Fachsimpeleien und die vertrauten Spitznamen, die ihn bis ins Grab begleiten würden.

Dann ging der Fahrstuhl auf, und die Sportreporter trotteten außen um das Stadion herum; sie mußten in die Kälte hinaus, um zu den Umkleidekabinen der Heim- oder der Gastmannschaft zu gelangen. Doris führte Patrick unter den Stadionpfeilern hervor auf den Parkplatz. Die Temperatur war gefallen, doch die kalte Luft fühlte sich an Patricks unbedecktem Kopf und seinen Ohren gut an, während er und Mrs. Clausen händchenhaltend zum Wagen gingen. Die Temperatur mochte nahe dem Gefrierpunkt liegen, aber wahrscheinlich kam es einem nur wegen des Windes so kalt vor.

Doris machte das Autoradio an; aufgrund ihrer Kommentare fragte sich Wallingford, warum sie das Ende des Spiels überhaupt mitbekommen wollte. Siebenmal den Ballbesitz abgegeben hatten die Packers zuletzt vor elf Jahren, gegen die Atlanta Falcons. »Sogar Levens hat einen Fumble gebaut«, sagte Mrs. Clausen ungläubig. »Und Freeman – was hat der eigentlich gefangen? Den ganzen Abend vielleicht zwei Pässe. Ganze zehn Yards hat der höchstens gutgemacht!«

Matt Hasselbeck, der unerfahrene Quarterback der Packers, hatte seinen ersten Paß in der NFL an den Mann gebracht – am Ende waren es zwei von sechs mit einem Raumgewinn von 32 Yards. »Wow!« rief Mrs. Clausen höhnisch. »Heiliger Bimbam!« Das Endergebnis lautete Seattle 27, Green Bay 7.

»Mir hat es einen Riesenspaß gemacht«, sagte Wallingford. »Ich habe jede Minute genossen. Ich bin furchtbar gern mit dir zusammen.«

Er schnallte sich ab und legte sich neben ihr hin, so daß sein Kopf in ihrem Schoß lag. Er wandte das Gesicht der Armaturenbeleuchtung zu und legte die rechte Hand auf ihren Oberschenkel. Er konnte spüren, wie sich ihr Oberschenkelmuskel anspannte, wenn sie beschleunigte oder den

Fuß vom Gas nahm und wenn sie ab und zu einmal bremste. Ihre Hand strich ihm sanft über die Wange; dann hielt sie das Lenkrad wieder mit beiden Händen fest.

»Ich liebe dich«, sagte Patrick zu ihr.

»Ich werde auch versuchen, dich zu lieben«, sagte Mrs. Clausen. »Ich werde es wirklich versuchen.«

Wallingford fand sich damit ab, daß dies das Äußerste war, was sie sagen konnte. Er spürte, wie ihm eine ihrer Tränen aufs Gesicht fiel, ging darauf, daß sie weinte, aber nur insofern ein, als er anbot zu fahren – ein Angebot, von dem er wußte, daß sie ablehnen würde. (Wer will sich schon von einem Einhändigen fahren lassen?)

»Ich kann fahren«, sagte sie nur. Dann fügte sie hinzu: »Wir übernachten in deinem Hotel. Meine Mom und mein Dad passen auf den kleinen Otto auf. Du siehst sie morgen, wenn du auch Otto siehst. Sie wissen schon, daß ich dich heirate.«

Die Scheinwerferstrahlen vorbeifahrender Autos huschten durch das kalte Wageninnere. Falls Mrs. Clausen die Heizung angemacht hatte, funktionierte sie nicht. Außerdem stand das Fenster auf der Fahrerseite einen Spaltbreit offen. Es herrschte wenig Verkehr; die meisten Fans blieben bis zum bitteren Ende in Lambeau Field.

Patrick überlegte, sich aufzusetzen und sich wieder anzuschnallen. Er wollte den alten Kohlenberg am Westufer des Flusses noch einmal sehen. Er wußte nicht recht, was der Kohlenhaufen für ihn symbolisierte – Beharrlichkeit vielleicht.

Außerdem wollte er die im Dunkeln schimmernden Fernseher entlang der Route zurück in die Innenstadt sehen; bestimmt war jedes Gerät noch immer auf das zu Ende gehende Spiel eingestellt und würde auch noch zur Nachberichterstattung angeschaltet bleiben. Doch Mrs. Clausens Schoß war warm und tröstlich, und Patrick fand es leichter, ab und zu eine ihrer Tränen auf seinem Gesicht zu spüren, als sich neben ihr aufzusetzen und sie weinen zu sehen.

Als sie sich der Brücke näherten, sagte sie zu ihm: »Bitte schnall dich an. Ich will dich nicht verlieren.«

Er setzte sich rasch auf und schloß seinen Gurt. In dem dunklen Wagen konnte er nicht sehen, ob sie zu weinen aufgehört hatte oder nicht.

»Du kannst das Radio jetzt ausmachen«, sagte sie. Er tat es. Sie fuhren schweigend über die Brücke, und der steil aufragende Kohlenberg rückte erst bedrohlich näher, um dann hinter ihnen kleiner zu werden.

Im Grunde wissen wir nicht, wie unsere Zukunft aussieht, dachte Wallingford; welche Zukunft jemand mit einem anderen hat, ist ungewiß. Dennoch stellte er sich vor, er sähe seine Zukunft mit Doris Clausen vor sich. Er sah sie in dem unwirklichen, überdeutlichen Glanz, mit dem ihm, im Dunkeln unter dem Bootshaussteg, die beiden Eheringe ins Auge gesprungen waren. Seine Zukunft mit Mrs. Clausen hatte etwas Goldenes – und das vielleicht um so mehr, weil er sie als so unverdient empfand. Er verdiente sie ebensowenig, wie die beiden Ringe mit ihren gehaltenen und ungehaltenen Versprechen es verdienten, nur Zentimeter über dem kalten See unter einem Bootssteg angenagelt zu sein.

Und wie lange würde er mit Doris zusammensein oder

sie mit ihm? Es war fruchtlos, darüber zu spekulieren – ebenso fruchtlos wie der Versuch, zu erraten, wie viele Winter es brauchen würde, um das Bootshaus zum Einsturz zu bringen und in dem namenlosen See versinken zu lassen.

»Wie heißt eigentlich der See?« fragte er Doris plötzlich. »Der See, wo das Cottage ist.«

»Wir mögen den Namen nicht«, sagte ihm Mrs. Clausen. »Wir benutzen ihn nie. Es ist einfach nur das Cottage am See.«

Dann, als wüßte sie, daß er an die beiden unter den Steg genagelte Ringe gedacht hatte, sagte sie: »Ich habe Ringe für uns ausgesucht. Ich zeige sie dir, wenn wir im Hotel sind. Diesmal habe ich mich für Platin entschieden. Ich werde meinen am Ringfinger der rechten Hand tragen.« (Wo auch der Löwenmann, wie jeder wußte, seinen würde tragen müssen.)

»Du weißt doch, wie es heißt«, sagte Mrs. Clausen. »›Die Wahrheit liegt auf dem Rasen.‹«

Woher das stammte, konnte Wallingford sich denken. Selbst für ihn roch der Satz nach Football – und nach einem Mut, an dem es ihm bisher gefehlt hatte. Tatsächlich standen die Worte auf dem alten Schild unten an der Treppe in Lambeau Field, dem Schild über der Tür, die zur Umkleidekabine der Packers führte.

DIE WAHRHEIT

LIEGT

AUF DEM RASEN

»Kapiert«, erwiderte Patrick. In einer Toilette im Stadion hatte er einen Mann gesehen, der sich, so wie Donny sein Gesicht, den Bart gelb-grün gefärbt hatte; allmählich wurde ihm klar, welches Maß an Hingabe das erforderte. »Kapiert«, wiederholte er.

»Nein, du hast es nicht kapiert«, widersprach ihm Mrs. Clausen. »Noch nicht, nicht ganz.« Er betrachtete sie genauer – sie hatte aufgehört zu weinen. »Mach das Handschuhfach auf«, sagte Doris. Er zögerte; ihm fiel ein, daß Otto Clausens Revolver darin lag und daß er geladen war. »Na los – mach es auf.«

Im Handschuhfach lag ein offener Umschlag, aus dem Fotos hervorschauten. Er konnte Löcher von Reißnägeln darin sehen – und auch den einen oder anderen Rostfleck. Natürlich wußte er, woher die Fotos kamen, noch ehe er sah, was sie zeigten. Es waren die Fotos – ein Dutzend oder mehr –, die Doris einmal an die Wand auf ihrer Seite des Bettes gepinnt, die Bilder, die sie abgenommen hatte, weil sie ihren Anblick in dem Bootshaus nicht mehr ertragen konnte.

»Bitte sieh sie dir an«, bat sie ihn.

Sie hielt an. Sie befanden sich in Sichtweite des Hotels. Sie war einfach zur Seite gefahren und hatte mit laufendem Motor angehalten. Die Innenstadt von Green Bay war wie ausgestorben; alles war zu Hause oder kehrte gerade von Lambeau Field nach Hause zurück.

Die Fotos hatten keine bestimmte Reihenfolge, aber Wallingford erfaßte rasch, was sie zum Gegenstand hatten. Sie zeigten allesamt Otto Clausens linke Hand. Auf manchen Fotos war sie noch mit Otto verbunden. Man sah den muskulösen Arm des Bierwagenfahrers; man sah auch Ottos Ehering. Auf einigen Bildern hatte Mrs. Clausen den Ring abgezogen – von der Hand des Toten, wie Wallingford wußte.

Es waren auch Fotos von Patrick Wallingford dabei. Nun ja, zumindest von Patricks neuer linker Hand – nur der Hand. Aufgrund der unterschiedlich starken Schwellung von Hand, Handgelenk und Operationsbereich am Unterarm konnte Wallingford bestimmen, in welchem Stadium Doris ihn mit Ottos Hand – der dritten, wie sie sie nannte – fotografiert hatte.

Er hatte also doch nicht geträumt, daß er im Schlaf fotografiert wurde. Deswegen war ihm das Geräusch des Verschlusses so real vorgekommen. Und mit geschlossenen Augen hatte er den Blitz natürlich als etwas Schwaches, Fernes wahrgenommen, so bruchstückhaft wie Wetterleuchten – genau wie er es in Erinnerung hatte.

»Bitte wirf sie weg«, bat ihn Mrs. Clausen. »Ich habe es versucht, aber ich schaffe es einfach nicht. Bitte schmeiß sie einfach weg.«

»Okay«, sagte Patrick.

Sie weinte wieder, und er streckte den Arm nach ihr aus. Nie hatte er von sich aus mit seinem Stumpf ihre Brust berührt. Jetzt konnte er selbst durch den Parka hindurch ihre Brust spüren; als sie seinen Unterarm dort festklemmte, spürte er sie auch atmen.

»Glaub ja nicht, ich hätte nicht auch etwas verloren«, sagte Mrs. Clausen zornig.

Sie fuhr weiter zum Hotel. Nachdem sie Patrick die Schlüssel gegeben hatte und in die Eingangshalle vorausgegangen war, blieb es ihm überlassen, den Wagen zu parken. (Er beschloß, das von einem Hotelangestellten erledigen zu lassen.)

Dann beseitigte er die Fotos – er warf sie samt Umschlag in einen Abfallkorb. Er hatte sie nur kurz gesehen, doch was sie besagten, war ihm nicht entgangen. Wallingford wußte, daß Mrs. Clausen ihm soeben alles über ihre Manie mitgeteilt hatte, was sie ihm je mitteilen würde; indem sie ihm die Fotos zeigte, hatte sie die äußerste Grenze dessen erreicht, was sie dazu zu sagen hatte.

Was hatte Dr. Zajac gesagt? Es gab keinen medizinischen Grund dafür, warum die Handtransplantation nicht gelungen war; Zajac konnte das Rätsel nicht erklären. Doch für Patrick Wallingford, dessen Vorstellungskraft nicht von einer wissenschaftlichen Denkweise eingeengt wurde, war es kein Rätsel. Die Hand hatte ihre Aufgabe erfüllt – das war alles.

Interessanterweise hatte Dr. Zajac seinen Studenten an der Harvard Medical School nur wenig zum Thema »berufliche Enttäuschung« zu sagen. Zajac fühlte sich in seinem Vorruhestand mit Irma, Rudy und den Zwillingen ausgesprochen wohl; in seinen Augen zog einen berufliche Enttäuschung ebenso nieder wie beruflicher Erfolg.

»Seht zu, daß ihr euer Leben auf die Reihe kriegt«, sagte Zajac seinen Harvard-Studenten. »Wenn ihr schon so weit gekommen seid, müßte sich das Berufliche eigentlich von allein ergeben.« Aber was wissen Medizinstudenten schon vom Leben? Zum Leben haben sie noch gar keine Zeit gehabt.

Wallingford ging zu Doris Clausen, die in der Eingangshalle auf ihn wartete. Trotz all ihrer Pläne hatte sie nichts als eine Zahnbürste mitgebracht, die sie in ihrer Handtasche hatte. Und in ihrer Eile, sich fürs Bett fertigzumachen, vergaß sie, Patrick die Eheringe aus Platin zu zeigen, die sie ebenfalls in ihrer Handtasche hatte. (Sie holte das am nächsten Morgen nach.)

Während Mrs. Clausen im Bad war, sah sich Wallingford die Spätnachrichten an – aus Prinzip nicht auf seinem früheren Sender. Einer der Sportreporter hatte die Story von Patricks Entlassung bereits einem anderen Sender gesteckt; sie ergab einen guten Abschluß, einen mehr als durchschnittlichen Knaller. »Löwenmann von Pretty Mary Shanahan abgesägt.« (So würde sie von nun an heißen: »Pretty Mary«.)

Mrs. Clausen war nackt aus dem Badezimmer gekommen und stand neben ihm.

Patrick benutzte rasch das Badezimmer, während sich Doris die Zusammenfassung des Spiels von Green Bay ansah. Sie war überrascht, daß Dorsey Levens vierundzwanzigmal über 104 Yards mit dem Ball gelaufen war.

Als Wallingford, ebenfalls nackt, aus dem Bad kam, hatte Mrs. Clausen den Fernseher schon ausgeschaltet und wartete in dem großen Bett auf ihn. Patrick machte das Licht aus und legte sich neben sie. Sie hielten sich in den Armen und lauschten dabei dem Wind – er blies kräftig, in Böen, aber sie hörten ihn schon bald nicht mehr.

»Gib mir deine Hand«, sagte Doris. Er wußte, welche sie meinte. Wallingford begann damit, daß er Mrs. Clausens Kopf in seine rechte Armbeuge bettete; mit der rechten Hand hielt er eine ihrer Brüste. Sie begann damit, daß sie seinen linken Unterarmstumpf zwischen ihren Oberschenkeln einklemmte, wo er spüren konnte, wie die verlorenen Finger seiner vierten Hand sie berührten.

Der kalte Wind außerhalb ihres warmen Hotelzimmers war ein Vorbote des kommenden Winters, aber sie hörten nur ihr eigenes, heftiges Atmen. Wie andere Liebende nahmen sie den wirbelnden Wind, der in der wilden, gleichgültigen Nacht von Wisconsin immer weiterwehte, gar nicht wahr.

## *Danksagung*

Danken möchte ich Charles Gibson von ABC News und *Good Morning America* für sein sechzehnseitiges, mit einzeiligem Abstand getipptes Fax an mich – die detailliertesten Anmerkungen, die ich je zur ersten Fassung dieses (oder irgendeines anderen) Romans bekommen habe. Danke, Charly. Ebenfalls zu Dank verpflichtet bin ich Dr. Martin Schwartz aus Toronto; das ist nicht das erste Mal, daß mich Dr. Schwartz in puncto medizinischer Plausibilität in einem Roman beraten hat. Noch einmal danke, Marty.

Dank schulde ich außerdem David Maraniss, den ich im Hinblick auf Lambeau Field und die Green Bay Packers konsultiert habe, sowie Jane Mayer für ihren einsichtsvollen Artikel »Bad News«, der im *New Yorker* vom 14. August 2000 erschienen ist.

Als überaus informativ erwies sich die Berichterstattung der *New York Times* vom 1. und 2. November 1999 über den Absturz von EgyptAir 990 – insbesondere Artikel von Francis X. Clines, John Kifner, Robert D. McFadden, Andrew C. Revkin, Susan Sachs, Matthew L. Wald und Amy Waldman. Dr. Lawrence K. Altmans drei Artikel über Handtransplantationen waren besonders erhellend; sie erschienen in der *Times* vom 26. Januar 1999, 15. Januar 2000 und 27. Februar 2001.

Was ich aus der Flut von Kommentaren und Meinungsäußerungen im Gefolge des Todes von John F. Kennedy jr. als Quellen verwendet habe, war im wesentlichen Dutzendware (oft nicht voneinander zu unterscheiden) und zu umfangreich, um es hier im einzelnen anzuführen. Das gleiche gilt für die meisten Fernsehsendungen, die ich mir zu dem Thema angesehen habe.

Nicht zuletzt möchte ich den drei Assistenten danken, die zur Zeit der Niederschrift dieses Romans für mich arbeiteten: für sorgfältiges Tippen und Korrekturlesen des Manuskripts und wohldurchdachte Kritik geht mein Dank an Chloe Bland, Edward McPherson und Kelly Harper Berkson. Mehr denn je hat mein Lektor, Harvey Ginsberg, mich besser aussehen lassen, als ich bin. Und wie immer Dank an meinen Freund David Calicchio und meine Frau Janet, die den Roman beide mehr als einmal gelesen haben.

Die Idee für *Die vierte Hand* habe ich von Janet. Eines Abends sahen wir uns vor dem Schlafengehen die Fernsehnachrichten an. Ein Bericht über die erste Handtransplantation in den USA fesselte unsere Aufmerksamkeit. Von der Operation selbst sah man nur kurze Ausschnitte, und man erfuhr so gut wie nichts darüber, wie der Patient – der Empfänger, wie ich ihn bei mir nannte – überhaupt seine Hand verloren hatte. Die neue Hand mußte von jemandem gekommen sein, der erst kürzlich gestorben war; wahrscheinlich hatte er Angehörige.

Janet stellte die inspirierende Frage: »Und wenn die Witwe des Spenders in bezug auf die Hand ein Besuchsrecht fordert?«

Dr. John C. Baldwin, Dekan der Dartmouth Medical

School, hat mir versichert, daß so etwas im sogenannten wirklichen Leben wahrscheinlich nicht passieren würde – jedenfalls nicht ohne das unwahrscheinliche Zusammenwirken von derart vielen Anwälten und Medizinethikern, daß man man damit ein kleines geisteswissenschaftliches College gründen könnte. Mir dagegen geht es immer darum, ob etwas eine Geschichte hergibt. Am Anfang jedes Romans, den ich geschrieben habe, stand ein »Was wäre, wenn...«.

J. I.

## John Irving
## im Diogenes Verlag

### Laßt die Bären los!
Roman. Aus dem Amerikanischen
von Michael Walter

»*Laßt die Bären los!* ist die tragisch-komische, skurrile Geschichte von Siggi Javotnik und Hannes Graff, die sich eines Tages aufmachen zu neuen Ufern. Wichtige Rollen spielen dabei ein Motorrad, Mädchen und vor allem Bären, die Lieblingstiere des Autors. Der Roman ist ein verblüffendes, originelles und immer höchst menschliches Plädoyer für eine bessere Welt. Ein Buch, das man gerade in dieser Zeit dringend lesen sollte ... es macht Mut zur Phantasie und zum aufrechten Gang, tröstet, wenn einen mal wieder die Bienen gebissen haben!«
*Süddeutscher Rundfunk, Stuttgart*

### Die wilde Geschichte vom Wassertrinker
Roman. Deutsch von
Edith Nerke und Jürgen Bauer

Seine Frau will raus; seine Geliebte will ein Kind. Die Beschwerden, die er sich bei seiner einstigen Babysitterin geholt hat, machen ihm das Lieben zur Qual. Der Filmemacher, für den er arbeitet, will sein Leben verfilmen: als Dokumentation eines Fehlschlags. Dies ist die Geschichte vom Glück und Unglück des fluchbeladenen Fred Bogus Trumper, des eigenwilligen fahrenden Ritters im Kampf der Geschlechter, der ausschließlich seiner Waffe die Schuld an allem gibt. Seine Beschwerden sind ernster zu nehmen als die von Portnoy – der mußte nie so viel Wasser trinken.

»Irvings bester Roman – virtuos, gerecht, bewegend.«
*Le Point, Paris*

### *Eine Mittelgewichts-Ehe*
Roman. Deutsch von Nikolaus Stingl

In einer Universitätsstadt in Neuengland beschließen zwei Paare, es einmal mit Partnertausch zu versuchen, ein mittelgewichtiger Versuch, mit dem schwergewichtigen Problem der Ehe fertig zu werden und wieder gefährlich zu leben. Anfangs scheint in dieser erotisch-ironischen Geschichte einer Viererbeziehung alles zu klappen.

»Lust und Last beim Partnertausch, Traum und Alptraum, Irrsinn und Irrwitz, Klamauk und Katastrophe: Irving verschweigt nichts.« *FAZ*

### *Das Hotel New Hampshire*
Roman. Deutsch von Hans Hermann

Eine gefühlvolle Familiengeschichte, in der Bären, ein Wiener Hotel voller Huren und Anarchisten, ein Familienhund, Arthur Schnitzler, Moby-Dick, der große Gatsby, Gewichtheber, Geschwisterliebe und Freud vorkommen – nicht *der* Freud, sondern Freud der Bärenführer.

»Eine üppig wuchernde Phantasie treibt skurrile Blüten, ein ausuferndes Bilderbuch, wild fabulierend und von köstlicher Ironie durchsetzt.«
*Otto F. Beer/Der Tagesspiegel, Berlin*

### *Gottes Werk und Teufels Beitrag*
Roman. Deutsch von
Thomas Lindquist

Dr. Wilbur Larch und Homer Wells: Ein moderner Schelmenroman und zugleich eine herrlich altmodische Familiensaga von einem Vater wider Willen und seinem ›Sohn‹, der, wie einst David Copperfield, eines Tages auszieht, um »der Held seines eigenen Lebens zu werden«.

»Dieser Roman ist universal. Von einem Mann geschrieben, mit einem Mann als Held, kein bißchen feministisch und doch ein flammendes Werk für Frauen. Das mache mal einer nach.«
*Die Zeit, Hamburg*

1999 von Lasse Hallström mit Michael Caine, Tobey Maguire und Charlize Theron in den Hauptrollen nach dem gleichnamigen Drehbuch des Autors verfilmt.

## *Owen Meany*
Roman. Deutsch von
Edith Nerke und Jürgen Bauer

Die bewegende Geschichte der einzigartigen Freundschaft zwischen Owen Meany und John Wheelwright: *Owen Meany* ist John Irvings Auseinandersetzung mit einem halben Jahrhundert amerikanischer Geschichte, mit der Frage nach dem Glauben in einer chaotischen Welt, ein großartiger Roman in der Tradition der besten angelsächsischen Erzähler.

»Alles, was Irving stets beschäftigte: die Liebe und die Lüge, Erotik, Gewalt und Mystizismus und – bei Irving neu – scharfe politische Kritik. Sofort Urlaub nehmen und lesen, lesen, lesen.« *Wochenpresse, Wien*

## *Rettungsversuch für Piggy Sneed*
Sechs Erzählungen und ein Essay
Deutsch von Dirk van Gunsteren und
Michael Walter

»Der ›Rettungsversuch für Piggy Sneed‹ leitet eine Sammlung von sechs Erzählungen und einem Essay über Charles Dickens ein, die beweist, daß Irving nicht nur ein großartiger Romancier ist, sondern auch die kleine Form meisterhaft beherrscht. Die Auswahl reicht von seiner ersten, 1968 publizierten Erzählung ›Miss Barrett ist müde‹ über die 1981 mit dem O. Henry Award prämierte Geschichte ›Innenräume‹ bis hin zu

der Geschichte einer wahnwitzigen Autofahrt quer durch die USA, die selbst nach einem offenbar tödlichen Zusammenstoß nicht enden will (›Fast schon in Iowa‹).«
*Ulrich Baron / Rheinischer Merkur, Bonn*

»Irvings Erzählungen und sein kluger Dickens-Essay sind für seine Fans eine reine Freude.«
*Duglore Pizzini / Die Presse, Wien*

## *Zirkuskind*
#### Roman. Deutsch von
#### Irene Rumler

Verführerisch bunt und schillernd wie Bombay, unberechenbar magisch und spannend wie ein akrobatischer Seiltrick, das ist John Irvings großartiges Buch, ein Arzt- und Zirkusdrama der ganz anderen Art. Dr. Daruwalla sucht das ›Zwergen-Gen‹ und einen Golfplatzmörder. Was er findet, ist Possenspiel und Grusel zugleich.

»So geschickt jongliert der Autor mit tausendundeinem Detail, so kunstvoll verwebt er die unzähligen Handlungsstränge, daß große Unterhaltungsliteratur entstanden ist: schrill, bunt, turbulent und doch philosophisch – wie eine gelungene Zirkus-Show.«
*Franziska Wolffheim / Brigitte, Hamburg*

## *Die imaginäre Freundin*
### *Vom Ringen und Schreiben*
#### Deutsch von Irene Rumler. Mit zahlreichen Fotos

John Irvings freimütiges Selbstporträt als Ringer und Schriftsteller, direkt und unverblümt: »Schreiben ist wie Ringen. Man braucht Disziplin und Technik. Man muß auf eine Geschichte zugehen wie auf einen Gegner.« Für die Vielschichtigkeit und beachtliche Länge seiner Romane bekannt, legt Irving hier eine schlichte und erstaunlich kurze ›Autobiographie‹ vor.

»In der Literatur hat John Irving für das Ringen getan, was Franz Kafka für Insekten, Henry Miller für Sex und James Joyce für Dublin getan haben.«
*Rolling Stone, Hamburg*

## *Witwe für ein Jahr*
Roman. Deutsch von Irene Rumler

Liebe und Tod, Leidenschaft und Vergänglichkeit, Wirklichkeit und Fiktion sind die Pole, zwischen denen der Puls dieses Romans von John Irving schlägt. Im Mittelpunkt steht die Schriftstellerin Ruth Cole, eine starke und verletzliche Frau, die mit ihren Büchern Erfolg und mit ihren Freunden Pech hat ... Umwerfend komisch und aufwühlend. Und wie immer bei Irving gilt: Ein normaler Leser möchte wissen, wie das Buch endet, der Irving-Leser wünscht, es möge niemals enden.

»*Witwe für ein Jahr* ist ein grandioser Roman: traurig und komisch, bösartig und abgefeimt, manchmal atemraubend und herzergreifend. Eine Liebeserklärung ans Leben.« *Jeanette Stickler / Hamburger Abendblatt*

## *My Movie Business*
*Mein Leben, meine Romane, meine Filme*

Mit zahlreichen Fotos aus dem Film
*Gottes Werk und Teufels Beitrag*
Deutsch von Irene Rumler

In *My Movie Business* beschreibt John Irving, der für sein Drehbuch zum Film *Gottes Werk und Teufels Beitrag* einen Oscar bekam, den beschwerlichen Weg von seinen Romanen zu seinen Filmen.

»Die Verfilmung von John Irvings Roman *Gottes Werk und Teufels Beitrag* ist die Chronik einer Obsession. Die kunstvoll verschlungene Geschichte galt als unverfilmbar, zu schwierig, zu komplex, zu ausufernd. Der erste Regisseur starb. Der zweite schmiß alles

gleich wieder hin. Der dritte versuchte eine Liebesschnulze daraus zu machen. Aber Irving war wie besessen. Gott sei Dank hat er im vierten Anlauf einen Regisseur gefunden, mit dem es funkte. Der schräge Schwede Lasse Hallström war sofort begeistert vom eigensinnigen Irving: ›Ich liebe seinen Humor, sein Pathos, seine Absurditäten.‹ Das Ergebnis ist eine der wenigen geglückten Literaturverfilmungen. Es ist die anrührende Liebesgeschichte zwischen dem alten, äthersüchtigen Arzt Dr. Larch und seinem Schützling, dem Waisenjungen Homer Wells.«
*Claus Lutterbeck / Stern, Hamburg*

»*My Movie Business* heißt John Irvings hinreißend komisches Buch über die Dreharbeiten von *Gottes Werk und Teufels Beitrag*, die vielen Drehbuchfassungen, den Schmerz, den es bereitet, Figuren aus einem Roman nicht in den Film retten zu können, und die Notwendigkeit, neue Figuren erfinden zu müssen, die ein paar der Sätze retten, die mit den eliminierten Romanfiguren starben. Das ist ein Arbeitsbericht, eine handwerkliche Anleitung zum Geschichtenerzählen und ein bißchen Autobiographie.« *Ultimo, Münster*

## *Die Pension Grillparzer*
### *Eine Bärengeschichte*
#### Deutsch von Irene Rumler

Dies ist die erste Geschichte, die der junge Garp im gleichnamigen Roman geschrieben hat – die Geschichte einer Familie, die beauftragt ist, österreichische Hotels zu überprüfen, um zu bestimmen, welcher Klasse sie angehören. Erste Station ist die Pension Grillparzer, die in eine höhere Kategorie aufsteigen will. Doch ob ihr das gelingt, mit all den seltsamen Gestalten, die da nachts umhergeistern?

»*Die Pension Grillparzer* ist für mich etwas Besonderes – ich mag sie von all meinen Short stories am liebsten.« *John Irving*

## *Die vierte Hand*
Roman. Deutsch von Nikolaus Stingl

Trauer, Verlust und die Kraft der Liebe sind die Themen von John Irvings zehntem Roman, in dem ein Journalist nach dem Verlust seiner linken Hand die Chance ergreift, sich zu ändern und die Frau seines Lebens zu gewinnen.

Ein Entwicklungsroman, eine ungewöhnliche Familiensaga, eine Liebesgeschichte – geschrieben mit der faszinierenden Mischung aus Melancholie und Komik, die erst Irving erfunden hat.

## *E. B. White*
## *im Diogenes Verlag*

»Vorlesen. Es gibt nichts Besseres. Fangen Sie mit *Klein Stuart* an, und versuchen Sie's dann mit *Wilbur und Charlotte*.« Dr. Zajac in *Die vierte Hand*

In Irvings neuem Roman ist E.B. Whites Kinderbuchklassiker *Klein Stuart* ein Schicksalsbuch – ein Buch, das Schicksal spielt und Bande schafft zwischen zwei kleinen Jungen und ihren Vätern.

### *Wilbur und Charlotte*
Mit Zeichnungen von Garth Williams
Aus dem Amerikanischen von Anna von Cramer-Klett

»Ohne eine Spur Kitsch entwickeln die Tiere in dem Kinderbuch-Klassiker Wilbur und Charlotte wichtige menschliche Qualitäten wie Treue, Zärtlichkeit und Liebe.« *Schweizer Illustrierte, Zürich*

### *Klein Stuart*
### *Die Geschichte*
### *einer ungewöhnlichen Familie*
Mit Zeichnungen von Garth Williams
Aus dem Amerikanischen von Ute Haffmans

»Die höfliche, clevere Maus wird hier so selbstverständlich, hinreißend und niemals anbiedernd im Umgang mit Menschen beschrieben, wie es nur einem Autor vom Format eines E.B. White gelingen konnte. Die unverwechselbaren Illustrationen von Garth Williams machen seinen Erstling zudem zu einem kleinen Kunstwerk.« *Marie-Thérèse Schins/Brigitte, Hamburg*